사소한 변화

HENSHIN
by Keigo HIGASHINO

Copyright ⓒ Keigo HIGASHINO 1994
Korean translation copyright ⓒ Viche, an imprint of Gimm-Young Publishers, Inc. 2019
All rights reserved.

Original Japanese edition published by KODANSHA LTD.
Korean translation rights arranged with KODANSHA LTD. through JM Contents Agency Co.

히가시노 게이고

비채
x
히가시노
게이고
컬렉션

変身

권일영 옮김

사소한 변화

비채

変身

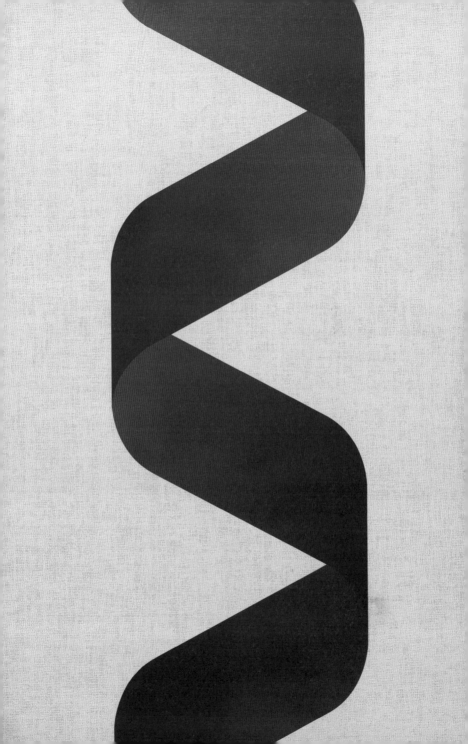

3월 10일 토요일

수술은 무사히 끝났다. 현재 비정상적 증상은 보이지 않는다. 신호가 흐트러지지도 않고 과잉 전류 발생도 없다. 패턴과 파형을 일 분마다 기록하고 지속적으로 분석한다. 생체 거부 반응도 없다. 생명 유지 활동은 순조롭게 진행되고 있다.

홍보 담당자에게 최종 보고. 수술을 도와준 의사들에게 고맙다고 인사를 했다. 기자회견 전에 내선전화로 의과대학장님께 보고. 학장님은 '이제 하늘의 뜻을 기다리는 일만 남았군'이라고 하셨다. 맞는 말씀이다.

혼수상태는 몇 주간 갈 것으로 보인다. 그 기간 동안 집중치료실에서 관찰하고, 눈을 뜨면 의식이 어느 정도 회복되는가에 따라 유연하게 대처할 것이다. 담당자로 다치바나 조수를 임명했다.

도너의 시신은 봉합한 뒤 예정대로 처리. 기자회견 때 도너에 대해 몇 가지 질문을 받았지만 윤리위원회 합의를 내세워 답변을 모두 거부했다.

현재 시각 오후 11시 30분. 곧 열하루째가 된다. 길고 긴박한 하루였다. 연결 회로는 무사히 작동할까. 호스트의 각성이 기다려지고, 두렵다.

1

처음엔 여전히 꿈속을 떠도는 느낌이었다. 하지만 차츰 혼탁한 부분이 사라지고 옅은 어둠만 남았다. 그리고 귀에 소리가 되살아났다. 멀리서 바람이 부는 듯한 소리다. 이윽고 뭔가 금속이 부딪히는 소리. 나도 모르게 뺨이 파르르 떨렸다.

"방금 반응이 있었습니다."

누군가 말했다. 젊은 남자 목소리였다. 바로 옆에 사람이 있다. 그런데 왜 보이지 않는 걸까 생각하다가 이내 내가 눈을 감고 있음을 깨달았다. 손끝에 닿는 담요의 촉감. 나는 누워 있는 모양이었다. 천천히 눈을 떴다. 새하얀 빛이 쏟아져 들어와 눈이 부셨다. 실눈을 뜬 채 조금 기다리자 빛에 익숙해졌다. 다시 눈꺼풀을 움직였다.

바로 앞에 세 사람의 얼굴이 보였다. 남자 두 명, 여자 한 명. 무서운 것이라도 보는 듯 긴장한 눈빛이었다. 세 사람 모두 흰 가운을 걸

쳤다. 여기는 어디지?

"우리 얼굴이 보이나?" 셋 중 가장 나이가 많아 보이는, 머리카락이 새하얀 남자가 물었다. 눈꼬리와 이마에 수많은 주름이 새겨졌고 금테안경을 썼다.

보인다고 대답하려는데 목소리가 제대로 나오지 않았다. 어떻게 해야 목소리가 나오는지는 아는데 목과 입술이 내 것이 아닌 듯 굳어 있었다. 애써 목소리를 내려고 했더니 침이 먼저 고여 목구멍으로 흘러들었다. 목소리는 나오지 않고 컥컥거리며 쓸데없는 기침만 하고 말았다.

"무리하지 마. 고갯짓으로 대답해도 되네." 흰머리 남자가 알아듣기 쉽게 차근차근 말했다. 내가 눈을 두세 번 깜빡거리고 고개를 끄덕이자 그는 마음이 놓인다는 듯이 한숨을 내쉬었다. "소리도 들리고 말도 알아듣는 모양이로군. 눈도 보이고."

나는 숨을 들이쉰 다음 목 상태에 신경 쓰면서 조심스럽게 입을 열었다.

"여기……는…… 어디."

이 한마디에 그들은 더 기운이 난 듯했다. 눈을 반짝이며 서로 얼굴을 마주 보았다.

"질문을 했습니다. 성공이에요, 교수님."

턱선이 날카로운 젊은 남자가 말했다. 흥분했는지 얼굴이 붉게 물들었다.

흰머리 남자는 살짝 고개를 끄덕이더니 내 눈을 보았다.

"여기는 병원일세. 도와 대학 부속병원 제2병동이지. 내가 무슨 말을 하는지 이해되나?"

나는 살짝 고개를 끄덕였다. 그걸 확인하고 나서 남자가 말을 이었다.

"나는 자네 수술을 담당한 도겐이네. 여기 두 사람은 조수인 와카오 씨와 다치바나 씨이고."

흰머리 남자가 소개하자 턱선이 날카로운 남자와 젊은 여성이 차례로 고개를 숙였다.

"내가…… 왜…… 여기……에?"

"기억이 나지 않나?"

도겐이라는 남자가 물었다. 나는 눈을 감고 생각했다. 오랫동안 꿈을 꾼 듯한 기분이 든다. 그 꿈을 꾸기 전에는 어땠던가?

"기억나지 않으면 무리할 필요 없어."

도겐이 그렇게 말했을 때 문득 내 눈꺼풀에 어떤 사람의 모습이 떠올랐다. 남자였다. 얼굴은 제대로 알아볼 수 없다. 뭔가 들고 있다. 그걸 내 쪽으로 향한 채 소리친다. 아니, 소리를 지르는 건 나인가? 남자의 손이 붉게 빛났다…….

"총……." 나는 눈을 떴다. "권……총……."

"맞아. 기억이 난 모양이군. 자네는 총을 맞았어."

"총을…… 맞았다……?" 조금 더 자세하게 떠올리려 해본다. 하지만 기억에 얇은 베일이 쳐진 듯 또렷하지 않았다. "이런…… 기억나지…… 않아."

나는 고개를 가로젓고 다시 눈을 감았다. 그 순간 누군가 뒤통수 쪽을 잡아당기는 듯한 느낌이 들었다. 곧바로 온몸의 감각이 싹 사라졌다.

3월 30일 금요일

호스트가 눈을 떴다. 언어중추 등에는 이상이 없는 것으로 보인다. 다만 긴 시간 정신활동을 하기는 곤란한 모양. 기억상실도 예상된다. 눈을 뜬 지 일 분 사십이 초 만에 다시 수면상태에 들어갔다.

2

나는 물속에 있었다.

두 무릎을 껴안고 체조선수처럼 빙글빙글 돌았다. 머리가 위로 갔다가 아래로 갔다가 했다. 하지만 주변은 어두컴컴하고 중력이 전혀 느껴지지 않아 어디가 위고 어디가 아래인지 알 수 없었다. 물은 차갑지도 뜨겁지도 않은 알맞은 온도를 유지했다. 계속 회전하면서 여러 소리를 들었다. 땅울림 같은 소리, 폭포수가 떨어지는 듯한 소리, 바람소리, 그리고 사람 말소리.

정신을 차리니 나는 들판에 서 있었다. 그곳을 어렴풋이 기억한다. 초등학교에서 남쪽으로 똑바로 가면 나오는 곳인데, 주위에는 낡은 창고가 쭉 늘어섰다.

우리는 네 명이었다. 근처에 사는 같은 반 아이들끼리 귀뚜라미를 잡으러 왔다. 내가 귀뚜라미를 잡으러 함께한 건 이날이 처음이었다.

그런데 귀뚜라미는 좀처럼 보이지 않았다. 어제까지만 해도 아주 많았다고 했다. 아이들 가운데 한 명이 괜히 나를 데려와 귀뚜라미가 나오지 않는 거라고 했다. 다른 두 명도 그런 것 같다며 다음부터는 데리고 오지 말자고 했다. 나는 풀숲을 뒤지며 뒤에서 아이들이 하는 말을 듣고 있었다. 억울했지만 반박하지도 못했고 화를 낼 수도 없었다.

그때 시커멓고 커다란 귀뚜라미가 바로 앞에 불쑥 나타났다. 너무 갑작스러운 일이라 손을 뻗어 잡지도 못하고 소리만 지르고 말았다. 귀뚜라미는 풀숲으로 도망쳤다.

동급생들은 뭐가 있었느냐고 물었다. 귀뚜라미를 놓쳤다고 핀잔 듣기 싫어 그냥 이상한 벌레였다고 했다. 한 녀석이 내 얼굴을 보며 거짓말하지 말라며 귀뚜라미가 있었던 것 아니냐고 했다. 고개를 저으며 절대 아니라고 우기자 그 녀석은 이상한 벌레라도 좋으니 잡으라며, 자기는 지네를 잡은 적이 있다고 자랑했다.

아무리 풀숲을 더 뒤져도 귀뚜라미는 보이지 않았다. 키 큰 풀숲에서 나오니 다른 세 명이 사라지고 없었다. 내 자전거만 남아 있었다. 한동안 기다렸지만 아무도 나타나지 않아서 자전거를 타고 혼자 집으로 돌아왔다. 집에 오니 빨래를 하고 있던 어머니가 귀뚜라미를 잡았느냐고 물었다. 나는 한 마리도 잡지 못했다고 대답했다.

영상은 여기서 흐릿해졌다. 그리운 우리 집의 모습이 사라지고 나는 다시 물속에 있었다. 여전히 중력이 느껴지지 않아 나 자신이 물의 입자가 된 듯한 느낌마저 들었다.

이윽고 몸이 회전을 멈췄다. 움직임이 없던 물이 흐르기 시작했다. 나는 그 흐름을 타고 이동했다. 엄청난 속도다. 흘러가는 쪽 앞을 보니 희고 작은 점이 보였다. 점이 차츰 커졌다. 그리고 나를 감쌀 만큼 커졌을 때 그 하얀 어둠의 끝에 무엇이 있는지 깨달았다. 자세히 보니 책상이었다. 바로 옆에는 의자가 있고 누가 앉아 있었다. 처음에는 꼼짝도 하지 않았지만 내가 계속 바라보자 이쪽을 보았다.

"정신이 들었군요."

그 목소리에 온몸의 신경이 한꺼번에 활동하기 시작했다. 카메라 렌즈의 조리개가 열리듯 주위 광경이 넓어진다. 의자에 앉아 있던 여성이 나를 보더니 미소 지었다. 본 적 있는 사람이다.

"당신……은?" 나는 겨우 목소리를 냈다.

"벌써 잊어버렸어요? 다치바나예요. 도겐 교수님의 조수입니다."

"도겐……? 아아."

시간이 조금 걸리기는 했어도 그 이름을 기억해냈다. 꿈과 현실의 구분이 힘든 상태이지만 한 차례 정신을 차렸던 모양이다. 그때도 이 여성을 보았다.

다치바나 조수는 책상 위에 있는 인터폰을 눌러 "교수님, 크랑케의 _{사들끼리 환자를 일컫는 말}가 눈을 떴습니다"라고 말한 뒤에 내 베개 위치를 바로잡아주었다. "좀 어떠세요?"

"잘 모르겠네요." 내가 대답했다.

"무슨 꿈을 꾼 것 같던데요."

"꿈? 아…… 그 어렸을 때."

그런데 그걸 꿈이라고 할 수 있을까? 과거에 실제로 있었던 일인데. 나 자신도 놀랄 만큼 세부가 선명하고 정확했다. 왜 그 일이 기억 속에서 되살아난 걸까. 지금껏 떠오른 적 없었는데.

이내 노크 소리가 나더니 백발의 남자가 나타났다. 바로 기억이 났다. 도겐 박사다. 그는 나를 내려다보더니 '나를 기억하나?'라고 물었다. 나는 고개를 끄덕였다. 그리고 당신은 물론 옆에 있는 와카오 조수도 기억난다고 대답했다. 박사는 마음이 놓이는지 살짝 한숨을 내쉬었다.

"그럼 자넨 자신이 누군지 아나?"

"저는……." 이름을 말하려고 했다. 하지만 입을 열려다가 멈췄다. 내가 누군지는 애써 기억을 떠올리지 않더라도 대답할 수 있을 텐데 이름이 바로 나오지 않았다.

갑자기 귀울림이 시작되었다. 매미떼가 울어대듯이 끊어졌다 이어졌다 하며 귀가 울려댔다. 나는 머리를 감싸 쥐었다. "나는…… 누구지?"

"진정하게. 조바심내지 않아도 돼." 도겐 박사가 내 양쪽 어깨를 잡았다. "자넨 중상을 입고 큰 수술을 받았네. 그 결과 일시적으로 기억이 동결되었어. 마음을 가라앉히고 기다리면 얼음이 녹듯 기억도 되살아날 거야."

나는 금테안경 너머 박사의 약간 갈색을 띤 눈동자를 바라보았다. 그러자 이상하게 마음이 누그러졌다.

"릴랙스해. 온몸에서 힘을 빼고." 박사의 목소리가 들려왔다. 와카오 조수도 말했다. "조바심내지 말고 호흡을 가다듬으세요."

그렇지만 머릿속이 새하얗다. 아무것도 없다. 아무것도 기억나지 않는다. 눈을 감고 심호흡을 반복했다.

어렴풋이 뭔가 떠올랐다. 아메바처럼 일정하지 않은 형태로 떠 있다가 차츰 모양새를 갖추었다.

야구 유니폼이다. 어린이 사이즈라 아주 작다. 그걸 입은 소년의 모습이 떠올랐다. 이웃에 사는 같은 반 아이다. 함께 귀뚜라미를 잡으러 갔다. 그 소년이 커다란 입을 벌리고 뭐라고 하고 있다.

"준⋯⋯." 나는 중얼거렸다.

"뭐라고?"

"준, 이름이⋯⋯ 그렇게 불렸어."

박사가 몸을 쑥 들이밀었다.

"맞아. 자넨 준이라고 불리지."

"준⋯⋯ 순금純金 할 때의 '순'자와 일번一番의 '일'자를 써서 준이치純一라고."

그 이름을 중심으로, 불을 쬐면 드러나는 글자처럼 여러 가지 일이 천천히 떠올랐다. 오래된 아파트, 오래된 책상, 그리고 오래된 시간. 키 큰 아가씨, 주근깨가 있는 얼굴. 그 여자 이름은⋯⋯ 메구미이다.

머리가 지끈거리기 시작했다. 나는 얼굴을 찡그리고 두 손으로 관자놀이를 눌렀다. 붕대가 만져졌다. 뭐지, 이 붕대는?

"당신은 머리에 총탄을 맞았어요." 내 의도를 눈치챘는지 다치바나 조수가 말했다. 그녀를 보고 어디서 본 적이 있는 얼굴이라고 생각했다. 미인은 아니지만 외국 영화에 나오는 여배우를 닮은 듯도 하다.

"머리를…… 그런데…… 살았다?"

"최신 의학이 당신 편이었죠. 행운도 겹쳤고." 와카오 조수가 말했다. 이 사람은 의사라기보다 은행원 같은 느낌이었다.

나는 담요 안에서 손가락과 발가락을 움직여보았다. 다 제대로 붙어 있다. 사지가 멀쩡한 듯했다. 담요 안에서 오른손을 빼내 잠깐 바라본 뒤 그 손으로 얼굴을 만졌다. 심한 상처가 있는 것도 아니었다. 총을 맞은 곳은 머리뿐인 모양이다.

몸을 일으키려 해봤다. 그렇지만 온몸이 납덩어리를 채워 넣은 듯 무거웠다. 잠깐 애를 써보다가 이내 포기하고 한숨을 내쉬었다.

"아직 무리하지 않는 게 나아." 도겐 박사가 말했다. "체력 소모가 꽤 컸을 거야. 어쨌든 삼 주 동안이나 혼수상태였으니."

"삼 주나……?" 그 상태가 어때했는지 상상이 가지 않았다.

"푹 쉬면 돼." 박사는 담요 위로 내 배를 가볍게 두드렸다. "느긋하게, 여유 있게 회복을 기다리면 돼. 초조해할 필요 전혀 없어. 자네에겐 시간이 충분하네. 많은 사람들이 완쾌하기를 바라고 있고."

"많은…… 사람?"

"그래. 온 세상 사람들이라고 해도 되겠지."

박사가 말하자 옆에 있던 두 사람도 고개를 크게 끄덕였다.

3

그 뒤로도 보통 사람들보다 짧은 사이클로 자고 깨기를 반복했다. 도겐 박사는 그러면서 두뇌가 조금씩 회복되어가는 거라고 했다. 그 말을 증명하듯 잠에서 깰 때마다 밀려오는 파도처럼 기억이 되살아났다.

내 이름은 나루세 준이치. 산업기기 제조사의 서비스공장에서 근무하고 있다. 사용자 불만을 접수해 대응하거나 망가진 기계를 수리하는 게 주로 하는 일이다. 옅은 푸른색 제복. 하지만 실제로는 기름때 때문에 거의 회색으로 변해버렸다. 직장에서 내 별명은 '착한 아이'다. 선배들은 내가 윗사람이 하는 말은 뭐든 예, 예 하면서 잘 듣는다고 한다.

토요일과 일요일에는 캔버스 앞에 앉는다. 그림 그리기가 취미 가운데 하나다. 작년 연말에는 유화 세트를 새로 샀다.

사는 곳은 좁은 원룸 아파트다. 아파트라는 이름이 붙어 있기는 하지만 사실 그런 정도는 아니다. 명색이 아파트라면 밥을 지을 때마다 한쪽 발에 슬리퍼를 신어야 되는 일은 없어야 하리라.

아파트……

그렇다. 그 형편없는 아파트가 바로 내게 일어난 비극의 원흉이다. 좀 더 나은 방을 얻으려고 근처 부동산 중개사무소에 들렀다가 거기서 머리에 총을 맞은 것이다.

분명히 오후 5시 조금 전쯤이었다. 그 중개사무소를 고른 데 특별한 이유는 없었다. 밖에서 보니 점원이 친절해 보였기 때문이다. 심각한 표정의 남자가 나올 것 같은 곳은 될 수 있으면 들어가고 싶지 않았다.

사무소로 들어가니 정면 카운터에서 젊은 여성이 한 직원과 이야기를 나누는 중이었다. 안쪽에서는 직원 다섯 명이 책상에 앉아 일하고 있었다. 남성 세 명에 여성 두 명.

바로 왼쪽을 보니 멋진 응접세트가 놓여 있다. 거기서는 흰 카디건을 걸친 기품 있는 부인이 사무소의 책임자로 보이는 나이 든 직원과 차를 마시며 담소를 나누고 있었다. 나와는 차원이 다른 상담을 하기 위해 찾아온 모양이다.

내 앞에 있던 젊은 여성은 원하는 물건이 없는지 긴 머리카락을 쓸어 올리더니 시무룩한 표정으로 카운터를 떠났다.

"마땅한 물건이 나오면 연락드리겠습니다." 갸름한 얼굴을 한 남성 직원이 말하자 여성은 뒤를 돌아보고 살짝 고개를 숙인 뒤 사무소에서 나갔다.

"후지다 씨, 이제 바깥문 좀 닫아줄래?" 남성 직원은 나를 상대하기 전에 누군가에게 지시했다. 둥근 안경을 쓴 여성 직원이 대답하며 일어섰다. 사무소는 5시에 문을 닫는 모양이었다. 그녀는 입구 쪽으로 걸어갔다.

얼굴이 갸름한 남자 직원은 다시 업무적인 웃음을 지으며 내 쪽을 보았다.

"오래 기다리셨습니다."

나는 카운터로 다가가 말했다. "집을 구하고 있는데요."

"어떤 집을 찾으십니까?"

"평범한 방과 식사를 할 수 있을 만한 부엌이 있는……."

"방 하나에 부엌이 있는 물건을 찾으시는군요." 직원이 답답하다는 듯 말했다. "셋방을 찾는 거죠?"

"그렇습니다."

"위치는 어디쯤을 생각하시죠?"

"대충 이 부근을…… 역에서 좀 멀어도 상관없거든요."

내가 말을 마치기도 전에 직원은 옆에 있던 두툼한 파일을 꺼내 왔다. 거기에 매물이 적혀 있다는 이야기다.

"집세는 어느 정도까지?" 직원은 파일을 뒤적이며 물었다. 나는 지금 내는 집세보다 조금 높은 액수를 말할 작정이었는데 파일 안을 들여다보고 말을 삼켰다. 생각한 액수보다 훨씬 높은 금액이 적혀 있었다.

"예산은요?" 내가 대답이 없자 직원은 미심쩍다는 표정을 지으며 다시 물었다. 그래서 무심코 예산을 훨씬 웃도는 금액을 말했다. 직원은 표정을 풀고 다시 파일을 뒤지기 시작했다.

무슨 소리를 한 거지? 나는 나를 책망했다. 집세도 낼 수 없을 만큼 비싼 집을 찾아봐야 소용없지 않은가. 얼른 정정해야 하는데…… 하지만 그럴 용기가 없었다. 그렇게 하면 더 이상한 눈으로 볼 게 틀림없다.

직원이 권하는 방을 무슨 핑계로 거절할까. 나는 그런 궁리를 시작했다. 뭔가 적당한 핑계를 대고 물러서는 수밖에 없다. 대체 뭐 하려고 여기 들어온 걸까.

이윽고 직원이 적당한 집을 찾아냈는지 파일을 내 쪽으로 디밀었다. 나는 일단 관심 있는 척하며 몸을 기울였다.

바로 그때 그 사람이 나타났다.

그가 언제 들어왔는지 나는 몰랐다. 아까 젊은 여성과 엇갈리며 들어온 건지도 모르고 둥근 안경을 쓴 여성 직원이 바깥문을 닫기 직전에 뛰어 들어왔는지도 모른다.

그는 나하고 직원이 나누는 이야기를 들으려는 듯 우리 옆으로 다가와 섰다. 나이는 잘 모르겠다. 내 또래 같기도 하고 조금 많은지도 모른다. 베이지색 레인코트를 입고 짙은 색 선글라스를 꼈다.

직원은 그에게 조금 기다려달라고 말할 생각이었는지도 모른다. 입술이 움직이는 듯했으니까. 하지만 그가 먼저 행동을 개시했다. 레인코트 주머니에 찔러넣고 있던 오른손을 천천히 꺼냈다. 그 손에는 검은색 물체를 쥐고 있었다.

"시끄럽게 굴지 마. 그대로 들어." 그는 억양이 없는, 하지만 아주 잘 들리는 목소리로 말했다.

가게 안에 있던 사람들이 일제히 그쪽을 바라보았지만 아무도 그가 무엇을 꺼냈고 뭐라고 하는지 바로 알아차리지 못했다. 나도 마찬가지였으나 행동을 처음부터 보고 있었기 때문에 오른손에 쥔 것의 정체는 다른 사람보다 일찍 눈치챘다.

수화기를 귀에 대고 통화중이던 중년 여성 직원이 있었다. 남자는 그 직원에게 총구를 겨누더니 '전화 끊어. 아주 자연스럽게'라고 했다. 직원은 움츠러들면서 일방적으로 전화를 끊고 수화기를 내려놓았다.

"창문에 블라인드 쳐." 남자가 창가에 있는 남성 직원에게 명령했다. 직원은 조종당하듯 서둘러 블라인드를 내렸다. 바깥쪽 블라인드는 이미 내려져 있었다.

남자가 나를 보더니 말했다. "넌 손님이로군."

나는 그의 손 쪽을 보면서 말없이 고개를 끄덕였다. 목소리가 나오지 않았다. 진짜 권총은 난생처음 보았다. 검게 빛나는 총신이 지닌 설득력은 강력했다.

그는 카운터 위에 놓인 파일을 흘끔 보았다. 그리고 뺨 근육을 실룩 움직였다. "사치야. 독신자는 단칸방으로 충분해."

쓸데없이 참견은…… 조금만 배짱이 있었다면 이렇게 받아쳤을 것이다. 그렇지만 내 입은 접착제라도 칠한 듯 움직이지 않았다. 쭈

뻣쭈뻣 그의 눈을 바라보았을 뿐이다. 선글라스 속 눈동자는 죽은 물고기처럼 생기가 없었다.

"천천히 뒤로 물러나."

나는 시키는 대로 뒷걸음쳤다. 시키지 않았더라도 다리 근육이 경직되어 천천히 움직일 수밖에 없었다. 이윽고 응접세트가 있는 곳에 이르렀다. 기품 있는 부인과 나이 든 뚱뚱한 남성 직원이 창백한 얼굴을 하고 소파에 앉아 있었다.

그는 뚱뚱한 남자 쪽으로 시선을 옮겼다. "당신이 지점장인가?"

뚱뚱한 남자는 볼살을 출렁이며 고개를 끄덕였다.

"그럼 부하에게 지시해. 돈을 모아 이 가방에 넣으라고." 그는 발치에 놓인 커다란 보스턴백을 카운터에 얹었다.

"여기에 현금 같은 건 없소."

지점장이 떨리는 목소리로 말하자 그는 두세 걸음 다가와 권총을 겨누었다.

"당신은 내일 사장과 리조트 부지 매입을 하러 가기로 되어 있지. 지역 유지에게 미끼 삼아 보여줄 현금 2억 엔을 가져갈 거고. 그 돈이 지금 이곳 금고에 보관되어 있잖아. 그걸 내놓으라는 거야."

"어떻게 그걸……."

"아니까 왔지. 그러니 시키는 대로 해. 일을 번거롭게 만들지 마. 초조해지면 총을 쏘고 싶어져."

총을 들이대자 지점장은 침을 삼켰다.

"알았소…… 사토 씨, 시키는 대로 해."

지점장이 말하자 창가에 있던 남성 직원이 일어섰다.

사토라는 직원이 가방에 돈을 담는 동안 다들 두 손을 머리 위에 얹고 서 있었다. 남자가 시켰기 때문이다. 그는 벽을 등진 채 모두의 움직임을 주의 깊게 지켜보고 있었다.

나는 이 상황을 밖에 알릴 수 없을까 궁리했지만 좋은 방법이 떠오르지 않았다. 은행과 달리 이곳에는 경찰과 직접 연결된 비상벨 같은 것은 없으리라. 그렇다면 그가 나간 뒤 어떻게 빨리 경찰에 알릴 수 있을지 생각해야 한다. 아마 그는 전화선을 끊고 이곳을 떠날 테니.

그런 생각을 하고 있을 때 시야 한쪽 구석에서 뭔가 움직였다. 눈동자만 움직여 그쪽을 보았다. 그 순간 덜컹 심장이 내려앉았다.

소파 등받이와 벽 사이에 서너 살쯤 되는 여자아이가 숨어 있었다. 흰 카디건을 입은 여성 손님의 딸 같았다. 어머니는 남자가 시킨 대로 두 손을 머리에 얹고 눈을 꼭 감고 있었다. 무서워 어찌할 바를 모른 나머지 자기 곁에서 딸이 없어졌음을 깨닫지 못한 것이다.

소녀는 소파 뒤에서 팔을 뻗어 유리창을 열려고 했다. 그 창문은 잠금장치가 걸려 있지 않았다.

위험하다. 그렇게 생각한 순간 그의 눈이 소녀를 보았다. 소녀는 창문을 타고 넘으려는 중이었다.

그는 말없이 권총으로 소녀를 겨누었다. 얼굴 근육이 전혀 움직이지 않았다. 무표정한 눈을 보니 진짜 쏠 작정이라는 느낌이 들었다.

위험해. 나는 소리치며 소녀를 끌어내리려고 했다. 누군가 비명을 지르는 소리가 들리고 동시에 무슨 소리가 났다. 순간 엄청난 힘이 나를 덮치는 듯한 충격을 받았다. 온몸이 불에 타는 듯 뜨거워졌다.

그리고 그대로 의식을 잃었다.

4

　도겐 박사의 지시에 따라 나는 장기간 요양하게 되었다. 내 원룸 아파트보다 넓은 일인실이 주어졌고 간병은 어느 여배우를 닮은 다치바나 씨가 주로 맡았다. 처음에는 그녀는 물론 도겐 박사나 와카오 조수가 어떤 사람인지 몰라 쉽게 이야기를 나눌 수 없었다. 불쑥 무얼 물어오면 갈팡질팡할 뿐 바로 대답도 하지 못했다. 예전에 친구가 나더러 사람들 앞에 서면 심하게 긴장하는 성격이라고 한 적이 있다. 기억과 함께 그런 성격까지 되살아나다니 얄궂다. 그래도 몇 차례 이야기하다 보니 마음 편하게 대화를 나눌 수 있게 되었다.

　몸은 각오한 것보다 훨씬 원활하게 회복되었다. 긴 혼수상태에서 깨어난 지 닷새 만에 침대 위에서 몸을 일으킬 수 있게 되었고, 사흘 뒤에는 남들처럼 식사를 하게 되었다. 식사를 제대로 할 수 있게 되어 정말 기뻤다. 그전까지는 정체를 알 수 없는 수프 같은 것을 먹었는데 맛이 형편없어 혀를 저주하고 싶을 지경이었다. 그래도 혼수상태일 때는 튜브로 영양분을 공급받았다고 하니 내 입으로 음식물을 섭취할 수 있게 된 것만으로도 다행인지 모른다.

기억도 문제가 없는 듯했다. 이제 친구 전화번호를 모두 기억해낼 수 있다. 하지만 앞으로 어떤 후유증이 나타날지 몰라 불안감은 가시지 않았다.

화장실이 실내에 있어서 하루의 대부분을 병실에서 지냈다. 뇌파검사나 CT촬영을 할 때만 방에서 나갔다. 처음 복도로 나갔을 때 주위 모습을 자세하게 살폈는데 여기는 지금까지 본 병원과는 여러 면에서 크게 달랐다. 우선 내가 나온 방 말고 병실이라고 부를 만한 방은 하나도 없다. '수술실'과 '실험실'과 '분석실'뿐이었다. 다른 문은 없었다. 그리고 세 방의 문은 굳게 닫혀 있었다. 나는 내가 늘 지내는 방의 팻말을 보았다. '특별병실'이라고 적혀 있었다. 뭐가 특별한지는 모르겠다.

또 일반 병원과 달리 쓸데없는 것은 전혀 없었다. 주위를 둘러보았지만 그야말로 아무것도 없다. 의자도 없고 정수기도 없다. 벽에 종이 한 장 붙어 있지 않았다. 그리고 유난히 이질적인 점인데, 여기서 도겐 박사와 두 조수 말고 다른 사람을 한 번도 본 적 없었다.

"여기는 일반 의료시설과 분리되어 있어요." 뇌파검사를 마치고 병실로 돌아오는 길에 다치바나 씨가 휠체어를 밀면서 말했다. "당신은 획기적인 수술을 받았는데 이 층에서는 그런 수술을 전문적으로 연구하기도 합니다."

"병원 안에 있는 연구소라는 건가요?"

"뭐 그런 셈이죠. 최신 설비를 갖추고 있어요." 다치바나 씨는 그런 직장에 다닌다는 사실이 자랑스러운 듯했다. 하지만 내가 그렇게 중요한 연구 대상이라는 이야기가 도무지 믿기지 않았다.

열흘째 아침식사를 마친 뒤 나는 마음에 걸리던 문제 세 가지를 다치바나 씨에게 털어놓았다. 첫 번째는 나를 쏜 범인에 대한 것이었다. 그 남자는 그 뒤에 어떻게 되었을까?

"저도 자세하게는 모르지만 죽었다는 기사를 신문에서 읽었어요." 식기를 치우며 다치바나 씨가 대답했다.

"죽었다고요……? 어쩌다가?"

"범인은 당신을 쏜 뒤에 도망쳤어요. 그렇지만 쫓기다가 도저히 빠져나갈 방법이 없자 자살한 모양입니다."

"자살했다고요……?" 나는 그 남자의 감정 없는 얼굴을 떠올렸다. 죽을 때는 두려움 때문에 얼굴이 일그러졌을까? 아니면 역시 아무런 표정도 없었을까?

"저어, 다치바나 씨." 나는 조심스럽게 말했다. "신문을 보여줄 수 있나요? 그 사건이 어떻게 마무리되었는지 내 눈으로 직접 확인하고 싶습니다."

그렇지만 다치바나 씨는 두 손으로 든 트레이 너머에서 고개를 저었다.

"심정은 이해되지만 퇴원한 뒤에 확인하시죠. 지금 당신에게는 도겐 교수님이 허락하신 활자만 줄 수 있어요."

"제목만이라도 괜찮습니다만."

"당신을 위한 일이에요."

다치바나 씨가 딱 잘라 말했다.

"뇌는 당신이 생각하는 것보다 훨씬 섬세합니다. 게다가 신문기사를 보려면 잠깐 가지고는 안 되죠."

더는 대꾸할 말이 없었다.

마음에 걸리는 두 번째 문제는 치료비였다. 아무래도 상당히 큰 수술을 받은 모양이고 그 뒤로도 특별한 시스템에 따른 간호를 받고 있다. 게다가 입원은 앞으로도 한동안 계속될 것 같다. 잘은 몰라도 엄청난 금액이 나오리라.

"예, 아마 상당히 많이 나오겠죠."

다치바나 씨가 선뜻 대답했다.

역시. 나는 마음을 다져 먹었다. 이렇게 큰 지출을 하게 될 줄은 몰랐지만 목숨을 건졌으니 투덜거릴 수는 없다.

"치료비를 대출 같은 걸로 낼 수도 있나요?" 이렇게 물으면서 나는 머릿속으로 매달 얼마까지 갚을 수 있을지 얼른 계산했다. 어쨌든 이사는 포기할 수밖에 없겠다.

다치바나 씨가 방긋 웃으며 말했다. "걱정할 필요 없어요."

"걱정할 필요 없다고요?" 나는 눈이 휘둥그레졌다.

다치바나 씨가 집게손가락으로 입가를 누르며 말했다.

"치료비를 당신이 낼 필요는 없다는 말씀이죠. 자세한 내용은 아직 설명드릴 수 없지만 우선 이번 수술에 든 비용은 모두 대학 연구

예산에서 나와요. 완성된 수술법이 아니라 연구 단계이기 때문에 당연하죠. 검사 비용 같은 것도 마찬가지고요. 그러니 당신이 부담할 비용은 입원비와 식비, 잡비 정도가 될 텐데 그 비용도 어떤 분이 대신 내주고 있어요."

"대신?" 나도 모르게 목소리가 커졌다. "대체 누가요?"

"안타깝지만 그건 아직 알려드릴 수 없어요. 당신을 위해서도 좋지 않고요."

"……믿을 수 없군. 꿈꾸는 것 같네. 키다리 아저씨 같은 건가?" 나는 고개를 저으며 중얼거렸다. 그렇게까지 해줄 사람이 떠오르지 않았다. 친한 사람들은 모두 합의라도 한 듯 빠듯하게 산다. "그래도 나중에 알려주실 거죠?"

"예, 나중에." 다치바나 씨가 대답했다. 어쨌든 치료비 걱정을 하지 않아도 된다는 사실은 감격이었다.

나는 세 번째 질문을 던졌다. 내가 없어진 뒤 주변 상황이 어떻게 되었는지 궁금했다. 예를 들면 공장. 말도 없이 장기간 결근하고 있으니 나 때문에 일에 차질을 빚었을지도 모른다.

"그것도 걱정하지 마세요." 다치바나 씨가 말했다. "회사에는 이미 연락했습니다. 퇴원 때까지 휴가를 연장해주기로 했답니다. 유급휴가로는 처리할 수 없다고 하지만요."

"다행이군요. 그만두어야 하지 않을까 걱정했는데."

"아니에요. 여자애를 구하려다 벌어진 일이라 회사에서는 그런 사실을 자랑스럽게 여긴다더군요. 게다가 당신의 평소 근무 태도도 평가가 좋았던 모양이에요."

"그래요?"

"성실한 사원으로 통한다던데요."

나는 씁쓸하게 웃으며 머리를 긁적였다. 직장 상사들은 마음에 들어했는지도 모른다.

"선배들은 제가 겁쟁이라서 성실한 거라고 하더군요. 윗분들에게 잘 길들어 있을 뿐이라면서요."

"어머, 말이 너무 심하네요."

"그렇지만 그 말이 맞을지도 모르죠. 윗분들 말씀이 꼭 옳기만 한 건 아니니까요. 그런데 제 주장을 내세울 용기도 없고, 솔직히 꾸중 듣는 게 두려워요. 아마 이런 사람을 겁쟁이라고 하겠죠. 마음이 약해요."

너는 마음이 약해서…… 어머니가 입버릇처럼 말했다.

"성실하게 일하는 건 잘못이 아니에요. 게다가 진짜 겁쟁이는 목숨 걸고 아이를 구하지 못해요. 자신감을 가지세요. 회사에서도 그런 당신을 높이 평가해 이런 조치를 취해준 게 틀림없으니까."

나는 고개를 끄덕였다. 오래간만에 다른 사람에게 칭찬을 받는다.

"그런데 면회는 어떻게 되는 거죠?" 내가 묻자 다치바나 씨의 표정이 다시 어두워졌다.

"아직 허가가 나지 않네요. 이런저런 문제가 남아 있어서."

"잠깐 만나는 것도 안 될까요? 제가 잘 지낸다는 걸 보여주고 싶은데요."

"미안하지만 안 돼요. 모르실 테지만 당신은 지금 아주 중요한 단계에 있어요. 이상한 자극을 받으면 정확한 분석을 할 수 없게 돼버릴지도 모릅니다. 그건 어떤 의미에서는 아주 위험한 일이죠." 내가 입을 다물자 다치바나 씨가 말을 이었다. "면회를 금지하는 이유는 하나 더 있어요. 자세한 이야기는 아직 할 수 없지만 당신이 지금 어떤 상태인지 전세계가 주목하고 있어요. 면회를 허락하면 아마 엄청나게 많은 보도진이 밀려들겠죠. 그러면 도저히 치료를 할 수 없을 거예요."

"보도진이 밀려들어요?" 나는 그녀의 얼굴을 바라보았다. "그렇게 큰일인가요? 강도가 쏜 총에 머리를 맞았을 뿐이잖아요? 물론 내게는 큰 사건이지만 세상 사람들이 기뻐할 뉴스라고는 생각되지 않는데요. 하물며 전세계 사람들이 주목하다뇨."

그렇지만 말이 채 끝나기도 전에 다치바나 씨는 천천히 고개를 젓기 시작했다.

"당신은 몰라요. 이렇게 살아남았고 우리와 대화한다는 사실이 어떤 의미를 지니는지. 조만간 다 알게 될 겁니다."

"조만간?"

"조금만 참아요." 어린애를 구슬리는 듯한 투였다. 나는 한숨을 내쉬는 수밖에 없었다.

"그럼 희망사항 하나만 들어주세요. 내가 잘 지내는 모습을 사진으로 찍어서 친구에게 보내줄 수 있습니까? 가능하면 짧은 편지도 덧붙이고 싶은데요."

다치바나 씨는 오른손을 뺨에 대더니 팔꿈치를 왼손으로 감싼 채 생각에 잠겨 있다가 머리를 비스듬히 기울인 채로 끄덕였다.

"사진이라면 아마 허락될 거예요. 다만 그 친구라는 사람 신분을 먼저 확인하겠죠. 편지 문제도 도겐 교수님과 의논해보죠."

"좋은 소식 기대하겠습니다."

"너무 기대하지는 마세요. 지금 당신 몸은…… 아니, 당신 뇌는 혼자만의 것이 아니니까요."

5

다치바나 씨는 세상이 주목한다고 이야기했지만 그 말을 곧이곧대로 믿을 만큼 순진하지는 않다. 내겐 그런 종류의 운이 없다는 사실을 이십여 년 전부터 알고 있다. 원래 사람들 앞에 나서지 못한다. 기타 여러분 가운데 한 명으로 평범하게 살아가는 게 성격에 맞다.

너는 마음이 약해서…… 이 말을 부모님에게 몇 번이나 들었던가. 특히 아버지는 나를 답답하게 여긴 모양이다. 일찍 독립해 어려서부터 설계사무소를 경영했던 분인 만큼 아들에게도 자기 같은 활기를 원했으리라. 나는 이웃 아이들에게 괴롭힘을 당하고 돌아올 때마다 큰 소리로 야단맞았다.

언제던가. 집 근처 큰 나무에 올라간 적이 있다. 나무를 잘 타지 못했지만 야단맞을까 봐 두려워 겨우 올라갔다. 그리고 내려오다가 굵은 가지에 이르렀을 때 아버지가 말했다. 거기서 뛰어내려보라고.

나는 도저히 그럴 수 없어 가지에 매달려 울었다. 아버지는 두 팔을 펼치고 받아줄 테니 뛰어내리라고 했다. 나는 그래도 울기말 할 뿐이었다. 그러는 사이에 어머니가 달려와 무슨 위험한 짓이냐며, 당연히 못 뛰어내리지 않겠느냐고 했다. 그래도 아버지는 한동안 말없이 두 팔을 펼치고 기다렸는데 이윽고 힘없이 팔을 내리더니 돌아서서 집으로 갔다. 나는 그때까지도 계속 울면서 도대체 왜 이래야 하는 걸까 생각했다.

고등학생이 되어 집에서 그림을 그리게 되자 아버지는 더 언짢아했다. 한창 클 때인 사내놈이면 더 밖에 나가 놀아야 한다고 했다. 못된 짓 한두 차례쯤은 저질러도 괜찮다는 둥 다른 아버지들은 입에 담지 않을 소리까지 했다.

안 돼, 준은 마음이 약해서……

그럴 때마다 어머니는 이렇게 말했다. 그리고 항상 덧붙였다. 착실하고 착한 게 이 아이의 장점이란 말이에요. 아버지는 더욱 언짢아했다.

아버지는 내가 고등학교 3학년 때 지주막하출혈로 세상을 떠났다. 일을 너무 많이 했으니 이른바 과로사일 거라고 의사가 말했다. 분명히 일을 잘하는 분이었다. 나는 나중에 미술대학에 가고 싶었으나 진로를 변경해야만 했다. 유산이 조금 남겨졌고 어머니가 일해 먹고살 수 있었지만 나 역시 더는 응석이나 부리고 싶지는 않았다.

공부도 할 수 있는 데다 월급도 준다는 좋은 조건에 끌려 지금 근무하는 회사에서 세운 전문학교에 입학시험을 치렀다. 나는 그림 말고 기계 쪽에도 관심이 있었다.

　재학 기간은 일반 대학과 마찬가지로 사 년이었다. 여기까지는 순조로웠는데 어머니의 심장발작만은 어찌할 수 없었다. 어느 날 내가 학교에서 돌아오니 부엌에 쓰러져 있었다. 이제 나를 도와줄 사람이 없다는 사실을 깨닫고 며칠 동안이나 훌쩍훌쩍 울며 지냈다.

　"무리하지 않아도 돼. 넌 너답게 살면 되는 거야."

　어머니는 살아 계실 때 자주 말씀하셨다. 나를 잘 아셨으리라. 그리고 나는 어머니 말씀대로 살아가기로 했다. 아주 평범하게, 두드러지지 않게. 내게는 그런 삶이 어울린다.

　그날 밤 도겐 박사는 와카오 조수를 데리고 방으로 들어왔다. 여느 검진 때와 달리 박사는 커다란 파일을 옆구리에 끼고 있었다. 나는 살짝 긴장했다.

　"몸은 좀 어떤가?"

　"고만고만합니다."

　음, 하고 고개를 끄덕이며 박사는 침대 옆에 의자를 놓고 앉았다.

　"오늘은 자네에게 테스트를 몇 가지 해보고 싶군. 뇌기능이 얼마나 회복되었는지 확인하기 위해서야."

　"제 생각에는 상당히 회복된 것 같은데요."

　"그렇겠지. 다치바나의 보고를 들어봐도 자네가 건강한 인간성을 유지중이라는 사실은 쉽게 알 수 있어. 하지만 뇌의 장애라는 건 그야말로 상상도 할 수 없는 형태로 나타나기 때문에 세심하게 주의하고 싶은 걸세." 박사는 무릎 위에 얹은 파일을 펼쳤다. "우선 자네 이름을 물을 거야. 그다음에는 나이와 주소. 왜 그런 빤한 내용을 묻나 싶겠지만 자기 자신에 대해 아는지가 중요한 거니까."

"그런 건 괜찮습니다. 이름은 나루세 준이치. 24세. 주소는……." 나는 거침없이 대답했다. 박사는 다시 가족이나 경력에 대해 물었다. 내가 부모님 이야기를 하자 박사 뒤에 서 있던 다치바나 씨가 고개를 숙였다. 마음씨가 참 고운 여성이다.

"화가가 되고 싶었다고 했지?"

"예. 지금도 그림 그리는 걸 좋아합니다."

"오호, 지금도?" 박사는 특별히 관심이 가는 듯한 표정을 지었다.

"토요일과 일요일에는 출근하지 않으니까 대개 그림을 그리죠."

지금도 내 방에는 캔버스가 그대로 놓여 있을 것이다.

"어떤 그림을 그리나?"

"여러 가지요. 요즘은 주로 인물화를 그립니다."

모델은 늘 같다.

"흐음." 박사는 허리를 움직여 고쳐 앉더니 혀로 입술을 적셨다. "지금은 어떤가? 역시 그림을 그리고 싶은가?"

"그렇습니다." 나는 선뜻 대답했다.

그 뒤로도 몇 가지 질문이 이어졌고 나중에는 필기식 지능 테스트 같은 것을 했다. 계산 능력이나 기억력을 확인하기 위한 테스트였다. 내 느낌으로는 지능이 사고 전과 다를 바 없는 것 같았다.

"수고했어. 오늘은 여기까지 하지." 박사는 내 답안지를 파일 안에 넣고 자리에서 일어났다. 그리고 문득 생각난 듯이 나를 내려다보았다. "친구에게 사진과 편지를 보내고 싶어한다는 이야기는 다치바나를 통해 들었네. 그렇게 하도록 하지."

"감사합니다." 나는 침대에 누운 채 고개를 숙였다.

박사는 가운 주머니에서 작은 메모지를 꺼냈다. "친구라는 사람이 하무라 메구미 씨…… 여성이군."

"예." 얼굴이 화끈거렸다.

"그렇군. 사실 자네가 여기로 이송된 뒤 매일 아침 안내 창구에 와서 상태를 묻고 돌아가는 아가씨가 있다더군. 어쩌면 그 사람일지도 모르겠어."

"아마 그럴 겁니다."

"한 가지 미리 말해두고 싶은 게 있는데." 박사는 지금까지보다조금 더 심각한 눈빛으로 나를 보았다. "현시점에서 자네의 행동은모두 데이터로 만들어 이곳에서 보존할 필요가 있네. 따라서 자네가편지를 쓸 경우 복사본을 떠서 그걸 보내는 형식을 취하고 싶은데."

"편지를 공개하라는 건가요?" 나는 놀라 목소리가 커졌다.

"공개하지는 않네." 박사가 잘라 말했다. "우리 데이터로 일단 보존해두고 싶을 뿐이지. 누구도 볼 수 없고, 필요 없어지면 자네가 보는 앞에서 없앨 거야."

나는 어이가 없어 그들의 얼굴을 차례차례 바라보았다. 하지만 박사는 물론 두 조수도 생각을 바꿀 마음은 없는 듯했다.

"할 수 없군요." 나는 어깨를 으쓱했다. "그렇지만 메구미에게 원본을 보낼 수 없을까요? 아무래도 복사한 걸 보내기는⋯⋯."

도겐 박사는 와카오 조수와 얼굴을 마주 보더니 이윽고 나를 보며 고개를 끄덕였다.

"좋아. 우리도 양보를 하지."

도겐 박사와 와카오 조수는 일단 방을 나갔는데 잠시 후 와카오 조수만 돌아왔다. 손에 즉석카메라를 들었다. 그걸로 나를 찍어줄 모양이다.

"모처럼 사진을 찍으니까." 조수는 전기면도기를 빌려주었다. 고마웠다. 턱 끝과 뺨에 수염이 꺼끌꺼끌하면 뭔가에 집중할 수 없어 곤란하다.

수염을 다 깎은 뒤 촬영을 시작했다. 와카오 조수는 대충 몇 장 찍더니 사진을 보여주며 마음에 드는 걸 고르라고 했다. 어느 사진이나 마찬가지 같았지만 거기 찍힌 모습은 별로 환자 같지 않아 마음이 놓였다.

"애인이죠?" 방을 나가기 전에 조수가 물었다. 그 말투가 너무 자연스러웠다.

"뭐, 그렇죠." 나도 별 생각 없이 대꾸했다.

그 뒤 다치바나 씨가 엽서와 사인펜을 가지고 들어왔다. 오늘 밤 안으로 써서 머리맡에 놓아두면 다음에 메구미가 왔을 때 건네주겠다고 했다.

다치바나 씨의 발소리가 멀어지는 걸 확인한 뒤 나는 머리맡에 놓인 엽서와 사인펜을 집어 들었다. 어쨌든 메구미에게 연락을 취할 수 있다는 것만으로도 다행으로 여겨야 했다. 메구미는 아마 무척 걱정하고 있으리라. 내 편지를 받으면 기뻐서 소녀처럼 뛸지도 모른다. 그 모습을 상상하니 가슴이 설렜다.

하무라 메구미는 이 년 전에 만났다. 내가 늘 드나드는 화방에 새 점원으로 나타난 게 계기였다. 미인은 아니지만 주변 공기를 따스하게 만드는 분위기를 지니고 있었다. 어떻게든 점원과 손님이라는 처지를 벗어나 말을 걸고 싶었지만 여성과 사귀어본 적이 없는 나는 차 한잔하자는 말조차 꺼내지 못했다. 조금이라도 오래 가게에 머물거나 자질구레한 물건을 여러 개 사는 정도였다. 많이 사면 그만큼 계산대에서 마주 보는 시간이 길어졌다.

먼저 말을 건 사람은 메구미였다. 어떤 그림을 그리세요, 하고 물었다. 나는 흥분한 나머지 속이 바짝바짝 타들어가면서도 그 무렵 그리던 꽃 그림 이야기를 했다. 그림의 이미지가 제대로 전달되었는지는 알 수 없지만 메구미는 꼭 보고 싶다고 했다.

"그럼 다음에 갖고 올게요." 내 딴에는 한껏 용기를 내어 말했다.

"정말요? 그럼 기대할게요." 메구미는 두 손을 가슴 앞에 모으며 말했다.

그날 집에 도착해 보니 셔츠 겨드랑이 아래가 흠뻑 젖어 있었다. 메구미와 친해졌다는 사실이 뛸 듯이 기뻤다.

이튿날, 나는 그림을 챙겨 들뜬 마음으로 가게 앞까지 갔다. 그렇지만 입구의 유리문을 열기 직전 화방 안 모습이 보였다. 메구미가 학생으로 보이는 젊은 남자와 이야기를 나누고 있었다. 점원이 손님을 대하는 표정이 아니었다. 하루 전에 내게 보인 표정보다 훨씬 친근해 보였다.

나는 가게에 들어가지 못하고 집으로 돌아와 그림을 내동댕이치고 드러누웠다. 바보 같은 나 자신이 싫어졌다. 메구미는 나만 특별히 친근하게 대해준 게 아니다. 누구에게나 그 정도 말은 한다. 정색하고 그림을 들고 갔다면 말은 하지 않아도 속으로는 난감해했을 것이다.

전에도 그런 일이 있었다. 상대방이 조금만 친근하게 대해주어도 우쭐해서 내게 애정을 품고 있다고 착각해버렸다. 그게 단순한 호의, 또는 겉치레일 뿐이라는 사실을 깨달을 때마다 자기혐오에 빠져 상처받았다.

그 뒤로 한동안 그 화방에 가지 않았다. 메구미와 마주치기가 괜히 두려웠다.

메구미를 다시 만난 곳은 화방이 아니라 노선버스 안이었다. 바로 알아보았지만 메구미가 나를 기억할지 몰라 말을 걸지 않았다. 그러자 메구미가 버스 승객을 헤치고 내게 다가왔다.

"요즘 안 보이시던데. 바쁘신가 봐요." 메구미가 물었다. 나는 그녀가 나를 기억해주었다는 사실만으로도 머리가 멍해져 '아, 이, 뇨……' 하며 맥 빠진 대답밖에 하지 못했다.

메구미가 말을 이었다. "꽃 그림, 아직 다 못 그리셨어요?"

앗. 나는 속으로 외쳤다. 그런 내 얼굴을 보며 메구미가 말했다. "전에 가지고 오신다고 했잖아요? 기다렸는데 들르지 않기에 아직

다 그리지 못하셨나 보다 생각했어요."

나는 메구미의 눈을 바라보며 역시 멋진 여성이라고 생각했다. 그림을 기다리겠다는 말은 인사치레로 한 게 아니었다. 메구미의 호의를 믿지 않은 나 자신이 부끄러웠다.

그림은 완성했다고 하자 메구미는 당장이라도 보고 싶은 눈치였다. 나는 용기를 내어 집에 함께 가자고 해보았다.

"어머, 그래도 돼요?" 메구미는 기뻐했다.

꿈같은 이야기인데, 하무라 메구미는 내 방에서 내가 그린 그림을 보았다. 그리고 계속 칭찬해주었다. 나는 메구미를 힘껏 끌어안고 싶은 충동을 느꼈다. 하지만 그런 짓을 할 수는 없어 그녀에게서 가장 멀리 떨어진 데 앉아 세상에서 으뜸가는 미술품을 손에 넣은 기분으로 바라보았다.

그 뒤로도 그림이 완성될 때마다 메구미에게 보여주러 갔다. 자랑할 만한 그림은 아니지만 메구미가 내 그림을 보고 뭔가 코멘트를 해주는 게 몹시 기뻤다.

"나루세 씨는 꽃이나 동물 그림을 좋아하는구나." 어느 날 메구미가 말했다. 보여주는 그림이 그런 것뿐이었기 때문이다. 나는 사실 인물화를 그리고 싶다고 말했다.

"사람을?"

"그래. 그렇지만 모델이 없어서." 나는 기대를 담은 눈으로 메구미를 바라보았다. 내가 무엇을 바라는지 그녀도 깨달았을 것이다. 그 증거로 메구미는 주근깨가 있는 콧등에 주름을 만들며 웃었다.

"미인이 아니라도 괜찮아?"

"미인이 아닌 편이 더 낫지." 내가 말했다. 그러자 메구미는 아랫입술을 깨물며 부드럽게 노려보았다.

"그렇게 말하면 입후보하기 힘들잖아."

이튿날부터 메구미는 아르바이트가 끝난 뒤 집으로 찾아와 모델이 되어주었다. 그림이 목적이었지만 메구미와 단둘이 지내는 시간이란 것도 너무 소중했다. 우리는 서로에 대해 알아갔다. 메구미는 시골에 부모를 남겨두고 도쿄로 왔다고 한다. 디자이너가 꿈이었는데 재능이 없다는 걸 깨닫고 단념한 모양이다. 그래도 부모님에게 신세를 지기 싫어 빠듯하게 생활하고 있다고 했다.

"그렇지만 아직 젊은데 디자이너가 되는 꿈을 버리다니." 내가 말하자 메구미는 쓸쓸하게 웃었다.

"젊은데 참신한 이미지가 전혀 떠오르지 않아. 그래서 포기했어."

"참신함만 중요한 건 아닐 텐데."

"위로해주지 않아도 괜찮아. 오래전부터 알고 있던 사실이야. 난 무슨 일에나 평균 이하였고, 남보다 돋보이지도 않고 특별한 장점도 없었어."

"넌 돋보이고, 너하고 이야기하고 있으면 즐거워." 메구미의 장점을 이야기해줄 작정이었다. 그렇지만 일종의 고백도 겸한다는 사실을 깨닫고 얼굴이 빨개졌다. 메구미도 좀 부끄러워하더니 말했다.

"고마워. 네 마음씨가 고와서 좋아." 그 말을 듣고 얼굴이 더 뜨거워졌다.

나는 내 눈에 비친 메구미의 매력을 안간힘을 다해 캔버스 위에 되살리려 애썼다. 매력의 상징인 주근깨를 실물처럼 멋지게 그리는 일은 무척 힘든 작업이었다.

누드는 싫다는 게 메구미의 조건이라 나체를 그린 적은 한 번도 없었다. 하지만 내 집에 드나든 지 한 달쯤 지났을 무렵, 메구미는 비로소 속옷을 벗었다. 내가 사랑을 고백한 직후였다. 섹스는커녕 키스조차 해본 적 없었지만 상대가 메구미라면 무슨 일이든 잘할 수 있을 것 같은 기분이었다. 그리고 우리는 그림 도구로 어지러운 방 안에서 사랑을 나누었다.

나는 메구미의 발가벗은 몸을 떠올렸다. 긴 다리가 메구미의 자랑이었다.

정신을 차리니 다리 사이가 묵직해지기 시작했다. 박사가 아직 성기능은 점검하지 않았지만 그럴 필요는 없을 듯했다. 나는 사인펜을 들고 조금 생각한 뒤 엽서에 '안녕? 난 잘 지내'라고 첫 줄을 썼다.

4월 11일 수요일

지능 테스트와 심리 테스트 실시. 지능은 우수한 편에 들어간다. 앞으로 경과에 따라 달라지겠지만 일단 문제없다. 심리 테스트 결과도 거의 양호한 편이지만 분석 불가능한 특이점이 몇 개 발견되었다. 추가 테스트를 할 것이다.

스스로 문장도 작성했다. 내용은 여자친구에게 보내는 근황 보고. 문장은 간결 명료하고 정보량이 풍부할 뿐만 아니라 일관성이 있다. 문체도 틀이 잡혀 있고 잘못된 글자나 빠뜨린 글자도 보이지 않았다. 문장력 수준이 상당히 높다고 평가해도 좋다.

즉석카메라로 얼굴 촬영. 여섯 장을 찍어 직접 고르게 했더니 비스듬히 왼쪽에서 찍은 사진을 선택했다. 심리 분석 데이터로 삼는다.

6

의식을 되찾은 지 삼 주째, 한밤에 가위눌려 잠에서 깼다. 기분 나쁜 꿈을 꾸었다. 죽은 물고기 같은 눈을 지닌 그 남자가 내 이마에 총을 쏘는 꿈이다. 사건에 대한 기억이 되살아난 뒤로 이번이 세 번째다.

지난 두 차례는 잠에서 깬 직후에 내가 어디 있는지 몰랐다. 의식 속에서는 전혀 다른 곳에 있는 기분이 들었다. 그게 어딘지는 모른다. 어쨌든 내가 왜 이런 곳에 있는지 시간이 좀 흐르기 전에는 알지 못했다.

이날은 그 증상이 더 심했다. 내가 누군지도 잠시 깨닫지 못했다. 머리를 감싸 쥐고 베개에 얼굴을 묻었다. 머릿속에는 도저히 설명할 수 없는 기억의 단편뿐이다. 그게 차츰 형태를 이룬다.

이내 기억이 되살아나고 내가 누구인지 깨달았지만 동시에 기묘한 느낌이 들었다. 어제까지의 나와는 감성이 완전히 달라져버린 것 같았다.

윗몸을 일으키니 등에서 엉덩이까지 땀으로 흠뻑 젖어 있었다. 잠옷이 축축했다. 침대에서 내려와 구석에 쌓인 골판지상자에서 갈아입을 옷을 꺼냈다. 상자에 속옷 종류가 있다는 걸 다치바나 씨한테 들어 알고 있다.

옷을 갈아입었더니 몸이 느끼던 불쾌감은 사라졌지만 기분은 그리 나아지지 않았다. 심장 위에 점토를 끼얹은 듯이 가슴 언저리가 묵직하다. 그런데 아주 이상하게도 가만히 있을 수 없을 정도로 온몸의 세포가 난리를 쳤다. 어떻게 된 일인지 나도 모르겠다.

목이 말랐지만 머리맡에 있는 물주전자 쪽으로 손을 뻗고 싶지는 않았다. 왠지 불쑥 캔커피를 마시고 싶어졌다. 이상하다. 캔커피 같은 건 지금까지 거의 마신 적도 없고 특별히 좋아하지도 않는다. 그런데 너무 마시고 싶었다.

나는 옷걸이에 걸어둔 바지의 주머니를 뒤졌다. 부동산 중개사무소에 갈 때 입은 그대로, 검은 지갑이 들어 있었다.

문으로 가다가 세면대 거울에 무심코 시선이 닿았다. 그리고 흠칫했다. 낯선 사람이 비쳤기 때문이다. 나도 모르게 뒷걸음질을 쳤다

동시에 거울 안에 있는 인물도 뒤로 물러났다. 내가 손을 움직이자 똑같이 움직였다. 얼굴을 문지르니 거울 속 인물도 반대편 손으로 얼굴을 문질렀다.

가까이 다가가 거울 속 남자를 자세히 보았다. 모르는 사람인 줄

알았는데 자세히 보고 나서 그게 나라는 사실을 깨달았다. 그래, 이게 내 얼굴이야. 겁먹을 일 없잖아. 대체 내 모습이라는 걸 깨닫는 데 왜 이렇게 시간이 걸린 걸까.

마음을 가다듬었다. 잔돈을 손에 쥐고 살며시 문을 연 다음 바깥을 살폈다. 방범등이 희미하게 빛을 내고 있을 뿐 복도는 어두컴컴했다. 지키는 사람도 없는 듯했다. 나는 재빨리 방을 빠져나왔다.

이 층에 음료 자동판매기가 없다는 건 알고 있었다. 그야말로 아무것도 없는 곳이다. 아래층으로 내려가보기로 했다.

엘리베이터가 있지만 작동 중지 표시등이 들어와 있었다. 계단은 바로 옆에 있었다.

하지만 조금 내려가다 멈춰야만 했다. 출구가 셔터로 막혀 있었기 때문이다. 주위를 둘러보아도 셔터를 여닫는 스위치는 눈에 띄지 않았다.

계단을 뛰어 올라가 복도를 반대 방향으로 달렸다. 거기에 비상구가 있다는 걸 안다. 나는 비상구 출입문의 문손잡이를 잡고 돌렸지만 꿈쩍도 하지 않았다. 위를 보니 문을 잠가놓았다.

이럴 수가. 문을 발로 찼다. 이런 상태라면 불이 났을 때 어떻게 대피하라는 말인가.

다시 계단으로 돌아와 이번에는 위층으로 가보았다. 다행히 이쪽은 셔터를 내릴 수 없게 되어 있었다.

다른 층에 와보기는 처음이었다. 이곳 또한 복도에는 아무것도 놓여 있지 않았다. 캔커피를 마시겠다는 목적은 이룰 수 없었지만 계속 걸었다.

먼저 눈에 들어온 두 방은 개인용 방으로 되어 있었다. 박사나 조수들은 여기서 숙박하는 모양이다. 그들이 요즘 거의 퇴근하지 않는다는 사실을 나는 안다.

맞은편 방은 문이 살짝 열려 있었다. 다가가 심호흡을 한 차례 하고 안으로 들어갔다. 벽을 더듬어 스위치를 찾았다. 불이 켜지자 환한 불빛 때문에 눈이 부셨다.

방 한가운데 커다란 받침대가 놓였고 그 위에는 여러 계측 장비가 올려져 있었다.

벽 쪽에는 약품 선반과 캐비닛이 보였다. 찬장처럼 보이는 집기도 있는데 유리잔이나 컵이 아니라 비커와 플라스크 같은 물건이 들어 있었다.

내가 속으로 살짝 환호성을 지른 까닭은 냉장고가 눈에 들어왔기 때문이다. 문짝이 다섯 개나 달린 대형 냉장고인데, 전원이 들어와 있다는 증거로 나지막하게 컴프레서 소리가 났다. 캔커피야 없을 테지만 주스, 어쩌면 맥주 같은 것이 있을지도 모른다. 와카오 조수는 의외로 술이 셀 것 같았다.

입안에서 샘솟는 침을 삼키며 설레는 가슴을 안고 냉장고 문을 하나 열었다. 작은 깡통이 보여서 절로 미소가 지어졌지만 이내 그게 아니라는 사실을 깨달았다. 누구도 캔커피 라벨에 화학식 따위는 적지 않는다.

다른 문을 열어도 마찬가지였다. 안에는 정체를 알 수 없는 액체가 담긴 시험관과 약품 병뿐이었다.

마지막으로 가장 끄트머리에 있는 문을 열었다. 손에 들고 옮길 만한 금고 크기의 유리 용기가 위아래에 하나씩, 모두 두 개 들어 있었다. 그 안에는 회색 액체가 가득 찼는데 자세히 보니 큰 살덩어리 같은 것이 떠 있었다. 나는 눈을 크게 떴다. 그리고 그게 뭔지 깨닫고는 심한 구역질을 느꼈다.

뇌였다. 뿌옇고, 터져 쭈그러든 고무공 같았지만 그 독특한 모양새는 틀림없이 사람의 뇌였다.

유리 케이스에는 흰 종이 라벨이 붙었다. 배 속에서 뭔가 치밀어 오르는 걸 참으면서 읽어보니 매직펜으로 '도너 No.2'라고 적어놓았다.

다른 유리 케이스를 보았다. 이쪽도 마찬가지였다. 하지만 안에 떠 있는 살덩어리가 무척 작았다. 라벨에는 '호스트 JN'이라고 적혀 있었다.

JN?

무슨 뜻일까 생각하자마자 내 이름의 머리글자가 떠올랐다. 그 순간 가슴속에 있던 덩어리가 바로 솟아올랐다. 이번에는 참아내지 못했다. 내가 토한 것들이 바닥을 더럽혔다.

냉장고 문을 닫고 방에서 뛰쳐나왔다. 그리고 계단을 뛰어 내려가고 복도를 달려 '특별병실'이라 불리는 내 방으로 돌아왔다. 침대에 누웠지만 도저히 잠을 이룰 수 있는 상황이 아니었다. 나는 아침까지 나와 내 뇌에 대해 생각했다. JUNICHI NARUSE…… JN.

그 살덩어리는 내 뇌일까?

만약 내 뇌가 유리 케이스 안에 있다면 지금 머릿속에 든 것은 대체 누구의 뇌라는 걸까?

7

이튿날 아침 일찍 다치바나 씨가 왔다. 도겐 박사가 날 부른다고 했다.

"중요한 이야기가 있대요."

복도를 나서자 다치바나 씨는 아무 말 없이 걷기 시작했다. 나는 할 수 없이 그 뒤를 따랐다. 걸음을 멈춘 곳은 분석실 앞이었다. 노크하자 '들어와요' 하는 박사의 목소리가 들렸다.

분석실에 들어오기는 처음이었다. 이곳은 검사와 치료를 하는 곳이 아니라 여러 방법으로 얻은 데이터를 처리하는 방이다. 방의 70퍼센트를 컴퓨터와 주변 기기가 차지했고, 나머지 30퍼센트 공간에 책상과 선반이 놓여 있었다. 그리고 안쪽 책상에서 도겐 박사가 뭔가 쓰고 있었다.

"이제 곧 끝나네. 거기 의자에 앉아 기다리게." 펜을 움직이며 박사가 말했다. 나는 주위를 둘러보고 벽에 기대 세워놓은 접이식 의자를 펴서 앉았다.

"교수님, 저는?" 다치바나 씨가 물었다.

"아, 자넨 나가도 돼." 박사가 대답했다.

나는 실내를 둘러보며 뭔가 나하고 관계있는 것이 없을까 생각했다. 하지만 의미를 알 수 없는 숫자가 적힌 종이가 벽에 붙어 있을 뿐 아무런 실마리도 찾지 못했다.

십 분쯤 기다리니 '됐다, 끝났어'라고 박사가 중얼거렸다. 그러더니 지금까지 무언가 적던 문서를 커다란 서류봉투에 넣었다. 봉투에 조심스럽게 풀칠을 해 붙이더니 나를 보고 싱긋 웃었다.

"미국 친구에게 보낼 자료야. 믿을 만한 사람이고 내 조언자지."

"저에 대한 자료인가요?"

"물론 그렇지." 박사는 회전의자를 돌려 내 쪽을 보았다. "좀 더 가까이 오게."

나는 엉덩이를 붙인 채 접이식 의자를 두 손으로 들어 박사 앞까지 걸어갔다.

박사가 손바닥을 마주 비비면서 말했다. "자, 우선 자네 목적을 묻겠네. 밤중에 뭐가 필요했던 거가?"

나는 박사의 얼굴을 똑바로 바라보며 의자에 기댔다.

"역시 아시는군요."

"저온 보존고 앞에 자네 흔적이 있었지."

토사물 이야기다.

"바닥을 더럽혀 죄송합니다."

"사과는 다치바나에게 직접 하는 게 좋겠네. 청소는 그 친구가 했으니까."

"그러겠습니다." 나는 고개를 끄덕이고 의자 깊숙이 고쳐 앉았다. "제 방에서 나간 건 목이 말라서였죠. 캔커피를 마시고 싶어 자판기를 찾았습니다."

"캔커피?" 박사는 의아하다는 표정을 지었다.

"예. 왠지 어젯밤에 유난히 마시고 싶어져서……."

"흐음." 박사는 깍지를 꼈다. "하지만 여기엔 그런 게 없을 텐데."

"없었죠. 자판기는커녕 아무것도…… 출구도 없더군요."

"출구?"

"예. 엘리베이터는 운행 중지상태였고, 계단에는 셔터를 내려놓았고, 비상구는 잠겨 있었죠. 대체 왜 이렇게 되어 있는지 도통 이해할 수 없군요."

좀 세게 나가자 박사는 난처한 듯 입을 꾹 다물었다. 하지만 그것도 잠깐이었다. 바로 온화한 표정을 되찾더니 달래듯 말했다.

"그 점에 대해서는 천천히 설명할 필요가 있겠군. 처음부터 순서대로 말이야. 하지만 첫 설명이 참 어려워. 언젠가 자네에게 이야기할 필요가 있었지만 시기가 문제였네."

내가 대꾸했다. "이제 괜찮습니다. 무슨 이야기든 해주세요. 처음부터 끝까지 전부요. 제가 대체 어떤 부상을 당했고 어떤 상태였으며, 그리고……" 나는 침을 삼키고 말을 이었다. "제 뇌가 어떻게 되었는지를…….”

으음, 하고 고개를 숙인 채 박사는 깍지를 끼었다 풀었다 했다. 그리고 다시 나를 바라보았다.

“보존고 안을 본 거로군.”

“봤습니다.” 내가 대답했다. “JN이라는 이니셜이 적힌 케이스도 봤고요.”

“이니셜 같은 건 적지 말라고 했는데.” 박사는 혀를 쯧쯧 찼다. “호스트라고만 적어도 충분했는데. 그건 전세계에 자네뿐이니까 말이야. 와카오는 이상한 부분에서 꼼꼼하다니까.”

“호스트라는 게 뭡니까? 설명해주세요.” 내가 물었다.

박사는 이 초쯤 동작을 멈췄다가 둘째손가락을 세웠다. 그리고 책상 위에 아무렇게나 놓여 있던 신문을 집어 들더니 내게 내밀었다. “우선 이걸 읽어보게.”

나는 신문을 받아들고 스포츠면을 펼쳤다. 그게 버릇이기 때문이다. 활자를 읽기는 오래간만이라 눈 안쪽이 따끔거리는 듯했다. 응원하는 프로야구 팀이 져서 나는 입술을 삐죽 내밀었다.

“스포츠면 말고. 1면일세.” 박사가 말했다.

나는 신문을 덮어 1면을 보았다. 제일 먼저 눈에 들어온 기사는 주가가 불안정하다는 구석 쪽 작은 기사였다. 그다음에는 시선을 천천히 옮겨 한복판에 있는 큼직한 사진을 보았다. 남자 세 명이 기자회견하는 사진이었는데 한가운데 있는 사람이 도겐 박사였다. 그 위에 ‘뇌이식 수술 무사히 종료’라는 커다란 제목이 박혀 있었다.

나는 되새김질하듯 그 제목을 읽고 또 읽었다. '이식'이라는 말이
지닌 뜻을 생각하며 얼굴을 들었다. "뇌이식?"

"그렇지." 박사는 천천히 고개를 끄덕였다. "기사를 좀 읽어보게."
나는 다시 신문으로 시선을 옮겼다.

도와 대학 의학부 뇌신경외과 도겐 교수를 비롯한 의료진이 9일 밤
에 시작한 세계 최초 성인 뇌이식 수술은 약 이십사 시간이 지난 10일
밤 10시 25분에 무사히 종료되었다. 의료진에 따르면 환자 A씨(24세)는
여전히 혼수상태이지만 이삼 일 안에 뇌기능을 회복하기 시작할 것으
로 기대된다.

몸속 피가 역류하듯 온몸이 뜨거워졌다. 심장 고동이 빨라지고 귀
뒤에 있는 핏줄이 펄떡펄떡 뛰었다.

"이 A씨라는 사람이 접니까?"

박사가 고개를 끄덕이는 대신 눈을 껌뻑였다.

"이식…… 제 머리에 다른 사람 뇌가 이식된 겁니까?" 나는 두 손
으로 머리를 감쌌다.

"그렇지."

"믿을 수가 없네요." 입에서 저절로 신음소리가 흘러나왔다. "뇌
를 이식할 수 있다니."

"뇌를 특별한 존재라고 생각해선 안 돼. 심장이나 간장과 마찬가
지로 오랜 세월에 걸쳐 단순한 세포에서 진화한 것이지. 기독교 신

자라면 모두 신이 만들어주신 거라고 하려나?"

"그렇지만…… 뇌는 특별하죠."

"기계로 비유하면 컴퓨터지. 그래서 고장 난 부분은 수리할 수 있고, 경우에 따라서는 부품 교환도 할 수 있네. 자네도 망가진 기계를 수리하는 전문가잖아. 심장부가 망가졌다고 해도 냉큼 포기하지 않을 거야. 아니, 심장부라는 표현은 좀 헷갈리겠군. 중추부라고 해야 하려나?"

"SF 속에 나오는 이야기인 줄 알았죠."

"요즘 SF는 더 발전했어. 게다가 뇌이식 자체는 그리 새로운 이야기도 아니지. 1917년에 던이라는 학자가 이미 시도해 보고했네. 1976년에는 갓 태어난 쥐의 뇌 일부를 다 큰 쥐에게 이식해도 제대로 살 수 있다는 사실이 밝혀졌지. 그 뒤 뇌이식 기술은 여러 형태로 발전해 1982년 5월 스웨덴에서는 파킨슨병 치료를 위해 사람의 뇌를 이식했네."

"그렇게 오래전에요?" 솔직히 놀랐다.

"상당히 낮은 수준이었네. 다른 사람의 뇌 일부를 환자 머리에 이식한 게 아니라 환자 본인의 부신副腎 일부를 꼬리핵대뇌 기저핵에 있는 신경핵. 학습과 기억에서 중요한 부분을 차지함이라는 뇌 부위로 이식했을 뿐이지. 이렇다 할 효과는 없지만 그래도 환자에게 이상이 없었고 조금이지만 증상이 호전되었지. 그 뒤로 알츠하이머병이나 노화 현상을 치료하는 방법으로 뇌이식에 대한 연구가 활발해졌네. 최근에는 학습 장애를 일으킨 환자의 전두전피질전두엽 앞쪽 일부라는 부분에 이식을 시도해 치료에 성공한 사례가 있지. 이건 1984년에 쥐실험에서 확인되었는데 인간에게도 응용할 수 있다는 이야기지."

"그렇지만 여기엔 세계 최초라고 표현했는데요." 나는 신문을 가리키며 말했다.

"성인 뇌이식이 그렇다는 거지." 박사는 책상 위에서 파일을 집어 들고 펼치며 말했다. "여태까지 뇌이식에는 태아의 뇌 일부를 사용했네. 신경세포가 분열 능력을 지닌 단계가 아니면 신경회로가 제대로 연결되지 않을 거라고 생각했기 때문이야. 틀린 생각은 아니었지만 그 뒤 여러 연구를 통해 성인 뇌이식도 이론적으로 가능하지 않겠느냐는 주장이 나오게 되었지. 반가운 소식이었네. 성인 뇌를 이식할 수밖에 없는 상황이 실제로 자주 발생하거든."

"제가 그 케이스였던 건가요?"

"그렇지." 박사가 고개를 끄덕였다. "자네가 여기 왔을 때의 상황을 설명해야겠군. 총탄은 자네 오른쪽 뒷머리 옆 부분에서 들어와 오른쪽 앞머리로 빠져나갔지. 즉 관통했다는 이야기일세."

나는 침을 꿀꺽 삼켰다. 박사는 이런 일은 흔하다는 표정으로 말을 이었다. "솔직히 완치 가능성이 없다고 생각했어. 설사 목숨을 건진다고 해도 의식을 되찾을 수는 없을 거라 추측되었네. 내장기관을 움직이는 뇌 부분은 무사했기 때문에, 알기 쉬운 표현을 쓰자면 식물인간이 될 거라고 보았지."

"끔찍한 일을 당했군요."

"자네가 나였어도 그런 상황에서는 똑같은 생각을 했을 거야. 그렇지만 난 자네 머리를 살펴보고 기적이 일어나면 살 수도 있다는 걸 알게 되었지. 자네에게 적합한 뇌가 바로 옆에 있는 기적 말일세. 즉 뇌를 이식하면 살아날 수 있는 케이스라고 확신했지."

"그리 중상은 아니었다는 겁니까?"

"그렇지 않아." 박사는 눈을 부릅떴다. "자네는 누가 봐도 중상이 었지. 다만 동물실험 단계에서는 이식 가능하다고 결론이 난 부분이 손상된 상태였어."

동물실험 단계에서 그렇다는 건 인간에게 테스트한 적은 없다는 뜻이다.

"그런 상태인 환자가 아직까지 없었나요?" 내가 물었다.

"아니. 그렇지는 않아. 아주 많았지."

"그렇지만 지금까지 이식이 이루어진 적이 없잖아요? 왜죠?"

"조건을 갖추지 못해서였네." 박사는 떨떠름한 표정으로 말했다. "현재 뇌이식에 대한 연구가 활발한 나라에서는 기회만 있으면 하고 싶어 안달이 났지. 하지만 조건이 갖추어지지 않아서 아직 어디서도 할 수 없었네."

"조건이란 게 뭡니까?"

"도너donor, 즉 뇌 제공자 문제일세. 즉시 신선한 뇌를 구할 수 있는 경우는 거의 없지. 설사 구해진다고 해도 적합성 문제에 가로막히고."

"적합성이라면, 혈액형 말인가요?"

"혈액형 문제도 있지. 하지만 다른 항목에 비하면 낮은 장애물이라고 할 수 있을 거야." 박사는 자기 오른팔을 앞으로 뻗었다. "신경세포 레벨까지 정밀하게 고려해야만 이야기가 돼. 사람의 뇌 신경세포에는 수많은 유형이 있다네. 개성이라고 해도 괜찮겠지. 이 세상에 나와 완전히 똑같은 신경세포를 지닌 인간은 있을 수 없을 거야. 그렇지만 우리는 이식 가능성을 생각할 때 26개 항목의 특성이 일치하면 합격이라고 봐. 거부 반응도 없겠지. 이런 수준의 사람이라면 십만 명 가운데 한 명쯤 있네."

"십만분의 일……."

나는 한숨을 내쉬었다.

박사가 말을 이었다. "그런 이상적인 뇌를 구할 수 없더라도 절반인 13개 항목이 일치하면 이식은 가능하다고 생각하네. 거부 반응에 대한 대비가 필요할 테지만 말이야. 하지만 이런 경우라면 이백명 가운데 한 명 꼴로 찾을 수 있을 거야."

"조금 현실적이군요. 그래도 이백 명 가운데 한 명이면 세계적으로 이식 사례가 없다는 이야기도 이해가 됩니다."

조금 전 도겐 박사가 적합한 뇌가 발견되는 '기적이 일어나면'이라고 했는데 정말 기적이 필요한 일이다. "그런데 제게 맞는 뇌가 있었다는 거로군요."

"맞아. 자네가 이리로 이송되기 두 시간 전에 심장사한 환자가 있었네. 그 사람의 뇌를 조사한 결과 기적이 일어난 거야."

"심장사…… 죽은 사람의 뇌로군요."

"그건 어쩔 수 없지 않겠나. 산 사람의 뇌를 꺼낼 수야 없지."

그건 그렇다.

"적합성은 어느 정도였나요?"

그러자 박사는 내 얼굴을 물끄러미 바라보며 심호흡을 한 다음 입을 열었다. "스물여섯."

"예?"

"스물여섯이야. 이식 가부 판정 항목이 모두 일치했어. 십만분의 일이라는 기적이 일어난 거지."

나는 대꾸할 말을 찾지 못했다.

"사실대로 이야기하면 절차를 밟느라 시간이 걸릴까 봐 걱정이었네. 성인 뇌이식은 처음이었고, 도너 즉 제공자의 심장이 정지한 지 얼마 지나지 않았는데 과연 뇌를 꺼내도 된다는 허락을 받을 수 있겠는가 싶어서. 그리고 당연한 이야기지만 자네 허락도 받지 못했지. 긴급심의위원회가 열렸는데 보수적인 의견이 많이 나올지도 몰라 걱정스러웠네. 그런데 회의는 어처구니없을 만큼 일찍 끝나버렸어. 자넬 구할 방법이 달리 없기 때문이기도 했지만 역시 십만분의 일이라는 기적을 활용하지 않을 도리가 없다는 의견이 크게 작용했겠지. 게다가 도와 대학에게는 오래간만에 큰 관심을 모을 수 있는 일이었고."

"위대한 시도였군요."

내 말에 박사는 기쁜 표정을 지으며 고개를 끄덕였다. "그렇지."

나는 다시 머리에 손을 얹었다. 믿을 수 없는 기적의 결정체가 여기 있다. 아니, 내가 이렇게 의식이 있다는 것 자체가 결정체다.

"어젯밤 보존고 안에 유리 케이스가 두 개 들어 있는 걸 봤겠지. 이번에 이식 수술한 두 뇌의 절편이 담겨 있을 걸세."

"배양액 같은 액체에 잠겨 있었죠."

"그건 특수한 보존액이야. 한쪽은 도너의 뇌인데 이식에 필요한 부분을 떼어내고 남은 부분. 다른 한쪽은 자네의 부서진 뇌의 일부지. 양쪽 다 표본으로 보존해두고 있네."

또 속이 메슥거렸지만 구역질이 날 만큼은 아니었다.

"이상이 자네 수술에 대한 이야기일세. 질문 있나?"

나는 팔짱을 끼고 박사의 발치를 보았다. 고개를 끄덕이며 들었지만 내게 그런 일이 일어났다는 실감이 전혀 들지 않았다. 도겐 박사는 기계 부품을 갈아 끼우는 일과 마찬가지라고 했다. 정말 그렇게 생각하고 넘어가도 되는 걸까?

"질문을 하려고 해도…… 뭘 물어야 할지 머릿속에 떠오르지 않네요." 나는 고개를 저었다.

"예를 들어 총탄을 맞은 부위가 심장이고 다른 사람의 심장이 이식되었다면 훨씬 자연스럽게 그 사실을 받아들였을 테지. 조금 전에 이야기했지만 뇌를 특별한 존재라고 생각할 필요는 전혀 없어."

"도너…… 제게 뇌를 제공해준 사람에 대해 알고 싶은데요." 내가 말하자 박사는 미간을 찌푸리고 볼을 부풀렸다.

"안 됩니까?"

"기본적으로는 비밀로 되어 있네. 도너의 가족에게도 누구에게 뇌를 이식하는지 알려주지 않아. 그렇지만 그날 이 병원에 실려온 환자를 조사하면 쉽게 알 수 있겠지. 꼭 알고 싶나?"

"그 사람의 뇌를 제 몸으로 쓰는 거니까 알아두고 싶습니다."

박사는 잠깐 망설이듯 턱을 문지르더니 그 손으로 책상을 가볍게 쳤다.

"좋아. 다만 다른 사람에게 이야기하면 안 되네."

"알겠습니다."

박사가 주머니에서 열쇠를 꺼내 제일 아래 서랍을 열었다. 빼곡하게 들어찬 파일 중에서 하나를 뽑아 뒤적이더니 내게 보여주었다.

세키야 도키오라는 이름이 서류 제일 위에 적혀 있었다. 나이는 스물두 살, 학생이고 부모는 모두 살아 있는 듯했다.

"교통사고를 당해서 차와 건물 사이에 끼었지. 병원에 실려 온 직후에 세상을 떠났네. 유족에게 연락했다가 장기 기증자로 등록되어 있다는 사실을 알았어. 그러니까 자기가 죽은 뒤에 장기나 신체의 일부를 이식용으로 기증하겠다는 의사를 밝혔던 거지. 그래서 자네에게 적합한 뇌인지 검사하게 되었네."

나는 한숨을 내쉬었다. 헤아릴 수 없이 많은 행운이 겹쳐 지금의 내가 있는 거라고 생각하니 나도 모르게 온몸에 힘이 들어갔다.

"이분 묘소에 참배하러 가고 싶습니다. 고맙다고 인사라도 하고 싶어요."

도겐 박사는 고개를 저었다.

"그건 하지 않는 편이 좋겠군. 뇌이식은 마치 빙산처럼 큰 문제가 겉으로 드러나지 않지. 그 가운데 하나로 개인이란 무엇인가 하는 문제가 있네. 그게 해결되기 전에는, 아마 이번 세기 안으로는 해결되지 않을 테지만, 그때까지는 뇌의 원래 주인에 대해 캐물으면 안 되네."

"개인이란 무엇인가?"

"자네도 언젠가 알게 될 날이 올 걸세." 박사가 말했다. "신문기사를 보고 눈치챘을 테지만 자네 이름도 발표하지 않았지. 보도 관계자들과 합의가 되어 있어. 뇌이식이 올바르게 이해될 때까지는."

"뭔가 오해받는 부분이 있습니까?"

"오해라고 해야 하려나?" 박사는 나를 바라보던 시선을 거두고 말꼬리를 흐렸다. "완전한 오해라면 아무 문제가 없겠지. 예를 들어 인간에게 혼이 있다고 생각하면……."

"혼요? 그래서 사후 세계가 있다고요?"

나는 슬쩍 웃었지만 박사는 오히려 표정이 심각해졌다.

"가볍게 생각해선 안 되네. 세상에는 영혼이 존재한다고 믿는 사람이 더 많지. 영혼이 육체를 조종한다고 말이네. 하지만 그렇게 생각하는 사람은 뇌이식에 그리 저항을 보이지 않아. 뇌도 영혼이 지배한다고 믿기 때문이지."

"신체의 일부가 어떻게 되건 괜찮다는 거로군요."

"그런 셈이지. 그런데 사실 영혼이란 착각에 지나지 않네. 거기에 문제의 중요성이 있지." 박사는 나를 보더니 헛기침을 했다. "아, 이 문제에 대해서는 장황하게 설명하지 않겠네. 아직 자네에겐 그럴 준비가 되어 있지 않아."

"저는 무슨 이야기를 들어도 아무렇지 않습니다. 말씀해주시죠."

"때가 오면 알려주지. 지금은 자네를 혼란스럽게 만들 뿐일세. 어쨌든 해결해야 할 과제는 많고 누구의 뇌가 누구 머릿속으로 옮겨졌는지 밝힐 단계가 아니라는 걸 이해해주었으면 하네."

박사의 이야기가 너무 모호했다. 나는 욕구 불만을 느꼈지만 끈덕지게 캐묻지는 않기로 했다.

"보도진은 자네를 접촉하지 못하게 해두었네. 그 대신 수술을 마친 뒤에도 정기적으로 자네의 회복 정도 같은 정보를 제공하고 있네. 약속을 무시하고 어떻게든 여기 숨어들려 한 놈이 둘 정도 있기는 했지만."

"그래서 저렇게 출입구를 엄중하게 봉쇄한 겁니까?"

"자네를 가두는 게 목적이 아닐세."

나는 고개를 끄덕이고 뇌 제공자에 대한 파일을 박사에게 돌려주었다.

"그런데 신문에는 의료진이라고 나와 있더군요. 다른 의사 선생님들은 어디 계시는 거죠?"

"그분들은 다른 대학에서 지원을 나와주셨지. 도와 대학에서 관계하는 사람은 우리 셋뿐일세."

"그럼 다른 의사 선생님들께 전해주세요. 제가 감사드린다고요."

"틀림없이 전하겠네." 박사는 눈꼬리에 주름을 잡으며 미소 지었다. "달리 묻고 싶은 건 없나?"

"마지막으로 한 가지 질문이 있습니다." 내가 말했다. "그래서 수술은 어땠습니까? 성공이라고 할 수 있습니까?"

　그러자 박사는 천천히 의자에 기대며 자신 있는 말투로 대답했다.

　"그건 자네가 가장 잘 알 텐데."

8

따분한 나날이 몇 주나 더 이어졌다. 그사이에 여러 검사와 테스트도 꾸준히 진행되었다. 박사와 두 조수는 아무 이야기도 해주지 않는데 회복은 어떤 상황인 걸까. 붕대를 갈 때 거울로 보니 총상의 흔적은 있지만 적어도 겉모습만은 예전 모습을 되찾는 중이었다. 정형외과 기술이 그만큼 진보했다는 이야기다.

그런데 요즘은 아침에 잠에서 깰 때 점점 더 기운이 넘치는 기분이 든다. 몸이 건강해지면 정신도 건강해지는 걸까. 뇌이식 수술로 인한 뜻밖의 효과인가 싶었지만 두겐 바사는 그럴 기능성은 거의 없다고 했다. 나도 이렇다 할 근거가 있어서 한 소리는 아니었다.

"퇴원은 언제쯤 하게 될까요?" 점심식사를 마친 뒤 다치바나 씨에게 물었다. 요즘 이 질문이 입버릇이 되어가고 있다.

"조금만 더 있으면요." 다치바나 씨가 대답했다. 이 말은 그녀의 입버릇이 틀림없다. 그러나 뒤에 이어지는 말이 여느 때와는 달랐다. "그 대신 오늘은 선물이 있어요."

"선물?"

다치바나 씨는 식기를 얹은 트레이를 두 손으로 들더니 나를 보고 방글방글 웃으면서 뒤로 물러섰다. 그러고는 문 옆에 서더니 '들어오세요'라고 했다. 문이 천천히 열리고 가느다란 팔이 보였다.

앗. 나는 소리 없는 감탄사를 내뱉었다.

가녀린 팔의 주인이 얼굴을 디밀었다. 쇼트커트도 코의 주근깨도 변함없었다.

"안녕?" 메구미가 말했다. "몸은 좀 어때?"

나는 도겐 박사와 와카오 조수가 이야기하는, 전두엽에서 언어를 담당한다는 브로카 영역이 어떻게 되어버린 건 아닐까 생각했다. 말이 전혀 나오지 않았다. 입술만 뻐끔뻐끔 움직이며 다치바나 씨를 바라보았다.

"오늘부터 면회할 수 있게 되었어요." 다치바나 씨가 말했다. "다만 언론사 사람들은 안 되고요. 일단 하무라 씨에게 제일 먼저 알리고 싶었죠."

"좀 일찍 가르쳐주면 좋았을 텐데." 간신히 목소리가 나왔다.

"그냥 나루세 씨를 놀래고 싶었어요. 자극에 굶주렸을 테니까." 다치바나 씨는 윙크를 했다. "그럼 천천히 말씀들 나누세요."

그녀가 나가고 문이 닫힌 뒤에도 나와 메구미는 서로 말없이 바라만 보고 있었다. 그럴듯한 말이 한 마디도 떠오르지 않았다. 역시 브로카 영역에 문제가 있다.

"메구……."

입을 떼려는 순간 메구미가 달려들었다. 긴 팔이 내 목을 감싸고 주근깨가 남아 있는 얼굴이 다가왔다. 나는 그녀의 가녀린 몸을 껴안은 채 좀 힘들어질 만큼 오랫동안 키스를 했다.

메구미는 포옹을 풀더니 바닥에 무릎을 꿇고 내 손에 뺨을 댔다.

"다행이야. 역시 살아 있었구나."

메구미의 몸이 가늘게 떨렸다.

"살아 있지. 이야기는 들었지?"

"응. 그렇지만 믿기지 않아서. 엄청난 중상이었던 거잖아."

"내가 총에 맞았다는 건 언제 알았어?"

"아르바이트하는 데서 우스이가 알려주었어."

우스이는 내 옆집에 사는 학생이다. 이따금 술자리에서 어울리는 사이다.

"놀랐지?"

"네가 죽는 줄 알았어. 놀라서 심장이 멎을 뻔했다니까."

"매일 여기 찾아왔다면서."

"걱정되니까 그랬지," 메구미가 내 손을 끌어다 자기 뺨에 댔나. "잠도 제대로 못 잤어. 병원 사람들은 괜찮다, 살아났다고 말했지만 내 눈으로 확인하기 전에는 마음이 놓이지 않잖아. 그래서 네 편지와 사진을 보았을 때는 눈물이 날 만큼 기뻤어."

나는 메구미를 품에 안고 다시 긴 키스를 했다. 입술을 뗀 뒤, 메구미의 눈을 보며 물었다.

"내가 어떻게 살아났는지, 어떤 수술을 받았는지 알아?"

"물론이지." 메구미는 눈을 깜빡이며 살짝 고개를 끄덕이더니 내 왼쪽 눈과 오른쪽 눈을 번갈아 들여다보았다.

"네가 병원으로 실려간 뒤에 바로 세계 최초라는 엄청난 수술을 한다더라. 신문에는 회사원 A씨라고 나왔지만 네가 총 맞은 사실을 아는 사람들은 눈치챘을 거야. 하지만 확실하다는 이야기를 들은 건 네 편지를 받았을 때야. 와카오라는 사람이 알려줬어."

"그때까진 네게 정식으로 알려주지 않았어?"

"가족 이외에는 결코 공개하지 않는다는 규칙이 있대. 그래도 네겐 가족이 없으니 나한테 특별히 가르쳐준 거지. 좋은 사람이야, 와카오 씨."

"좀 신경질적인 면이 있기는 하지만." 나는 슬쩍 웃은 뒤 메구미의 앞머리를 양쪽으로 갈라 예쁜 눈썹을 손가락으로 쓰다듬었다. "내 머릿속에는 다른 사람의 부품이 들어 있다는 거지."

"믿기지 않아."

"마음에 걸려?"

메구미는 눈을 감고 고개를 저었다. 짧은 갈색 머리카락이 작은 새의 깃털처럼 흔들렸다.

"대단하다고 생각해. 넌 두 사람 몫의 인생을 살게 된 거야."

"그렇게 이야기하니 책임감이 느껴지네."

"그런데, 느낌이 어때? 뭔가 예전과 다른 느낌이 들어?" 메구미가 내 눈을 빤히 보며 물었다.

"아니. 예전과 전혀 다르지 않아."

"흐음……." 메구미는 살짝 이해가 안 간다는 듯한 표정을 지으며 고개를 갸웃거렸다.

"다른 사람들은 어떻게 지내? 신코도 아저씨는?"

신코도는 메구미가 일하는 화방 이름이다. 콧수염을 살짝 기른 주인 아저씨와 알고 지낸 지 사 년이 되었다.

"많이 걱정하지. 그렇지만 들뜬 면도 있는 것 같아."

"들떠? 내가 이런 신세인데?"

"그런 말이 아니야. 들떠 있다는 표현은 곤란하려나? 그러니까 이름이 발표되지는 않았지만 넌 세계적으로 유명한 사람이 된 거잖아. 그런 사람이 주변에 있다는 사실만으로도 괜히 마음이 안정되지 않나 봐."

"아하……."

그런 심리는 왠지 상상할 수 있었다. 가령 신코도 주인 아저씨와 입장이 바뀌었다면 나도 마찬가지 심정일지 모른다.

"아, 깜빡했네." 메구미는 바닥에 놓은 종이봉투를 집어 들었다. "심심할까 봐 가게에서 가져왔어. 꽃다발을 살 여유도 없고."

봉투 안에서 커다란 스케치북이 나왔다. 나는 환성을 질렀다.

"역시 지금 내가 뭘 가장 갖고 싶은지 아는구나."

"이걸 다 쓰기 전에 퇴원하면 좋겠다."

"정말 고마워."

흰 종이를 쓰다듬으며 고맙다는 인사를 했다. 이러고 있으면 바로 이미지가 샘솟을 것 같다.

그 뒤로 나는 입원 생활에 대해 메구미에게 이야기했다. 한밤중에 내 뇌의 일부를 발견한 이야기를 하자 그녀는 숨을 죽이고 들었다.

"이런, 벌써 시간이 이렇게 됐네." 이야기가 일단락되자 손목시계를 보더니 메구미는 눈이 휘둥그레졌다. "일하다가 나왔거든."

"빼먹고 왔어?"

"갑자기 연락이 왔는걸. 널 보고 싶어서 아무 말도 없이 뛰어나왔어." 메구미는 내 손을 쥔 채 일어서더니 자기 가슴에 댔다. "아직도 두근거려. 꿈만 같아."

"난 살아 있어." 나는 메구미의 눈을 바라보며 선언하듯 말했다. "아직 죽지는 않을 거야. 하고 싶은 일이 아주 많거든."

"그래." 메구미는 내 손을 소중한, 자칫하면 깨질 물건처럼 살며시 내려놓았다. 그리고 다시 나를 바라보며 말했다. "준, 왠지 듬직해진 것 같아."

"그래?" 의외의 말을 듣고 멋쩍은 웃음을 지었다. "실은 요즘 무척 기분이 좋아. 다시 태어난 느낌이야."

"여기 와서 처음 본 순간 그런 느낌이 들었어. 괜히 그렇게 느낀 게 아니었네." 메구미는 기쁜 표정을 지었다. "내일 또 올게."

"기다릴게." 내가 대꾸했다.

메구미가 방을 나간 뒤 나도 모르게 콧노래를 흥얼거렸다.

9

면회가 허가된 지 사흘째 되는 날에는 회사 동료인 가사이 사부로가 와주었다. 가사이는 병실에 들어서자마자 숨쉴 틈도 없이 지껄여댔다. "뭐야, 아주 쌩쌩하잖아. 이런 호텔 같은 방에서 말이야. 괜히 걱정했네."

동기지만 나와 달리 활달한 친구다. 내가 다른 직원들에게 폐를 끼쳐 미안하다고 사과하자 평소와 다름없는 말투로 말했다. "그런데 신경 쓸 필요 없어. 이런 기회가 쉽게 오는 건 아니니까 푹 쉬면 돼. 어차피 유급 휴가로 처리해주지도 않잖아? 정말 쩨쩨한 회사야. 새삼 다시 보이더라니까."

"회사는 어때? 좀 변했나?" 내가 묻자 가사이는 어두운 표정을 지으며 턱 밑을 긁었다.

"여전하지. 전혀 변한 것 없어."

"그래……? 하기야 그 짧은 기간 동안 뭐가 바뀌었겠어."

"사카이 씨는 뒤에서야 하고 싶은 말 다 하지. 자긴 이런 회사 곧 때려치울 거다, 그때는 저 공장장을 두들겨 패겠다. 근데 우리가 보기에 사카이 씨는 일을 대단히 잘하는 것도 아니고 뚜렷한 자기주장도 없어. 그저 그렇게 폼이나 잡으면서 일할 의욕이 없다는 사실을 감출 뿐."

"음, 분위기 여전하군." 나도 한숨을 내쉬었다.

공장장을 비롯해 상사에 대한 우리의 불신은 작년쯤부터 더 심해지기 시작했다. 그전에도 속으로는 부글부글 끓었지만 겉으로 드러내지는 않았다. 회사에서 취급하는 산업기기 가운데 특정 기종만 집중적으로 문제를 일으킨 일을 계기로 불이 붙었다. 우리 기술자들이 총출동해 고객을 찾아가 확인했다. 그 결과 해당 기종에 달린 전원 부품에 문제가 있어 모두 교환해야 한다는 사실을 알게 되었다. 하지만 결함 내용은 공표되지 않았다. 고객에게도 비밀로 하라고 지시가 내려왔다.

우리는 계속 밤샘하다시피 일했다. 이윽고 문제는 간신히 해결했지만 왠지 이해되지 않는 점이 남아 있었다. 그리고 전부터 품고 있던 의혹은 더욱 깊어졌다.

문제를 일으킨 전원 부품은 어느 회사에서 구입했는데, 윗사람 가운데 그 회사와 관련된 인물이 있는 게 아닌가 하는 의심이었다. 괜한 의심은 아니었다. 그전에도 외부업자와 유착된 걸로 의심되는 일이 여러 차례 있었다. 그때마다 뒤처리하느라 고생한 것은 현장 사람들이었다.

당연히 반발이 일어났다. 가장 두드러진 현상은 줄을 잇는 퇴직이었다. 특히 젊은 세대가 많았다. 그만두지 않더라도 기회를 엿보는 사람이 적지 않았다. 가사이 같은 친구도 거기 속할지 몰랐다.

남은 사람은 딱 두 부류로 나뉘었다. 그만둘 의지는 없지만 의욕도 없는 사람, 그리고 어떤 상황이건 꾹 참고 견디며 일하는 사람. 후자에는 주택 구입 자금을 회사에서 빌린 사람이 많았다.

나는 돈은 빌리지 않았지만 당연히 후자에 속했다. 남들처럼 상사 때문에 화나는 일은 있어도 그걸 겉으로 드러낼 용기가 없다. 전문학교 시절부터 신세 진 회사인 만큼 다른 길을 생각할 수 없다는 사정도 있다. 그래서 '착한 아이'라고 불렸다.

"야, 준. 점수 따는 건 좋지만 스파이 노릇은 하지 말아줘."

휴식시간 같은 때 상사 험담을 하던 선배들이 나를 보면 자주 하던 말이다. 내가 험담에 끼지 않고 잠자코 듣기만 했기 때문이리라.

불만이 조금은 있을 것 아니냐고 물은 선배도 있다. 도대체 넌 무슨 생각을 하는 거야, 지금 이런 식으로도 괜찮다는 거냐……

나는 불만이 없는 것도 아니고 이대로 괜찮다고 생각하지도 않았다. 하지만 내가 무얼 할 수 있을지 생각해보면 무력감에 휩싸여 결국 매일 똑같은 날이 반복된다.

"그렇지만 이러면 안 되잖아."

내가 불쑥 말하자 가사이는 의아한 표정을 지었다.

"뭐?"

"회사 말이야. 지금 같은 상태는 역시 안 되지."

"뭐야, 너. 이제 영화 이야기를 하는데 갑자기 아까 그 이야기로 돌아가면 어떡해." 가사이는 쓴웃음을 지으며 어처구니없다는 듯이 말하고 진지한 표정으로 돌아왔다. "맞아. 지금 이 상태로는 안 돼. 이상해지기만 할 뿐이지."

"우리가 할 수 있는 일이 없을까?"

"직접 위에 따질까? 그런데 워낙 큰 회사라 어디에 이야기해야 좋을지도 모르겠다. 게다가 직접 따지려면 해고를 각오하고 해야지."

"여러 악의 근원을 잘라내는 일도 중요하지. 그렇지만 우리의 체질개선이 먼저라고 생각해. 그다음에 정당한 권리를 주장해야. 윗사람이 옳지 못한 짓을 한다고 우리도 일을 불성실하게 한다면 결국 그놈이 그놈인 셈이 되고 마는 거야."

"뭐 맞는 말이기는 하지만 쉬운 일은 아니지."

나는 고개를 저었다. "이런 일은 한번 변명하기 시작하면 될 일이 없어."

"응, 맞아. 변명은 좋을 게 없지."

"우선 다들 해야 할 일을 하는 거야. 그렇게 제대로 된 분위기를 만든 다음 우리 요구를 꺼내는 거지."

"노동조합 같네. 하지만 우리 조합은 겁쟁이라서."

"그 친구들도 이런 순서대로 하면 경영자에게 길들 일 없지."

"틀린 이야기는 아니야." 가사이가 그렇게 대꾸하며 웃더니 문득 무슨 생각이 떠오른 표정을 지으며 물었다. "준, 그런데 너 진짜 준이냐?"

"이상한 소리 하지 마. 내가 아니면 누구라는 거야?"

"아니, 꼭 다른 사람하고 이야기하는 것 같아서 말이야. 네 입에서 그런 소리가 나오다니, 영 믿기지가 않네."

"입원한 뒤에 이런저런 일들을 가만히 생각해볼 여유가 생겼거든. 지금까지 살아온 내 모습을 돌아보면 창피해져. 어떻게 그런 상태에서 만족하며 지냈을까."

"재발견이라는 거냐? 나도 입원해야겠다." 가사이는 손목시계를 보며 일어섰다. "그럼 이만 가볼게."

"단결이야." 나는 주먹을 쥐어 보여주었다. 그는 밖으로 나가기 전에 돌아보더니 어깨를 으쓱했다.

"오늘 네가 한 이야기를 전해도 아마 아무도 믿지 않을 거야."

나는 가사이에게 윙크를 해주었다.

경찰이 찾아온 것은 그날 밤이었다. 메구미한테 받은 스케치북을 펼쳐 그녀가 웃는 모습을 떠올리면서 그리기 시작했을 때 다치바나 씨가 그 소식을 전하러 왔다.

"싫다면 오늘은 그냥 돌아가라고 할 수도 있어요. 아직 마음이 정리되지 않았다면……."

마음을 써주는 건 기뻤지만 그녀가 말을 마치기도 전에 나는 벌써 고개를 젓고 있었다.

"다시 떠올리기도 싫은 사건이지만 나름대로 마무리를 짓고 싶군요. 꼭 만나게 해줘요."

다치바나 씨는 환자의 정신상태를 관찰하는 것 같은 시선으로 나를 보더니 이해가 되는지 고개를 한 번 끄덕이고 문밖으로 나갔다.

몇 분 뒤, 노크 소리가 났다.

"예."

"실례합니다."

살짝 쉰 목소리가 들리더니 문이 열렸다. 삼십대 중반쯤으로 보이는, 프로야구 선수처럼 체격이 다부진 남자가 들어왔다. 얼굴은 거무스레하고 피부가 거칠어 보였다. 남자는 재빨리 병실을 둘러본 뒤 마치 병실 집기라도 보는 듯한 시선으로 나를 보았다.

"수사1과 구라타입니다." 남자는 명함을 내밀었다. 받아들고 보니 인쇄된 내용보다 가장자리에 볼펜으로 조그맣게 적어둔 오늘 날짜가 먼저 눈에 들어왔다. 누가 명함을 나쁜 곳에 사용했을 때 누구에게 건넨 명함인지 체크할 수 있을 것이다. 의심하는 게 형사의 일이다.

"무척 건강해 보이는군요. 안색도 좋고." 그가 친한 사람 대하듯 말했다.

"덕분에요." 나는 내가 앉아 있던 조립식 의자를 그에게 권하고 침대에 걸터앉았다.

"아, 이런. 실례." 형사는 고마워하며 의자에 앉았다.

"침대에 누워 있을 줄 알았는데 그렇지는 않으시군." 스케치북이 펼쳐진 채로 놓인 창가 철제 책상 쪽을 보며 그가 말했다.

"장기에 문제가 있다거나 다리가 부러졌다거나 해서 입원한 게 아니니까요."

"하긴." 구라타 형사는 고개를 끄덕이더니 묘한 표정으로 말을 이었다. "아니, 그래도 엄청난 재난이었지."

"꿈만 같아요. 물론 악몽이지만." 내가 말했다.

"이 병실 담당 여성, 다치바나 씨라던가? 그 사람에게 들었는데 사건에 대해 거의 아무것도 모른다면서요?"

"범인이 죽었다는 이야기는 들었습니다. 그렇지만 자세한 내용은 모르죠. 신문을 봐도 좋다는 허락이 떨어진 게 얼마 전이니까요."

"여러모로 고생이 많으시군." 구라타 형사는 내 뺨을 흘금 보았다. 붕대는 풀었지만 상처는 아직 사라지지 않았다.

"경찰 쪽 분들은 제가 어떤 수술을 받았는지 당연히 알고 계시겠죠?"

내가 묻자 그는 착잡한 표정을 지었다.

"수사 관계자들만. 그리고 외부에 발설하지 말라는 지시도 내려왔고."

나는 쓴웃음을 지을 수밖에 없었다. 이토록 흥미로운 이야깃거리를 자기 가슴속에 묻어둘 수 있는 사람은 거의 없을 것이다.

"그래서…… 기억은 괜찮다고 들었는데 사건에 대해서는 기억하시나?"

"제가 총을 맞았을 때까지는 완벽하게 기억합니다."

"그러면 됐군요. 될 수 있으면 자세하게 이야기해주시죠." 형사는 다리를 꼬며 필기구를 꺼냈다.

나는 이 병원에서 눈을 뜬 뒤로 수없이 떠올린 그 장면을 최대한 정확하게 이야기했다. 특히 소녀가 창문으로 탈출하려고 하고, 그걸 눈치챈 범인이 발포할 때까지의 과정을 차근차근 전달했다.

내 이야기를 다 들은 형사는 만족하면서도 이상하다는 듯한 표정을 지었다.

"다른 사람들 증언과 거의 일치하는군. 게다가 이야기가 가장 정확하고. 대단하군요. 머리에 총을 맞아 그렇게 큰 수술을 받았는데."

"고맙습니다."

"아니, 고마운 건 우리지. 이제 보고서를 제출할 수 있겠군요. 의식이 돌아올 것 같다는 이야기를 듣고 보고서 작성을 계속 미루고 있었는데." 구라타 형사는 수첩을 양복 안주머니에 넣었다.

"제가 좀 물어봐도 됩니까?"

"뭐, 내가 아는 내용이라면."

"그 남자는 어떤 사람이었나요? 왜 부동산 중개사무소 같은 데를 습격한 거죠?"

그러자 형사는 팔짱을 끼더니 천장을 보며 아랫입술을 삐죽 내밀었다.

"남자 이름은 교고쿠 슌스케." 형사는 허공에 손가락으로 글자를 쓰며 한자로는 '京極瞬介'로 쓴다고 가르쳐주었다. "범행을 저지르기까지의 경위를 자세하게 말하려면 너무 길어질 테고. 간단하게 요약하면, 복수라는 이야기가 되겠지."

"복수? 누구한테요?"

"하나는 아버지, 다른 하나는 이 세상."

"아버지……? 그 회사와 무슨 관계가 있나요?"

"사장인 반바 데쓰오가 아버지라서. 하지만 호적에는 오르지 못했고. 그 사장도 교고쿠의 어머니와 관계가 있었다는 사실은 인정하는데 자기 자식은 아니라고 주장하더군요. 그래서 지금까지 전혀 도와주지 않았고. 교고쿠의 어머니는 작년에 감기가 심해져서 세상을 떠났는데 그때 복수하기로 마음먹은 모양이야."

"감기가 심해져서?"

내가 잘못 들었나 싶었는데 그렇지 않았다.

"심장이 약했다나. 교고쿠는 몇 차례 반바 사장에게 수술 비용을 내달라고 부탁했는데 결국 무시당한 거고."

등골이 오싹했다. 나는 머리에 총을 맞고도 살아 있는데 세상에는 감기에 걸려 세상을 떠나는 사람도 있다.

"듣기로는 어머니가 세상을 떠난 뒤에도 녀석은 반바 사장 주위에 이따금 나타났다더군요. 이건 내가 멋대로 상상하는 건데, 복수할 기회를 노리던 건지도 모르죠. 그런데 어느 날 회사에 큰돈이 마련될 거라는 냄새를 맡고 그 돈을 털기로 작정한 게 아닐까 싶은데."

"그렇지만 어머니는 이미 돌아가셨잖아요. 뒤늦게 돈을 빼앗아봤자……."

"그러니까 복수지." 구라타 형사는 입꼬리를 찡그리며 한쪽 눈을 가늘게 떴다. "분풀이인 셈이랄까. 그렇지만 당사자인 반바 씨 입장에서 보면 설사 2억 엔 정도 되는 돈은 빼앗겼다고 해도 크게 타격은 없을 거요. 비교도 되지 않을 만큼 어마어마한 금액을 매년 탈세하고 있을 테니까."

나는 가슴속에서 응어리 같은 것이 생기는 느낌을 받았다.

"참 딱한 이야기로군요."

"딱하죠." 형사도 맞장구쳤다. "세상에는 부조리한 일을 당하는 사람이 헤아릴 수 없이 많아요. 다들 부조리 때문에 화를 내면서 그 분노를 에너지 삼아 사는 거지. 그런 의미에서 교고쿠는 인생 낙오자인 셈이고. 그런데…… 그쪽도 부모님이 안 계신다던데."

"학생일 때 두 분 모두 돌아가셨죠."

형사가 고개를 끄덕였다.

"그래도 혼자 힘으로 어엿한 사회인이 되어 살아가잖아요. 이번처럼 목숨 걸고 어린이를 구하기까지 하고. 환경은 상관없지. 당신 같은 사람에 비하면 교고쿠는 진짜 쓰레기야. 죽는 편이 낫지."

"실제로 죽었다고 들었습니다만."

"백화점 옥상에서."

"옥상요?" 나도 모르게 목소리가 커졌다.

"당신을 쏜 뒤에 교고쿠는 돈을 빼앗아 부동산 중개사무소를 빠져나갔죠. 총소리를 듣고 사람들이 몰려드는데 권총을 휘두르면서 뚫고 나간 거야. 그 뒤 놈은 차를 탔지만 이내 전 지역에 깔린 비상경계망에 포위됐고. 그다음은 상상하시는 대로. 차츰 포위망이 좁혀지자 쫓기기 시작했지." 경찰 기동력을 자랑스럽게 생각하는 모양이었다. 형사의 눈빛은 지금까지와 달리 반짝반짝 빛났다. "놈은 도중에 차를 버리고 마루비시 백화점으로 뛰어들었어요. 목격자가 많아 추적대에 바로 전달됐고. 교고쿠는 엘리베이터 안내양을 위협해 옥상으로 직행."

"왜 옥상으로 간 거죠?"

"추적대도 똑같은 의문을 품으며 추적했어요. 그리고 옥상에 도착했을 때 그 의문은 풀렸고. 놈이 옥상 펜스를 타고 올라가 돈을 뿌리고 있었거든."

"옥상에서? 왜요?" 나는 눈이 휘둥그레졌다.

"글쎄. 그건 본인에게 물어보지 못했으니 정확한 이유는 알 수 없고. 아마 분풀이 같은 거겠지. 아니면 그냥 큰 소동을 일으키고 싶던 걸까? 어쨌든 그래서 백화점 아래에는 설탕에 몰려드는 개미떼처럼 사람들이 모여들었고. 경찰관이 달려와 어떻게든 돈을 회수하려 했지만 절반 이상은 찾지 못했죠."

그 광경이 눈에 선했다.

"더는 도망칠 생각이 없었던 건가요?"

"아마 그랬던 모양이지. 경찰관이 다가가자 교고쿠는 권총으로 위협했어요. 그러면서 돈을 뿌렸지. 결국 돈이 다 떨어지자 펜스에서 내려와……." 구라타 형사는 검지와 엄지로 권총 모양을 만들더니 자기 가슴에 대고 방아쇠를 당기는 시늉을 했다. "심장에 명중해 즉사. 그 자리에 있던 경찰관 이야기에 따르면 쏘기 직전 교고쿠는 웃었다나. 으스스한 기분이 드는 웃음이었다던데."

그 표정을 상상할 수 있을 것 같았다. 죽은 물고기처럼 탁한 눈으로 허공을 멍하니 바라보며 웃었으리라.

"부상자가 더 나오지는 않았나요?"

"다행히. 이렇게 이야기하면 실례가 되겠지만 다른 부상자는 없어요. 피해자는 당신과 그 부동산 회사뿐이지. 범인이 사망했으니 사건은 불기소처분으로 마무리될 테고. 참으로 미안한 일이라고밖에 할 수 없지만……." 구라타 형사는 아랫입술을 살짝 깨물며 고개를 가로저었다.

"위자료랄까, 그런 건 어떻게 될까요?"

"어쨌든 본인이 이 세상 사람이 아니라서. 부동산 중개사무소에 청구하는 방법도 있을 테지만 사장인 반바 데쓰오라는 사람은 이번 일로 손해를 입었다고 화를 내고 있는 지경이니."

형사는 동정하는 표정을 지었지만 위자료를 청구하고 싶어서 물은 것은 아니었다. 혹시 내 입원비를 내고 있는 사람이 고고쿠 슌스케와 관계있는 사람이 아닐까 생각한 것이다.

"그렇지만 이상하군요." 내가 말했다. "그런 끔찍한 일이 일어났고, 저처럼 죽을 뻔한 사람도 있는데 서류상으로는 불기소, 즉 재판이고 뭐고 전혀 없다뇨."

빈정거리는 소리로 받아들였는지 구라타 형사는 언짢은 표정을 지었다.

"교고쿠를 너무 성급하게 몰아붙였는지도 모르죠. 추적대도 녀석이 그렇게 빨리 체념하리라고는 상상도 못 했을 테고."

"체념……이 아니라고 생각합니다." 내가 말하자 구라타 형사는 뜻밖이라는 표정을 지었다.

"아니다?"

"예. 처음부터 죽을 작정이었던 게 아닐까요?"

그러자 형사는 어깨를 으쓱하며 슬쩍 웃었다.

"그럴지도 모르고. 그렇게 죽고 싶다면 자기 혼자 멋대로 죽으면 그만일 텐데."

"그렇죠." 나는 대충 대꾸하는 한편 교고쿠 슌스케가 자살 직전에 보여주었다는 웃음을 머릿속에 떠올렸다.

구라타 겐조의 메모 1

5월 18일, 부동산 회사 강도 및 살인미수 사건의 피해자 나루세 준이치를 만났다. 나루세는 요즘 젊은이들과 달리 키도 그리 크지 않고 살도 찌지 않았다. 얼굴이 하얀 건 병원 생활 때문이리라. 혈색은 좋았다.

사건에 대해 자세한 진술을 들었다. 심각하게 모순되는 부분은 없었다. 기억력이 상당히 좋은 사람이라는 생각이 들어 그 진술은 충분히 증거 능력을 지닌다. (이 사건에 대해서는 거의 무의미하지만.)

강조할 만한 내용은 아니지만 나루세의 인상이 예비 지식과 조금 달랐다는 점을 지적해둔다. 직장 등지에서 들은 인물 평가를 종합하면 말이 없고 온순하며 낯을 가리는 타입이다. 그런데 오늘 만난 느낌으로는 매우 쾌활하다는 인상을 받았다. 처음 만나는 자리인데 동요하는 모습은 보이지 않았고 대화도 거침없었다. 사람들의 관점이 얼마나 천차만별인지 뼈저리게 느꼈다.

10

퇴원이 이틀 앞으로 다가왔다. 사십팔 시간 뒤면 완벽한 자유를 얻는다.

이제 테스트할 것은 없다고 박사가 말했다. 자네 뇌는 완벽하게 치료되었다고. 의사가 확실히 완치되었다고 말해주면 환자로서야 기분 좋은 일이다. 하지만 기쁜 반면에 막연한 불안이 안개처럼 마음을 뒤덮고 있음을 부정할 수 없었다. 내가 얼마나 심각한 수술을 받았는지 잘 안다. 과연 이제 괜찮은 걸까? 뭔가 중요한 걸 잊고 있는 듯한 기분이 들어 견딜 수 없었다.

내가 느끼기에 건강상태에는 문제가 없는 듯했다. 특히 체력은 입원하기 전보다 더 나아진 게 아닌가 싶을 정도였다. 그런 생각이 든 까닭은 요즘 내 활동 범위가 상당히 넓어져 하루에 한 번은 외과병동 지하에 있는 트레이닝 짐에도 다니기 때문이다. 처음에는 재활

훈련 때문에 끌려갔는데 그런 훈련이 필요 없다는 사실을 알게 된 뒤로는 오로지 운동 부족을 해소하기 위해 이용하고 있다. 입원중이라 식생활도 관리를 받은 덕분에 사고 전에는 두둑하던 옆구리 군살도 쏙 빠졌다. 여태 운동을 본격적으로 해본 적이 없어서 몸을 혹사하는 게 이토록 상쾌한 일인 줄 몰랐다. 하지만 뿌듯함을 느끼다가도 문득 마음에 어두운 그림자가 드리울 때가 있다. 정체를 알 수 없는 것을 두려워하는 나 자신이 느껴졌다. 난 대체 뭘 두려워하고 있는 걸까.

퇴원 전에 메구미가 새 옷을 가지고 왔다. 오렌지색 여름 스웨터였다. 병원으로 옮겨졌을 때 셔츠 위에 스웨터를 입고 있었는데 계절이 완전히 여름으로 바뀌었다는 이야기다. 여름 스웨터를 받으며 고맙다고 인사를 건넨 뒤 메구미에게 물었다.

"매스컴에서 나온 사람들은 좀 조용해졌어?"

"응. 이제 거의 안 보여. 기자회견 직후에는 얼마나 심했다고."

"미안해. 퇴원하면 제일 먼저 신코도 아저씨에게 사과를 드려야겠다."

"괜찮아. 너 때문이 아닌걸." 메구미가 생긋 웃었다.

지난주 병원 본관에서 공동 기자회견이 열렸다. 사진 촬영과 실명 보도는 하지 않는다는 조건으로 나도 참석했다. 예전의 나라면 상상할 수 없는 일이지만 지금의 나는 여러 사람 앞에 서는 일에 아무런 두려움도 느끼지 않는다.

기술적인 문제나 향후 전망 등에 대해 도겐 박사가 대답한 뒤 기자들의 창끝이 나를 겨누었다. 이지적으로 생긴, 나와 몇 살 차이 나지 않을 것 같은 젊은 여성이 물었다.

첫 질문은 '기분이 어떻습니까'였다. 긴장된다고 대답하자 무슨 이유인지 웃음소리가 일었다.

"위화감 같은 건 없나요?" 질문자는 진지한 표정을 되찾더니 물었다.

"별로 없습니다."

"두통이 난다거나 하는 일은요?"

"없습니다. 아주 상쾌합니다." 내가 말하자 질문자는 호기심 가득한 눈으로 고개를 끄덕였다. 가만히 보니 다른 기자들도 취재 대상을 대하는 눈빛이 아니었다. 새로운 구경거리를 앞에 둔 관광객 같았다.

다음에는 현재 심경에 대한 질문이 나왔다. 지금은 그저 기쁜 마음뿐이라고 대답했다. 그리고 도겐 박사를 비롯해 목숨을 구해주신 많은 분들에게 진심으로 감사드린다고 내 생각을 있는 그대로 이야기했다.

"사건에 대해서는 어떻게 생각하십니까?"

"사건요?"

"예. 나루세 씨가 총을 맞은 사건 말입니다." 여성 질문자의 눈빛이 반짝 빛난 듯했다. 다른 기자들도 대부분 지금까지보다 대답이 더 궁금한지 몸을 한층 앞으로 디밀었다.

"그 사건에 대해서는……" 나는 침을 삼키고 기자들의 얼굴을 둘러보았다. "그 일에 대해서는 아직 아무 말씀도 드릴 수 없습니다. 좀 더 시간을 두고 천천히 생각해보고 싶군요."

이 대답은 분명히 기자들의 기대에 어긋났다. 실망과 의문이 뒤섞인 눈빛으로 여성 질문자가 말했다. "그게 무슨 말씀인가요? 범인을 원망하시잖아요?"

"물론이죠."

그럼 그렇다고 말하면 되지 않느냐는 표정을 지으며 다시 물었다. "그밖에 뭔가 생각하시는 게 있다는 겁니까?

나는 대꾸를 할 수 없었다. 범인을 미워하는 것과 사건에 대해 생각하는 건 전혀 다르다. 나는 사건에 대해 특별히 뭔가를 알고 있지도 않다. 모르는 일에 대해 감상을 이야기하려면 차분하게 생각할 시간이 필요하지 않은가. 그건 한두 주쯤으로는 부족하다.

이런 생각을 하면서 아무 대답도 하지 않자 여성 질문자는 더 기다리지 못하고 도겐 박사에게 다른 질문을 시작했다. 내 차례는 여기서 끝났다. 이튿날 신문을 보니 내가 '범인이 밉습니다. 그 이외에는 아무 생각도 없습니다'라고 말했다고 실려 있었다.

기자회견 뒤에도 한동안 취재 공세가 이어졌다. 새로운 이야기를 들을 수 없게 되자 그들은 내 생활권까지 침입했다. 어디서 알아냈는지 모르지만 메구미가 일하는 신코도에도 밀어닥쳤다고 한다. 다행히 메구미와 내 관계는 냄새 맡지 못한 듯했다.

"네 이름은 나오지 않지만 이런 상태라면 프라이버시는 없는 거나 마찬가지네."

"할 수 없지. 하루 이틀이 아니니까."

"그렇지만 퇴원한 뒤가 좀 걱정돼." 그러면서 메구미는 스케치북을 들어 펼쳤다. 거기에는 스케치가 열세 장 그려져 있었다. 거의 다 메구미 얼굴이다. 그걸 보았는지 스케치북을 뒤적이는 메구미의 뺨이 붉게 물들었다.

"어서 제대로 그리고 싶어." 내가 말했다.

"이제 이틀 뒤면 마음껏 그릴 수 있잖아."

"모델도 있고 말이야."

"하지만 누드는 안 돼." 메구미는 귀여운 얼굴로 나를 흘겨보더니 다시 스케치북을 보았다. 그리고 살짝 고개를 갸웃거렸다.

"왜 그래?"

"응, 별거 아닌데, 터치가 좀 달라진 것 같아서." 메구미는 스케치북 페이지를 자꾸 뒤적였다. "처음에는 그렇지 않았는데 뒤로 가면서 점점 뚜렷하게 달라져."

"그래?" 나는 스케치북을 받아들고 처음부터 다시 보았다. 메구미가 하는 말이 이해가 갔다. "정말이네. 조금 변했어. 선이 딱딱해진 것 같아."

"그렇지? 내 얼굴도 샤프한 느낌이라 멋져." 메구미는 기쁜 표정을 지었다.

어젯밤 도겐 박사한테 부탁받은 일이 생각났다. 박사는 이 스케치북을 보더니 자료로 쓰게 복사해주면 좋겠다고 했다. 그때 박사의 눈빛은 여전히 연구자의 그것이었지만 여느 때와는 어딘가 다른 느낌이 들었다. 내가 괜히 예민한 걸까. 박사는 뭔가를 참아내려는 듯 미간을 찌푸리고 슬픈 표정까지 지었다. 왜 그러시느냐고 물었더니 아무 일 아니라면서, 이렇게까지 회복되다니 대단하다는 생각이 들어서 그랬다고 대꾸했다.

"왜 그래?" 내 눈의 초점이 흔들리는 걸 보고 메구미가 이상하다는 표정을 지었다.

나는 고개를 저었다. "이 그림 생각을 하느라. 분위기가 다른 건 아마 욕구 불만의 영향일 거야. 건강한 남자가 밀폐된 방에 여러 날 갇혀 있다 보면 결국은 늑대로 변하지. 이건 광폭성狂暴性이 드러난 거야."

"그것도 이틀만 참아." 메구미는 내 목을 껴안았다. "그런데 너 정말 듬직해졌어. 번데기에서 허물을 벗고 나온 것 같아."

"네 취향 아니야?"

"예전 너도 좋았어. 그런데 지금 네 모습이 훨씬 좋아."

메구미가 어리광 부리는 듯한 목소리로 말했다.

6월 16일 토요일

뇌기능은 전혀 문제가 없다고 생각한다. 그런데 요 한 달 동안 심리, 성격 테스트의 분석 결과는 대체 어떻게 된 걸까. 와카오와 다치바나에게 더 정밀하게 분석하라고 지시했다.

의문을 부채질하는 데이터가 또 있다. 크랑케가 그린 그림 몇 장이다. 그는 주로 우뇌에 손상을 입었는데, 이런 상황에 있는 화가가 그린 그림은 좌반측공간무시뇌 손상 때문에 시력 문제와는 별도로 왼쪽 공간을 인식하지 못하는 증상와 더욱 감정적이고 직접적인 그림 스타일로 변해간다는 점을 특징으로 들 수 있다. 그런데 크랑케의 스케치만 봐서는 현재 좌반측공간무시 경향은 보이지 않는다. 그렇지만 날카롭고 딱딱하며 세밀한 부분에 집착하는 스타일로 변해가고 있음은 열 몇 장쯤 되는 스케치가 증명한다. 그 그림들은 감정적, 또는 직접적 작품이라고 할 수 있다.

그러면 크랑케의 우뇌는 손상된 상태 그대로일까? 히지만 아무리 검사 결과를 들여다봐도 뒷받침할 만한 점은 나타나지 않는다. 이식한 뇌편은 기존 뇌와 완벽하게 융합했다.

현재 상황에서 퇴원을 더 연기하기는 곤란하다. 나중에 정기 검사를 통해 추적 조사하겠다.

11

퇴원까지 남은 이틀도 결국 바쁘게 보냈다. 병실이라고는 해도 몇 달이나 살았던 방을 빼려니 나름대로 준비가 필요했다.

퇴원하는 날, 짐을 모두 골판지상자에 담았을 무렵 다치바나 씨가 모습을 드러냈다.

"짐이 꽤 많네요." 꾸려놓은 상자를 보며 그녀가 말했다.

"내 물건뿐만 아니라 병원에서 사준 속옷이나 잠옷도 넣었는데 정말 가져가도 괜찮나요?"

"괜찮아요. 두고 가면 오히려 번거롭죠." 다치바나 씨는 흰 가운 주머니에 두 손을 찌른 채 가냘픈 어깨를 으쓱하며 미소 지었다. 늘 화장기 없고 연구밖에 생각하지 않는 듯한 여성인데 지금 표정은 왠지 여성스러워 잠깐 가슴이 철렁했다. 이 사람이 이토록 매력적이라는 사실을 왜 여태 깨닫지 못했을까.

골판지상자는 병원에서 집까지 택배를 이용해 보내주기로 했기 때문에 맨손으로 퇴원하게 되었다. 나는 병실 출입구에서 한 번 뒤를 돌아보았다. 흰 침대는 깨끗하게 정돈되었고 실내는 텅 비었다. 다시 생각해도 여기서 지낸 나날이 실제로 일어난 일이라는 느낌이 들지 않았다.

"감상적인 기분이 들어요?"

다치바나 씨가 옆에서 물었다. 놀리는 느낌이 담긴 말투였다.

"전혀. 다시 오고 싶지 않은데요." 내가 대꾸했다.

그러자 다치바나 씨는 일단 시선을 숙였다가 내 얼굴을 빤히 보며 말했다. "그렇겠죠. 다시는 여기 오지 않도록 해요." 또 한 번 아름다운 사람이라는 생각이 들었다.

다치바나 씨를 따라 도겐 박사의 방으로 갔다. 안으로 들어가니 박사는 소파에 앉아 손님과 이야기를 나누는 중이었다. 손님은 세 명이었다. 성인 남녀와 여자아이 한 명. 여자아이와 어머니는 본 적이 있지만 아버지인 듯한 남자는 처음 보는 얼굴이었다. 나이는 마흔 살 전후일까. 품위 있지만 매서워 보이는 얼굴에 건장한 체격이라 회색 양복이 잘 어울렸다. 소녀의 부모는 내게 친근한 눈빛을 보냈다.

"가는 건가?" 도겐 박사는 금테안경을 벗고 앉은 채 나를 보았다.

"예, 오래 신세 졌습니다."

내가 고개를 숙이자 박사는 '그래, 그래' 하며 고개를 끄덕였다.

"그나저나 자네에게 소개하고 싶은 분이 있어. 여기 계신 사가 씨가족이 어떤 분들인지 알겠나?"

"물론 압니다."나는 소녀와 어머니를 보며 말했다.

"그날 부동산 중개사무소에 계셨죠."

"그때는 정말 감사했습니다."어머니가 고개를 깊숙이 숙였다. "노리코도 고맙습니다, 해야지. 널 구해주신 은인이야."그러면서 딸의 머리를 살짝 눌렀다. 노리코라고 불린 여자아이는 서툰 말투로 '고맙습니다'라고 했다.

"정말이지 뭐라고 감사 말씀을 드려야 좋을지 모르겠습니다. 아, 인사가 늦었네요. 저는 노리코 아빠인데 이런 사람입니다."회색 양복을 입은 신사는 정중하게 고개를 숙이고 명함을 내밀었다.

명함에는 사가 미치히코라고 찍혀 있었다. 변호사로, 법률사무소를 경영하는 모양이다.

"따님은 다치지 않았나요?"

"예, 덕분에요. 어린애라 자기가 무슨 일을 당했는지도 잘 모릅니다만 나루세 씨께서 목숨을 구해주셨다는 사실은 잘 가르치고 있습니다."

내가 열 살 넘게 어린데도 사가 씨는 손윗사람에게 하듯 깍듯했다. 최대한 성의를 드러내려 그럴 테지만 역시 왠지 멋쩍었다.

"자네와 약속했지? 퇴원할 때까지 남은 의문에 대답하겠다고."

도겐 박사가 말했다. 나는 박사의 얼굴을 보며 고개를 갸웃했다. 하지만 그 순간 무슨 뜻인지 깨달았다.

"입원비…… 그걸 여기 이분이?"

"그렇다네." 박사가 대답했다.

나는 사가 씨를 보았다. 그는 웃음을 지으며 고개를 저었다.

"당연히 해야 할 일입니다. 총을 맞은 게 제 딸이었다면 목숨을 건지지 못했겠죠. 그러면 아무리 돈을 들여도 돌이킬 수 없었을 테니까요."

"제가 이렇게 된 원인이 따님에게 있는 건 아닙니다."

"그렇게 말씀해주시니 조금은 마음이 편해집니다. 하지만 딸아이 대신 그렇게 되신 게 틀림없죠. 나루세 씨의 치료를 돕는 건 저희 의무입니다."

차분하지만 변호사답게 단호함이 깃든 말투였다. 나는 한마디도 대꾸하지 못하고 그 대신 박사에게 물었다.

"왜 여태 숨기신 거죠?"

"사가 씨가 그러기를 바랐으니까. 자네가 쓸데없이 마음의 부담을 느끼지 않은 채 완전히 나을 때까지 치료를 계속 받을 수 있게 해달라고 했네."

나는 다시 사가 씨를 보았다. 그는 우는 것 같기도 하고 웃는 것 같기도 한 표정을 지었다.

"별거 아닙니다. 은혜를 십분의 일도 갚지 못한 걸요. 무슨 일이든 저희가 할 수 있는 일이 있다면 말씀만 해주십시오."

"감사합니다. 그렇지만 이미 충분합니다."

내가 말했지만 사가 씨는 팔을 뻗어 내 오른손을 잡으며 말했다.

"정말로 무슨 어려운 일이 있을 때는 저희에게 와주셔야 합니다."

"저희가 할 수 있는 일이 있다면 하게 해주세요." 부인도 말을 보탰다.

사가 씨의 큼직한 손과 부부의 진지한 눈을 번갈아 보았다. 두 사람의 눈은 빛을 머금고 있었다. 나는 감사하다고 한 번 더 말했다.

박사의 방을 나와 다치바나 씨와 나란히 병원 문까지 걸었다. 몇 군데 텔레비전 방송국과 신문사가 취재하러 나와 있어 인터뷰에 응했다. 얼굴은 찍지 않겠다는 약속을 지켜주는 듯했다. 사가 씨 가족 이야기는 하지 않았다. 그건 내가 할 말이 아니다.

기자들은 계속해서 나와 다치바나 씨의 뒷모습을 카메라에 담았다. 나는 웃으며 그녀에게 말했다. "꼭 연예인 같네요."

"나루세 씨는 우주에서 살아 돌아온 사람이고요."

"그럴듯한 표현이군요."

문을 나서기 전에 '일주일이나 열흘에 한 번은 꼭 들르도록 하라'고 다치바나 씨가 말했다. 정기 검사 이야기다. 내 두뇌는 아직 홀로서기를 할 수 없는 모양이다.

"데이트라고 생각하고 달력에 표시해둘게요." 나는 이렇게 말하고 새삼 병원 건물을 올려다보았다. 흰 건물은 거대한 생물 같았다. 그 건물이 낳은 알이 된 기분이었다.

12

집으로 가는 길을 잊지 않아 괜히 기뻤다. 거리 풍경도 기억하는 그대로였다. 버스가 지나다니는 도로 옆 중학교의 학생들이 우르르 보도를 걷는 풍경도 정겨웠다.

집에 돌아왔다는 실감이 들었다.

큰길에서 골목으로 접어들자 새로 지은 조그마한 주택이 늘어서 있다. 이 주변은 최근에 갑자기 개발되었다. 그 길을 쭉 가면 내가 사는 아파트가 나온다. 2층 건물인데 철골에 대충 벽을 세우고 바닥을 깔았을 뿐인 간단한 구조다. 이곳 주차장에서는 늘 아주머니 두세 분이 모여 서서 이야기를 나누는데 오늘은 그 모습이 보이지 않았다. 바로 앞 계단을 올라 현관문 앞에 서니 안에서 청소기 소리가 들렸다. 문을 열자 앞치마를 걸친 메구미의 뒷모습이 보였다.

메구미는 청소기 스위치를 끄고 나를 돌아보았다. "어서 와."

"오늘 화방 쉬는 날이야?"

"일찍 퇴근하게 해달라고 했지. 먼지투성이 방에서 자면 안쓰럽잖아."

"고마워." 신발을 벗고 들어서니 활짝 열린 창문으로 바깥 경치가 보였다.

"마음이 놓이지?"

"응, 그런데 뭔가 이상하네."

"뭐가?"

"경치는 눈에 익은데 꼭 처음 보는 것 같아. 아니 처음 보는 사람이 전에 어딘가에서 본 적이 있다고 느끼는 것 같은…… 데자뷔라고 하던가? 그런 기분이야."

"흐음." 내 감각을 이해하려는 건지 메구미는 옆으로 다가와 같은 경치를 바라보았다.

"아마 밀폐된 공간에 오래 있었기 때문이겠지. 그래서 뭐든 신선하게 보이는 거야." 나는 일단 이런 핑계를 대며 방 안을 둘러보았다. 맨 먼저 벽 쪽에 있는 이젤이 눈에 들어왔다. 메구미를 그린 초상화가 있다. 의자에 앉아 책을 읽는 모습인데 반쯤 그리다 말았다.

"이제 저 그림 완성해야겠네." 메구미가 내 어깨에 손을 얹으며 말했다.

나는 몇 달 전에 그리던 그림을 찬찬히 바라보았다. 안타깝게도 잘 그린 그림이라고 볼 수 없었다. 가슴에 와닿는 느낌이 전혀 없다.

"안 되겠어." 내가 말했다. "이건 못 쓰겠어. 내가 왜 이런 걸 그렸지? 아무런 감동도 없어."

"그래? 멋진 그림이라고 생각하는데."

"남을 흉내 냈을 뿐이야. 이럴 거면 차라리 그리지 않는 게 낫지." 캔버스를 뒤집었다. 보고 있으면 기분이 나빠질 것 같았다.

"그 그림과 마찬가지네. 스케치북 말이야. 뒤로 갈수록 터치가 변했잖아? 틀림없이 네 감성에 조금 변화가 생긴 거야." 메구미가 말했다.

나는 고개를 끄덕였다. "그런지도 모르겠어."

"그럼 이제 더 좋은 그림을 그릴 수 있을 거야. 허물을 벗었으니까."

"그렇게 되면 좋겠다." 나는 웃으며 메구미의 뺨에 입을 맞췄다.

내가 입술을 뗀 뒤 메구미는 내 눈동자를 들여다보는 듯한 표정을 지었다.

"왜 그래?" 내가 물었다.

"아니야. 별일 아닌데." 그러면서 메구미는 다시 내 얼굴을 빤히 바라보았다. "네 머리에는 누군가 다른 사람의 뇌가 조금 들어 있는 거지?"

"맞아."

"그렇지만 넌 역시 너겠지······?"

"무슨 소리야. 난 나지. 다른 누구도 아니야."

"그럼 만약 뇌를 전부 교체하면 어떻게 될까? 그때도 역시 넌 너일까?"

"그건……" 나는 조금 생각한 뒤 대답했다. "내가 아니겠네. 그렇게 되면 내가 아니라 당연히 원래 뇌의 주인일 테지."

"흐음……." 메구미의 시선이 불안정하게 이리저리 움직였다. 무슨 생각을 하는지 왠지 알 것만 같았다. 그 질문을 받고 나 역시 어떤 문제에 대해 생각하기 시작했기 때문이다. 하지만 더는 그 문제를 입에 올리고 싶지 않았다. 메구미도 마찬가지인지 방긋 웃으며 화제를 바꾸었다. "자, 파티 해야지."

"단둘이." 나는 다시 메구미를 껴안았다. 그러면서도 뭔가 불길한 예감이 머릿속에 떠오르는 걸 억누르려 했다.

노크 소리가 들려서 나가 보니 이웃에 사는 우스이가 웃으며 서 있었다.

"돌아왔네요. 건강해 보여요." 그렇게 말하는 우스이는 얼굴이 창백한 데다 눈은 붉게 충혈되어 마치 병을 앓는 사람처럼 보였다. "사건 이야기를 처음 들었을 때는 살아나기 힘들지 않을까 생각할 정도였는데."

"네가 메구미에게 알려주었다면서?"

"달리 알려줄 만한 사람이 생각나지 않아서요."

"여전히 이걸 하는 거야?" 나는 키보드 두드리는 시늉을 했다. 우스이의 유일한 취미는 컴퓨터 게임이다. 이따금 내 방까지 소리가 들린다.

"예. 시끄럽게 해서 미안해요." 우스이는 머리를 긁적이다가 뭔가 생각이 떠올랐다는 듯이 진지한 표정으로 바뀌었다. "그런데 정말 건강해졌네요. 왠지 전보다 남자다워진 것 같아요."

나는 아주 잠깐 메구미와 눈을 맞췄다. 그러고는 웃는 표정을 지으며 슬쩍 부정했다. "아니야. 네가 괜히 그렇게 생각하는 거야."

그날 밤, 오래간만에 메구미를 품에 안았다. 아랫집에 소리가 들리면 안 되기 때문에 내내 조용한 섹스였다. 나는 메구미의 몸 위에서 그녀의 얼굴을 보며 사정했다.

그 순간 머릿속에 어떤 생각이 떠올랐다.

그런 건 잊어야 한다고 생각했다. 그런 생각을 해서는 안 된다. 지금은 여느 때와 기분이 좀 다르기 때문에 이상한 생각이 들었을 뿐이다. 틀림없다.

그렇지만 그 생각은 끝내 머릿속에서 사라지지 않았다. 이튿날 아침, 잠이 모자란 눈을 비비면서 메구미의 얼굴을 보았을 때 그만 다시 떠올리고 말았다.

이 아가씨에게 주근깨가 없으면 좋을 텐데······.

6월 19일 화요일 (흐림)

준의 집에서 자고 아침에 돌아왔다. 어제는 기다리고 또 기다리던 퇴원하는 날.

그 집으로 준이 돌아왔다. 그리고 날 안아주었다. 꿈에서도 그리던 일이었다. 그런데 뭔지 잘 모르겠지만 마음에 걸린다.

하느님, 준을 살려주셔서 감사합니다. 준은 틀림없이 건강합니다.

하느님, 한 가지만 더 부탁드릴게요. 모처럼 되찾은 행복이 무너지지 않도록 지켜주세요. 제 어린 생각이 낳은 불길한 망상이 절대 실제로 일어나지 않게 해주세요.

13

퇴원한 지 이틀째 되는 날부터 출근하기로 했다. 더 느긋하게 쉴 작정이었지만 집에 있어봤자 할 일도 없었다. 게다가 매스컴 관계자들이 자꾸 전화를 걸었다. 텔레비전 출연이나 대담 권유에, 책을 내지 않겠느냐는 이야기까지 들었다. 나는 구경거리가 아니라고 호통치고 싶은 걸 참으며 거절하느라 피곤했다.

그래서 출근할 날짜를 앞당겼는데 오늘 아침에는 잠에서 깰 때너무 힘들었다. 또 머리에 총을 맞는 꿈을 꾼 것이다. 꿈이 또렷하게 기억나지 않지만 일어난 직후에는 한동안 머리가 뻐근했다. 그리고이건 지금도 마찬가지인데, 이런 날 아침은 거울을 볼 때 긴장하게된다. 거울에 낯선 이의 모습이 비치는 기분이 든다.

세면대에서 세수를 하고 이게 내 얼굴이구나, 하며 거울을 향해고개를 끄덕였다. 역시 어딘가 다르다는 생각이 들어 불안했다.

지난밤 일이 머릿속에 떠올랐다. 한순간이지만 메구미의 주근깨가 추하다고 느꼈다. 그런 생각을 해서는 안 될 일이다.

게다가 메구미가 무심코 한 말이 마음에 걸린다. 뇌를 전부 교체하면 어떻게 되는 거냐고. 그래도 역시 네가 준이냐고…….

아닐 거다. 그건 내가 아니다. 어려운 문제는 잘 모르겠지만 지금 내가 나라고 생각하는 마음은 내 뇌에서 만들어진 생각일 것이다. 그러니 다른 사람 뇌로 바뀌면 그 생각도 사라지리라.

그러면 이번 수술처럼 일부가 바뀌는 경우는 어떻게 될까. 지금 내 머릿속에 들어 있는 뇌는 총을 맞은 예전 뇌와 동일하지 않다. 그런데도 그 뇌가 만들어낸 마음을 예전과 똑같다고 할 수 있을까.

도무지 알 수 없다. 살짝 두통도 왔다.

나는 물로 얼굴을 씻고 다시 거울을 보았다. 이 문제에 대해서는 그만 생각하자. 이상한 패러독스에 빠져들 뿐이다. 아주 잘 설명할 수 있다. 내가 예전의 나라는 사실은 나 자신이 가장 잘 안다. 메구미를 품에 안았던 감촉도 예전과 똑같았다.

주근깨 문제는 잊자.

출근해서 먼저 팀장에게 인사하러 갔다. 그리고 둘이서 공장장님과 제조부장님에게 들렀다. 내 얼굴을 본 윗분들의 반응은 한결같았다. 우선 놀라는 표정을 지은 뒤 반갑다는 듯 미소 지었다. 그리고 마치 온종일 내 걱정만 했다는 듯한 말투로 이야기를 시작했다. 안부 메시지 하나 보내지 않은 사람들이.

한 바퀴 쭉 인사를 마치고 팀장과 함께 작업 현장으로 갔다. 방음벽을 지나자 온갖 잡음이 귀를 두드렸다. 선반이나 보르반_{원통 내부를 깎는 데 쓰는 공업용 기계}의 모터 소리, 리프트가 오르내리는 소리. 냄새도 난다. 용접기에서 나오는 가스와 금속 냄새. 기계용 기름 냄새.

이 공장에서는 고객 주문에 따라 갖가지 산업기기를 조립하고 조정해준다. 수백 명에 이르는 직원이 있는데 내가 속한 매커니컬 서비스팀은 팀장을 포함해 열두 명이 같은 작업장에서 일한다.

작업장에 도착하자 팀장이 팀원을 불러 모았다. 그들은 나를 보자마자 우르르 모여들었다.

팀장이 이야기하는 동안 나는 팀원들의 얼굴을 차례로 둘러보았다. 보지 못한 기간이 삼 개월 남짓이지만 꽤 달라진 느낌이었다. 다들 얼굴에 활기가 없고 박력도 느껴지지 않았다. 자주 나를 비아냥거리던 선배는 어디 아픈 게 아닌가 하는 생각이 들 지경이었다.

나는 오래 자리를 비운 걸 사과하고 몸이 완전히 회복되었으니 이제 염려할 것 없다고 말했다. 뇌이식 문제는 다들 아는 듯했지만 입에 올리지는 않았다.

오전 중에는 작업 요령을 상기시키기 위해 가사이의 작업을 거들었다. 신형 용접기 수리와 조정이었다. 처음에는 조금 머뭇거렸지만 이내 작업 순서를 기억해낼 수 있었다.

점심시간이 되어 가사이와 사원식당으로 갔다. 테이블에 앉자 가사이가 물었다. "작업장 분위기는 어때?"

"나쁘지는 않지만 좀 실망이네." 내가 대답했다.

"실망? 무슨 뜻이야?"

"다들 내 예상보다 의욕이 더 떨어졌어. 그동안 나오지 못해서 잘 모르겠지만 대부분 타성에 젖어 일하잖아. 이런 식으로 월급을 받는 다면 윗사람의 부정부패에 화를 낼 자격이 없지."

"인정사정없군." 가사이는 그리 유쾌해 보이지 않았다. "그런 소리는 다른 팀원 앞에선 하지 마."

"별로 할 생각은 없지만 누가 듣는대도 상관없어. 진심을 말한 거니까."

가사이는 포크 든 손을 멈춘 채 무슨 기분 나쁜 것이라도 본 사람 같은 눈빛을 보였다.

첫날 일을 마치고 책방에 들렀다가 집으로 돌아왔다. 메구미가 앞치마를 걸치고 기다리고 있었다. 방 안에는 미트소스 냄새가 가득했다. 그녀는 내가 출근했다는 이야기를 듣더니 살짝 놀란 표정을 지었다.

"집에 없어서 걱정했어. 일은 내일부터 나가기로 한 거 아니었어?"

"일찍 나가는 게 나을 것 같아서." 자세한 이야기는 피했다. 뭐라고 해야 좋을지 몰랐기 때문이다.

"무슨 책 사왔어? 봐도 돼?" 책상 위에 봉투를 올려놓은 걸 눈치채고 메구미가 말했다. 그리고 내가 대답하기도 전에 봉투를 열었다. "뭐야, 이게? 미술 책이 아니잖아.《기계구조학》《최첨단설계사상》이라고……? 별일이네. 이런 책을 사오고."

"나도 일단 기술자니까. 전문지식을 늘 보충해둘 필요가 있지."
이렇게 대답했지만 사실은 그림에 관한 책을 사기 위해 책방에 들렀
다. 그렇지만 멍하니 걷던 중에 공학 관련 전문서 코너에서 걸음을
멈췄다. 엄청나게 많은 전문서적과 자료를 보고 있자니 이상하게 속
이 답답해졌다. 이렇게 많은 정보가 쏟아지는데 그걸 활용할 생각을
전혀 하지 못했다.

정신을 차리고 보니 책 두 권을 들고 계산대 앞에 줄을 서 있었다.
참으로 부끄러운 이야기지만 직업과 관련해서 자기계발에 도움이
될 책을 사기는 이번이 처음이었다.

줄을 서 있는 동안 바로 앞에 선 학생 같은 남자가 산 책을 보았
다. 한 권은 여자에게 호감을 얻기 위한 노하우를 적은 책이고 또 한
권은 제목이 '부모를 속여 돈을 타내는 방법'이었다. 둘 다 표지에
커다랗게 '만화로 쉽게 풀어본다'라고 적혀 있었다. 이 학생은 대체
언제 귀중한 시간을 낭비했다는 사실을 깨닫게 될까, 하는 생각이
들었다.

"그런 날은 영원히 오지 않을 거야." 내가 그 학생 이야기를 하자
메구미는 웃으면서도 진지한 눈빛으로 말했다. "그런 사람은 앞으
로도 쭉 그런 식으로 살아갈 테니까."

"그러다간 언젠가 제 발에 걸려 넘어질 거야."

"그래. 하지만 왜 넘어졌는지 모를걸. 그러니 소중한 학창시절을
낭비해서 이렇게 되었다는 생각은 하지 않겠지."

"그런 녀석들은 태어나지 말았어야 하는 건데." 내 말이 극단적이

기 때문인지 메구미는 좀 당황한 눈치였다.

메구미가 만들어준 스파게티를 먹고 나서 그림 그릴 준비를 했다. 캔버스를 놓고 그림을 그리기는 오래간만이었다.

"어떤 포즈가 좋을까?" 모델인 메구미가 물었다.

"으음, 글쎄." 나는 메구미의 얼굴을, 몸 전체를 여러 각도에서 바라보았다. 이렇게 하다 보면 바로 이미지가 떠오를 것이다.

"왜 그래? 무슨 궁리를 그리 해?"

창틀에 팔꿈치를 짚고 선 메구미가 좀 이상하다는 표정을 지으며 웃었다. 내가 아무 말도 없이 우두커니 서 있었기 때문이다. 내가 그러고 있는 까닭은 아무런 이미지도 떠오르지 않아서였다. 예전에는 달랐다. 메구미가 몸을 살짝 움직일 때마다 이미지가 홍수처럼 밀려들었다.

"준, 왜 그래?" 불안했는지 메구미의 눈에서 웃음이 사라졌다.

"아니, 아무것도 아니야. 지금 그 자세가 좋아." 나는 흰 캔버스에 데생을 시작했다. 전에도 자주 그린, 앞에서 비스듬하게 본 메구미의 얼굴이다.

그렇지만 십 분쯤 지났을 때 나는 손길을 멈췄다. "오늘은 이쯤에서 그만하자."

"방금 그리기 시작했는데……? 별로 내키지 않아?"

"그런 건 아니야. 그리고 싶은 마음은 있어. 이미지도 확실하게 떠오르고. 그냥 오늘은 뭐랄까…… 좀 피곤해서. 오래간만에 공장에 가서 정신적으로 지친 건지도 모르겠어." 내 말이 완전히 거짓말로

밖에 들리지 않아 답답했다. 얼버무리려고 말을 보탤수록 변명처럼 느껴졌다.

"그래…… 무리일지도 모르지." 메구미도 자연스럽지 못하다는 건 눈치챘을 테지만 굳이 캐묻지는 않았다. "차 좀 끓일까?"

"아, 좋지." 나는 캔버스를 정리했다.

메구미가 끓여준 커피를 마시면서 그녀가 하는 이야기를 들었다. 화방에 오는 손님 이야기나 유쾌한 친구에 대한 소문이었다. 나는 웃으며 맞장구쳤다. 그렇지만 내 마음속에 이런 이야기가 대체 뭐가 재미있다는 걸까, 하는 생각이 있음을 발견하고 속으로 깜짝 놀랐다. 이런 속마음은 결코 메구미에게 들키면 안 된다.

한바탕 웃은 뒤, 메구미를 집까지 바래다주었다. 집 앞에서 헤어질 때 한동안 그림을 쉬겠다고 했다.

메구미는 왜 그러느냐고 불안하다는 듯 물었다.

"공장에서 뒤처진 걸 만회하고 싶어서. 내일부터 시간 외 근무를 더 할 생각인데 그럼 퇴근도 늦어질 테고."

"그래." 메구미는 고개를 끄덕였지만 전혀 이해하지 못하는 눈빛이었다.

"그림을 그리고 싶지 않은 거 아니야."

"응, 알아."

"그럼, 잘 자."

"잘 가."

집으로 돌아가는 길에 나는 메구미와의 생활에 대해 생각했다. 그녀는 나를 사랑해주고 나도 그녀를 사랑한다. 메구미는 내게 이 세상에 둘도 없는 여성이라는 사실을 절대 잊어서는 안 된다.

집에 돌아와 《기계구조학》과 《최첨단설계사상》을 새벽 2시까지 읽었다. 하지만 집중이 잘 되지 않았다. 옆방에서 우스이가 컴퓨터 게임을 하는 소리가 들렸기 때문이다. 게다가 오늘 밤엔 친구가 와 있는지 술 취한 목소리와 웃음소리까지 들려왔다. 나는 옆에 있던 커피잔을 집어 벽에 내던졌다. 컵은 박살이 났지만 조용해지지는 않았다. 이튿날 아침, 컵을 쓸어 담으며 왜 이런 어리석은 짓을 했을까 생각했다.

6월 21일 목요일 (맑음)

준이 회사에 갔다. 나는 저녁때부터 준의 집에 가서 기다렸다. 그가 좋아하는 미트소스 스파게티를 만들었지만 끝까지 맛있다고 말해주지 않았다. 셀러리와 스모크치즈를 넣은 샐러드는 사분의 일쯤 접시에 남겼다. 준이 이걸 남긴 적은 한 번도 없다.

하느님, 하느님. 무서운 일이 일어나지 않게 해주세요. 우리를 가만 내버려두세요. 준을, 제 준을 빼앗아가지 마세요.

14

작업 복귀는 애초에 각오했던 것보다 훨씬 순조롭게 진행되었다. 쉰 사이에 다른 팀원들과 기술력 차이가 벌어지지 않았을까 걱정했는데 뜻밖에 그렇지 않다. 기쁘지만 한편으로는 이상한 일이기도 하다. 내가 입원해 있던 동안 다른 사람들은 대체 무얼 한 걸까. 최신형 기계를 수리하는 일이 들어왔는데 아무도 손대려 하지 않았다. 매뉴얼이 없고 엄청나게 복잡해서 손이 많이 간다는 게 이유였다. 나도 전에는 꽁무니를 뺀 기억이 있지만 다들 여전히 그 무렵의 나와 마찬가지라는 사실에 놀랐다.

"내부를 몽땅 교체하는 게 빠르겠어요. 이런 기계는 거의 들어오지 않는데 이것 하나 고치려고 새로 공부하기도 힘드니까요." 선임인 시바타 선배가 팀장에게 말했다. 그는 팀원의 대변자다. 그리고 다들 골치 아픈 일에는 손대고 싶어하지 않을 거라고 생각한다. 지금까지처럼 아무런 생각 없이 그냥 해나갈 수 있는 일을 더 좋아하는 것이다.

팀장은 계속 이런 식이면 안 된다고 생각하면서도 그걸 입 밖에 내지 않고 있다. 나는 마음을 굳히고 그 일을 맡겨달라고 했다. 모르는 기계에 도전하지 않으면 우리 같은 직업에 종사하는 사람은 아무 발전도 이룰 수 없지 않겠는가. 팀장은 뜻밖이라는 반응을 보이면서도 내 요청을 기꺼이 받아들였다.

새삼 작업장을 둘러보다 주위에 그밖에도 불합리한 일이 너무 많다는 사실을 깨달았다. 작업 절차에 불필요한 요소가 많았고, 작업 대기 시간 즉 아무것도 하지 않는 시간이 너무 길기도 했다. 나는 그런 눈에 띄는 문제점을 '개선제안'으로 제출했다. '개선제안'이란 회사가 장려하는 제도인데 뛰어난 제안에는 상금도 주지만 요즘은 별로 활용되지 않고 있다. 나도 제안서를 쓰기는 오래간만이었다. 왜 이제까지 불합리한 문제가 이렇게 많은데도 간과하고 지냈는지 모르겠다. 내가 제출한 제안은 한 주 사이에 스무 건을 넘어섰다. 뿐만 아니라 시험연구 보고서도 제출했다. 내용을 보고 팀장은 눈이 휘둥그레졌다. 현장에서 일하는 사람이 연구 보고서를 쓰는 게 무슨 잘못이겠는가. 의식이 조금은 개선되었으리라.

어쨌든 회사에는 무능하고 한심한 인간이 너무 많다. 부지런해 보여도 사실은 그냥 시간을 활용하는 방법이 서툴 뿐이고, 적극적이다 싶어도 실제로는 어려운 일을 피하고 있을 뿐이기도 했다. 일이란 살아가기 위한 수단이라고 빤한 소리를 하지만 그렇다고 내세울 만한 취미나 특기가 있는 것도 아니다. 나는 그야말로 하루하루가 실망의 연속이었다.

실망이 최고조에 이르렀을 무렵 가사이와 다른 직원들이 한잔하러 가자고 했다. 거절하고 싶었지만 퇴원 축하 자리라고 하니 빠질 수도 없었다.

회사에서 도보로 십 분쯤 걸리는 스카치위스키를 파는 술집이었다. 손님이 열 몇 명밖에 들어갈 수 없는 작은 가게라 우리가 들어가자 거의 꽉 찼다. 나는 직원들과 함께 테이블에 자리를 잡았다.

"그건 그렇고, 엄청난 사건에 휘말린 거야, 그렇지? 머리에 총을 맞다니. 상상만 해도 소름 끼치네. 다른 데도 아니고 머리야. 그러면 거의 살지 못할 거라고 생각하지, 보통은."

첫 건배로 목을 축인 가사이가 과장된 말투로 감탄했다. 다른 동료들도 맞는 말이라는 표정으로 고개를 끄덕였다.

"그렇지만 역시 준이야." 시바타 선배가 차분한 목소리로 말했다. "그냥 무모한 짓을 한 게 아니야. 여자아이를 구하려다가 총을 맞은 거지. 그 정도로 배짱 좋은 사람은 그리 많지 않아."

무슨 잠꼬대 같은 소리를 하는 건가 싶어 한쪽 옆구리가 아팠다. 그런 상황에 배짱은 관계없다. 시바타라는 인물을 분별력 있는 어른으로 존경한 적도 있지만 지금은 시도 때도 없이 쥐뿔도 모르면서 아는 척하는 사람으로밖에 보이지 않는다.

"내가 만약 그런 상황이라면 이러겠지." 원숭이를 닮은 외모에 날렵함이 장기인 야베 노리오가 목을 움츠리며 머리를 감싸 쥐었다.

"바닥을 엉금엉금 기면서 하나님, 부처님, 예수님, 누구건 내 목숨을 구해줄 수 있을 만한 분들에게 모두 기도할 거야. 다른 사람은 죽어도 상관없으니 내 목숨만은 살려달라고."

사람들과 함께 웃으면서도 이 사람은 대체 뭘 두려워하는 건지 궁금했다. 자기를 폄하하며 사람들을 웃기는 태도도 그렇고 저 비굴한 눈빛도 그렇고 틀림없이 뭔가에 겁을 집어먹고 있다.

아니, 야베뿐만 아니다. 지금 내 주위에 있는 사람 모두 마찬가지라고 할 수 있다. 이들은 무얼 두려워하는 거지?

이윽고 나에 대한 화제가 다 떨어졌는지 회사 이야기로 옮아갔다. 새로운 화제라고 해봐야 수준 낮고 발전에 도움이 되지도 않을 이야기들이었다. 나는 화제에 끼어들지 않고 혼자서 계속 스카치위스키를 스트레이트로 마셨다. 오래간만에 알코올이 몸에 들어와서인지 갑자기 취기가 몰려왔다. 몸이 붕 뜬 느낌이 들고 눈언저리가 후끈후끈했다.

"나루세 넌 오늘도 보고서를 냈다면서." 조금 전까지만 해도 멀리 떨어져 앉았던 사카이란 직원이 갑자기 옆자리로 다가왔다. 키 크고 해골 같은 얼굴을 한 남자다. 입사는 나보다 이 년 빠르다. 내가 복귀한 뒤로 이야기를 나누기는 이때가 처음이었다.

"아주 열심히 하시네. 한동안 쉬고 나왔는데 무리하면 안 되지."

"무리하는 거 아니에요. 할 수 있는 일은 해야 한다는 생각이 들어서."

"할 수 있는 거라고? 이거 참." 사카이는 웃은 모양인데 내 눈에는 일그러진 얼굴로만 보였다. "푹 쉬고 나와서 아주 힘이 남아도는가 모르겠지만 좀 분위기를 봐가면서 해야지."

"그럼 일을 대충대충 하라는 건가요?"

"그런 말이 아니지. 페이스를 맞추라는 거야."

"사카이 선배 페이스에 맞추라는 말은 일을 대충하라는 소리잖아요." 나는 그의 얼굴을 똑바로 보며 말했다.

그러자 사카이는 대뜸 내 멱살을 움켜쥐었다.

"그만해." 시바타 선배가 사이에 끼어들어 말렸다. 사카이는 이를 드러내며 으르렁거렸다. "오냐오냐하니까 무서운 줄 모르는구나."

"어쨌든 진정해." 시바타 선배는 사카이를 달래면서 다른 테이블로 데리고 갔다. 하지만 사카이는 화가 가라앉지 않는지 꽤 오래 나를 노려보았다.

"말이 좀 심했어." 가사이가 술을 따라주며 말했다. 나는 그걸 단숨에 들이켜고 말했다.

"날 시기하는 거야."

"시기?"

"그래. 무시하면 그만이야." 내가 말하자 가사이는 툭하면 보이는 그 겁먹은 눈빛을 보였다.

사카이를 겁낼 필요는 없었다. 아주 평범하고 힘없는 인간이다. 자기가 할 수 없는 일을 남이 해냈을 때 자기도 기회만 되면 충분히 할 수 있다며 분하게 여기는 사람은 아주 많다. 사카이는 자기가 부동산 중개사무소에서 강도를 만난 적이 없을 뿐이라고 생각하리라.

그렇게 저급한 인간이 되면 최초로 뇌이식 수술을 받았다는 사실마저 시샘할지도 모른다.

　나는 기분이 아주 좋아졌다. 술이 이렇게 맛있었던 적은 없다. 머릿속이 뜨거워지고 몸이 붕 뜬 느낌이 들었다.

　조금 지나치게 마신 듯했다. 의식이 차츰 불안정해지기 시작했다.

15

정신을 차리니 천장이 보였다. 낡은 천장이다. 내 방이 아니라는 걸 바로 깨달았다. 고개를 들었다. 어제 퇴근할 때 옷차림 그대로 다다미 바닥에 누워 있었다.

"나 참. 이제 정신이 들어?"

목소리가 나는 쪽으로 고개를 돌려 보니 가사이 사부로가 이를 닦고 있었다. 그러니까 여기는 그의 집이라는 이야기다. 분수에 맞지 않게 방이 두 개였다.

천천히 몸을 일으켰다. 두통이 심한 것은 지나치게 많이 마셨기 때문이리라. 속이 메슥거렸다. 얼굴은 심하게 화끈거렸다. 왼쪽 눈 아래가 왠지 뻣뻣한 느낌이 들었다.

책상 위에 놓인 자명종 시계를 보니 오전 7시가 조금 지난 시각이었다. 그래서 가사이도 출근 준비를 시작한 모양이다.

"어제 그 뒤로 어떻게 된 거야?"

내가 묻자 가사이는 수건으로 얼굴을 닦으며 돌아왔다. "기억 안 나?"

전혀. 내가 대답했다. 가사이는 난처하다는 표정을 지으며 머리를 긁적거렸다.

"뭐 어쨌든 샤워하고 와. 어젯밤 푹푹 쪘으니까."

"아, 그럴까?"

목덜미를 문지르며 욕실로 들어가려다가 바로 앞에 있는 거울을 보고 깜짝 놀랐다. 왼쪽 뺨이 부었다. 게다가 눈 아래가 좀 검었다.

"이게 뭐지?" 나는 거울 속을 가리키며 물었다.

가사이는 좀 어색한 표정으로 대답했다. "샤워 마치고 나오면 가르쳐줄게."

나는 혀로 뺨 안쪽을 핥아보았다. 아니나 다를까, 찢어져서 쇳내가 났다. 이상하네. 나는 고개를 갸웃했다. 누구와 싸운 걸까. 아니면 일방적으로 얻어맞은 걸까.

샤워하고 욕실에서 나오니 가사이가 통화를 하고 있었다.

"예, 이미 일어났습니다. 지금 샤워하고 나왔어요. 아뇨, 전혀 기억 못 하는 모양이에요, 이제 설명하려고요. 예, 알겠습니다."

수화기를 내려놓더니 가사이는 한숨을 내쉬었다. "팀장님이야."

"팀장님이 왜?"

어제 술자리에 팀장은 오지 않았다. 아무도 같이 가자고 하지 않았기 때문이다.

"시바타 선배나 누가 알렸겠지. 뭐 사카이 선배도 걱정스럽지만."

"사카이? 어째서?"

가사이는 어처구니없다는 듯이 고개를 가로저었다. "너 정말 기억 안 나?"

"그렇다고 했잖아. 뜸 들이지 말고 가르쳐줘."

"뜸을 들이는 게 아니야. 어떻게 설명해야 좋을지 모르겠을 뿐이지. 간단하게 이야기하면 사카이 선배와 싸웠어."

"싸워? 또 그 사람이야?" 나는 넌더리가 났다. 두통이 더 심해진 것 같았다. "어떻게 싸움을 걸었는데?"

"싸움을 건 사람은 준, 너야."

"나? 거짓말."

하지만 가사이는 고개를 저었다.

"내가 뭐라고 했는데?" 내가 다시 물었다.

"한마디로 이야기하면 속마음이겠지. 어젯밤 네 속마음을 다 쏟아냈어."

"대체 무슨 속마음을 쏟아냈다는 거야?"

"전혀 기억 못 하는 모양이네." 가사이는 한숨을 내쉬고 말했다. "넌 우리 작업장 사람들을 싸잡아 비난했어."

나는 눈이 휘둥그레졌다. "싸잡아 비난해? 내가 그럴 리가 있나."

"했다니까. 더 나아지려는 의욕도 없다. 그냥 대충 하루하루를 때울 뿐이다. 생각하는 거라고는 어떻게 대충 일할까, 어떻게 농땡이를 칠까, 어떻게 내 무능을 숨길까 하는 것뿐이다…… 대충 이런 소리를 했지."

가사이의 말을 들으니 어렴풋하지만 기억이 날 듯도 했다. 그러고 보니 그런 소리를 한 것 같은 기분이 든다.

"게다가 이런 소리도 했어. 자기 무능은 아랑곳하지 않고 열심히 일하는 다른 사람에게 불평한다. 노력하는 사람이 하는 일을 이해할 능력도 되지 않으면서 그런 건 중요하지 않은 일이라고 얕잡아보며 자신을 위로한다. 기술 현장이라 독창성을 발휘할 수 없다며 아쉬운 척하지만 사실은 독창성을 높이려는 노력은 조금도 하지 않고, 할 생각도 없다."

나도 모르게 웃음을 터뜨릴 뻔했다. 가사이가 거짓말을 할 리는 없으니 아마 정말 그런 말을 했을 것이다. 참으로 옳은 소리를 했다. 그런 말을 던진 순간을 기억하지 못하는 게 너무 아쉬웠다.

"나중에는 이런 말도 했어. 내가 이 직장을 바꿔놓겠다. 미적지근한 체질을 싹 씻어내고 타성으로 일하는 사람은 견디기 힘든 직장으로 만들겠다고 큰소리 탕탕 쳤어. 어때, 기억이 나?"

"기억은 나지 않지만 그런 소리를 했을 거라고 생각해."

"했다고. 그래도 뭐 처음에는 술기운 때문이겠거니 하며 다들 참았어. 그런데 도무지 입을 다물지 않으니 결국 사카이 선배가 화를 낸 거지. 선배에게 얻어맞은 것도 기억 안 나?"

그런가? 나는 왼쪽 뺨에 손을 댔다. 그 사람에게 맞은 건가?

"얻어터졌다니, 분하네."

"얻어터져?" 가사이가 괴상한 목소리를 냈다. "말도 안 돼. 우리가 말리지 않았다면 넌 선배를 죽였을 거야."

"내가 어떻게 했는데?"

"어떻게 하고 말고가 아니지. 먼저 한 대 맞더니 바로 일어나서 사카이 선배의 왼쪽 눈언저리를 후려쳤다고."

나는 내 오른손을 보았다. 그러고 보니 둘째손가락과 셋째손가락 부근이 좀 쑤신다.

"네가 반격할 거라고는 생각도 못 했을 테니 사카이 선배도 방심했겠지. 벌렁 나자빠졌어. 그러자 네가 힘껏 발로 차기 시작했고. 난 악몽이라도 꾸는 기분이더라. 너는 그러면서 테이블 위에 있던 스카치위스키 병을 들어 사카이 선배 머리를 후려치려고 했지. 나하고 시바타 선배가 기를 쓰고 말렸어. 넌 병을 빼앗기지 않으려고 하면서 이런 쓰레기에게 얻어맞다니 참을 수 없다며 악을 썼지."

"정말이야?" 한 번 더 내 손을 보았다. 듣고 보니 기억이 어렴풋하게 나기는 하지만 아무리 그래도 그렇게까지 했을 줄은 몰랐다. "믿을 수가 없네."

"그건 내가 할 소리지." 가사이가 말했다. "그 뒤로 바로 곯아떨어져서 내가 이리 데려왔어. 술집 주인이 경찰 부르려는 걸 말리느라 진짜 힘들었다고."

"미안해. 그런데 내가 정말 그랬나?"

"나도 거짓말이면 좋겠다."

나는 생각에 잠기지 않을 수 없었다. 요즘 자신감이 커지는 중이라는 건 안다. 사물을 보는 눈도 예전과 많이 달라졌다. 하지만 그런 비정상적인 행동은 설명이 되지 않았다.

그렇다면 최근 변화는 단순히 인간적인 성장이 아니라는 건가?

계속 미뤄온 문제를 떠올리지 않을 수 없다. 메구미의 질문. 뇌를 전부 바꿔도 역시 그건 준인가……?

"야, 준. 대체 어떻게 된 거야? 나한테는 이야기해줄 수 없어? 요즘 팀원들 모두 널 기분나쁘게 여기고 있단 말이야. 네가 너무 변해서. 두려워하는 거라고 봐도 돼. 나도 마찬가지고. 우리가 불안하지 않도록 네가 설명을 좀 해줄 수 없겠냐?"

나는 어젯밤에 품었던 의문의 답을 얻었다. 우스꽝스러운 야베를 비롯해 다들 겁을 먹고 있었던 건 다름 아닌 나 때문이었다.

가사이와 함께 출근하니 작업장에는 거의 모든 팀원이 모여 있었다. 여러 가지 기계가 어수선한 가운데 커다란 회의 탁자가 있고 그 탁자를 둘러싸듯이 의자가 놓여 있었다. 팀원들은 거기 앉아 카드놀이를 하거나 자판기 커피를 마시고 잡담을 나누며 작업 개시 벨이 울리기를 기다리고 있었다.

"안녕하세요?" 가사이가 팀원들에게 인사했다. 조건반사처럼 몇몇 사람이 반응해 인사를 했다. 하지만 그다음은 여느 때와 달랐다. 내 얼굴을 보고는 표정이 얼어붙더니 바로 외면했다 카드놀이를 하던 사람은 카드를 치우기 시작했고 잡담을 나누던 사람은 커피를 들이켠 뒤 종이컵을 쓰레기통에 던져 넣었다. 그러고는 말없이 작업모를 집어 들더니 언짢은 표정으로 흩어졌다.

"아무래도 네 말이 사실인 모양이네." 내가 가사이에게 말했다.

"내가 몇 번이나 이야기했잖아, 진짜라고."

작업 개시 벨이 울려서 담당 구역으로 막 가려는데 누가 위팔을 살짝 찔렀다. 고개를 돌리니 팀장이 쓴 약이라도 입에 넣은 듯한 표정을 하고 있었다.

"안녕하세요?" 내가 인사했다.

"잠깐 좀 와봐." 팀장도 명백히 언짢아 보였다.

사무실로 들어가 팀장 자리로 가니 시바타 선배가 기다리고 있었다. 나는 인사를 하려다가 살짝 고개만 숙였다. 그도 팀장과 같은 표정이었기 때문이다.

"시바타한테 이야기 듣고 깜짝 놀랐어." 의자에 앉아 나를 보며 팀장이 말했다. 보호안경에 형광등이 비쳤다.

"소란을 피워 죄송합니다."

"한솥밥 먹는 식구가 다툰 거라고 설명해서 경찰이 출동하는 사태는 면했지만 자칫 크게 다칠 뻔했잖아. 게다가 사카이가 널 혼내준 거라면 또 모르지만 그 반대라니."

말없이 고개를 숙였다. 대꾸할 말이 없었다.

"일단 이 문제는 내 선에서 묻어두겠어. 먼저 손을 댄 사카이도 잘못했고 시끄럽게 만들 생각은 없는 모양이야. 오늘은 쉬기로 했지만 다음 주부터는 나올 수 있을 거라더군."

시끄럽게 만들고 싶지 않은 건 내게 얻어맞았다는 사실을 다른 팀에 알리고 싶지 않기 때문이리라. 나는 일단 고분고분 고개를 끄덕였다.

"어쨌든 앞으로는 절대 이런 일 없게 해. 다음에 또 문제가 생기면 나도 감싸줄 수 없어."

"주의하겠습니다."

"그리고." 팀장의 말투가 미묘하게 바뀌었다. "어젯밤 자네 발언 내용은 나도 들었어. 술김에 한 소리일 테지만 신경 쓰는 사람도 많아. 팀원들 앞에서 사과할 수 있겠나?"

"사과요? 제가?" 깜짝 놀라 고개를 들었다. "폭력을 쓴 점에 대해서라면 몰라도 발언에 대해서 왜 사과해야 하죠? 분명히 술김에 한 말이기는 하지만 틀린 말도 아니라고 생각합니다. 다들 화가 났다면 정식으로 술 마시지 않은 상태에서 토론을 하고 싶네요. 물론 폭력은 빼고요."

"그렇게 흥분하지 마." 팀장은 하소연하는 표정을 지으며 말했다. "자네가 무슨 말을 하고 싶은지 알아. 퇴원한 뒤로 자네가 일하는 모습에는 분명히 나도 감탄했어. 같은 시간에 다른 작업자보다 업무를 곱절은 해내고 있으니까."

"제가 빨리 처리하는 게 아닙니다. 다른 사람들이 허비하는 시간이 너무 많은 거죠."

"그건 나도 알아. 하지만 준, 무슨 일이든 남들과 보조를 맞추는 게 중요할 때도 많아. 도로를 한 번 봐. 차가 밀릴 때 자기 혼자만 속도를 올릴 수는 없잖아? 주변과의 협조도 생각해야 해."

"지금 우리 팀 상태는 차가 밀리는 도로라기보다 불법주차나 마찬가지죠."

이 표현이 마음에 걸린 모양이다. 팀장은 잠깐 입을 다물고 미간에 주름을 잡았다.

"그러니까 고개 숙일 마음은 없다는 거로군."

"그럴 필요가 없다는 겁니다. 저는 작업장을 더 좋게 만들려고 하는데 왜 작업장을 타락시키는 사람에게 사과합니까?"

"알았어." 팀장은 귀찮다는 듯이 고개를 끄덕였다. "그렇게까지 나온다면 억지로 권하지는 않겠어. 하지만 이것만은 잊지 마. 어떤 세계에서도 혼자 살아갈 수는 없는 법이야."

"혼자인 편이 더 나을 때도 있습니다."

팀장의 용건은 끝난 듯해 실례하겠다고 말한 뒤 일어섰다. 그런데 문득 생각난 게 있어 팀장 책상 앞으로 돌아갔다. 팀장은 또 뭐냐는 눈빛으로 나를 보았다.

"제 보고서는 어떻게 되었습니까? 며칠 전 설계팀 직원에게 물었더니 아직 모르던데요. 위에 제출하지 않았나요?"

"아, 그거?" 팀장은 번거롭다는 듯한 표정을 지었다. "거 뭐냐, 아직 훑어보지 못했어. 보려고 했는데 이런저런 일들이 바빠서."

내 얼굴이 심하게 일그러지는 걸 느꼈다. 그 보고서를 보지 않았다면 그 뒤에 제출한 것도 모두 읽지 않았다는 이야기다. 이렇게 게으르고 무능할 수가. 바빠서라고? 여직원에게 한심한 농담은 할 틈이 있으면서?

환멸이 표정에 드러난 게 틀림없다. 팀장은 못마땅하다는 듯이 고개를 젓고 말했다.

"준, 자네 무척 달라졌어."

"예?"

"변했다고. 예전에는 그렇지 않았는데."

또 그 소리다. 퇴원한 뒤로 몇 번이나 들었던가.

"아뇨. 전혀 변하지 않았습니다." 나는 이렇게 대답하고 사무실을 나왔다. 살짝 두통이 느껴지는 건 어젯밤에 마신 술 때문이리라.

16

이튿날인 토요일, 오래간만에 메구미와 시내에 나갔다. 회사에서 있었던 일은 이야기하지 않았다. 쓸데없이 걱정하게 만들기 싫었고 나 역시 그 일을 깊이 생각하고 싶지 않았다.

우선 쇼핑을 하고 가볍게 식사를 한 다음 다시 쇼핑을 하다가 나중에 영화를 본다. 그리고 영화 이야기를 나누며 본격적인 식사를 한다. 이것이 메구미가 제안한 오늘 데이트 코스였다. 꽤 강행군이네, 라고 내가 말했다.

"그야 그동안의 공백을 메워야 하니까." 메구미는 맨살이 드러난 어깨를 으쓱하며 웃었다.

함께하는 쇼핑이라지만 90퍼센트는 메구미가 입을 옷을 고르고 사는 일이었다. 수많은 옷가게를 빠짐없이 들르고 정신이 아득해질 만큼 수많은 옷을 하나하나 살펴본다.

메구미가 두 번째 들른 가게의 피팅룸으로 들어갔을 때 나는 한숨을 푹 내쉬었다. 왠지 시간을 너무 낭비하는 기분이 들었다. 이런 식으로 시간을 보내는 일이 무슨 의미가 있을까. 차라리 집에서 책을 읽는 편이 훨씬 의미 있다.

예전에는 이런 시간을 힘겹게 느낀 적이 없다. 메구미가 패션쇼 모델처럼 계속 옷을 갈아입고 그중 가장 어울리는 옷을 고르는 일은 내게도 즐거움 가운데 하나였다. 그런데 오늘은 왜 즐겁지 않을까.

"이거 어때?" 커튼을 열고 가을 스커트를 입은 메구미가 나왔다.

"잘 어울려. 아주 잘 어울리네." 나는 애써 웃음을 지었다.

"그래? 그럼 이게 첫 번째 후보."

다시 커튼이 닫혔다. 나는 메구미가 경멸스럽다는 감정이 솟아나는 걸 필사적으로 참고 있었다. 그리고 오늘은 내가 왜 이러는 걸까 하는 생각에 잠겼다. 메구미와 데이트를 할 때 즐겁지 않은 적은 여태 한 번도 없었다.

그런 식으로 가게를 계속 옮겨 다니다가 우연히 옆집 우스이를 만났다. 그는 마흔 살이 넘어 보이는 여성과 함께였다. 우스이가 그 여성을 소개했다. 우리 어머니예요.

우리는 가까운 카페에 들어가 다시 자기소개를 했다. 우리 우스이가 폐가 많다며 부인이 고개를 숙였다. 옛날 동창생을 만날 일이 있어 도쿄에 왔다가 내친김에 아들을 보고 가기로 했다고 한다.

"그래도 집에는 데려가주지 않네요. 어떻게 사는지 보고 돌아가면 좋을 텐데." 그녀는 어머니로서 당연한 이야기를 했다.

"모처럼 왔는데 그런 좁은 방에 틀어박혀 있을 필요 없잖아. 그럴 거면 더 넓은 방을 얻어주지 그랬어."

"그야 네 아버지가 젊었을 때는 고학도 해보는 편이 낫다고 해서 그랬지."

"그런 건 꼰대들이나 하는 소리고." 아들은 아이스티를 들이켜더니 초등학생처럼 바닥에 남은 얼음을 빨대 끝으로 쿡쿡 찌르기 시작했다.

고학은 무슨 고학. 웃음을 터뜨리고 싶었다. 나는 그 비좁은 집 월세를 마련하는 일만으로도 아등바등 고생한다. 그런데 부모가 주는 돈을 받아 대학생이라고 지내면서 수업에 제대로 가지도 않고 형편없는 녀석들과 어울리는 게 고학이라면 지나가던 개도 웃을 일이다.

"어머, 뭘 사셨어요?" 메구미가 두 사람 옆에 놓인 종이봉투를 보더니 물었다. 우스이의 어머니가 '예' 하며 고개를 끄덕였다.

"모처럼 도쿄에 나온 김에 백을 샀어요. 그리고 얘는 양복을."

"어머, 부러워라. 저는 부모님이 뭘 사주신 지 오래되었는데."

"난 현찰이 더 좋다고 했잖아." 우스이가 말했다. "돈으로 주면 양복은 내가 살 수 있으니까. 그런데 굳이 직접 사주겠다고."

"아니, 얘. 용돈은 충분히 주잖아. 엄마가 사주는 게 뭐 어때서 그러니?"

"취향이 다르단 말이야. 내 마음에 드는 걸 고르게 해주면 좋을 텐데."

"어머, 그거 잘 어울렸어."

모자의 대화를 듣고 있기 따분해 '그럼 이만' 하며 슬금슬금 자리에서 일어났다. 어머니가 한꺼번에 계산하려는 걸 말리고 우리 몫은 따로 지불했다.

"운이지." 우스이 모자와 헤어진 뒤 나는 앞을 향해 걸으며 말했다. "저런 집안에 태어나느냐, 나 같은 집안에 태어나느냐. 그건 본인이 선택할 수 없으니."

"부러워?"

"별로." 내가 대꾸했다.

이날 본 영화는 화제가 된 엔터테인먼트 대작이었다. 주인공 소년이 타임머신을 타고 모험한다는 스토리였다. 전부터 기대하던 작품이라 꼭 보러 가자고 약속했다.

하지만 실제로 보니 기대에 크게 못 미쳤다. 이야기가 너무 빤하고 등장인물도 그리 마음에 들지 않았다. 시작해서 삼십 분쯤 지나자 따분해져 계속 하품을 했다. 이 정도라면 메구미도 실망했으리라. 나는 그만 일어나자고 하려고 메구미의 옆얼굴을 보았다. 그리고 살짝 놀랐다.

메구미는 눈을 반짝이면서 화면에 몰두하고 있었다. 스릴 넘치는 장면에서는 별로 대단한 장면도 아닌데 두 손으로 얼굴을 가렸고 그다지 재미도 없는 유머에 웃음을 터뜨리기도 했다. 메구미뿐만 아니라 주위 관객의 반응이 대부분 그랬다. 진정으로 이 영화를 즐기는 듯했다.

나는 일어나는 걸 포기하고 어떻게든 형편없는 영화를 재미있게 보려고 했다. 옆에서 메구미가 웃으면 함께 소리 내어 웃었다. 하지만 그렇게 하고 나니 비참한 기분이 들었다. 왜 이런 바보 같은 짓을 해야만 하는 걸까.

"재미있었지?" 영화를 본 뒤 메구미가 몇 번이나 같은 질문을 했다. 식사할 때도 그랬다. 나는 맞장구를 치고 억지로 웃으며 포크와 나이프를 움직였다. 메구미는 무척 마음에 들었는지 내내 타임머신 모험 이야기를 했다. 듣고 있자니 고통스러웠다. 같은 영화를 보았는데 함께 기뻐할 수 없는 게 슬펐다.

"오늘 괜히 데이트하자고 했나?" 집으로 돌아가는 길에 메구미가 물었다. "너 오늘 집에서 공부하고 싶었던 거 아니야?"

"그렇지 않아." 대답하면서 나는 메구미의 날카로운 감수성에 혀를 내둘렀다. 신경을 쓴다고 쓴 셈인데 어설픈 연기는 바로 간파당하고 만다. 그래도 나는 물러서지 않고 거짓말을 덧붙였다. "오늘 즐거웠어. 정말이야."

"그래?" 메구미는 미소를 지었지만 눈빛은 마치 겁먹은 아기 고양이 같았다.

메구미와 헤어진 뒤, 근처에 있는 비디오대여점에 들러 세 편을 빌렸다. 전에 본 것 가운데 '몇 번을 봐도 재미있다'라고 생각한 작품이었다. 이것으로 실험해볼 수 있다.

집에 돌아와 영화 볼 준비를 시작했는데 옆집이 꽤 소란스러웠다. 대체 무얼 하느라 저러는지 궁금해하는데 노크 소리가 들렸다. 열어보니 우스이가 멋쩍은 듯 어색한 웃음을 짓고 서 있었다.

"아깐 미안했어요."

"마음씨 좋은 어머니던데."

"그래서 더 귀찮아요. 질렸어." 그는 얼굴을 찡그리고 말을 이었다. "그래도 아까 평소 내 생활에 대해 이야기하지 않아줘서 고마워요. 속으로 조마조마했는데. 엄마는 제가 늘 공부하고 있을 거라고 생각하거든요. 고등학교 때는 그랬으니까요. 학교에도 거의 가지 않는다는 걸 들키면 돈을 보내주지 않을 거예요."

결국 그것뿐이라는 건가?

"그리고 뭐, 이건 보잘 것 없지만 감사의 표시예요." 그는 손에 들고 있던 브랜디 병을 내밀었다. 내 얼굴이 찡그려지는 게 느껴졌다.

"됐어. 이런 거 필요 없어."

"그러지 말고 받아주세요. 부모님이 언제 찾아올지 모르거든요. 그때도 잘 부탁드릴게요." 그는 술병을 현관 앞에 놓았다. "어차피 제 술도 아니에요. 전에 집에 갔을 때 슬쩍 들고 온 거니까."

"으음." 불쾌감을 억누르면서 브랜디 병을 내려다보았다. "그런데 꽤 시끌시끌하네. 뭘 하고 있는 거야?"

"아, 죄송해요. 친구가 와 있어서. 경매를 하는 중이에요."

"경매?"

"오늘 어머니가 사준 양복이며 재킷을 파느라. 제 취향이 아니라서 입고 싶은 마음이 없거든요. 그래서 친구들을 모아 될 수 있으면 비싸게 팔아치우려는 거죠. 그래봤자 1만 엔 정도면 많이 받는 걸 테지만."

"1만 엔……? 원래는 얼마인데?"

우스이는 고개를 갸웃거렸다.

"글쎄요. 카드로 계산해서 잘 모르지만 10만 엔쯤 되지 않을까
요?" 별일 아니라는 듯이 말했다. "괜찮아요. 부모야 자식을 위해 돈
을 쓰면 만족스러워하니까. 그럼 이만."

격렬한 증오의 감정이 가슴속에서 용솟음쳤다. 우스이 유키오가
나가는 것과 거의 동시에 나는 옆에 있는 싱크대 서랍에서 과도를
꺼냈다. 그걸 움켜쥐고 문손잡이에 손을 얹었다.

그때 전화벨이 울렸다.

정신이 퍼뜩 들었다. 나는 불길한 물건이라도 버리듯 칼을 싱크대
에 내던졌다. 마음의 동요를 설명할 수 없었다. 지금 내가 무슨 짓을
하려고 했던 거지?

전화벨이 아직도 울리고 있다. 나는 호흡을 가다듬고 수화기를 들
었다. "나루세입니다."

"여보세요, 나." 메구미 목소리였다. 온몸에서 힘이 쭉 빠지는 것
같았다.

"왜?"

"응, 별일 아냐." 잠시 침묵이 끼어들었다. "그냥 목소리 듣고 싶
어서."

"목소리 들었네. 만족해?"

"응, 만족해. 그럼 끊을게. 오늘 즐거웠어."

"나도."

"잘 자."

"아, 잠깐……."

"왜?"

"고마워."

"뭐가?"

"전화해줘서."

수화기 저편에서 당황한 기척이 느껴졌다. "이상하네." 메구미가 말했다.

"아무것도 아니야. 잘 자."

"응, 잘 자."

수화기를 내려놓은 뒤 나는 한동안 멍하니 앉아 있었다. 나에 대해 믿을 게 아무것도 없어졌다. 그러니 실험해볼 수밖에 없다.

느릿느릿 일어나 비디오대여점 봉투를 집어 들었다. 우선 제일 마음에 드는 테이프를 꺼내 비디오덱에 넣었다. 스파이 영화인데 스케일이 크고 등장인물의 캐릭터가 아주 잘 살아 있다.

하지만 이십 분쯤 보고도 전혀 재미를 느끼지 못하는 나 자신을 발견했다. 스토리를 알고 있기 때문이라고는 생각할 수 없다. 알아도 재미있는 명작이다.

테이프를 바꾸어 다른 영화를 보기로 했다. SF 초대작으로 이름난 영화다. 그런데 이 영화도 마찬가지였다. 마음에 드는 특수촬영 장면을 봐도 아무런 감동이 없었다. 마지막 한 편을 덱에 넣었다. 무척 오래된 영화인데 청춘영화의 명작으로 불리는 작품이다.

하지만 결과는 마찬가지였다. 어떤 명작도 무서우리만치 따분하고 허구로 가득 찬 영화라는 느낌밖에 들지 않았다. 전에 이 영화를 보았을 때는 눈물을 흘리지 않았던가.

비디오덱의 전원을 끄고 아무것도 비치지 않는 화면을 보며 멍하니 있었다. 이제 의심할 여지가 없었다. 내 안의 무언가가 변하기 시작했다. 지금 나는 분명히 예전의 내가 아니다.

지금의 나는 대체 누구인가?

17

일요일인데도 대학병원에는 사람이 꽤 있었다. 하지만 입원해 있을 때 본 평온하면서도 화려한 분위기는 아니다. 오가는 의료진은 이 더위에도 흰 가운을 입었고 더위는 아랑곳하지 않는다는 표정이었다. 일요일인데도 여기까지 나온 데에는 나름 심각한 이유가 있으리라. 나와 마찬가지로.

연구실로 가니 다치바나 씨가 웃는 얼굴로 맞아주었다. 그 표정을 보고 나는 가슴이 설렜다. 퇴원할 때도 그런 생각이 들었지만 다치바나 씨의 표정에서는 빛이 났다. 그리고 요 십여 일 동안 그 빛은 더욱 밝아진 듯했다.

"사회에 복귀한 기분은 어때요?" 친근함이 묻어나는 말투로 다치바나 씨가 물었다. 지금 여기서 그녀를 불안하게 만들고 싶지 않아서 '그럭저럭 괜찮습니다'라고 모호하게 대답해두었다. 그래도 말투가 부자연스럽게 느껴졌는지 다치바나 씨는 잠깐 수상하다는 듯한 표정을 지었다.

다른 방으로 따라 들어가니 와카오 조수가 기다리고 있었다. 그는 틀에 박힌 인사를 한 뒤 곧바로 심리 테스트와 지능 테스트를 시작했다. 다치바나 씨는 옆에서 뭔가 메모를 했다. 와카오 조수는 여전히 무표정했다. 그게 테스트를 진행하는 사람의 기본일지도 모르지만 나를 단순히 시험재료로 여기는 느낌이 들어 기분은 그리 좋지 않았다.

"이런 테스트를 반복하면 그 사람의 인간성도 알 수 있는 거로군요?" 심리 테스트 도중에 내가 질문했다. 와카오 조수는 허를 찔린 얼굴이 됐지만 이내 표정을 고치고 대답했다.

"그렇죠."

"이 결과를 제가 볼 수 없겠습니까?"

"결과요?" 와카오 조수는 다치바나 씨를 흘끔 보았다. "왜 그런 소리를 하는 거죠?"

"알고 싶어서요. 내가 현재 어떤 인간인지 알아두고 싶습니다. 그리고 가능하다면 예전 데이터도 보고 싶군요."

와카오 조수가 눈짓하자 다치바나 씨는 방을 나갔다. 아마 지금 내 발언을 도겐 박사에게 전하기 위해서이리라. 내가 던진 돌이 예상대로 파문을 일으켰다는 확신이 들었다.

"다음에 들를 때까지 생각해보죠." 와카오 조수는 이렇게 말하고 테스트를 재개했다.

테스트가 끝나자 교수실로 가라고 했다. 방으로 가니 다치바나 씨와 박사가 뭔가 이야기를 나누고 있었다. 내가 들어가자 다치바나 씨는 방을 나갔다.

"무슨 고민거리라도 있나?" 소파를 권하고 자기도 맞은편에 앉으면서 박사가 물었다. 가볍게 질문하는 말투였지만 외려 의미심장한 기분이 드는 건 지나친 생각일까.

"고민거리라기보다 질문이죠."

"으음, 뭔가?"

"부작용에 대해서입니다." 나는 단도직입으로 말했다. "뇌이식 수술에 부작용은 없을까요?"

"부작용." 그 단어의 의미를 생각하듯 박사는 되뇌었다. "그건 뭐 케이스 바이 케이스지. 조건에 따라 달라져."

"제 경우는 어떻습니까? 부작용이 나타날 가능성이 있나요?"

"자네 경우에는 말이야." 신중하게 말을 고르는지 박사는 천천히 입술을 핥았다. "우리 예상으로는 부작용이 없을 거라고 보네. 전에도 이야기한 걸로 기억하는데 자네와 도너의 뇌신경세포 적합성은 완벽했어. 기계에 순정부품을 설치한 것처럼 위화감은 없을 거야. 두통이 나거나 환각증세가 느껴지는 일도 없지?"

"분명히 그런 위화감은 없습니다. 그런데…… 뭔가 달라요."

"뭐가 달라?"

"지금까지의 저와는 무언가가…… 성격이나 취향 같은 것 말입니다. 사고방식도…….." 나는 요 일주일 사이에 일어난 이런저런 일을 털어놓았다. 주로 회사에서 있었던 일들이다. 그리고 메구미와 데이트했을 때 느낀 몇 가지 변화도. 다만 나는 두 가지를 숨겼다. 하나는 메구미에 대한 내 마음, 또 하나는 우스이를 죽이려고 했던 일.

"흐음." 박사는 몸을 앞으로 디밀며 내 눈 안을 들여다보는 듯한 눈빛을 보였다. "사회와 단절이 길었기 때문은 아닐까? 자네뿐 아니라 투병생활을 마치고 사회에 복귀한 사람들이 지금까지와는 다른 관점에서 사물을 관찰하게 되는 건 드문 일이 아닐세."

나는 고개를 저었다. "그런 게 아닙니다. 저는 퇴원 이후 아직 한 번도 그림을 그리려고 붓을 쥐지 않았어요. 아니, 잡기는 했지만 전혀 그릴 수 없었죠. 이미지가 전혀 떠오르지 않아요. 제 스케치북을 보셨죠? 터치가 변해갔다는 사실을 눈치채셨을 겁니다. 제 내부의 변화는 입원중일 때 시작된 거죠."

그림 이야기를 꺼내자 박사는 생각에 잠겼다. 뭔가 합리적이고 낙관적인 설명을 해주려는 거라고 생각했다. 나는 말을 이었다. "이식된 부분이 영향을 미치고 있는 건 아닐까요?"

도겐 박사는 뜻하지 않게 허를 찔린 듯 눈을 뜨고 눈썹을 추켜올렸다. "뭐라고?"

"도너의 뇌 말입니다. 그게 제 뇌에 영향을 미치고 있는 건 아닐까요?"

"왜 그렇게 생각하지?"

"뇌이식에 대해 어젯밤에 밤새 생각해보았습니다. 제 뇌의 일부가 사고로 파괴되었고, 그래서 그 부분에 다른 사람…… 도너의 뇌

일부가 이식된 거죠?"

박사는 말없이 고개를 끄덕였다.

"저는 이식된 뇌가 전체의 몇 퍼센트쯤인지 모릅니다. 예를 들어 10퍼센트라고 치죠. 그리고 그런 상태에서도 저는 예전과 같은 마음을 아직도 지니고 있다고 해보죠. 그럼 비율이 20퍼센트로 올라가면 어떻게 될까요? 그래도 제 마음에는 변화가 없는 건가요? 또 30, 40퍼센트로 계속 올라가 원래의 제 뇌는 1퍼센트만 남고 도너의 뇌가 99퍼센트를 차지하게 되었을 경우, 그 뇌를 통해 생겨나는 마음이 제 마음이라고 할 수 있겠습니까? 저는 도저히 그렇게 생각할 수 없네요. 설마 뇌를 이식한 양에 비례하지는 않겠지만 그 나름대로 변화는 나타날 거라고 생각합니다."

이 이야기는 전에 메구미가 아무렇지도 않게 한 말을 다시 냉정하게 재조립한 것이었다. 그녀는 말했다. 만약 네 뇌 전체가 다른 사람 것으로 바뀐다고 해도 그건 역시 너냐고.

"그 생각에는 근본적인 오류가 있네." 박사가 말했다. "우선 첫째, 뇌이식은 그렇게 부서진 블록담장 때우듯 하는 게 아니라는 점이야. 이식할 수 있는 한계라는 게 있어. 뇌의 상당 부분이 온전히 남아 있지 않다면 이식은 불가능하네. 둘째로 마음이란 건 뇌세포 자체가 아니야. 전기 신호를 주고받은 결과 생기는 거지. 극단적으로 이야기해서 자네 머리 안에 있는 것이 완전히 남의 뇌라고 해도 전기 신호를 주고받는 프로그램이 자네 것이라면 그 마음은 자네 것이라고 할 수 있네."

"다른 사람의 뇌에 또 다른 사람의 프로그램을 끼워넣는 게 가능한가요?" 지금 하는 논의에서 좀 벗어나지만 나는 놀라서 물었다.

"물론 현재 과학으로는 불가능해. 하지만 뇌이식이란 그런 수준의 문제가 아니지. 전기 신호를 주고받는 뇌의 일부가 손상되었으니 다른 사람의 뇌 일부를 빌려다 대역을 맡기는 것뿐일세. 그렇게 해서 원래 프로그램을 되살리는 거지. 마음이라는 기능을 포함한 프로그램 말이네."

"그렇지만 이식된 뇌가 원래 거기 있었던 뇌와 똑같은 작용을 한다고는 볼 수 없지 않을까요? 오히려 달라야 당연할 것 같은데요."

"똑같지는 않을 테지." 박사는 이 점을 선선히 인정했다. "그렇지만 그 차이가 프로그램을 바꿀 만큼은 아니야. 이식 가능한 범위에서만 보면 사소한 변화쯤은 있을지 모르지만 겉으로 드러나지는 않을 거라고 생각하네."

"그렇게 말씀하시는 근거는 뭐죠?"

"균형감각이지. 인간의 뇌는 놀라운 균형감각을 갖추고 있어. 자네도 알 테지만 인간에겐 우뇌와 좌뇌가 있는데 각각 다른 의식 프로그램을 만들어낼 만큼 큰 메모리 용량을 지니고 있네. 실제로 분할뇌수술뇌량을 절단해 양 반구를 분리하는 수술을 했을 경우, 양쪽에서 따로따로 의식이 생겨난다고 알려져 있네. 하지만 양쪽 뇌가 뇌량이라는 케이블로 이어져 있는 동안은 의식이 하나로 통합되어 있지. 양쪽 뇌의 프로그램이 온전하게 연결되어 있기 때문이야. 그러니 뇌에 약간의 변화가 생겼대도 문제가 되지 않아."

"그걸 약간이라고 해도 괜찮은가요? 이식할 수 있는 한계 범위라는 게 별로 크지 않잖아요?"

"현재 기술로는 그렇지. 또 그 문제에 관해서는 앞으로도 이렇다 할 진전은 없을 걸세."

도겐 박사의 설명을 이해할 수 없는 건 아니었지만 쉽게 받아들여지지도 않았다. 실제로 나는 자신의 변화를 깨닫고 있다. 결코 환경 변화에 따른 것도 아니고 기분 탓에 괜히 그렇게 느끼는 것도 아니다.

"이식된 일부 뇌가 영향을 미치느냐 하는 문제는 미뤄두고, 사고나 뇌수술이 정신작용에 변화를 초래한 사례는 없었습니까?" 나는 질문의 각도를 살짝 바꿔보았다. 박사는 팔짱을 끼고 천장을 쏘아본 다음 대답했다.

"그런 사례는 있지. 좋은 사례가 로보토미_{대뇌 전두엽백질을 잘라 시상과 연락을 단절시키는 수술법} 수술이야. 나쁜 예라고 하는 게 어울리려나? 정확하게 말하자면 전두전피질의 백질 절제술이라고 하네. 이마 옆에 작은 구멍을 뚫어 어느 신경섬유를 절단하는 간단한 수술이지. 정신분열병 환자나 이상행동을 하는 사람, 통증이 심한 말기암 환자 등에게 시술했던 적이 있어. 수술 뒤에 정신상태가 좋아지고 통증에도 무관심해지는 효과가 있었네. 하지만 적극성이 줄어들어 사람들과 어울리지 못하거나 쓸데없이 흥분하게 되는 등 인격 변화도 생겨났네. 그때는 무지했기 때문에 그런 수술을 했지 지금은 시술하지 않아. 사고 때문에 뇌를 다쳐 인간성이 변한 케이스도 있네. 부지런해

146

서 사람들이 다 좋아하는 성격이었던 남자가 폭발 사고 때문에 전두엽을 제거한 뒤 침착성을 잃고 남을 믿지 않는 충동적인 사람이 된 사례지."

"그런 변화가 저한테 일어나지 않는다는 보증은 없지 않습니까?"

"보증할 수야 없지만 그런 일은 일어나지 않을 거라고 단언할 수 있어." 박사는 가슴을 쭉 내밀며 말을 이었다. "방금 내가 든 사례는 뇌가 본래의 정상적인 상태와는 다른 상태가 되었기 때문에 생겨난 일들일세. 하지만 자네는 뇌 형태가 완벽한 상태를 유지하고 있지. 이건 내가 자신 있게 이야기할 수 있네만, 이 세상에는 자네보다 뇌가 불완전한 상태인데도 자기는 정상이라고 믿고 생활하는 사람이 아주 많아."

"그래도 일단 제 뇌에는 메스가 닿았는데, 그런 변화가 일어날 가능성이 아주 조금이라도 있지 않겠습니까?"

내가 묻자 박사는 살짝 언짢은 표정을 지었다. "내가 과학자인 이상 가능성이 제로라고 할 수야 없지. 한없이 제로에 가깝더라도 말이야."

"요즘 제 심경의 변화도 그것 때문 아닐까요?"

"그건 무리야. 그보다 자네 지금 아주 좋은 이야기를 했어. 심경의 변화. 바로 그걸세. 뇌수술 같은 걸 받지 않았더라도 신의 계시처럼 나타나는 변화지."

박사가 이렇게 말했을 때 책상 위에 놓인 전화의 벨이 울렸다. 그는 수화기를 들고 두세 마디 이야기하더니 나를 바라보았다. "내가 오 분쯤 자리를 비워도 괜찮겠나?"

"그러시죠." 내가 대답했다.

도겐 박사가 방을 나간 뒤, 나는 지금까지 나눈 이야기를 되새겨 보았다. 박사의 말에는 어딘가 거짓이 있는 것 같다. 이상한 것은 실험재료인 내가 귀중한 정보를 이야기하는데 박사가 그걸 전혀 중요하게 여기지 않는다는 점이다. 과학자치고는 이해하기 힘든 태도다.

나는 소파에서 일어나 박사의 책상으로 갔다. 책장에는 전문서적이나 파일이 꽂혀 있지만 내가 읽어도 이해할 수 있는 내용은 아닐 것이다.

그때 눈에 익은 얇은 파일에 눈길이 멈췄다. 책장에서 뽑아 펼쳐 보았다. 아니나 다를까, 거기에는 내 뇌를 제공한 도너에 대한 기록이 있었다. 세키야 도키오라는 이름을 기억한다. 나는 쓰레기통에서 쓰다 버린 종이를 한 장 꺼내 세키야 도키오에 대한 내용을 적었다. 주소와 전화번호는 특별히 신중하게 옮겨 적었다.

도너에 대해 알려고 해서는 안 된다…… 도겐 박사의 명령이었다. 하지만 이런 상황에서 그렇게 느긋하게 있을 수는 없는 일이었다.

박사는 정확히 오 분 뒤에 돌아왔다. 나는 이미 내 자리로 돌아와 있었다.

"와카오 조수가 자네 테스트 결과를 컴퓨터로 분석해주었네. 결론부터 이야기하면 지극히 정상일세. 걱정할 일 전혀 없어. 자네는 예전의 자네 그대로야." 도겐 박사는 특별히 꾸미는 기색 없이 당연하다는 듯한 표정으로 고개를 끄덕였다.

"그 분석 결과라는 걸 보여주실 수 없나요?" 내가 묻자 박사는 좀 의아하다는 듯 미간을 찡그렸다.

"우릴 믿지 못하는 건가?"

"제 눈으로 확인하고 싶을 뿐이에요, 불안해서."

"그럴 필요 없어. 게다가 분석 결과를 봐도 이해할 수 없을 거야. 무미건조한 숫자만 나열되어 있을 뿐이니까. 하지만 자네 심정도 이해해. 조만간 자네가 알아볼 수 있는 형태로 정리해두겠네."

"꼭 부탁드리겠습니다."

나는 살짝 고개를 숙인 채 눈동자만 움직여 박사를 보았다. 아주 잠깐이었지만 박사가 나를 외면하는 느낌이 들었다.

7월 1일 일요일

테스트 결과는 존중해야 한다. 그게 과학자로서 기본 자세다.

나루세 준이치의 인격에 변화가 생기고 있음은 어느 모로 보나 명백하다.

그리고 현재 우리는 그 변화를 설명하기 위한 이론을 구축하고 있다.

초기 단계에 비해 심리 테스트, 성격 테스트 모두 결과가 크게 다르다. 본인이 자각증상을 호소하는 것도 당연한 노릇이다.

문제는 앞으로 어떻게 하느냐다. 우리 이론은 아직 무르익지 않았다. 컴퓨터 분석을 통해 일정 레벨까지는 시뮬레이션을 하고 있지만 그다음 일에 대해서는 예측할 수 없다.

나루세 준이치는 변신하는 중이다.

18

오래간만에 캔버스 앞에 앉을 마음이 들었다. 하지만 그리고 싶어 그리는 게 아니다. 이렇게 하는 것이 나 자신을 되찾는 계기가 되어 주지 않을까 생각했기 때문이다. 사실은 매우 고통스럽다. 전에는 그렇게도 즐거웠던 작업인데 지금은 짜증만 난다. 그리고 그러는 자신을 발견하면 더욱 고통스러워진다.

창틀 안에 담긴 저녁놀 풍경과 잔뜩 어질러진 창가 책상을 그렸다. 특별히 이런 테마에 마음이 끌린 건 아니다. 달리 그릴 대상을 찾지 못했을 뿐이다. 뭐든 상관없었다. 어쨌든 붓을 드는 일이 중요했다.

주가 바뀐 지 나흘이 지났다. 아직까지 표면적으로는 아무 일도 일어나지 않았다. 직장 생활도 일단 무난하게 넘어가고 있다. 다들 내게 가까이 오지 않기 때문이기도 하지만 나도 최대한 다른 사람과 접촉하지 않으려고 조심하며 지낸다.

요 며칠 확실히 신경이 날카로워진 상태다. 다른 사람의 말과 행동 하나하나가 신경을 건드린다. 직장에서 게으른 작업 태도를 보거나 저속하기 짝이 없는 대화를 듣게 되면 울화가 치밀어 그 녀석들의 머리통을 스패너나 해머로 힘껏 후려치고 싶어진다. 왜 이렇게 남의 결점에 신경이 쓰이는 걸까.

공상이 현실이 되고 말 가능성이 있어 두렵다. 우스이 유키오를 찔러 죽이려고 했던 때 같은 충동이 언제 일어날지 나도 모르겠다.

며칠 전 도겐 박사를 만나고 돌아와 도서관에서 책을 몇 권 빌렸다. 모두 뇌와 정신에 관한 책이었다. 요즘 잠자기 전 두 시간쯤은 그런 책을 읽고 내게 일어나는 일을 설명하는 데 썼다.

예를 들면 어제 읽은 책에는 이렇게 적혀 있었다.

옛날에는 뇌에 신과 영혼이라는 초자연적 존재가 깃들어 있어 그게 인간을 조종한다고 믿었다. 하지만 뇌는 물질로 이루어졌기 때문에 뇌가 하는 일은 모두 물질의 상호작용으로 설명할 수 있다. 그런 면에서 뇌는 컴퓨터와 다를 바 없다. 하지만 컴퓨터는 주어진 명제에 일대일로 대응하는 답변, 즉 정답을 도출하는 게 기본작용이다. 이에 반해 뇌는 논리적으로 따지면 완벽하지 않은 거대한 시스템인 셈이다. 그리고 그 차이가 바로 뇌가 지닌 창조성의 원점이라고 할 수 있다. 또 뇌의 회로를 이루는 신경세포는 가소성외부 힘을 받아 변형된 물체가 그 힘이 없어졌는데도 원래 상태로 돌아오지 않는 성질이 있다. 그래서 신경세포는 학습이나 경험을 통해 변해간다. 컴퓨터가 지닌 학습 능력은 소프트웨어의 범위 안에 머물 수밖에 없고 하드웨어 자체가 변하는 일은 일어나지 않는다. 즉 뇌가 기계와 가장 크게 다른 점은 기능을 발휘하기 위해 자기를 변화시킨다는 점이다.

변화라는 단어가 마음을 울렸다. 이 말은 지금 내 상황에 딱 들어맞는다. 변화, 그것도 엄청나게 큰 변화다. 다만 그 변화가 어떤 이유로 일어났느냐 하는 의문에 대해 납득할 만한 답을 발견하지 못했다. 나와 같은 임상 사례는 과거에 없었기 때문에 책에도 실려 있지 않았다.

그렇지만 이대로 아무것도 하지 않을 수는 없었다. 어떻게든 해결의 실마리를 찾아야 했다. 그림 그리기는 유치하지만 내가 실행할 수 있는 방법 가운데 하나였다.

그런데 이렇게 손을 부지런히 움직이는데도 왜 예전 같은 열정이 솟아나지 않을까. 나는 캔버스를 바라보며 생각했다. 화가가 되고 싶었던 일 자체가 지금의 나와는 아무런 인연이 없는 것처럼 느껴지기까지 한다.

연필 든 손을 거두고 책상 서랍에서 종이 한 장을 꺼냈다. 거기에는 도겐 박사의 방에서 알아낸 도너의 주소와 전화번호가 적혀 있었다. 이름은 세키야 도키오. 부친이 카페를 경영한다고 한다.

도겐 박사는 아니라고 했지만 아무래도 뇌리에서 떠나지 않는 문제가 있다. 도너의 영향이다. 성격이나 취향이 예전의 내 것이 아니라면 도녀의 것이라고 생각하는 게 가장 타당하지 않을까? 이 가능성을 박사처럼 가볍게 넘길 기분이 아니었다.

일단 세키야 도키오의 유족을 만나러 가보자. 세키야 도키오에 대해 알아보면 뭔가 실마리가 잡힐지도 모른다.

메모하고 다시 연필을 들었다. 어쨌든 당장 할 수 있는 일은 하자.

전혀 내키지 않는 기분을 억지로 추스르며 겨우 간단한 데생을 마쳤을 때쯤 현관 초인종이 울렸다.

문을 여니 메구미가 서 있었다.

"안녕?" 그녀가 웃는 얼굴로 말했다.

"안녕?" 나도 대꾸했다. 그러면서도 곤혹스러워하는 나 자신을 느꼈다. 한동안 메구미를 만나지 않도록 하자는 게 지금의 솔직한 심정이었기 때문이다. 지난주 토요일에 한 데이트가 되살아났다. 데이트가 여느 때처럼 즐겁게 느껴지지 않았던 건 그때의 일시적인 기분 때문이었다고 믿고 싶다. 그런 심리가 영향을 미쳤으리라. 무뚝뚝한 말투로 나도 모르게 툭 내뱉었다. "무슨 일이야?"

그 순간 메구미의 얼굴에서 웃음이 사라지고 눈의 초점이 흔들렸다. 이런. 실수했다는 생각을 했을 때는 이미 늦었다. 아니나 다를까 메구미가 말했다. "무슨 일이 있어서는 아니지만…… 네 얼굴 보러 왔을 뿐이야. 방해됐어?"

후회했다. 어처구니없는 소리를 하고 말았다. 메구미의 불안을 씻어주기 위해 애써 웃음을 지어야만 했다.

"아니야, 그렇지 않아. 잠깐 쉬던 중이라서. 그래, 나도 널 보고 싶던 참이야. 너무 딱 맞춰 와줘서 놀란 거지." 얼버무리려고 떠들어대는 나 자신이 답답했다. 왜 더 자연스럽게 이야기하지 못하는 걸까.

"잘 지냈어?"

"응, 잘 지냈어. 일이 좀 바빠져서 연락할 수 없었지만…… 나 들어가도 돼?" 메구미는 두 손을 등 뒤로 돌린 채 방 안을 살피는 시늉을 했다.

"그래, 들어와." 나는 메구미를 맞아들였다.

그녀는 안에 들어오자마자 캔버스를 발견했다. "앗, 그림 그리고 있었네."

"기분전환 삼아서. 정식으로 그리는 건 아니야." 지난번 메구미에게 한동안 그림을 그리지 않겠다고 했기 때문에 변명처럼 느껴졌다.

"이상한 걸 그리기 시작했네." 메구미는 캔버스를 바라보며 말했다. "풍경화라니, 별로 좋아하지 않는다고 했는데."

"그러니까 기분전환이라고 했잖아. 아무거나 그린 거야. 꽃병이 있으면 그걸 그렸을 테지만 이 방엔 그런 게 없으니까."

"그래." 메구미는 약간 어색한 웃음을 지었다. "그래도 이상한 구도야. 창밖으로 보이는 경치나 책상을 그대로 그리지 않았어."

"그냥." 내가 대꾸했다. 분명히 내 눈에도 이상한 그림이었다. 캔버스 오른쪽에는 책상의 오른쪽 절반을 제대로 그렸다. 그런데 중앙 부분에서는 책상이 사라졌다. 그 대신 캔버스 왼쪽에는 창밖 풍경이 그려져 있다. 하지만 그 창도 오른쪽만 있고 왼쪽은 없다.

"새로운 시도네."

"그 정도는 아니고." 나는 그렇게 말하며 캔버스를 이젤에 얹은 채 벽 쪽으로 치웠다.

메구미는 부엌에서 아이스티를 만들었다. 그러고는 유리컵을 얹은 쟁반을 방 한가운데 놓았다. 우리는 그 쟁반을 사이에 두고 마주 앉았다.

"회사에서 무슨 일 있었어?"

"아니, 아무 일도."

"그래……? 나는 오늘 가게에 이상한 손님이 왔어." 늘 그러듯 메구미는 자기가 일하는 화방 이야기부터 시작했다. 이상한 쇼핑을 하고 간 손님 이야기다. 메구미는 배를 잡고 웃었지만 내게 그렇게 재미있는 이야기는 아니었다. 그냥 덩달아 웃는 표정을 지었다.

"그리고 어제 말이야."

그다음에는 텔레비전 프로그램 이야기나 스포츠 이야기. 메구미의 이야기는 나뭇가지처럼 이리저리 뻗어나가 줄줄이 이어졌다. 통일성도 없고 요점도 또렷하지 않다. 애당초 그런 건 생각하지 않는지도 모른다. 나는 차츰 조바심이 나기 시작했다. 맞장구를 치기는 하지만 계속 듣고 있기 힘들었다. 젊은 여성은 다들 이런 식일까?

문득 메구미를 보니 입을 다문 채 내 얼굴을 바라보고 있었다.

"왜 그래?" 내가 물었다.

"뭐 보고 싶은 텔레비전 프로그램이라도 있어?" 메구미가 물었다.

"아니, 별로. 왜?"

"아니, 뭐." 메구미는 우물우물하더니 말을 이었다. "아까부터 시계만 보는 것 같아서."

"아, 그랬어?"

"그래. 시계를 계속 봤어. 왜 그렇게 시간에 신경을 써?"

"무의식이야. 신경 쓴 건 아니고." 손을 뻗어 책상 위에 놓인 자명종 시계를 돌려놓았다. 분명히 무의식적이기는 했지만 몇 시가 되어야 메구미가 돌아갈까 생각한 것은 사실이었다. 그 사실이 나를 우울하게 만들었다.

"아무것도 아니야. 정말이야." 나는 애써 웃는 표정을 지었다.

"이야기 계속해. 무슨 이야기하던 중이었지?"

"저번에 읽은 책 이야기."

메구미는 다시 이야기를 시작했고 나는 집중해서 들으려고 했다. 절대 다른 생각을 해서는 안 된다. 이런 식으로 메구미와 보내는 시간이 나에게 소중한 의미가 있다고 생각해야 한다.

"그랬더니 그 애가 또 이러는 거야. 넌 이야기에 너무 빠져든다. 기껏해야 책에 나오는 이야기 아니냐. 그렇지만 난 그렇게 생각하지 않아. 책을 읽는다는 건 간접경험이니까 그 이야기에 대해 생각하는 건 당연하잖아? 그 주인공의 삶이라는 게 어쨌든 독선적이고……."

유치한 논리. 따분하고 천박하다. 듣고 있기 고통스럽다. 하지만 그 고통을 무시하려고 노력했다. 메구미를 사랑하는 마음을 잃으면 안 된다. 그녀의 모든 것을, 그녀가 하는 말 하나하나를 소중하게 여겨야만 한다.

갑자기 기분이 나빠졌다. 메구미의 목소리가 아득히 멀리서 들려오는 것 같았다. 그리고 그녀의 입술만 독립된 생명체처럼 바로 앞에서 움직이고 있다. 빈 유리컵을 꼭 움켜쥐었다.

"그런데 지난번에 우리가 본 영화 이야기를 걔한테 해주었거든. 걔는 마이클 제이 폭스 팬이야. 아무래도 이제 마이클이 고등학생 역할을 하는 건 억지스럽지 않으냐고 했더니 그렇게 억지로 젊게 나오는 모습을 보고 싶지 않아서 영화관 가는 걸 참았다는 거야. 그래서 다들 웃었지."

머리가 아프다. 불쾌감이 밀려왔다. 귀에서 윙윙 소리가 나고 식은땀이 났다. 온몸이 저릿저릿하면서 모든 근육이 굳었다.

"그런데 그 애도 참 걸작이야. 마이클의 주름이 잘 보이는 장면이 나오면 자기는 실눈을 뜨겠대. 그러면 시야가 전체적으로 뿌옇게 보인다면서……."

바로 그때 메구미와 나 사이에서 요란한 소리가 났다. 그녀는 입을 멍하니 벌린 채 시선을 내렸다. 나도 아래를 보았다.

내 손 안에 있던 유리컵이 박살이 났다. 꽉 움켜쥐는 바람에 깨진 것이다. 아이스티는 다 마셨지만 녹고 있던 얼음이 카펫을 적셨다. 그리고 유리 파편에 손을 찔려 상처에서 빨간 피가 흘렀다.

"이런, 치료해야겠어." 메구미가 한 박자 쉬었다가 말했다. "구급상자 어디 있지?"

"서랍 안에."

구급상자를 꺼내온 메구미는 내 손을 자세히 들여다본 뒤에 소독하고 약을 발라주었다. 그리고 붕대를 두르면서 물었다. "대체 어떻게 된 거야?"

"아무것도 아니야. 힘을 너무 주어서 그래."

"아무리 그래도. 유리컵이 그렇게 쉽게 깨지지 않을 텐데."

"금이 가 있었을 거야. 몰랐지만."

"위험하네."

치료를 마치더니 메구미는 유리 파편을 모으기 시작했다. 그녀가 고개를 숙이자 주근깨가 있는 뺨에 갈색 기운이 도는 머리카락이 흘러내렸다. 그 옆얼굴을 보며 내가 말했다. "미안하지만 오늘은 이만 돌아가줄래?"

순간 메구미의 표정이 마네킹처럼 굳어졌다. 그리고 천천히 나를 바라보았다.

"몸이 좀 안 좋아. 일 때문에 지쳤나 봐. 왠지 머리도 무겁고."

"왜 그래?"

"피곤해서. 요즘 좀 무리해서 그래."

메구미는 굳은 표정으로 말했다. "그럼 더 그냥 두고 갈 수 없지. 오늘은 여기서 자고 가도 돼. 내일은 일찍 나가지 않아도 되니까."

"메구미. 오늘은 됐어." 나는 그녀의 얼굴을 바라보며 작은 목소리로 말했다.

메구미의 눈이 갑자기 젖어들기 시작했다. 하지만 눈물이 한 방울 떨어지기 전에 눈을 여러 차례 깜빡이고 고개를 저었다. "그래. 너도 혼자 있고 싶을 때가 있겠지. 그럼 깨진 유리만 치우고 갈게. 위험하니까."

"아니. 내가 치울게." 유리 파편에 손을 뻗으려던 메구미의 손목을 잡았다. 그 동작이 너무 난폭했기 때문인지 그녀는 겁먹은 표정을 지었다. 나는 얼른 손을 뗐다.

"알았어." 메구미는 손에 들었던 유리 파편을 내려놓고 일어섰다. "갈게."

"바래다줄까?"

아니. 메구미는 고개를 저으며 신발을 신었다. 그리고 현관문 손잡이에 손을 얹고 돌아보며 말했다. "나중에 이야기해줄 거지?"

"뭐?" 내가 물었다.

"이야기해줄 거지? 전부 다."

"네게 숨기는 거 없어."

그러자 메구미는 울상을 지으면서도 애써 웃으며 두세 차례 고개를 가로저었다. "잘 자."

문을 나간 메구미의 발소리가 들리지 않을 때까지 나는 그대로 가만히 있었다. 그리고 유리를 줍고 카펫을 조심스럽게 닦은 다음 청소기를 돌렸다. 조금 전에 보인 신경질적인 행동을 떠올리니 우울해졌다. 그 충동은 대체 무엇이었을까. 메구미가 유리컵을 쥐어 부수고 싶어질 만한 짓이라도 했다는 건가? 그녀는 그냥 즐겁게 이야기했을 뿐인데.

"나는 비정상이야."

일부러 소리 내어 말해보았다. 그렇게 하면 이 사실을 객관적으로 받아들일 수 있을 것 같았기 때문이다. 하지만 왜 평소 쓰지 않던

'나'라는 표현_{일본어 일인칭대명사 가운데 본인이 쓰던 '보쿠僕' 대신 갑작스레 '오레俺'를 사용}함이 튀어나왔는지 스스로 생각해도 이해가 되지 않았다. 동시에 말로 표현할 수 없는 불안감이 엄습했다.

어젯밤 읽은 책의 한 구절이 머릿속에 떠올랐다. 뇌는 자기를 변화시킨다…….

내 마음은 변하고 있다. 이건 분명하다.

메구미, 너를 사랑하고 싶은데 사랑하는 마음이 사라져간다…….

7월 5일 목요일 (흐림)

혼자 있는 방. 말로 표현할 수 없는 쓸쓸함.

준이 전혀 변하지 않았다는 걸 확인하고 싶어 그의 집으로 찾아갔다. 하지만 예전의 준이라면 결코 그리지 않을 형편없는 그림을 보았다.

불길한 생각은 하기 싫어 쾌활하게 행동하고 최대한 즐거운 이야기를 했다. 하지만 준의 눈은 내 몸을 뚫고 어딘지 모를 먼 곳을 바라보았다. 내 슬픈 연극은 유리컵과 함께 부서지고 말았다.

서둘러야 한다. 시간이 없다. 하지만 뭘 서둘러야 하는 걸까?

19

이튿날인 금요일 퇴근 후.

주소를 들여다보며 걷다 보니 세키야 씨 집은 쉽게 찾을 수 있었다. 역 앞에서 갈라지는 좁은 도로 쪽으로 입구를 낸 '아카렌가'라는 작은 카페였다. 목제 문 옆에는 세키야 아키오라고 적힌 문패가 걸려 있었다.

문을 밀자 딸랑 하고 머리 위에서 종이 울렸다. 첫인상이 아늑한 카페였다.

실내에는 이인용 테이블이 두 개 놓여 있지만 그 테이블에 앉으면 카운터에 앉은 손님과 등이 닿지 않을까 싶을 만큼 좁았다. 하지만 벽도 카운터도 커피 향을 충분히 빨아들인 걸로 보이는 목제였고 고풍스러운 식기를 자연스레 장식한 모습도 멋진 전형적인 커피 전문점이었다.

지금은 손님 두 명이 한쪽의 좁은 테이블에 마주 앉아 있을 뿐이었다.

카운터 안쪽에는 흰머리에 야윈 남자가 있었다. 코 아래 기른 수염도 희다. 나는 그 남자 정면에 앉아 블렌드 커피를 주문했다. 그는 살짝 고개를 끄덕였을 뿐 말없이 작업을 시작했다.

나온 커피를 한 모금 마시고 나서 내가 입을 열었다. "세키야 도키오 씨의 아버님 되십니까?"

그는 콧수염 아래 있는 입을 반쯤 벌리고 의심하는 눈빛을 보였다. "누군가?"

"도와 대학에 있는 사람입니다. 도겐 교수 밑에서 일하죠." 미리 준비한 거짓말을 했다. 세키야 씨는 순간 눈이 휘둥그레졌지만 이내 고개를 숙이고 여러 차례 눈을 깜빡거렸다.

"무슨 볼일인가?"

"도키오 씨 문제로 몇 가지 여쭤보고 싶은 게 있습니다."

"도와 대학과는 일이 없는데." 그는 행주로 카운터 위를 훔치기 시작했다.

"숨기실 필요 없습니다. 다 알고 있어요. 그래서 여쭤보고 싶은 겁니다."

세키야 씨는 고개를 들더니 뭐라 말하려다 말고 다시 고개를 숙였다.

"중요한 일입니다. 도키오 씨의 뇌를 받은 사람의 일생이 걸린 문제라……."

거기까지 이야기했을 때 그가 나직하고 날카로운 목소리로 '그만'이라고 말하고 테이블에 앉은 손님 쪽을 흘끔 보았다. "지금 여기서 그 이야기는 하지 말아주겠나?"

"그럼 조금 기다리겠습니다." 이렇게 말하고 커피를 한 모금 마셨다. 세키야 씨는 언짢아 보였지만 배척하는 말은 하지 않았다.

카운터 안쪽에서 식기를 닦는 세키야 씨를 보면서 내 뇌의 일부가 저 사람과 관계있다는 사실에 대해 생각했다. 지금 내 인격이 저 남자에게서 물려받은 것인지도 모른다는 생각을 하니 묘한 기분이 들었다. 그렇지만 생각보다 느껴지는 게 많지 않아 맥이 빠지기도 했다. 과학적인 근거는 전혀 없지만 뇌의 일부에 공통된 인자를 지닌 이상 그와 나 사이에 뭔가 직감 같은 것이 작용할 것 같은 기분이었다. 그렇지만 백발의 마른 남자를 아무리 바라보아도 영감은 떠오르지 않았다.

이내 두 손님이 가게를 나갔다. 문이 닫히는 걸 확인하고 나서 나는 커피잔으로 시선을 떨어뜨리고 마지막 한 모금을 들이켠 뒤 리필을 부탁했다.

"교통사고였다고 들었습니다. 차와 건물 사이에 끼었다고요."

세키야 씨는 새 커피를 끓이며 혀를 찼다. "과속이지. 인생은 이제 시작이라고 할 나이에 자동차 같은 하찮은 물건에 정신이 팔려서."

"활동적인 분이셨군요."

그는 카운터 안에 있는 의자에 걸터앉았다. "활동적이라고는 할 수 없었어. 시끌시끌한 건 좋아했던 모양인데 실제로는 의외로 마음이 약했네. 그런데 자동차만 타면 다른 사람이 된 것처럼 배짱이 생기는 사람 있지 않나? 바로 그런 식이었지."

"그래도 공부나 일은 열정적으로 하는 유형 아니었나요?"

이렇게 물은 것은 최근 내 성격 변화를 감안해서였다. 하지만 세키야 씨의 대답은 예상 밖이었다.

"공부? 도키오가?" 그는 어깨를 으쓱했다. "그건 아쉽지만 전혀. 입시 공부 이후 그놈이 책상 앞에 앉은 모습은 본 적이 없어. 하루종일 친구들과 놀러다녔지. 그래도 나쁜 짓은 하지 않았기 때문에 나도 마음을 놓고 있었는데."

"뭔가에 빠져 지낸 적은 없나요?"

"굳이 따지자면 무슨 일이건 넓고 얕게 했네. 툭하면 싫증내는 단점도 있었고. 잠깐 손을 댔다가는 이내 좌절하는 녀석이었어. 자원봉사 같은 것도 했는데 반년쯤 하다가 그만두었지."

"흐음……." 나는 모호하게 고개를 끄덕이며 잔을 입으로 가져갔다. 아무래도 이미지 차이가 컸다. 말하자면 지금 내가 가장 싫어하는 인종에 속한다.

"묻고 싶다는 게 그런 건가?" 세키야 씨는 수상하다는 표정을 지었다. "그 수술 때 도키오가 뇌를 제공했다는 사실을 비밀로 해달라고 한 건 그쪽이잖아. 절대로 불편하게 만들지 않고 앞으로 모든 연락을 끊겠다고 하지 않았나. 그런데 이제 와서 대체 뭔가?"

그러더니 그는 뭔가 생각난 듯이 입을 열었다. "조금 전 이상한 이야기를 했지? 도키오의 뇌를 받은 사람의 일생과 관계된 문제라고…… 그 환자에게 무슨 일이라도 있나?"

"그건 좀 과장된 표현이었고요." 나는 억지로 웃었다.

"그냥 도키오 씨에 대한 정보가 부족해서 보충하고 싶은 겁니다. 그 환자는……." 나는 입술을 핥았다. "건강합니다. 정상이고 현재 아무런 문제도 없죠."

"으음, 그렇다면 다행이지만." 도키오의 아버지는 여전히 수상하다는 눈빛을 보이면서도 말을 이었다. "세상을 떠나면 끝이라고 해도 신체 일부를 빼내 사용한다는 건 가족으로선 썩 기분 좋은 일이 아니니까."

"거부하실 생각은 없었습니까?"

"어쩔 수 없지. 그 녀석이 그렇게 하고 싶었다니. 자원봉사 시늉을 하며 다닐 때 도너라고 하던가, 사후에 신체 일부를 제공한다는 서류를 썼다더군. 만약 자기가 죽으면 그렇게 해달라는 이야기이니 알았다고 했지만, 설마 진짜 그렇게 되리라고는 꿈에도 생각 못 했지."

나는 두 번째 커피를 다 마신 뒤 불단은 없느냐고 물었다. 세키야 씨는 없다고 대답했다.

"우린 종교가 없어서 이것뿐일세." 그가 엄지손가락으로 뒤쪽 선반에 장식된 작은 액자를 가리켰다. 웃는 청년의 사진이 들어 있었다. 세키야 도키오인 모양이다.

"웃는 얼굴이 참 좋군요." 사진을 보며 말했다. "사람 좋아 보이네요."

"뭐 사교성은 좋았지. 어설픈 구석도 많았지만 친구만은 소중하게 여겼네. 남과 대립하는 걸 싫어했고 자주 자기 의견을 거둬들이기도 했지. 그러니 초등학교 때 이후로는 싸움 같은 걸 한 적도 없지 않을까?"

그의 이야기를 들으면서 역시 다르구나, 하는 생각을 했다. 세키야 도키오의 성격은 오히려 수술 전 나와 비슷했다. 즉 요즘의 성격 변화는 단순히 도너에 가까워지는 것은 아니라는 이야기가 된다.

그 뒤로도 세키야 도키오의 어린 시절이나 취미, 취향에 대해 몇 가지 질문했다. 그러나 지금의 나와 연결할 만한 점은 없었다. 그럼도 '특별히 관심을 보이지 않았지만 싫어한 것도 아니다'라고 했다.

질문이 다 떨어져 그만 일어서기로 했다. "많은 참고가 되었습니다. 감사합니다."

"고마울 게 뭐 있나? 오랜만에 도키오 이야기를 해서 즐거웠지." 그는 멋쩍은 듯이 웃고 나서 말했다. "한 가지 물어봐도 되겠나?"

그러라고 하자 그는 생각에 잠기듯 천장을 바라보며 말을 이었다. "어려운 내용은 잘 모르지만 결국 도키오의 뇌는 어떻게 되었나?"

"어떻게……라뇨?"

세키야 씨는 자기 생각을 제대로 전달하기 힘들어 속이 타는지 얼굴을 찌푸리며 관자놀이 쪽을 몇 번이나 두드렸다. "도키오의 뇌가 살아 있나? 살아 있다고 생각해도 되나?"

"그건……." 소박하지만 어려운 질문이었다. 나도 무시할 수 없는 질문이다. 어떤가? 도키오의 뇌는 살아 있는 건가. 아니면 도키오의 뇌가 아닌 상태가 되어 있는 건가. 만약 심장이식이라면? 간을 이식한 경우라면 어떻게 되는 걸까. 대답이 궁해 결국 세키야 도키오의 아버지가 만족할 만한 대답을 했다.

"살아 있다고 생각해야겠죠. 도키오 씨는 그 환자와 함께 살아가고 있는 거죠."

세키야 씨는 마음이 놓인 표정이었다. "그래? 살아 있다고 생각해도 되는 건가."

"그럼 이만." 이번에는 진짜 자리에서 일어났다.

"좋은 소식을 알려줘서 고맙네. 마음이 좀 편해졌어. 도키오와 비슷한 나이인 남자에게 이식했다고 들었으니 비슷한 수명을 누릴 수 있게 된 거로군." 세키야 씨는 미소를 짓다가 깜짝 놀란 듯 나를 보았다. "비슷한 나이의 남자…… 자네…… 혹시 자네가 그 환자 아닌가?"

사실대로 이야기할지 잠깐 망설였지만 결국 고개를 저었다. "아뇨, 그렇지 않습니다. 저는 도와 대학에서 공부하는 평범한 학생입니다."

세키야 씨는 그래도 잠시 흥분한 눈빛이었다. 하지만 차츰 진정이 되는지 눈길을 돌리더니 한숨을 내쉬었다. "그래. 자네는 아니야."

그 말투가 조금 마음에 걸려 세키야 씨의 얼굴을 보았다.

"자네는 아니야." 세키야 씨가 되뇌었다. "만약 자네라면 알아봤을 거야. 뭔가…… 텔레파시라고 할까, 본능적으로 느껴지는 게 있지 않겠나? 근거는 없는 소리인데 그럴 거라고 생각해. 하지만 자네한테서는 그런 게 전혀 느껴지지 않아."

"예. 저도 느껴지지 않습니다." 내가 말했다.

"그 사람을 만나면 전해줄 수 있겠나? 부디 내 아들의 뇌를 잘 써 달라고."

"그렇게 전하죠."

고개를 숙이고 바로 가게를 나왔다. 비가 내려 젖은 길 위에 네온 사인이 반짝거리며 반사되고 있었다.

나는 중얼거렸다. 뭔가 달라…….

20

이튿날 밤, 도와 대학 연구실을 찾아갔다. 약속보다 조금 일찍 도착해서 그런지 방에는 다치바나 씨뿐이었다. 나는 의자에 앉아 다치바나 씨가 바삐 컴퓨터 단말기를 조작하거나 서류를 정리하는 모습을 바라보았다. 그녀가 여성스러운 차림을 한 모습은 본 적 없지만 흰 가운만으로도 충분히 그렇게 느껴지는 것은 무슨 까닭일까. 단순히 섹시한 게 아니라 일이나 생활 면에서의 자신감이 배어나오는 건지도 모른다. 물론 여성적인 매력도 충분하다고 생각한다. 그 증거로 흰 가운 사이로 그녀의 무릎이 드러나면 그만 가슴이 설렌다.

나는 다치바나 씨의 옆얼굴을 보면서 역시 누군가를 닮았다고 생각했다. 예전에 본 영화의 주인공. 유명한 외국 배우가 틀림없는데 도무지 기억이 나지 않는다.

흘끔거리는 걸 눈치챘는지 다치바나 씨가 나를 바라보았다. "내 얼굴에 뭐 묻었어요?"

"아뇨, 아무것도." 나는 고개를 저었다. "그런데 물어보고 싶은 게 있는데요."

"뭐죠?"

"다치바나 씨는 입원했을 때부터 저를 쭉 지켜봐왔어요. 그러니 솔직하게 대답해주면 좋겠군요. 요즘 제 인상이 어떤가요?"

"어떠냐고요?"

"입원 초기와 비교해 뭔가 달라진 면이 있다고 생각하지 않으세요? 성격이나 행동 패턴이요."

다치바나 씨는 소매를 접은 채 가녀린 팔로 살짝 팔짱을 끼고 고개를 갸웃하며 나를 보았다. 그 얼굴에 미소가 떠올랐다.

"나는 아무것도 변한 게 없다고 생각하는데요."

"그래요? 그렇지는 않을 거예요. 왜 솔직하게 이야기해주지 않죠?" 내가 말했다.

"솔직하게 이야기하는 건데. 왜 그런 식으로 말하죠?"

"사람을 죽일 뻔했어요."

내가 말하자 다치바나 씨의 표정이 스톱모션처럼 정지했다. 그리고 어처구니없다는 눈으로 내 얼굴을 바라보며 이색하게 웃었다. "거짓말이죠?"

"안타깝게도 정말이에요." 나는 우스이 유키오에게 살의를 품었던 일을 털어놓았다. 다치바나 씨는 이야기를 다 들을 뒤 마음을 진정시키듯 심호흡을 몇 차례 했다.

"그때 상황을 잘 모르니 확실하게 말할 수는 없지만…… 그 학생에게 분노를 느낀 게 비정상적인 정신활동이라고는 할 수 없을 거예요. 솔직히 나라도 그런 사람을 보면 화가 날 테고, 조금 성미 급한 사람이라면 폭력적인 수단에 호소하려고 들지도 모르죠."

"그렇지만 난 결코 성미 급한 사람이 아니에요. 적어도 수술받기 전까지는 그랬어요."

"나루세 씨가 무슨 말을 하는지는 알아요. 하지만 성격이란 변하기 마련이거든요. 게다가 의식 아래 잠들어 있던 것이 어느 날 불쑥 표면으로 올라오는 일도 가끔 있어요. 평소 온순하던 사람이 유니폼을 입고 운동장에 나선 순간 공격적인 사람으로 변하는 일도 스포츠 세계에서는 흔하잖아요."

나는 입술을 깨물었다. "원래 내게 살인자가 될 소질이 있었다는 건가요?"

"그런 뜻이 아니에요. 내 말 잘 들어요. 누구나 자기 자신을 완전히 이해하는 건 아니라고요."

"자기 자신은 이해하지 못하더라도 환자의 증상을 이해하는 건 의사의 의무잖아요? 내 뇌를 조사하고 있는 박사나 당신들이 이런 증상을 보고도 무관심하다는 건 이해되지 않네요."

"무관심한 게 아니에요. 그냥 냉정할 뿐이죠. 정신상태의 밸런스가 조금 무너졌다고 해서 뇌기능으로 연결짓는 건 너무 성급해요. 나루세 씨의 뇌에 대해서는 여러 가지로 꼼꼼히 검사하고 있고 그 결과 이상이 없다고 판단하는 거죠."

나는 주먹으로 머리를 가볍게 두드렸다. "내가 이상이 있다고 하잖아요. 이보다 확실한 게 있습니까? 혹시 도너의 영향을 받은 게 아닐까 생각했지만 아무래도 그것만으로는 설명이 안 돼요."

도너의 영향이라는 말을 듣고 다치바나 씨가 헉, 하며 숨을 들이켰다.

"무슨 말이죠?"

"지금 내가 이야기한 것 같은 폭력성은 도너에게도 없었다는 겁니다." 나는 세키야 도키오의 아버지를 만나 도키오에 대해 알아본 사실을 털어놓았다. 다치바나 씨의 얼굴이 괴로운 듯 일그러졌다.

"왜 만났죠? 도너에게 관심을 가지지 말라고 했잖아요."

"이런 상황에서 그런 요구는 무리죠. 아무것도 하지 않고 가만히 있을 수는 없습니다."

그녀는 두통을 억누를 때처럼 손끝으로 자기 관자놀이를 꾹 눌렀다. "그래서 이젠 안다는 거로군요. 나루세 씨는 도너에게서 영향받지 않았다는 걸."

"알고 모르고가 아니에요. 하지만 그 도너의 아버지에게서 아무런 느낌도 오지 않는다는 건 알겠더군요." 나는 손가락을 머리카락 사이에 찔러 넣고 벅벅 긁었다. 그러다 손을 멈추고는 다치바니 씨의 표정 변화를 살피며 말했다. "설마 다른 건 아니겠죠?"

"다르다뇨?" 다치바나 씨는 미간을 찡그렸다.

"도너 말입니다. 이건 세키야 도키오의 아버지를 만나고 돌아온 뒤 내내 생각하던 문제인데……" 나는 입술을 적시고 말을 이었다.

"진짜 세키야 도키오가 도너인가요?"

그 순간 다치바나 씨의 얼굴에서 표정이 사라졌다. 그리고 잠시 뜸을 들이다가 입을 열었다.

"그게 무슨 소리예요? 왜 그런 의심을 하는 거죠?"

"직감이죠. 도너는 다른 사람 아닐까 하는."

"그 직감은 어긋났네요. 그런 일이 있을 리 없잖아요. 게다가 우리가 그런 거짓말을 할 필요가 있겠어요?"

"이유는 모르죠."

"터무니없군요." 다치바나 씨는 파리라도 쫓듯이 손을 들어 얼굴 옆에서 흔들었다. "지금 이야기는 못 들은 걸로 할게요. 자, 이제 시간이 되었으니 와카오 씨를 불러오죠."

다치바나 씨는 도망치듯 방을 나갔다. 그녀가 당황한 이유가 진실을 지적했기 때문인지 예기치 못한 가설을 들었기 때문인지 도무지 판단할 수 없었다.

시간이 되어 항상 하던 테스트가 여느 때와 마찬가지로 진행되었다. 진행은 늘 그랬듯 와카오 조수가 맡았다. 다치바나 씨는 나타나지 않았다.

"테스트 결과는 역시 이상 없음인가요?" 검사를 마친 뒤 내가 빈정거리는 말투로 물었다. 비꼬는 걸 느끼지 못했는지 와카오 조수는 표정 변화 없이 대꾸했다.

"컴퓨터 분석 결과에 따라 다르겠지만 아마도 그런 결론이 나오겠죠."

나는 질렸다는 표정을 지으며 말했다. "이건 자신 있게 할 수 있는 이야기인데 만약 당신들이 거짓말을 하는 게 아니라면 이 테스트 방법을 재검토할 필요가 있을 겁니다. 전혀 도움이 되지 않아요. 어쩌면 컴퓨터가 망가진 건지도 모르고."

"둘 다 믿을 만합니다." 와카오 조수는 여전히 무표정한 얼굴로 대꾸했다. "게다가 모두 조사한 게 아니에요. 그러니 정기적으로 보충 테스트를 할 필요가 있죠. ……이리 오세요."

그의 안내에 따라 옆방으로 들어갔다. 거기에는 공중전화 박스 같은 상자가 놓여 있었다. 이 장치는 눈에 익었다. 수술을 받고 얼마 지난 뒤부터 이 박스에 들어가 검사받은 적이 있기 때문이다.

"청각 테스트인가요?"

"비슷한 검사예요. 실제로는 더 여러 가지를 알 수 있지만."

와카오 조수는 안으로 들어가라고 지시했다. 상자 안에는 의자가 있고 그 앞에 디스플레이와 키보드가 달린 기계가 있었다. 그 기계에서 나온 전선이 헤드폰과 연결되어 있다.

와카오 조수의 지시에 따라 헤드폰을 쓰고 테스트를 시작했다. 소리에 대한 여러 가지 검사였다. 두 가지 소리를 들려주고 어느 쪽이 높은지 낮은지, 센지 약한지, 긴지 짧은지 판단하게 하거나 음색을 비교하기도 하고 두 가지 멜로디를 들려준 뒤에 서로 다른 부분을 찾으라고도 한다. 마지막에는 몇 가지 리듬의 패턴을 종류별로 구분하는 테스트를 했다. 모두 크게 어려울 일 없는 검사다. 평범한 귀를 지닌 사람이라면 누구나 가능할 것이다.

"이 테스트 결과가 양호하다는 이유만으로 이상 없음이라는 결과를 내거나 하지는 말아주세요." 상자에서 나와 와카오 조수의 가슴쪽에 손가락질을 하며 말했다. "속셈이 빤히 보이니까요."

와카오 조수는 무슨 생각을 하는지 잠깐 말없이 내 얼굴을 보다가 물었다. "너무 간단한가요?"

"전에 이 테스트를 했을 때는 더 복잡한 문제였던 걸로 기억합니다. 난이도를 바꾸는 건 공정하지 못하죠."

내 항의에 대해 와카오 조수는 여전히 모호한 표정으로 애를 태우려는 듯 뜸을 들인 뒤 입을 열었다. "물론 이건 하나의 데이터에 지나지 않아요. 나루세 씨가 정상인지 비정상인지 판단하는 재료로는 쓰지 않죠."

"그렇다면 괜찮습니다." 나는 고개를 끄덕였다.

테스트를 마치고 도겐 박사의 방으로 가니 그는 자기 책상에서 컴퓨터를 다루는 중이었다. 바로 옆에는 낯선 남자가 있었다. 키가 작고 몸에 비해 큰 머리는 깔끔하게 벗어졌다.

"야아, 안색이 좋아 보이는군." 도겐 박사는 기분 좋게 나를 맞이했다. "그 뒤로 무슨 변화가 있나?"

"다행히 없습니다."

"으음. 순조롭게 사회 복귀를 했다는 거로군."

"그렇지는 않습니다. 지난번에도 이야기했듯이 제 성격이나 취향의 변화가 여전히 느껴져요. 오히려 심해진 느낌마저 듭니다."

박사의 표정이 조금 흐려졌다. "구체적으로 어떤 식으로?"

"그러니까……."

말을 하려다가 나는 입을 다물었다. 바로 옆에 외부인이 있기 때문이었다. 내 의도를 눈치챘는지 도겐 박사가 '아아' 하고 웃으며 고개를 끄덕였다.

"소개가 늦었군. 내 친구인 심리학자 미쓰쿠니 교수야."

"심리학요?"

"그 분야에서는 상당한 권위자일세."

미쓰쿠니입니다, 하며 작은 남자가 의자에서 일어나 악수를 청했다. 앉으나 서나 키는 별 변화가 없었다. 나는 악수에 응하면서 도겐 박사를 보았다.

"도움을 청하신 건가요?"

"그런 의미도 있지만 자네에게도 힘이 되어주실 거야. 뭐 그건 나중에 천천히 이야기하기로 하고 미쓰쿠니 교수는 걱정하지 않아도 되네. 비밀은 지켜줄 거야."

나는 머리만 강조된 듯한 모습의 남자를 보았다. 미쓰쿠니 교수는 손자를 보는 노인 같은 눈길로 나를 바라보았다. 그 눈빛이 조금 기분 나빴지만 이야기를 계속하기로 했다.

"다른 사람과 접촉하는 일이 점점 괴로워집니다." 내가 말했다. "주위를 봐도 믿을 수 있는 사람은 거의 없네요. 다들 쓸모없는 사람 같습니다. 전에는 이런 생각이 든 적 없는데요."

도겐 박사는 '오호' 하는 소리를 내듯 입을 벌렸다. 미쓰쿠니 교수도 같은 표정이었다.

"전에도 이야기했지만 단순한 심경 변화라고 생각하네. 젊었을 때는 몇 번이나 생각이 크게 바뀌지." 박사는 빤한 대사를 반복했다. 나는 답답해서 고개를 저었다.

"절대로 심경 변화 같은 게 아닙니다."

"흐음……" 도겐 박사는 옆 이마를 새끼손가락으로 긁었다. "그러고 보니 저번에 도너의 영향이 아닌지 의심하는 것 같던데."

"하나의 가설로 말씀드렸을 뿐입니다. 확신이 있던 건 아니고요."

세키야 도키오에 대해 조사하고 온 뒤라 그 점을 강하게 주장할 만한 근거는 없었다.

"지금은 그렇게 생각하지 않는다는 이야기로군."

"잘 모르겠습니다. 그러니 이렇게 묻는 거고요."

"그렇군." 박사는 일단 자리에서 일어서더니 종이 두 장을 들고 돌아왔다. 그리고 그걸 내 앞에 내려놓았다. 거기에는 수십 개의 가로줄이 그어져 있었다. "지난주에 약속했지? 자네의 테스트 분석 결과를 알기 쉬운 형태로 정리한 걸세. 예를 들면 '내향성'이라는 항목 옆에 그어진 선의 길이가 그 정도를 표시하지. 두 장이 있는데 한 장은 자네의 최근 테스트 결과, 또 한 장은 수술 후 첫 번째 테스트 결과를 표시한 거야. 비교해보게."

두 장을 받아들고 들여다보았다. 심리 테스트나 성격 테스트 결과에 큰 차이는 보이지 않았다. 조금 불규칙하기는 했지만 두드러지는 차이는 아니었다.

"우리 시험으로 자네 안에 있는 잠재적 부분까지 감지되네. 이 결과를 보면 자네가 자각하고 있다는 인격 변화 같은 것은 보이지 않아. 그리고 여기 일본인의 평균치 데이터가 있네." 박사는 또 한 장의 자료를 꺼냈다. "이걸 보면 자네가 지극히 일반적이고 상식적인 인격을 지닌 상태라는 걸 알 수 있을 거야. 내향성에 약간 치우침이 보이기는 하지만 이 정도의 개성은 당연한 거야. 어떤가?"

박사가 물었다. 나는 고개를 저으면서 종이를 책상 위에 내려놓았다. "이런 숫자만 보고는 아무것도 받아들일 수 없습니다."

"그렇지만 분석 결과를 보여달라고 한 사람은 자네야."

"분명히 며칠 전에 제가 그랬죠. 그때만 해도 아직 의문이 작았기 때문입니다. 그렇지만 지금은 또 다릅니다. 도저히 이 상태가 정상이라고는 생각할 수 없어요."

"생각이 너무 많은 게 원인일세. 우리 분석을 믿으면 정신적으로도 안정될 거야."

나는 소파에 기대며 팔걸이 위에 팔꿈치를 얹고 턱을 괴었다. 도겐 박사가 진심으로 이상이 없다고 생각하는 건지 아니면 무슨 이유가 있어서 거짓말을 하는 건지 도무지 판단할 수 없었다.

"그런데 말이야." 박사가 입을 열었다. "오늘 미쓰쿠니 교수가 온 건 다름이 아니라 자네를 좀 인터뷰하고 싶어서라네."

"인터뷰요?" 나는 박사 옆에 오도카니 앉은 아주 작은 원숭이처럼 생긴 남자를 바라보았다.

"간단한 내용입니다." 작은 남자가 말했다. "잠깐 정신분석을 하는 거죠. 전부터 당신에게 큰 관심이 있었습니다. 꼭 이야기를 나누고 싶은데요."

"심리 테스트라면 와카오 조수에게 많이 받았습니다만."

"심리 테스트와는 좀 다르죠. 무서운 건 아닙니다."

"그야 그렇겠죠." 나는 다리를 바꿔 꼬고 수염이 삐죽삐죽 자란 턱을 문질렀다. 두 사람 다 이 실험을 하고 싶은 눈치다. 그래서 미쓰쿠니 교수에게 질문했다. "박사님에게 들으셨을 테지만 저는 현재 제 안에서 뭔가 이상한 일이 일어나고 있다고 생각합니다. 그 정체를 밝혀주실 수도 있습니까?"

"단언할 수는 없지만 분명히 도움이 될 거라고 믿습니다." 미쓰쿠니 교수는 반짝거리는 머리를 여러 차례 끄덕였다. "다만 실제로 그런 이상이 있는지 당신이 그렇다고 느낄 뿐인지, 결과가 어느 쪽으로 나올지는 모릅니다만."

그러자 도겐 박사가 옆에서 끼어들었다. "나는 자네가 지닌 망상의 원인을 밝혀낼 수 있으면 좋겠다고 생각하네."

"망상이라고요?" 내 눈이 깊은 의혹으로 빛나는 걸 느꼈다. 박사의 이런 태도는 도저히 이해할 수 없다. 왜 아무 문제도 일어나지 않은 걸로 해두려는 걸까. 뇌이식 성공이라는 영예에 흠집이라도 생긴다고 생각하는 걸까.

어쨌든 작은 원숭이를 닮은 교수의 제안을 받아들이는 건 나쁘지 않을 듯했다.

"알겠습니다. 그러시죠."

교수는 몇 차례 눈을 깜빡이더니 도겐 박사를 바라보며 고개를 끄덕였다. 박사도 한 차례 고개를 끄덕이고는 자리에서 일어났다.

"나는 자리를 비켜주는 게 좋겠군."

"그렇게 해주시면 좋겠습니다." 교수가 말했다.

인터뷰라고 불리는 테스트는 다른 방에서 실시했다. 가능한 한 시야에 아무것도 들어오지 않는 환경이 필요하다는 것이다. 눈가리개를 하면 되지 않을까 생각했지만 그걸로는 안 되는 모양이었다.

방 한복판에 놓인 긴 의자 위에 누우라고 했다. 시키는 대로 하자 천장과 형광등이 얼굴 정면에 보였다. 이윽고 그 불빛도 꺼졌지만 캄캄하지는 않았다. 미쓰쿠니 교수가 가방 안에서 펜라이트 같은 것을 꺼내와 스위치를 켰기 때문이었다. 그게 단순한 펜라이트가 아니라는 사실은 뒷부분에 붙은 전선을 보고 알았다. 가방 안에 있는 장비와 연결되는 모양이었다.

교수는 내 머리 쪽에 앉았다. 그래서 내 쪽에서는 교수의 모습을 볼 수 없었다.

"그럼 시작합니다. 긴장을 풀고 몸을 편하게 하시고." 교수가 이렇게 말하자마자 라이트가 깜빡거리기 시작했다. 방이 거기에 맞춰 밝아졌다 어두워졌다 했다. 그야말로 이상한 리듬이었다. 보고 있기만 해도 마음이 빨려 들어가는 느낌이었다

"마음을 가라앉히세요. 졸리면 눈을 감아도 괜찮습니다."

나는 눈을 감았다. 교수의 목소리가 이어졌다.

"자, 그러면 고향부터 묻겠습니다. 태어난 곳은 어디죠?"

내가 태어나고 자란 집과 그 주변을 떠올려 이야기했다. 이웃에

나무와 식물을 파는 집이 있었던 것도. 여태 잊고 지내던 일들이 이상할 만큼 또렷한 이미지로 되살아났다. 하지만 그런 이미지들이 그저 영화 속 장면 같을 뿐 내 것이라는 실감이 없는 것은 왜일까.

교수의 질문은 다음 단계로 넘어갔다. 옛날에 살던 집을 떠올려보라. 당신은 지금 그 안에 있다. 어떤 모습으로 무엇을 하고 있는가 등등.

"저는 혼자입니다. 혼자서…… 아무것도 하지 않네요. 가만히 창밖을 바라보고 있을 뿐입니다."

"그럼 그 상태에서 당신이 가장 마음이 쓰이는 건 뭡니까?"

"마음 쓰이는 것요?"

"신경 쓰이는 것. 릴랙스하고 무엇이든 괜찮으니 머리에 떠오른 것을 망설이지 말고 이야기해주세요."

천천히 세계가 멀어져간다. 교수가 뭔가 묘하게 부르는 소리가 아렴풋이 귓가에 들려왔다.

목소리는 들리지 않을 만큼 작아졌다가 다시 조금씩 커졌다. 그건 준, 준, 하고 내 이름을 부르는 소리였다. 누가 부르는 걸까.

이윽고 그 소리는 아주 또렷하게 들려왔다. 부르는 사람은 같은 반 가모우라는 소년이었다. 5학년 전체에서 덩치가 제일 크고 무얼 할 때나 자기가 대장 노릇을 하지 않으면 성에 차지 않는 성격이었다. 그 가모우가 나를 부르고 있다. 불길한 예감이 들었다.

가모우는 내게 좋아하는 야구팀이 어디냐고 물었다. 자이언츠라고 하자 너 같은 얼간이가 응원하면 팀이 약해지니 다른 팀 팬이 되

라고 했다. 좋아하는데 어쩔 수 없지 않으냐고 하자 이 새끼가 말대
꾸하는 거냐며 뺨을 때렸다.

좋아, 내가 정해주마. 너는 오늘부터 웨일스 팬이다. 가모우가 말
했다. 그때 웨일스는 꼴찌였기 때문이다. 다른 팀이 꼴찌였다면 그
팀의 팬이 되라고 했을 것이다. 그리고 그 팀이 진 다음 날은 아이들
앞에서 춤을 추라고 했다. 거꾸로 자이언츠가 꼴찌 팀에게 졌을 때
는 분이 풀릴 때까지 때리고 걷어찼다.

학교에서 따돌림당한다는 사실을 집에서 이야기할 수는 없었다.
말하면 아버지한테 야단맞기 때문이었다. 아버지는 종종 화가 나면
너 같은 겁쟁이는 내 자식으로 생각하지 않는다고 했다. 나는 그 말
이 듣기 괴로웠다.

아버지는 집에서도 책상 앞에 앉아 묵묵히 일을 했다. 한숨 돌리
는 시간도 갖지 않는 사람이었다. 나는 늘 아버지의 등을 보았다.

그 등이 검고 넓은 것으로 변했다. 그리고 갑자기 이쪽을 향했다.
얼굴은 고등학교 2학년 때 같은 반이었던 남자로 변했다. 농구부 주
장인데 자주 수업을 빼먹고 카페에서 담배를 피우던 녀석이었다. 그
녀석이 내게 말했다. 야, 나루세. 나하고 영화 보러 갈래? 나는 놀라
서 물었다. 너하고 둘이? 그러자 그 녀석이 말했다. 멍청한 소리 말
고. 다카자와 세이코에게 같이 가자고 할 거야.

다카자와 세이코를 떠올리자 가슴이 뜨거워졌다. 중학교부터 같
은 학교를 다닌 유일한 여자 친구였다. 그리고 좋아하는 여학생이기
도 했다. 세이코도 나를 친밀하게 대해주었다. 책과 그림 이야기라

면 언제든 이야기를 나눌 수 있었다.

우리 세 사람은 영화관 앞에 있었다. 만나기로 한 약속 장소였다. 안에 들어가기 전에 농구부 녀석이 귓속말을 했다. 넌 따로 앉아. 그리고 영화 끝나면 볼일 있다고 먼저 돌아가라. 알았냐? 나는 뭐라고 반박하고 싶었지만 말이 나오지 않았다.

시킨 대로 나는 두 사람이 앉은 자리에서 떨어진 좌석에 앉아 영화를 보았다. 스크린에는 공장장이 전화를 거는 장면이 나오고 있었다. 통화 상대는 고출력 전원을 제작하는 회사였다. 이번 발주는 여러 회사에서 입찰을 받아 결정하는데, 공장장은 타사의 입찰액을 친하게 지내는 특정 업자에게 알려주는 중이었다. 친하다는 것은 리베이트를 주고받는 사이라는 이야기다.

그때 어떤 젊은이가 다가왔다. 그는 전화를 끊은 공장장 앞에 보고서를 한 부 내밀었다. 최근 문제되는 제품의 고장 원인은 어느 메이커의 전원 부품이라고 지적하는 내용이었다. 그 메이커는 공장장과 유착 관계에 있는 업자의 회사이다. 공장장은 얼굴이 새빨개져 화를 내고 빨간 사인펜으로 마음에 들지 않는 부분을 지우기 시작했다. 거의 모든 페이지가 마음에 들지 않아 보고서 용지는 새빨갛게 변했다. 나는 휴지로 변한 보고서를 품에 안았다. 그러자 그 종이는 신문으로 변했다. 기사는 여고생 자살미수 사건을 보도했다. 고등학교 2학년인 A양이 손목을 그었다. A양은 다카자와 세이코였다. 동기는 밝혀지지 않았다. 하지만 영화관에서 돌아오다가 농구부 주장에게 공원에서 성폭행을 당했다는 소문이 어디선가 전해졌다. 세이코가 다른 사람에게 이야기했을 리는 없으니 남자 쪽에서 자랑 삼아 친구들에게 떠벌렸으리라. 세이코는 퇴원 후에도 등교하지 않다가 다른 학교로 전학했다. 물론 나는 불안해하는 세이코를 영화관에 남겨두고 떠난 뒤로 한 번도 만나지 못했다.

신문을 소각로 안에 던져 넣었다. 불길이 춤을 추었다. 그 안에 철망이 보였다. 안에 쥐가 들어 있다. 그 쥐가 농구부 주장으로 변했다. 나는 녀석의 목을 졸랐다. 가모우의 목을 졸랐다. 공장장의 목을 졸라 불길 속에 던져 넣었다. 이놈이고 저놈이고 죄다 불타 없어지는 게 낫다…….

목소리가 들렸다. 누군가가 부르고 있다.

나루세 씨, 나루세 씨.

일단 눈을 떴다가 라이트가 눈부셔 다시 감았다.

"이거 안 되겠군. 빛을 좀 줄여주세요." 목소리가 들렸다. 다시 눈을 뜨니 미쓰쿠니 교수의 홀쭉한 얼굴이 바로 앞에 보였다. 등 뒤에 도겐 박사도 있었다. 어느새 이 방에 와 있었던 것이다.

"기분은 어떻습니까?" 교수가 물었다.

나는 손가락으로 눈구석을 눌렀다. "조금 멍하네요. 하지만 괜찮습니다."

"잤나요?"

"예, 잠깐 잔 것 같군요. 그리고 그건…… 꿈이었나? 아, 잘 생각이 나지 않네요."

"억지로 기억해내려고 하지 않아도 됩니다. 오늘은 이쯤 해두죠."

교수는 책상 위에 얹은 두 손을 깍지 꼈다. 그 옆에 이상한 펜라이트와 고무테이프가 놓여 있었다.

고무테이프?

아까는 없었는데, 어째서 저런 물건이 있는 거지?

"뭘 좀 알아내셨나요? 그러니까 제 안의 잠재적인 것에 대해 말입니다."

"알아냈다고 하기는 좀 부족합니다. 이제 시작이니까요. 미안하지만 너무 많이 해설하면 앞으로 나루세 씨의 연상에 좋지 않은 영향을 미칠 우려가 있어서."

"얼마간 계속하실 거라는 겁니까?"

"그게 좋을 겁니다. 도겐 박사님은 허락하셨어요. 당신만 동의하면 됩니다."

"필요하다면 어쩔 수 없겠죠. 그렇지만 너무 피곤하고 머리가 아프군요."

"조금 쉬다가 돌아가게." 도겐 박사가 교수 뒤에서 말했다.

도와 대학을 나와 멍한 기분으로 서둘러 귀가했다. 꿈 내용이 도무지 기억나지 않는다. 그 심리학자라는 사람은 대체 무얼 한 걸까. 정말로 그 기묘한 증상의 수수께끼를 풀어줄까.

전철은 비어 있었다. 나는 자리에 앉아 무릎 위에 두 손을 얹었다. 그때 두 팔에 이상이 있다는 사실을 깨달았다. 손목 쪽이 세게 문지른 듯 빨개져 있었다. 살짝 만져보니 왠지 끈적끈적했다.

어떻게 된 걸까?

한동안 바라보다가 헉, 하고 숨을 들이쉬었다. 서둘러 바지 자락을 접어 올렸다. 역시 그랬다. 발목에도 똑같은 접착물이 묻었다.

고무테이프다. 그것으로 손발을 고정한 게 틀림없다. 왜 그런 짓을 했을까. 내가 그렇게 할 필요가 있는 상태였다는 이야기다.

다른 흔적은 없나? 나는 내 몸을 점검해보았다. 왼쪽 팔꿈치 안쪽에 작은 베인 상처가 보였다. 도와 대학에 가기 전에는 없던 상처다.

대체 뭐가 이상 없다는 거야. 나는 우울한 기분으로 중얼거렸다.

도겐 노트 6

7월 7일 토요일

일종의 공명효과. 미쓰쿠니 교수는 이런 견해를 제시했다. 결국 내 주장과 일치했다.

자유연상에서 최면상태에 들어간 나루세 준이치는 우리 유도에 따라 몇 가지 기억을 이야기했다. 그 기억은 모두 자신의 패기 없음과 나약함과 비열함을 혐오하는 형태로 보존되어 있다. 특히 고교 시절의 추억이 그의 마음에 어두운 그림자를 드리웠음은 부정할 수 없다. 그 크기는 최면중에 보인 돌발적인 몸부림으로 짐작할 수 있다. 와카오 조수의 도움을 받아 붙잡았지만 약 십 분 동안 발작 같은 동작이 이어졌다.

지금까지 그런 기억은 나루세 준이치 자신이 지닌 양식이나 착한 마음씨 등으로 완전히 봉인되어 있었다. 아마 여태껏 살아오면서 표면으로 드러난 적은 없었을 거라는 생각이 든다.

하지만 잠재의식이 모양새를 이루기 시작했다. 왜일까.

뭔가가 그렇게 만들고 있는 것으로 보인다. 그 정체는 이식된 일부 뇌라고 생각할 수밖에 없다. PET양전자 단층촬영. 방사성 의약품을 이용한 삼차원 영상 촬영법를 통해 얻은 영상을 보아도 이식된 뇌의 활동이 상상을 훨씬 웃돌고 있음을 알 수 있다.

도무지 믿기 힘든 일이지만 도너의 정신패턴이 나루세 준이치를 지배하고 있다고밖에 말할 수 없다. 그 패턴이 나루세 준이치의 잠재의식에 불을 붙이고 영향력을 더 키우는 '공명효과'를 낳는 것이다.

타개책은 앞으로 검토를 계속할 계획이다. 위원회에서는 재수술을 바라는 주장이 많지만 구체적인 방법에 대해서는 침묵한다. 또 뇌이식 수술의 폐해가 표면으로 떠오르면 매우 곤란해지는 것도 사실이다.

'도너의 의식이 전파된다니, 도저히 믿을 수 없다.' 어떤 위원은 이렇게 말하며 고개를 저었다. 그 위원에게는 오늘 실시한 음감 테스트 결과를 보여주면 좋을지도 모르겠다. 내가, 그리고 컴퓨터가 예상한 대로 나루세 준이치의 음감 수준은 삼 개월 전과 비교도 할 수 없을 만큼 좋아졌다. 이런 사실이야말로 도너의 영향이 얼마나 큰지 잘 이야기해준다.

다치바나 조수의 보고. 나루세 준이치가 도너에 대해 의심을 품기 시작했다. 충분히 주의할 필요가 있다. 위원회에 보고할 것.

21

직장에서 점점 더 고립되고 있다. 여러 원인이 있겠지만 그 가운데 하나는 며칠 전에 제출한 업무개선 보고서가 공개된 일이다. 업무를 효율화하면 현재 팀원을 삼분의 일로 줄일 수 있다는 내용이었다. 뒤집어 생각하면 그만큼의 인원이 쓸데없는 일을 하고 있다는 이야기가 된다. 모자란 인간은 사실을 지적하면 아주 싫어한다. 그리고 사실을 이야기하는 사람을 미워한다.

몇 안 되는 친구 가운데 한 명이던 가사이 사부로도 요즘은 옆에 다가오지 않는다. 그러는 편이 회사 생활을 무난하게 할 수 있을 거라고 판단했기 때문이리라. 가사이도 모자란 인간 중 한 명이다.

이런 상태가 오래 이어지지는 않을 거라고 생각했는데 예상은 멋지게 들어맞았다. 하지만 그 내용은 상상도 하지 못한 것이었다.

"공장장님과 의논해서 결정한 거야. 뭐 자네는 한동안 일을 쉬었고, 손을 뗄 수 없는 일을 많이 떠맡고 있는 것도 아니니까." 팀장은 내 얼굴을 보지 않고 책상 위에 놓인 서류만 내려다보면서 말했다. 전에는 나를 '너'라고 부르던 사람인데 요즘은 '자네'라고 했다.

인사이동 이야기였다. 오후 작업 개시 벨이 울리자 팀장이 바로 호출해 거기서 이 이야기를 들었다.

무능한 팀장에 따르면 제3제조공장에서 라인 근무자를 한 명 보내달라는 요청이 왔다고 한다. 컨베이어벨트 옆에 서서 부품이나 기계의 조립 작업을 하는 사람이다. 제3공장은 인력 부족으로 허덕이고 있다. 임금도 낮은 데다가 비인간적인 작업 조건으로 유명하니 무리도 아니었다. 이 바보 같은 팀장은 나를 그곳으로 보내겠다는 것이었다.

놀라서 정신이 아찔할 지경이었다. 제대로 일도 하지 않는 월급도둑이 넘쳐나는데 그들을 남겨두고 일주일에 두 건이 넘는 보고서를 제출하는 나를 다른 곳으로 보내다니. 도저히 이해할 수 없었다. 그야말로 미친 짓이다.

"거추장스러운 놈은 제거하겠다는 겁니까?" 내가 묻자 팀장은 보란 듯이 화난 표정을 지었다.

"무슨 소리야? 그런 거 아니야."

"그렇지만 현재 저 혼자 처리하는 업무량이 다른 팀원들보다 더 많을 텐데요. 상식이 있는 상사라면 그런 팀원은 절대 내보내지 않겠죠."

"내가 몰상식하다는 소린가?"

"우리 팀에서 쓸모없는 사람은 쓸어내버릴 만큼 많다는 겁니다. 거의 다 쓰레기죠."

"그렇게 배배 꼬인 소리를 하니까 다른 팀원들이 다가가지 않지."

팀장의 말을 듣고 나도 모르게 입이 찡그려졌다. 그런 거 아니라더니 내가 고립되었다는 소리를 흘리고 만다. 자기 말이 모순이라는 사실을 깨달았는지 팀장은 헛기침을 하고 갑자기 사무적으로 말했다. "될 수 있으면 팀워크를 유지한 채로 이번 인사이동에 대응하고 싶었던 건 사실이야. 나쁘게 생각하진 말게."

우두커니 서 있자 팀장이 파리라도 쫓는 듯한 손짓을 하며 말했다. "용무는 그뿐이야. 근무 위치로 돌아가."

나는 방을 나가려다가 출입구에서 뒤를 돌아보았다. '뭐야?'라고 하는 듯한 궁상스럽게 생긴 작은 남자가 나를 보았다. 내 뺨이 일그러지는 걸 느끼면서 그 무능한 남자에게 말했다. "형편없는 인간."

놈이 놀라서 대꾸도 못하는 동안 문을 열고 밖으로 나왔다.

근무 위치로 돌아오니 몇몇 팀원이 나를 흘끔흘끔 곁눈질했다. 내가 그쪽을 보자 외면했다. 인사이동에 대해 아는 듯했다.

이날 팀원들은 마지막까지 내게 다가오지 않았다. 하지만 그건 나로서도 다행이었다. 그들의 얼굴을 보기만 해도 증오가 폭발할 것 같아 두려웠다.

회사에서 나와서도 바로 집으로 돌아가지 않고 밤거리를 어슬렁거렸다. 허전함과 분노가 번갈아 밀려왔다.

만약 사고를 당하기 전이었다면 어땠을까 생각했다. 예전 그대로

의 나루세 준이치였다면 인사이동 대상자로 꼽히지도 않았을 것이다. 두드러진 존재도 아니고 팀장으로서는 가장 다루기 쉬운 유형의 부하 직원이었으니까. 하지만 그게 더 행복하다고 말할 수 있을까. 내 뜻을 주장도 못 하며 지내는 것이. 아니, 예전의 나에게 내 뜻이라는 것 자체가 있었는지조차 잘 모르겠다.

다만 잊어서는 안 된다. 지금 내 인격이 진짜 내 것인지 아닌지. 그건 아직 모르겠다.

걸음이 술집으로 향했다.

알코올이 좋지 않다는 건 안다. 지난번 술에 취해 소란 피운 사건을 떠올려보면, 뇌기능에 무척 큰 영향을 미친다는 것은 분명한 사실이다. 그러나 마시지 않고는 견딜 수 없는 밤도 있다. 예를 들면 오늘 같은.

휘적휘적 걸어 들어간 술집은 문을 열고 발을 디딘 순간 카운터 의자에 부딪힐 뻔했을 정도로 비좁았다. 그래도 안쪽에는 공간이 조금 있어 검고 낡은 피아노가 놓여 있다. 나는 카운터석 거의 한가운데쯤 자리를 잡고 와일드터키를 온더록스로 주문했다. 손님은 나 말고 커플 한 쌍뿐이었다. 단골인지 바텐더와 다정하게 이야기를 나누고 있었다.

돌이켜보면 이런 술집에 혼자 들어오는 것도 예전의 나라면 생각도 할 수 없는 일이었다. 아니, 아예 혼자 술을 마시러 나오는 일조차 없었으리라.

팀장이 나를 치워버리려는 심정도 이해할 수 없지는 않다. 다루기 힘들 것이다. 하지만 기분 나쁘다는 것도 원인 가운데 하나임이 틀림없다. 얌전하던 부하가 어느 날 갑자기 변한다면 누구나 당혹스러우리라.

심경 변화라고? 말도 안 된다.

도겐 박사는 틀림없이 뭔가 숨기고 있다. 며칠 전 그들이 자유연상이라 부른 정신분석 도중 나는 뭔지 모르지만 이상한 행동을 했을 것이다. 그들은 그 일에 대해 입을 다물고 있다. 내가 무엇인가를 눈치챌까 봐 두려워하고 있다. 도너에 관한 문제일까. 수술 자체가 실패했다는 걸까. 어쨌든 여러 차례 하소연한 인격 변화가 단순한 걱정이 아니라는 점만은 분명한 듯하다.

나는 어떻게 되는 걸까. 이대로 계속 변한다면 그 끝에 어떤 상태가 기다리고 있을까.

잔을 단숨에 비우고 버번위스키를 시켰다. 스펀지가 물을 빨아들이듯 온몸에 알코올이 스며드는 게 느껴졌다. 내 안의 뭔가가 눈을 뜨는 듯했다.

툭, 하는 소리가 나서 고개를 들었다. 야위고 안색이 좋지 않은 중년 남자가 피아노 앞에 앉았다. 악보를 올려놓는 모습을 보니 연주를 시작할 모양이다.

나는 온더록스 잔으로 시선을 옮겼다. 음악에는 별 흥미가 없다. 땅콩을 한 알 입에 던져 넣고 버번과 함께 목구멍으로 넘겼다.

피아노 연주가 시작되었다. 들어본 적이 있는 곡이었다. 클래식은 아니다. 영화음악이나 그 비슷한 쪽에 쓰인 음악이다.

소리가 좋구나. 이런 생각이 들었다.

곡도 좋지만 피아노 소리는 왠지 묘하게 마음을 흔들었다. 피아니스트의 솜씨가 좋아서일까. 어쨌든 지금까지 이런 마음으로 피아노 연주를 들은 적이 없었다. 나는 잔을 든 채 귀를 기울였다.

첫 곡이 끝날 무렵 새 손님이 들어왔다. 스무 살 언저리로 보이는 남녀 네 명이었다. 그들은 피아노 바로 옆에 있는, 가게에 하나뿐인 테이블석에 앉았다. 그 순간 왠지 불길한 예감이 들었다.

중년 남자 피아니스트는 묵묵히 두 번째 곡을 연주하기 시작했다. 이번에는 클래식이었다. 자주 듣던 곡이지만 제목은 모른다. 버번위스키를 한 잔 더 시키고 피아노에 가까운 자리로 이동했다. 건반 두드리는 소리 하나하나가 내 마음에 뭔가 호소해왔다. 정겹기도 하고 애절하기도 한 기분이 들었다. 왜 오늘 밤은 이런 기분이 들까. 왜 지금껏 피아노 소리가 이토록 아름답다는 사실을 깨닫지 못했을까.

몸이 붕 뜨고 연기처럼 흔들리는 기분이 들었다. 술 때문은 아니다. 소리가, 피아노 소리가 그렇게 만들었다. 눈을 감고 온몸으로 음악에 취했다.

갑자기 요란한 웃음소리가 났다.

모처럼 차분하던 기분이 깨지는 바람에 나는 눈을 떴다. 아니나 다를까 테이블석을 보니 조금 전 들어온 젊은 손님들이 시끄럽게 떠들며 웃고 있었다. 자기들이 즐겁기 위해 다른 사람은 희생해도 된다는 오만함이 온몸에서 풍겼다.

바텐더는 주의를 주지 않았다. 원래 그런 사람들이라고 포기한 듯했다. 피아니스트도 표정 없는 얼굴로 연주를 계속하고 있었다. 커플 손님은 소곤소곤 이야기를 나누느라 정신이 없는 듯했다.

소란스러운 젊은이들을 무시하려고 했지만 불가능했다. 곡의 섬세한 부분을 품위 없는 목소리로 지워버리기도 했다. 차츰 불쾌감이 커지면서 살짝 두통이 찾아왔다. 묵직하고 시커먼 응어리가 가슴속에서 치밀어 오르는 게 느껴졌다.

녀석들 가운데 한 명이 이상한 소리를 질렀다. 인간이 아닌, 뭔가 지능 낮은 짐승이 울부짖는 소리로 들렸다.

나는 테이블석으로 걸어가 가장 크게 떠드는 젊은 남자의 어깨를 움켜쥐었다. "좀 조용히 해라. 피아노 소리가 안 들리잖아."

네 명은 일단 무슨 일이 일어났는지 이해하지 못하는 표정이었다. 아마 몰상식한 행동을 했을 때는 다른 사람에게 지적받을 수도 있다는 사실을 몰랐던 모양이다. 그들은 이내 노골적으로 싫은 표정을 지었다. 여자 두 명은 모처럼 흥이 났는데 기분 잡쳤다는 듯 빨간 입술을 씰룩였고 남자 두 명은 미간을 찌푸리며 나를 노려보았다.

"뭐야, 넌?" 놈들 가운데 한 남자가 일어서며 내 멱살을 잡았다. "불만 있냐?"

남자는 불량 고등학생처럼 인상을 쓰며 으름장을 놓았다. 잔뜩 힘을 준 머리카락이 얼마나 경박한 놈인지 잘 이야기해주고 있었다.

"시끄러우니까 조용히 하라고. 여긴 유치원이 아니야."

남자의 얼굴이 추하게 일그러진 순간 안면에 충격이 왔다. 나는 비틀거리며 카운터 모퉁이에 등을 부딪쳤다. 그 바람에 잔이 바닥에 떨어져 깨졌다.

"싸움할 거면 밖에 나가서 해." 카운터 안에서 바텐더가 말했다.

"이미 끝났어." 남자가 이렇게 말하더니 침을 뱉었다. 그 침이 내 발에 떨어졌다. 남자는 히히 웃었다. "너 같은 등신은 집에서 잠이나 처자면 돼."

이걸 멋진 대사라고 생각하기라도 하는 듯 나머지 세 명도 따라 웃었다.

두통이 심해졌다. 귀에서 윙윙 소리가 났다. 온몸에서 식은땀이 났다. 풍선이 부풀어 오르듯 증오가 퍼져갔다. 발에 묻은 침을 보니 저놈을 죽일 이유가 생겼다는 생각이 들었다. 이런 인간은 살 가치가 없다.

내가 몸을 일으키자 남자가 자세를 가다듬었다. "뭐야, 덤빌……."

말을 마칠 틈도 주지 않고 사타구니를 힘껏 걷어찼다. 놈은 비명을 지르며 새우처럼 허리를 접었다. 그 뒤로도 나는 거침없었다. 옆에 있던 빈 맥주병을 들어 놈의 뒤통수를 힘껏 내리쳤다. 맥주병은 액션영화처럼 박살나지 않고 픽, 하는 둔탁한 소리를 냈다. 한 대 더 쳤다. 놈은 그대로 뻗었다.

일행 중 다른 남자가 의자에서 일어났다. 하지만 내가 노려보자 한 걸음 뒤로 물러났다. 이런 놈들은 형세가 불리해지면 불쌍하리만치 겁을 집어먹는다. 여자 두 명도 잔뜩 겁에 질렸다.

맥주병을 내려놓고 그들이 앉았던 테이블로 다가가 브랜디 뚜껑을 땄다. 술은 아직 많이 남아 있었다. 그걸 기절한 남자의 머리에 부었다. 흰색에 가까운 양복이 차츰 물들며 짙은 향기를 풍겼다. 병이 비자 카운터에서 새로 한 병을 집어 그것도 부었다. 남자가 이윽고 얼굴을 찌푸리며 눈을 떴다.

"정신이 든 모양이군."

이번에는 옆에 보이는 라이터를 집어 들고 가스 분출량을 최대로 했다. 그리고 카운터 안에 우두커니 서 있는 바텐더에게 물었다. "브랜디는 불이 잘 붙지?"

"예?" 바텐더는 잠깐 질문의 뜻을 이해하지 못한 표정이다가 이내 어색한 동작으로 고개를 끄덕였다. 그제야 내가 무얼 하려는 건지 눈치챈 모양이었다. 브랜디에 흠뻑 젖은 남자는 비명을 질렀다.

"으악, 그러지 마."

"화장을 시켜주마." 라이터로 남자를 겨누며 불을 켜려고 했다. 여자들이 비명을 질렀다. 하지만 직전에 옆에서 뻗어 나온 손이 내 손목을 움켜쥐었다. 돌아보니 야윈 중년 피아니스트가 고개를 젓고 있었다.

"그만하는 게 좋아."

"놔."

"바보 같은 짓 하면 안 돼." 피아니스트는 쉰 목소리로 말했다.

그 틈을 타 남자가 문을 열고 도망쳤다. 나는 피아니스트의 손을 뿌리치고 라이터를 손에 든 채 뒤를 쫓았다.

가게에서 나오자 바로 옆 계단을 달려 올라가는 소리가 들렸다. 여기는 빌딩 지하 1층이다. 계단을 올라가자 놈이 큰길로 뛰쳐나가는 모습이 보였다. 뇌진탕을 일으킨 직후라 그런지 비틀거리고 있었다. 게다가 주변에는 오가는 사람도 적다. 밖에서도 충분히 따라잡을 수 있다. 놓치지 않겠다.

예상대로 쉽게 따라잡았다. 놈이 나를 보더니 서둘러 근처 골목으로 뛰어들었다. 계속 뒤를 쫓았다. 골목은 좁고 더러운 물이 질펀했으며 음식물 쓰레기 냄새가 코를 찔렀다. 그 냄새에 브랜디 향기가 섞여 있었다. 놈의 몸에서 나는 냄새였다.

똑바로 가니 좀 넓은 공터가 나왔다. 골판지상자와 나무상자 같은 것들이 잔뜩 쌓여 있었다. 놈은 그 상자더미의 일부를 치우려 했다. 다른 골목으로 가는 입구가 막혀 있었기 때문이다. 나는 싱글싱글 웃었다.

"뭐야, 너!" 도망칠 수 없다는 걸 깨닫자 놈은 나를 향해 악을 썼다. 나는 라이터에 불을 켜고 불길이 충분히 길어졌다는 걸 확인한 다음 천천히 놈에게 다가갔다. 브랜디를 끼얹은 정도로 옷이 얼마나 탈지는 몰라도 놈이 푸르스름한 불길에 휩싸이는 모습을 상상하니 나도 모르게 몸이 떨렸다. 동시에 뇌리에 한 장면이 떠올랐다. 쥐가 불에 타는 모습이었다. 철망에 갇힌 쥐에 석유를 뿌린 다음 불을 붙여 태웠다. 살과 털이 타는, 말로 표현할 수 없는 냄새. 그게 언제였더라?

"그만, 그만해!" 놈이 악을 썼다. "잘못했어. 사과할게. 그러니 이제 용서해줘."

"화장이야. 불태워줄게." 나는 더 다가갔다.

그때 옆에서 찍찍 하고 쥐 우는 소리가 났다. 나는 무심코 그쪽을 보았다. 그 순간 놈이 옆에 있던 골판지상자를 내던졌다. 내가 피하는 틈을 타 놈은 왔던 길을 거슬러 달아났다.

나는 뒤쫓아 달렸다. 쫓아가다가 내가 대체 무얼 하고 있는 건가 하는 생각이 뇌리를 스쳤다. 골목길을 달리는 내가 있다. 이게 진짜 나일까. 대체 누구지? 어디 사는 누구지?

골목을 빠져나왔을 때 머리에 심한 통증이 왔다. 나도 모르게 신음하며 손으로 누르며 고개를 들었다. 그놈이 각목을 들고 서 있었다. 저걸로 때린 모양이다.

쓰러지면서도 놈의 양쪽 발목을 움켜쥐었다. 놈은 바로 나동그라졌다.

"으악, 놔." 놈이 몸부림쳤지만 나는 놓지 않았다. 놈에게 달라붙어 라이터를 켰다.

"그만둬, 제발 그만둬." 놈은 각목을 마구 내리쳤다. 이마가 깨지고 코 옆을 따라 피가 흘렀다. 하지만 이상하게 아프지 않았다. 나는 힘을 늦추지 않았다.

옷에 불을 붙이려 하자 놈은 비명을 질렀다. 그 비명과 동시에 누가 라이터를 든 내 손목을 움켜쥐었다. 그리고 머리 위에서 목소리가 들려왔다. "무슨 짓이야, 너희."

고개를 드니 낯선 남자가 있었다. 그 너머로 순찰차의 붉은 경광등이 보였다.

"저 새끼 미쳤어!" 불에 탈 뻔한 놈이 소리쳤다.

22

순찰차를 타고 간 곳은 경찰서가 아니라 병원이었다. 그놈은 다른 순찰차에 태워 경찰서로 끌려갔다고 했다. 아마 경찰이 놈의 부상은 대수롭지 않다고 판단했으리라. 나는 머리에서 피가 흐르고 순찰차를 탄 순간 정신을 잃었을 지경이니 경찰도 틀림없이 당황했으리라.

병원에서 치료를 받았는데 의사는 살갗이 조금 찢어졌을 뿐 크게 걱정할 일은 없을 거라고 했다. 그래도 일단 엑스선 촬영은 해보자고 했지만 단호하게 거부했다. 검사 때문에 내 정체가 의사에게 들통나는 게 아닐까 걱정했기 때문이다. 다행히 의사는 머리의 봉합 흔적을 교통사고 같은 것 때문이라고 생각한 듯했다.

그러면 나중에 꼭 엑스선 검사를 하라는 지시를 받고 의사한테서 풀려났다. 그러고는 머리에 붕대를 두른 채 경찰서로 연행되었다.

경찰서 2층에 있는 취조실에서 조사를 받았다. 술 취한 사람들끼리 벌인 싸움이라는 빤한 패턴이라고 여겼는지 당직 형사는 질문하기도 귀찮은 모양이었다. 다만 상대방 옷에 불을 붙이려 했다는 점에 대해서는 진지하게 화를 냈다. 자칫 잘못하면 중상을 입거나 목숨마저 위태로웠을지도 모른다는 것이다. 나는 물론 그놈이 죽어도 상관없다고 생각했지만 그런 소리를 경찰 앞에서 꺼내지는 않았다.

조사를 마친 뒤 여기서 기다리라며 면회 대기실이라는 방으로 데리고 갔다. 긴 의자가 있을 뿐 아무것도 없는 방이었다. 구류중인 용의자를 면회하러 왔을 때 여기서 기다리는 모양이다. 지금은 나 말고 아무도 없었다. 밤중에는 면회를 할 수 없는 건지도 모른다. 그러고 보니 지금 몇 시일까 싶어 손목시계를 보았다. 시계는 10시 5분을 가리킨 상태에서 망가져 멈춰 있었다.

역시 술은 안 되겠다고 다시금 인식했다. 뇌에 알코올이 들어가면 평범한 사람도 자제력을 잃는 때가 있다. 지금 내 상태를 고려할 때 의식 밑에 잠겨 있는 것을 불러내면 위험하다.

몇 시간 전에 한 내 행동이 도무지 믿기지 않았다. 그렇게 감정이 폭발한 일은 일찍이 겪어본 적 없었다. 그것도 증오라는 형태로 말이다. 그 남자는 분명히 마음에 들지 않는 인간이었지만 왜 태워 죽이자는 생각까지 하게 된 걸까. 뭔가 방아쇠 역할을 한 게 있었나? 있었다면 그건 뭘까.

긴 의자에 드러누워 이중인격에 대해 생각했다. 어렸을 때《지킬 박사와 하이드 씨》라는 소설을 읽은 적이 있다. 〈이브의 세 얼굴〉이란 영화도 있었다. 두 이야기를 돌이켜보면 나는 이중인격은 아니라는 생각이 든다. 이중인격자란 전혀 다른 인격을 지니며 대개 다른 인격이었을 때를 기억하지 못한다. 하지만 내 경우는 다르다. 갑자기 다른 인격으로 변하는 게 아니라 조금씩 어딘가를 향하고 있다. 모든 행동은 내 의지에 따른 것이고 나도 모르는 사이에 터무니없는 짓을 저지르거나 하지는 않는다.

그러면 지금 증상은 이중인격보다는 구원받을 가능성이 있는 걸까. 하지만 이중인격보다 나쁜 점도 있다. 원래 인격이 차츰 사라진다는 사실이다.

나루세 준이치는 마침내 사라지고 마는 걸까. 나는 얼굴을 문지르고 머리를 만졌다. 내가 사라진 뒤의 일을 생각하면 혼란스럽다.

한 시간 가까이 그러고 있는데 문득 발소리가 다가와 몸을 일으켰다. 문이 열리고 아까 그 형사가 나타났다.

"몸은 좀 어떤가?" 형사가 물었다.

"특별한 문제는 없는 것 같습니다." 내가 대답했다.

형사는 무뚝뚝한 표정으로 고개를 끄덕이더니 문밖을 향해 '들어오세요'라고 했다. 낯익은 인물이 들어왔다. 바로는 기억나지 않았지만 상대가 빙긋 웃으며 인사하자 떠올랐다. 도겐 박사의 방에서 만난 사가 미치히코 씨였다. 왜 저 사람이 여기 있는 걸까.

"조금 전 도겐 박사에게서 연락이 와 나루세 씨가 여기 계신다고 알려줬습니다. 서둘러 왔습니다." 사가 씨는 마치 역에 마중 나온 사람처럼 가볍게 말했다. 조사받을 때 신원보증인이 없느냐고 물어 별생각 없이 도겐 박사의 이름을 대고 말았다.

"그런데 심하게 다치셨군요. 괜찮으십니까?"

"예, 뭐." 얼굴을 만져보았다. 부었다는 걸 손끝 감촉으로 알 수 있었다.

"이 사람이 사가 선생과 아는 사이라니 뜻밖이군요." 형사는 내 얼굴을 유심히 보면서 말했다. "어떤 관계죠?"

"전에 제 딸이 신세를 진 적이 있습니다. 생명의 은인이죠."

"아아, 무슨 일이 있으셨죠?"

"바다에 빠져 죽을 뻔했는데 구해주셨습니다. 그야말로 목숨을 걸고."

"아, 바다에서." 형사는 특별히 감탄한 것 같지도 않았다.

"어쨌든 모시고 돌아가도 되겠죠?"

"뭐, 괜찮겠죠." 형사는 귀를 긁적거리며 나를 보았다. "괜히 쓸데 없는 짓 하지 말고."

나는 말없이 고개를 숙였다.

소지품을 받아 경찰서에서 나오자 사가 씨가 자기 차에 타라고 했다. 흰색 볼보인데 오른쪽 문에 뭔가 긁힌 자국이 있었다. 그걸 손가락으로 만지자 그는 쓴웃음을 지었다. "잠깐 차를 세워둔 사이에 당했죠. 새로 산 지 얼마 되지 않았을 때였는데."

"이 세상에는 미친 사람이 많아요." 내가 말했다. '나도 그 안에 들어갈지 모르지만요'라는 말은 속으로 했다.

출발한 지 얼마 후 사가 씨가 자연스러운 말투로 이야기했다. "나루세 씨께서 그런 행동을 하셨다니 뜻밖이군요. 예전부터 자주 있는 일입니까?"

나는 고개를 저었다. "처음입니다. 정신이 어떻게 되었던 모양이에요."

"앞으로는 조심하시는 게 좋을 겁니다. 이번엔 양쪽 다 잘못이 있는 걸로 이야기가 정리될 수 있겠지만 상대에 따라서는 재판까지 가게 될 수도 있으니까요."

"그 가게 꽤 부서졌을 텐데요."

"그런 모양이더군요. 일찌감치 피해 신고를 했답니다. 그 문제도 어떻게든 처리해보죠. 나루세 씨는 걱정하지 않으셔도 됩니다."

"돈이라면 제가 내겠습니다."

"누가 내건 상관없지 않습니까?"

"아뇨, 곤란합니다." 나는 사가 씨의 옆얼굴을 보며 단호하게 말했다. "그렇게까지 신세 질 이유가 없습니다. 따님 문제하곤 따로 생각해주세요."

"저는 나루세 씨에게 힘이 되어드리고 싶은 겁니다."

"충분히 해주셨어요."

신호가 빨간불이 되어 사가 씨는 차를 세웠다. 그리고 나를 보며 미소 지었다. "고집이 세시군요."

"이치에 맞게 살고 싶을 뿐입니다. 이유 없는 돈은 받을 수 없는 것과 마찬가지죠."

"저는 이유가 있다고 생각하지만 그렇게까지 말씀하신다면 방법이 없군요. 이번에는 물러나겠습니다." 그는 다시 차를 움직였다.

"그래도 요즘 한동안 연락도 드리지 못해 죄송합니다. 딸아이를 데리고 인사드리러 가야겠다고 생각은 하는데 좀체 시간이 나지 않아서요."

"제발 마음 쓰지 마세요."

"건강은 어떠신가요? 도겐 박사에게 들은 바로는 이상 없이 순조롭게 지내신다고 하던데."

"박사님이 그렇게 말씀하셨다면 그렇겠죠." 나도 모르게 말에 가시가 돋았다.

"묘한 말씀을 하시네요. 뭐 마음에 걸리는 일이라도 있습니까?" 사가 씨가 불안한 목소리로 물었다. 내 몸이 완치되지 않으면 자기 마음의 부담도 가벼워지지 않기 때문이리라.

"아뇨, 별로 뭐. 전문적인 내용은 모른다는 뜻입니다."

그래도 사가 씨는 석연치 않은 듯한 표정이었고 그 뒤로는 부쩍 말이 없어졌다.

이윽고 차가 아파트 앞에 도착했다. 차 안에 있는 시계를 보니 동이 트기 직전이었다. 오늘은 회사를 쉴 수밖에 없겠다. 어차피 그 팀에 있을 날도 얼마 남지 않았으니 지금 하루 이틀 쉰다고 문제될 일은 없으리라. 다행히 내일은 토요일이다.

"실은 나루세 씨에게 드릴 말씀이 있었습니다." 차를 세우고 사이드브레이크를 채운 뒤 사가 씨가 말했다. "아내하고도 이야기했는데 꼭 한번 식사를 모시고 싶어서요. 언제가 편하신지 말씀해주시면 고맙겠습니다."

나는 입가만 움직여 살짝 웃고 고개는 딱 두 번 저었다. "그렇게까지 마음 쓰실 필요 없습니다. 정말 신경 쓰지 말아주세요."

하지만 사가 씨도 웃으면서 말했다. "저희가 나루세 씨와 함께 식사를 하고 싶은 겁니다. 혼자 오시면 어색할 테니까 누구든 친한 분과 함께 와주세요. 아, 참. 사귀는 여성이 계시다고 하던데. 꼭 그분과 함께요."

메구미 이야기는 도겐 박사한테 들었으리라. 메구미를 생각하니 다시 머리가 아프고 가슴 언저리가 쿡쿡 쑤셨다.

"그럼 이야기해보겠습니다." 내가 대답했다.

"다행이네요. 꼭 연락주십시오. 그럼 이만." 사가 씨가 볼보의 가속페달을 밟았다.

이날은 하루 종일 집에서 쉬기로 했다. 온몸이 여기저기 쑤셨다. 샤워를 하면서 헤아릴 수 없을 만큼 많은 멍과 긁힌 자국을 보았다. 뜨거운 물이 닿으면 아파서 나도 모르게 펄쩍 뛰었다.

저녁에 다치바나 씨가 상태를 보러 왔다. 현관문을 열었을 때 눈앞에 있는 게 누군지 바로 알아차리지 못했다. 흰 가운을 걸치지 않은 그녀의 모습을 보기는 처음이었다. 연두색 민소매 여름 스웨터에 짙은 녹색 스커트를 입었다. 나도 모르게 넋을 잃고 바라보았는데 다치바나 씨는 나를 위아래로 훑어본 뒤 '크게 한판 붙은 모양이네요'라며 고개를 설레설레 저었다.

"연락하려고 했어요. 폐를 끼쳐 미안합니다." 일단 의례적으로 고개를 숙였다.

"별로 폐가 된 일은 없지만 걱정했죠. 머리를 세게 얻어맞거나 하지는 않았어요?"

"좀 다쳤지만 괜찮겠죠." 총 맞은 데 비하면 대단한 부상도 아니다. "도겐 박사님이 뭐라고 하던가요?"

"젊은 사람들은 거칠다면서 쓴웃음을 지으셨죠." 다치바나 씨는 어깨를 으쓱했다.

"쓴웃음이라." 나는 고개를 저었다. "만약 박사님이 내 행동을 보았다면 그렇게 느긋한 소리를 하실 수는 없었을 겁니다."

"무슨 일인데요?" 다치바나 씨는 당황한 표정을 지으며 고개를 가웃했다.

"제가 생각하기에도 어젯밤 행동은 이상했다는 이야기입니다. 취했다는 핑계가 없었다면 바로 정신병원에 집어넣었을 거예요."

"취한 건 맞죠?"

"그리 많이 취하지는 않았고, 설사 취했다 해도 예전의 나라면 그런 상황까지 가는 일은 없었을 겁니다. 또 진짜로 사람을 죽이려 했다고요."

목소리가 조금 커지자 우연히 지나가던 아파트 주민이 다치바나 씨와 내 얼굴을 번갈아 보면서 지나갔다. 그녀는 고개를 숙이고 그 주민을 지나가게 하더니 입을 열었다. "문밖에 서서 할 수 있는 이야기가 아닌 것 같네요." 나는 그녀를 안으로 들였다.

"방이 깔끔하네요. 하무라 씨가 가끔 청소를 해주는 건가?" 다치바나 씨는 현관에 서서 집 안을 쭉 둘러보았다.

"청소쯤은 스스로 해요. 일단 들어오시죠. 차라도 끓일 테니까."

"아뇨, 여기도 괜찮아요." 다치바나 씨는 현관에 선 채 대꾸했다.

"내가 무슨 짓이라도 저지를까 봐 그래요?" 입꼬리를 올려 웃으며 말하자 다치바나 씨는 내 얼굴을 뚫어지게 바라보더니 천천히 고개를 저었다.

"그런 말투는 나루세 씨에게 어울리지 않네요."

"그래요, 이해가 돼요? 지금 나는 나답지 않죠. 그래서 당신들에게 몇 번이나 이야기했잖아요. 내 성격이, 인격이 변해가고 있다고. 하지만 대답은 늘 똑같았죠. 그럴 리 없다고."

"맞아요. 그럴 리 없죠."

나는 옆에 있는 기둥을 주먹으로 치고 다치바나 씨의 얼굴을 손가락으로 가리켰다. "그 말을 그대로 되돌려드리죠. 그럴 리 없어요. 싸움 같은 건 해본 적도 없는 사람이 왜 술집에서 난동을 부리죠? 이제 그만 사실대로 이야기하는 게 어때요? 당신들은 대체 무얼 숨기고 있는 거죠? 이 머릿속에서 무슨 일이 일어나고 있는 거예요?"

다치바나 씨가 짙은 눈썹을 찡그리고 고개를 저었다. "흥분하지 말아요."

"질문하고 있잖아요. 대답해요." 나는 다치바나 씨에게 다가가 맨살이 드러난 팔을 두 손으로 움켜쥐었다. 그녀는 깜짝 놀란 표정을 지었지만 나는 팔을 놓지 않았다. "제발, 다치바나 씨. 사실대로 가르쳐주세요. 왜 숨기는 겁니까?"

"아파요." 다치바나 씨는 고개를 돌렸다. "손 놔요."

그 말을 들은 순간, 새삼 그녀의 감촉이 느껴졌다. 서늘하고 매끄럽고 부드러운 팔이었다.

"피부가 좋네." 내가 말했다. "살아 있는 도자기 같아."

"놔요." 다치바나 씨가 다시 말했다.

나는 손바닥에 느껴지는 감촉을 다시 확인한 뒤 천천히 놓았다. "미안해요. 난폭하게 굴 생각은 없었어요."

그녀는 팔을 교차하더니 잡혔던 부분을 문질렀다.

"불안한 심정은 이해가 돼요. 그렇지만 나를 곤란하게 만들지 마요. 난 나루세 씨가 정상이라고 믿으니까."

"거짓말."

"거짓말 아니에요. 그럼 나루세 씨가 비정상이라고 하는 사람이 있기라도 하다는 건가요?"

"비정상까지는 아니어도 변했다고 하는 사람은 얼마든지 있어요. 회사 상사는 내가 다루기 힘들어졌다고 하고. 덕분에 부서를 옮기게 되었죠."

"몇 달이나 입원했으니 그 정도 변화는 이상한 게 아니에요."

"애정이 변해도 당연한가요?"

"애정요?" 다치바나 씨가 당황한 표정을 지었다.

"메구미에 대한 내 마음 말입니다." 나는 요즘의 심경 변화를 다치바나 씨에게 털어놓았다. 누구에게도 이야기하지 않을 작정이었지만 이 여성에겐 들려주고 싶어졌다. 뜻밖의 내용에 다치바나 씨는 한동안 말을 잇지 못했다.

"이런 식으로 이야기하고 싶지는 않지만." 이윽고 다치바나가 입을 열었다. "젊었을 때는 흔히 있는 일 아닐까요?"

"변심이라는 건가요?" 예상했던 바로 그 답이 돌아와 나는 그만 쓴웃음을 지었다. 내가 메구미를 사랑하는 마음이 어느 정도였는지 모르기 때문에 이런 얼빠진 소리를 할 수 있는 것이다.

"말도 안 돼." 내가 말했다. "돌아가요. 그리고 도겐 박사에게 전해요. 이제 연구실에 가지 않을 거라고."

"그건 안 돼요."

"지시하지 말아요. 이제 지겨우니까." 나는 한 손으로 문손잡이를 잡고 다른 한 손으로 다치바나 씨의 등을 밀려고 했다. 하지만 그녀는 몸을 돌려 내 얼굴을 보았다.

"잠깐 내 이야기 들어봐요."

"따분한 연설은 들을 필요 없겠죠."

"그게 아니라 제안을 하려는 거예요."

"제안?" 나는 손의 힘을 뺐다. "무슨 제안요?"

다치바나 씨는 후, 하고 숨을 내쉰 뒤 말했다. "나는 박사님에게서 이야기를 듣고 지시대로 움직일 뿐이에요. 그래서 그 이야기를 바탕으로 나루세 씨에게는 아무런 이상도 없다고 판단하는 거죠. 하지만 솔직히 도겐 박사님의 진짜 생각은 모르겠어요."

"그래서요?"

"나루세 씨가 한 이야기를 듣고 든 생각인데, 어쩌면 박사님이 우리에게조차 가르쳐주지 않은 사실이 있고, 그게 뭔가 큰 영향을 미치고 있는 건지도 몰라요."

"그럴 수도 있겠죠."

"그러니 이렇게 하죠. 나는 어떻게든 박사님의 진심을 알아볼게요. 그래서 뭔가 알게 되면 나루세 씨한테 알려줄게요. 그 대신 나루세 씨는 지금까지와 마찬가지로 정기 검사를 받으러 오는 거예요. 어때요?"

"다치바나 씨가 사실대로 가르쳐줄 거라는 보장이 없죠."

그녀는 한숨을 내쉬었다. "날 믿으라는 말밖에 할 수 없네요. 이 방법이 아니라면 뭔가 다른 생각이라도 있나요?"

나는 말없이 고개를 저었다. 아무런 방법도 없다. 그러자 그녀가 두 손으로 내 손을 감싸 쥐고 말했다.

"걱정 말아요. 틀림없이 다 잘될 테니."

다치바나 씨의 흰 손을 보며 고개를 끄덕였다. 이러고 있으니 이상하게 마음이 차분해졌다.

"그럼 난 이만 돌아갈게요." 다치바나 씨는 내 손을 놓고 문손잡이에 손을 얹었다. 그 옆얼굴을 보고 불쑥 생각이 났다.

"재클린 비셋."

"예?"

"전부터 누구를 닮았다고 생각했는데 이제야 떠올랐어요."

"재클린 비셋?" 다치바나 씨는 살짝 웃었다. "학창시절에 그런 말을 들은 적이 있죠."

"다치바나 씨는 이름이 뭔가요?"

"내 이름요? 왜 그런 걸 묻죠?"

"다치바나 씨를 더 알고 싶어서. 안 되나요?"

그녀는 당황한 듯 숨을 멈췄다. 그리고 이 당황스러운 순간을 얼버무리듯 앞머리를 쓸어 올렸다. "나오코."

"나오코 씨…… 한자는요?"

"곧을 '직直'에 자식 '자子'. 흔한 이름이죠."

"다치바나 나오코, 예쁜 이름이군요."

"그럼 다음에 연구실에서 봐요." 다치바나 나오코는 조금 언짢은 표정을 지으며 나갔다. 잠금장치를 걸려고 문으로 다가갔을 때 살짝 향수 냄새가 났다.

23

밤에 메구미가 왔다. 술집에서 소란 피운 이야기를 들었다고 한다. 다치바나 나오코가 연락한 듯했다. 메구미는 나를 이부자리에 누이고 상처를 보살폈다.

"이제 그러지 마." 이마의 상처에 물수건을 대면서 메구미가 말했다. 다치바나 나오코와 비교하면 아직 어린애 같은 얼굴이다. 언젠가는 이 아가씨의 주근깨도 깨끗하게 사라질까?

"듣고 있어?" 메구미는 불안한 듯이 물었다.

"응, 듣고 있어. 이제 그런 짓 하지 않을게."

다치바나 나오코와 비교했다는 사실에 뒤가 켕겼다. 메구미는 그 무엇과도 바꿀 수 없는 여자인데.

어젯밤에 왜 그런 일이 일어났는지 메구미는 묻지 않았다. 그 문제를 건드리는 게 두려운 모양이었다. 메구미는 자기만의 감수성으로 내 안에서 무슨 일이 일어나고 있는지 감지했을지도 모른다. 어쨌든 오늘 밤 메구미는 유난히 말수가 적었다.

"저어, 준. 오늘 여기서 자고 가도 돼?" 메구미는 마치 어린애가 무슨 고백이라도 하려는 듯한 눈으로 나를 보았다. 이런 걸 물어본 적은 지금까지 한 번도 없었다.

"그럼. 곁에 있어줘." 내가 대답했다.

메구미는 우는 건지 웃는 건지 알 수 없는 표정을 하고 일어서더니 치우지 않은 이젤로 다가갔다. "완성했네, 이 그림."

"간신히."

전의 그 풍경화였다. 너무 형편없어서 다시 볼 마음도 들지 않았다. 내가 그린 그림이라는 사실이 도무지 믿기지 않았다.

어디선가 개 짖는 소리가 들렸다. 신경질적으로 짖고 있다.

"시끄럽네." 내가 중얼거렸다.

"뒷집에서 키우는 개일 거야." 메구미가 말했다.

"그렇겠지. 저런 개는 그냥 죽여버리는 게 나은데." 내가 이렇게 말했지만 메구미는 아무런 대꾸도 하지 않았다.

메구미는 한동안 캔버스를 바라보다가 이윽고 얼굴을 살짝 내 쪽으로 돌렸다. "저어, 준. 나…… 잠시 고향에 내려가려고."

"부모님 집에?"

메구미는 고개를 끄덕였다. "엄마가 몸이 안 좋은데 한동안 들르지 못했거든…… 한번 다녀가라고 전부터 몇 번이나 연락이 왔어."

"그래? 언제 갈 건데?"

"내일 표로 끊었어."

나는 '흐음'이라고만 했다. 달리 건네야 할 말을 찾지 못했다. 가지 말라고 하면 되는 걸까. 그게 나루세 준이치다운 반응일까.

"사실 어제 아파트 방을 뺐어. 어젯밤은 친구네 집에서 잤지. 그리고 오늘 밤은 여기 재워주지 않으면 노숙해야 해." 이게 그나마 던진 농담일까? 메구미는 굳은 얼굴에 애써 웃음을 지었다.

"자고 가면 되지."

그날 밤 우리는 한 이불을 덮고 잤다. 메구미는 내 팔을 베개 삼아 내 겨드랑이 쪽에 얼굴을 묻고 울었다. 메구미가 우는 이유도 떠나가는 이유도 너무 잘 알고 있었다. 하지만 무슨 해결책이 있단 말인가. 여태 들키지 않으려 했던 내면의 변화를 메구미가 알아차리고 말았는데.

나는 메구미의 몸을 부드럽게 껴안았다. 이 감촉을 느끼는 것도 오랜만이었다. 하지만 페니스는 발기하지 않았다. 그 사실이 슬펐다.

이튿날, 나는 메구미를 역까지 바래다주었다. 플랫폼에 둘이 나란히 섰을 때 나는 나루세 준이치라면 당연히 했을 말을 지금 해야 할지 망설였다. 가지 말라고 하면 메구미는 안심할까? 하지만 그녀를 내게 돌아오게 해서 대체 무슨 미래를 그릴 수 있다는 건가.

전철이 들어왔다. 메구미는 짐을 들었다. 역 사물함에 넣어두었던 짐이다.

"갈게." 메구미가 말했다. 감정이 복받치는 걸 애써 참고 있었다. 가지 말라고 붙잡아야 한다. 메구미를 붙잡는 건 나 자신을 붙잡는 셈이 된다. 하지만 결국 내 입에서 가지 말라는 말은 나오지 않았다. '몸 조심해'라고, 아무런 가치도 없는 말을 건넸을 뿐이다.

"고마워. 너도 잘 지내." 메구미가 답했다.

그녀가 전철에 올라타 나를 돌아보았다. 지금까지 본 적 없는 슬픈 표정이었다. 그 얼굴을 본 순간 멀리서 큰북 소리가 점점 다가오듯 두통이 밀려왔다.

문이 닫혔다. 그리고 전철이 움직이기 시작했다. 메구미는 살짝 손을 흔들었다. 나도 손을 흔들었다.

큰북 소리가 머릿속에서 점점 더 커졌다. 둥, 둥, 둥. 전철을 보내고 나니 서 있기도 힘들어 그 자리에 쭈그리고 앉았다. 구역질이 올라오고 현기증이 났다. 머리를 감싸 안았다.

"저기요…… 괜찮으세요?" 누가 말을 걸었다. 괜찮다는 표시로 손을 저었다.

이내 머릿속이 평정을 되찾았다. 큰북 소리가 잦아들고 두통도 사라졌다. 나는 쭈그려 앉은 채 철로 끝을 보았다. 물론 메구미가 탄 전철은 이미 보이지 않았다.

왜 이리 어쩔 줄 몰라 하는가.

기껏해야 여자 한 명 없어졌을 뿐 아닌가.

나는 일어서서 의아한 눈빛으로 바라보는 사람들을 한 차례 쏘아본 뒤 걷기 시작했다.

7월 14일 토요일 (흐림)

어쩜 이리 무기력하고 비겁할까. 결국 준에게서 도망치고 말았다.

나를 사랑하지 않는다는 걸 깨달아서? 아니다. 준의 변화가 단순한 변심처럼 저속한 것이 아니라는 사실은 내가 제일 잘 안다. 그리고 그것 때문에 그가 괴로워하고 있는 게 틀림없다는 사실도.

그런데 도망쳤다. 어째서? 준을 위해서도 더 나은 길이라는 건 나중에 억지로 만들어낸 이유에 지나지 않는다.

솔직히 무서웠다. 앞으로 무슨 일이 일어날지 예측할 수 없다. 도저히 견뎌낼 수 없을 것 같다.

전철이 멈출 때마다 돌아갈까 생각했다. 돌아가 준에게 힘이 되어주어야 한다. 하지만 그러지 못했다. 용기가 없었다. 나는 무기력한 인간이다.

집에 돌아오니 다들 반갑게 맞이해주었다. 맛있는 음식과 술, 하지만 전혀 즐겁지 않다.

아아, 하나님. 준을 위해 기도합니다. 그를, 저의 준을 구원해주세요.

24

나는 새 부서에 배치되었다. 가솔린 엔진용 연료분사 장치를 만드는 제조라인이었다. 이런 라인은 거의 전자동화가 진행됐는데 그럴수 없는 과정이나 사람을 쓰는 게 더 쌀 경우에만 작업자가 붙는다.

컨베이어벨트를 타고 부품이 흘러온다. 팔레트라고 부르는 사각 케이스에 부품 열 개가 담겨 있다. 연료분사 장치의 분사 부분이다. 그리고 이런 부품의 분사량을 일정하게 만드는 것이 내 일이다. 기계에 세팅해 연료와 비슷한 특수 오일을 실제로 분사해보고 그 양이 표준치가 되도록 조절한다. 기계가 열 대이고 부품도 열 개. 다음 팔레트가 도착하기 전에 마치지 않으면 부품이 점점 밀리게 된다.

내 몸이 기계의 일부분이 된 기분이었지만 이 작업장에도 장점은 있었다. 한 가지는 하루 종일 다른 사람과 얼굴을 마주 볼 일 없이 지낼 수 있다는 점이다. 또 한 가지는 머릿속을 텅 비울 수 있다는 점이다. 쓸데없는 생각을 하지 않아도 된다. 하지만 아무 생각도 하지 않는 것이 내 뇌에 과연 좋은 일인지는 알 수 없었다. 같은 동작만 반복하면 의식이 툭 끊어지는 일이 있다. 이렇게 의식의 에어포켓이 생긴 뒤에는 왠지 주변 세상이 조금 일그러진 것처럼 느껴진다. 그리고 그 현상은 내게 아주 불길한 예감을 주었다.

이런 생활을 사흘쯤 계속했을 때 사가 미치히코에게 전화가 왔다. "지난번에 말씀드린 일 말입니다. 다음 일요일은 어떠신지요?" 변호사는 밝은 목소리로 물었다.

지난번 일이라면 사가 씨 집 방문을 말하는 것이리라. 별로 내키지는 않았지만 거절할 핑계도 떠오르지 않았다. 지금 거절해봐야 또 다른 식으로 초대할 게 틀림없다. 그렇다면 그냥 빨리 처리해버리는 편이 낫다. 일요일이라 괜찮다고 대답했다.

"잘됐네요. 함께 오실 분도 시간을 낼 수 있죠?"

"아뇨. 못 갑니다. 지금 고향집에 가 있어서요."

"그래요? 조금 일찍 모실 걸 그랬습니다." 사가는 자못 아쉽다는 듯이 말했다.

토요일이 되어 도와 대학 연구실을 방문했다. 사실 별로 오고 싶지 않았지만 다치바나 나오코와 약속한 일이다. 당장은 그 약속을 지키기로 했다.

이날 와카오 조수는 내게 이상한 검사를 했다. 먼저 이상하게 생긴 안경을 씌웠다. 그 안경에는 셔터가 달려 있어 좌우 시야를 차단할 수 있다. 또 차단된 시야 안쪽에 여러 가지 영상을 비출 수 있었다. 그리고 바로 앞에 있는 책상 위에는 컴퍼스나 나이프 같은 자질 구레한 물건과 사과나 밀감 같은 과일 종류가 어지럽게 놓여 있었다. 이런 상태에서 와카오 조수가 말했다. "지금부터 오른쪽 눈에만 정보를 줄 겁니다. 보인 것과 같은 물건을 왼손으로 집으세요."

제일 먼저 오른쪽 눈에 비친 것은 가위였다. 아주 잠깐이었지만 영상은 또렷하게 보였다. 나는 왼손을 책상 위로 가져가 같은 물건을 찾았다. 가위는 바로 찾아냈다.

"좋아요. 그럼 다음은 오른손으로 해보세요."

오른쪽 눈에 사과가 보였다. 나는 망설임 없이 사과를 집었다.

계속해서 왼쪽 눈에 영상이 비치고 그걸 오른손으로 집기도 하고 왼손으로 집기도 하는 실험이 이어졌다. 왜 이런 실험을 하는지는 전혀 알 수 없었다. 검사 의도를 묻자 '뇌 장애 유무를 조사하는 검사 가운데 하나예요. 나루세 씨는 문제가 없는 것 같네요'라는 답이 돌아왔다. 이렇게 어린애 속임수 같은 검사로 무얼 알아낼 수 있다는 걸까.

그 뒤로도 늘 하던 심리 테스트 등을 몇 가지 마치고 도겐 박사의 방으로 갔다. 지난번에 본 미쓰쿠니 교수라는 사람도 함께 있었다.

요즘 컨디션은 어떠냐고 박사가 묻기에 지난번과 마찬가지로 인격 변화를 호소했다. 박사도 지난번과 마찬가지로 뭔가 얼버무리려는 듯했다. 크게 대들지는 않기로 했다. 사실대로 이야기해줄 마음이 없는 사람에게는 무슨 소리를 해도 소용없다.

"그나저나 회사 생활은 어떤가? 뭐 바뀐 것은 없나?" 오늘은 내가 고분고분해 보이는지 박사는 기분 좋은 얼굴로 물었다.

"부서가 바뀌었죠."

"부서가? 흐음, 이번엔 어떤 일을 하지?"

"찰리 채플린이 나온 〈모던타임스〉란 영화하고 똑같죠." 나는 하는 일의 내용과 단조로운 반복 때문에 머릿속이 텅 비는 느낌이 든다는 점 등을 설명했다. 그러자 박사는 조금 어두운 표정을 지으며 물었다.

"무척 고단한 일인데 당분간 그 부서에 근무하게 되는 건가?"

"아마 그러겠죠." 내가 대답했다. 박사는 미쓰쿠니 교수와 얼굴을 마주 보았다. 두 사람이 무슨 생각을 하는지는 알 수 없다.

"자, 그럼 다음은 미쓰쿠니 교수에게 맡길까?" 도겐 박사가 이렇게 말하자 미쓰쿠니는 콧구멍을 벌름거리며 자리에서 일어났다. 하지만 나는 그 작은 남자에게 말했다.

"모처럼 오셨지만 이 치료는 거절합니다."

"어째서?" 미쓰쿠니는 뜻밖이라는 표정을 지었다.

"하고 싶지 않아서요. 그뿐입니다."

"하지만 당신이 지닌 여러 불안을 해소하기에는 가장 적합한 수단일 텐데."

"그건 교수님이 신뢰 가능하다는 전제가 있을 때 이야기죠."

미쓰쿠니는 불쾌하다는 듯이 입술을 꾹 다물었다. 내가 말을 이었다. "치료받는 중에 제가 난동을 부리면 큰일이겠죠?"

알고 있었느냐는 듯이 박사와 교수는 고개를 숙였다. 그 틈을 타

'그럼 이만' 하며 방을 나왔다.

대학 정문을 향해 걷는 중에 뒤에서 누가 부르는 소리가 들렸다. 다치바나 나오코였다. 나는 가슴이 설렜다. 이 여성은 흰 가운이 더 잘 어울리는지도 모르겠다.

"와주어서 안심했어요. 솔직히 좀 불안했거든요."

"약속했으니까. 그런데 그쪽은 어때요? 뭐 좀 알아냈으려나?"

"아직 아무것도. 하지만 최근에 열린 뇌이식위원회 긴급회의 자료를 발견했죠. 그건 위원이 아닌 사람에겐 열람금지라서 우리는 본 적이 없거든요. 거기 뭔가 나루세 씨에 대한 이야기가 적혀 있을지도 몰라요."

"꼭 보고 싶네요."

"가지고 나올 수는 없어요. 하지만 잘하면 몰래 볼 수는 있을지도 모르죠. 과장하는 게 아니라 그 자료는 금고 안에 있어요."

그 정도라면 더 읽어볼 만한 가치가 있다.

"읽어봐줘요. 나는 그쪽밖에 의지할 데가 없으니."

"해볼게요." 다치바나 나오코가 약간 쉰 목소리로 대꾸했다.

정문 앞에 이르러 나는 멈춰 서서 다시 그녀 쪽으로 돌아섰다. "내일 만날 수 있을까요?"

"내일? 왜요?"

"사가 미치히코 씨가 식사에 초대했는데 함께 갔으면 해서."

"사가? 아아……" 그 이름이 생각난 모양이다. "하무라 씨는?"

"지금 없어서. 고향에 내려가 있거든요."

"그렇군요." 망설일 때면 나오는 버릇인지도 모른다. 다치바나 나오코는 몇 번이나 눈을 깜빡거렸다.

"그리고 의사와 환자라는 처지를 떠나서 다치바나 씨를 만나고 싶어서요."

그녀가 숨죽인 것이 느껴졌다. 잠깐 침묵이 흐른 뒤 다치바나 나오코가 말했다. "몇 시에 가면 되죠?"

"오후 6시 반에 데리러 온다고 하네요."

"그럼 6시까지 갈게요."

"기다릴게요." 나는 오른손을 내밀었다. 다치바나 나오코는 잠깐 머뭇거리더니 그 손을 잡았다.

7월 21일 토요일

검사 결과를 보고 깜짝 놀랐다. 변화 정도가 급격하게 커지고 있다. 원인 가운데 하나로 나루세 준이치의 생활 환경 변화를 들 수 있다. 본인 이야기에 따르면 정신의 파괴를 촉진하는 부서로 옮긴 모양이다. 어떻게든 손을 써야 하겠다. 내 인터뷰에는 비교적 온순하게 대응했지만 분명 마음을 온전히 열지는 않았다. 오히려 반대였다. 사람에 대한 불신이 깊어 자기 방어를 위한 껍질이 생겼다. 그 증거로 미쓰쿠니 교수의 정신분석 치료법을 거부했다.

그의 증상을 일종의 내인성 정신병이라고 판단해야 할지를 두고 의견이 갈린다. 정신분열이라는 관점에서 보려면 뇌 안의 분자가 어떻게 활동하는지 더 꼼꼼하게 조사해보아야 한다. 특히 A10신경이 과잉 활동을 보인다는 소견이 유력하다. 다만 정신장애의 방아쇠는 원래의 뇌가 아니라 이식한 뇌일 거라는 점이 골치 아프다. 이식한 뇌에서 비롯된 네거티브한 피드백 컨트롤이 다른 부분에서도 이루어지고 있다고 봐야 한다.

어쨌든 그를 이대로 방치해서는 안 된다. 이 문제는 우리 분야를 폐쇄하고 말 위험성을 잉태하고 있다.

25

일요일에는 아침 일찍 일어나 간단하게 청소를 하고 방 안을 정리했다. 애인을 처음으로 집에 부를 때나 느끼는 긴장감이었다. 나는 메구미를 떠올렸다. 그때도 이런 기분이었던가? 그 기억은 어제 일처럼 또렷하기는 했지만 들뜬 기분이나 적당한 긴장감 같은 것은 상기되지 않았다.

6시 정각에 다치바나 나오코가 도착했다. 블라우스에 스커트를 입은 수수한 복장이었지만 금빛 귀걸이 덕분에 여느 때와 또 다른 인상을 풍겼다. 잘 어울린다고 하자 '그런가?'라며 살짝 기쁜 표정을 지었다.

"이야기한 건 어떻게 되었죠?" 알아보겠다고 한 위원회 자료에 대해 물었다.

"생각보다 어려울지 모르겠네요. 박사님 눈을 피해 자료를 읽는다는 게 말처럼 그렇게 쉬운 일은 아니라서." 다치바나 나오코는 얼굴을 살짝 찡그렸다.

"컴퓨터에 입력된 정보를 빼낼 수는 없나요?"

"시도하고 있지만 암호를 모르면 빼낼 수 없죠. 그래도 조금 있으면 암호도 풀릴지 모르겠어요."

"잘 부탁해요."

"기대대로 될지 어떨지는 모르지만." 그녀는 쓴웃음을 짓고 나서 진지한 표정으로 되돌아가더니 한숨을 내쉬었다. "내가 이런 소리를 하는 건 이상할지 모르지만 역시 뭔가 수상하긴 해요. 아무리 극비 프로젝트라고 해도 비밀로 하는 부분이 너무 많은 것 같아."

"폭로당하고 싶지 않은 부분이 있어서겠죠. 그게 내 몸에서 일어나는 이변과 관계되어 있는 게 틀림없어요." 내가 말했다.

"그럴지도 모르죠." 다치바나 나오코가 작은 목소리로 말했다.

6시 25분에 우리는 방을 나섰다. 아파트 앞으로 가니 바로 흰색 볼보가 나타났다. 사가 씨가 차에서 내려 인사했다. 나오코가 함께 갈 거라는 건 오늘 전화로 미리 알려두었다.

"이제 오늘 마련한 자리가 더욱 빛나겠군요." 사가가 틀에 박힌 칭찬을 했다.

나오코와 나란히 뒷좌석에 앉자 사가는 차를 출발시켰다. 승차감이 나쁘지 않았다.

"아내가 기대하고 있습니다. 있는 솜씨를 다 동원하겠다고 하더군요. 그리 자랑할 만한 솜씨는 아닙니다만."

"가족은 부인과 따님뿐인가요?" 나오코가 물었다.

"예, 셋입니다. 애를 하나 더 원했는데 결국 생기지 않아서."

사가의 눈이 룸미러를 통해 우리를 보았다. 하나뿐인 자식을 구해준 데 대한 뜨거운 감사의 마음을 전하려는 시선이었으리라. 하지만 나는 그 시선이 답답해 눈을 피했다.

사가의 집은 도심에서 조금 떨어진, 언덕이 많은 주택가에 있었다. 담이 둘러싸고 있고 정원에 심은 나무는 도로를 덮듯 가지를 뻗었다. 수도권에 이만한 집을 마련한다는 건 대단한 일이다.

차에서 내려 문 앞에 서니 안에서 보고 있었는지 현관문이 열리며 사가 부인이 나왔다. 그녀는 전보다 훨씬 밝은 표정으로 우리를 맞아주었다.

"잘 오셨어요. 몸은 좀 어떠세요?"

"괜찮습니다. 초대해주셔서 감사합니다." 틀에 박힌 인사다.

"딱딱한 인사는 생략합시다. 안으로 들어가시죠." 사가가 우리 등을 밀었다.

먼저 응접실로 안내되었다. 다섯 평쯤 되는 방에 몸이 파묻힐 만큼 푹신해 보이는 소파가 놓여 있었다. 나와 나오코는 안쪽 긴 의자에 나란히 앉았다.

"멋진 집이군요. 게다가 지은 지 얼마 되지 않은 것 같고." 실내를 둘러보면서 내가 말했다.

"작년에 지었습니다. 그전까지는 아파트에 살았는데 역시 단독주택이 좋아서."

"아무리 좋아도 능력이 없으면 지을 수 없죠." 솔직한 감상을 이야기했다. "이런 장소에 신축 단독주택이라니, 평범한 직장인에겐 꾸기도 힘든 꿈입니다."

그러자 사가는 머리를 긁적였다. "변호사가 돈을 잘 버는 건 아닙니다. 돌아가신 아버지께서 땅을 좀 가지고 계셨거든요. 그 덕을 본 겁니다."

"부럽네요." 총 맞았을 때를 떠올렸다. 그날 사가 부인은 부동산 회사 지점장과 즐겁게 이야기를 나누고 있었다. 남는 땅을 어떻게 효과적으로 이용할지 의논하고 있었는지도 모른다.

사가의 부인이 커피를 끓여 나왔다. 그녀가 응접실 문을 열었을 때 피아노 소리가 들려왔다. 무슨 영문인지 가슴이 뜨끔했다.

"저 피아노 소리, 따님이 치는 건가요?" 나오코도 그 소리를 듣고 부인에게 물었다.

"맞아요. 세 살 때부터 선생님을 모셔 배우는데 통 늘지 않네요." 부인은 커피를 내려놓으며 쑥스럽다는 듯 웃었다. "곧 끝날 테니 바로 내려와 인사드리게 하겠습니다."

"신경 쓰지 마세요." 내가 말했다. 그리고 방을 나가려는 부인을 불러 세워 이렇게 덧붙였다 "문을 열어놔주시겠습니까? 따님 연주를 듣고 싶어서요."

"어머, 들려드릴 만한 솜씨가 아닌데." 그러면서도 부인은 기쁜 듯이 내 바람대로 문을 열어둔 채 나갔다.

"음악에 관심이 있으십니까?" 사가 변호사가 물었다.

"아뇨, 특별히 관심이 있는 편은 아닙니다. 방에는 오디오기기도 없고 이따금 FM방송으로 듣는 정도죠." 실제로 내가 음악을 즐기는 수준은 그 정도였다. 그런데 오늘은 이상하게 피아노 음색이 마음을 끌었다. 대단한 연주 솜씨도 아닌데 말이다. 그리고 피아노 소리에 마음이 끌린 게 오늘이 처음은 아니라는 사실이 떠올랐다. 술집에서 소란을 피웠을 때도 계기는 피아노 연주였다.

"결혼할 때부터 아내는 딸이 태어나면 발레와 피아노 둘 중 하나는 가르치자고 했죠. 어느 쪽을 하더라도 재능을 보면 그리 기대할 만하지 못하지만 그나마 악기 쪽이 좀 낫지 않을까 싶어서요." 사가는 딸 걱정하는 아버지의 표정을 지었다

"그렇지만 아직 초등학교에도 들어가기 전이잖아요? 저만큼 칠 수 있으면 충분하다고 생각하는데요." 나오코가 감탄했다는 듯한 말투로 이야기했다.

"아, 그런가요? 전 잘 모르겠어서." 사가 변호사는 곡에 맞추어 손가락을 움직였다.

분명히 연주가 매끄러웠다. 막히거나 음이 틀린 곳이 적었다. 제목도 작곡가 이름도 모르지만 들은 적이 있는 곡이다. 무의식중에 엄지발가락으로 리듬을 타고 있었다.

하지만 몇 차례 듣다 보니 마음에 걸리는 부분이 있었다. 아무래도 이해가 되지 않았다. 연주 솜씨가 모자라기 때문은 아니다. 더 근본적인 문제였다.

"왜 그러십니까?" 내가 계속 고개를 갸웃거리는 모습을 보고 이

상하다는 생각이 들었는지 사가가 물었다.

"아뇨, 별일은 아닙니다." 그렇게 말하고 다시 귀를 기울여보았다. 역시 틀림없다. 나는 사가에게 말을 꺼냈다. "피아노 음이 좀 이상하군요."

"아, 그런가요?" 갑자기 의외의 말을 들었다는 표정으로 사가도 귀를 기울였다. 연주는 계속 이어졌다.

"예, 바로 지금." 내가 말했다. "여기가 미묘하게 틀려요. 아, 지금도 그렇다. 제 말이 맞죠?"

사가는 고개를 저었다. "죄송하지만 저는 모르겠습니다."

"저도 모르겠군요. ……정말 그렇게 들려?" 나오코도 의아하다는 듯이 말했다.

"왜 안 들리는지 모르겠네. 내 귀에는 확실하게 들리는데."

이윽고 피아노 소리가 멈추고 계단을 내려오는 발소리가 들렸다. 레슨이 끝난 모양이다. 입구 쪽으로 머리가 긴 여성이 지나갔다.

"마키노 선생님." 사가가 그 여성을 불렀다. '예' 하고 그 여성이 대답했다.

"여기 계신 분께서 피아노 음이 좀 이상하다고 하시는데요."

"예?" 마키노 선생이라고 불린 여성은 살짝 놀란 표정으로 나를 보았다. 나는 멜로디를 흥얼거리고 말했다. "이 부분의 소리가 유난히 이상한 것 같았는데요."

마키노 선생은 미소 지은 얼굴로 끄덕이며 사가에게 말했다. "예. 맞습니다. 조율하실 때가 된 것 같아요." 그리고 다시 내 쪽으로 시선을 돌리고 말했다. "그런데 잘 잡아내셨네요. 일반인은 어지간해선 모를 거라고 생각했는데. 혹시 음악하시는 분인가요?"

"아뇨, 전혀." 내가 대답했다.

"어머, 그럼 천부적으로 좋은 음감을 타고 나신 거네요. 부럽습니다." 마키노 선생은 감탄한 표정으로 말하더니 '그럼 이만 실례하겠습니다'라며 고개를 숙이고 나갔다.

마키노 선생이 간 뒤 사가가 말했다. "그런 대단한 음감을 지녔는데 음악을 하지 않으시다니 아깝군요. 정말 악기를 배운 적 없으십니까?"

"예……." 스스로 생각하기에도 이상한 기분이었다. 음감이 좋다는 말을 들어본 적이 없다. 초등학교 음악 수업시간에 화음을 구분하는 테스트가 있었는데 전혀 알 수 없어 어림짐작으로 대답했던 기억이 난다. 오히려 피아노 소리가 그렇게 이상한데도 사가나 나오코가 알아차리지 못하는 게 이해되지 않았다.

그런 생각을 하고 있는데 사가의 딸 노리코가 나타났다. 긴 머리를 포니테일 스타일로 묶었다. "안녕하세요?" 노리코가 허리를 깊숙하게 숙이며 인사했다.

"아, 안녕?" 나도 웃는 표정을 지었다. 하지만 노리코의 얼굴을 본 순간 심한 현기증이 밀려왔다. 무릎이 꺾여 바닥에 손을 짚었다.

"왜 그래요?"

"몸이 안 좋으신가요?"

"아뇨, 아무것도 아닙니다. 앉았다 일어서면서 잠깐 어지러워서.

이제 괜찮습니다." 나는 소파에 다시 앉았지만 스스로 느끼기에도 얼굴이 창백해졌다.

"좀 누우시는 게 좋겠습니다."

"아뇨. 정말 괜찮습니다." 두세 차례 심호흡을 하고 사가를 보며 고개를 끄덕였다.

"현기증?"

나오코가 작은 목소리로 물었다. 나는 괜찮다고 대답했다.

잠시 후 부인이 식사 준비가 다 되었다고 부르러 와 만찬을 위해 식당으로 옮겼다. 테이블에는 흰 식탁보가 깔려 있어 진짜 레스토랑 같았다. 부인의 요리 솜씨도 어떤 손님에게 내놓건 부끄럽지 않을 정도로 훌륭했다.

"건강을 회복해서 정말 다행이에요. 무사히 퇴원하실 때까지 얼마나 마음을 졸였는지." 부인이 내 잔에 와인을 따라주며 말했다.

"여러모로 신경 써주셔서 감사합니다."

"아, 그런 말씀 하시지 않으셔도 됩니다. 여보, 당신 표현이 좀 잘못된 것 같네. 우리가 마음 졸인 걸 나루세 씨께서 굳이 아셔야 할 건 없잖아." 사가가 타이르듯 말하자 부인이 사과했다.

"그렇군요. 미안합니다."

나는 될 수 있으면 와인을 많이 마시지 않으려고 조심하면서 식사했다. 와인도 술이다. 언제 또 어떤 충동이 일어날지 모른다.

문득 시선이 느껴져 앞을 보니 노리코가 식사를 하지 않고 나를 물끄러미 바라보고 있었다. 외국 인형처럼 눈이 컸다.

234

"왜 그러니, 노리코?" 사가도 이상하다는 걸 눈치채고 딸에게 물었다.

"저 아저씨……" 노리코가 입을 열었다. "전에 만난 그 아저씨 아니야."

순간 분위기가 경색되어 다들 서로 얼굴을 마주 보았다. 부인이 웃으며 노리코에게 말했다. "무슨 소리니? 함께 인사드리러 가기도 했잖아. 까먹었어?"

"아니야." 소녀는 고개를 저었다. "저 아저씨 아니야."

나는 입안이 바짝 말라붙는 느낌이 들었다. 아이들은 예리하다.

"건강해지셔서 분위기가 좀 달라졌지만 전에 병원에서 만난 아저씨 맞아. 자, 잘 봐."

어린이의 감수성을 이해하지 못하는 사가는 딸이 말실수를 했다고 여겨 분위기를 무마하느라 허둥지둥했다. 부인도 수습하려고 웃음을 지었다. 하지만 나오코만은 아무 말도 없이 고개를 숙이고 있었다.

"얘야, 네 말이 맞아. 다른 사람이야." 내가 노리코에게 말했다. "난 그 아저씨 동생이야. 우린 쌍둥이거든."

그러자 노리코는 잠시 내 얼굴을 보더니 아버지의 옆구리를 찌르면서 말했다. "거봐, 맞잖아."

사가는 곤혹스러운 얼굴로 나를 보았지만 나는 모른 척했다.

식사하면서 별로 흥이 나지 않는 대화를 나누었다. 주로 부인과 나오코가 이야기했고 거기에 사가가 끼어드는 식이었다. 나는 오로지 듣는 역할만 했다.

"노리코는 피아노 잘 치네." 나오코가 노리코에게 말을 건 것은 소녀가 심심해하기 시작했기 때문일 것이다. 노리코는 뺨에 보조개를 지으며 말했다. "응, 피아노 정말 좋아해."

"아저씨한테 한 곡 연주해주지 않겠니?" 식사를 마친 뒤 커피를 마시며 내가 말했다.

"좋아. 뭐 쳐줄까?" 노리코가 의자에서 내려섰다.

"다 먹고 해야지" 부인이 나무랐다. 노리코 앞에 놓인 접시에는 아직 요리가 많이 남아 있었다.

"난 이제 배불러. 그만 먹을래."

"그렇지만 아저씨도 아직 커피 드시고 계신데."

"아뇨. 다 마셨습니다." 남은 커피를 들이켜고 의자를 뒤로 물려 자리에서 일어났다. "식사 맛있게 잘 했습니다. 자, 노리코. 이제 연주 들려줄래?"

"응, 이쪽." 노리코가 달려갔고 그 뒤를 따랐다.

피아노는 계단을 올라가 바로 나오는 방 안에 있었다. 꽃무늬 벽지에 어디를 봐도 여자아이 방이라는 느낌이었다. 아마 부인의 취향이리라

"아무거나 쳐도 돼?" 악보를 뒤적거리며 노리코가 물었다. 뭐든 괜찮다고 하자 그럼 요즘 연습하는 곡을 치겠다면서 악보를 펼쳤다.

그 곡 연주를 들어보니 노리코의 솜씨는 결코 뛰어난 편이라고는 할 수 없었다. 자주 틀렸고 걸리는 부분도 많았다. 게다가 아까 지적

했듯이 피아노 음 자체가 문제인 곳도 있다. 그래도 피아노 음색은 내 뇌에 스며드는 듯했다. 왜 이렇게 마음이 끌리는지 이해할 수 없었다. 며칠 전 바에서 난동을 부렸을 때 왜 중년 피아니스트가 연주하는 곡에 매료되었는지 이해할 수 없었던 것과 마찬가지로.

나는 노리코의 작은 손이 건반 위에서 움직이는 모습을 뚫어지게 바라보았다. 흰 건반이 강물 수면처럼 출렁거렸다.

불공평…… 노리코의 옆얼굴을 보고 있는데 이 단어가 머릿속에 떠올랐다. 세상은 불공평으로 가득 차 있다. 이 소녀는 평생 가난 같은 단어와 인연이 없으리라. 죽도록 일해도 집 한 채 지을 수 없는 인간이 존재한다는 사실 따위는 의식할 일조차 없을 게 틀림없다. 그래서 이런 불공평이 존재한다는 사실에 아무런 의문도 품지 않을 것이다. 재능이 눈곱만큼도 없으면서 피아노 레슨을 받을 수 있다.

노리코의 흰 목이 눈에 들어왔다. 당연하다는 듯 행복을 누리는 이 소녀에게 돌발적인 불행이 찾아오게 할 수도 있다. 나는 내 손가락이 움직이는 걸 느꼈다. 워밍업하듯 두 손의 모든 손가락이 꿈틀거리기 시작했다.

갑자기 시야가 뿌예졌다. 가벼운 현기증, 그리고 구역질. 집 전체가 흔들린다. 피아노 소리가 멀어졌다. 노리코가 치는 피아노 소리인가? 아니, 노리코가 아니다. 더 먼 기억 속에서 들려오는 소리였다.

누가 어깨를 흔들었다. 고개를 들었다. 정신을 차리니 나는 바닥에 무릎을 꿇고 피아노에 엎드려 있었다.

"왜 그래?" 돌아보니 어깨에 손을 얹은 사람은 나오코였다. 그 뒤에 사가가 걱정스러운 표정을 짓고 있었다. 노리코는 사가 옆에서 겁먹은 눈으로 나를 보았다.

"괜찮으십니까?" 사가가 걱정스러운 목소리로 물었다.

"괜찮습니다. 잠깐 현기증이 나서."

"조금 전에도 그런 말씀을 하셨는데. 좀 피곤하신 거 아닌가요?"

"예. 아무래도 그런 모양…… 오늘은 이쯤에서 실례해야 하겠습니다."

"그게 나을 것 같군요. 모셔다 드리죠."

"죄송합니다." 나는 일어서며 사과했다. 노리코가 사가 뒤에서 얼굴을 내밀며 내게 말했다. "또 와."

"그래, 담에 또 보자." 내가 대답했다. 나오코가 무척 불안한 표정이라 나중에 이야기하겠다는 뜻을 담아 눈짓했다.

돌아오는 차 안에서 사가는 계속 몸이 괜찮은지 물었다. 이제 괜찮다는 대답을 몇 번이나 했다.

"그보다 노리코가 겁을 먹게 해서 마음에 걸리는군요. 미안하다고 전해주세요."

룸미러 안에서 사가가 웃었다. "겁먹지 않았습니다. 좀 놀랐을 뿐이겠죠. 또 오시라고 했을 정도니까 즐거웠을 겁니다."

"그러면 다행입니다만."

사가는 내가 노리코에게 살의를 품었다고는 상상도 못하리라.

"정말 다시 들러주세요. 그때는 애인분도 꼭 함께."

"……아, 예."

"오늘 뵙지 못해 아쉽네요. 참 예쁜 분이시던데."

내가 입을 다물고 있자 옆에서 나오코가 '예, 아주'라고 했다. 사가는 핸들을 꺾으며 고개를 끄덕이고 물었다. "그분하고는 사귀신 지 얼마나 됐습니까?" 메구미 생각은 별로 하고 싶지 않은 나는 기분이 상했다.

"일 년 반쯤 됩니다. 제가 자주 찾는 화방에서 일하고 있었죠."

"아아, 그렇군요. 그러고 보니 나루세 씨는 그림 그리는 걸 좋아하신다고 했죠? 어떻습니까? 요새 좀 그리신 거 있나요?"

"아뇨. 요즘은 별로……." 내가 말끝을 흐렸다.

"그러세요? 뭐 일이 바쁘실 테니. 제 친구 가운데 공모전에 자주 출품하는 녀석이 있습니다. 운이 좋아서 입선한 적도 있기는 하지만 대개 떨어진다더군요." 내 기분을 맞추려고 마음을 쓰기 때문인지 사가는 그림 이야기를 계속하려고 들었다. 하지만 나는 이 화제가 그리 즐겁지 않았다.

"라디오 좀 켜주실 수 있겠습니까?" 대화가 잠깐 끊긴 틈을 타 내가 말했다. "프로야구 경기 결과를 알고 싶어서요."

"아, 좋죠. 오늘은 어떻게 되었을까요?" 사가가 스위치를 켰지만 흘러나온 것은 오케스트라 연주였다.

"모차르트네." 나오코가 말했다.

"그렇군요. 어디서 야구 중계를 할 텐데……."

"아뇨, 그냥 두시죠." 사가가 다른 방송으로 돌리려고 튜너 쪽으로 손을 옮기려는 걸 말렸다. "야구보다 이쪽이 낫겠네요."

"그럴까요? 하기야 경기 결과는 뉴스로 들으면 되니까요."

좁은 차 안이 잠시 아름다운 음악으로 가득 찼다. 진짜 음악회에 와 있는 느낌이 들었다. 나오코와 사가도 연주에 귀를 기울이는 모습이었다.

"노리코의 피아노 솜씨도 이런 수준까지 가주면 좋을 텐데요." 연주가 끝난 뒤에 사가가 쓴웃음을 지으며 말했다. "음악적 재능은 세 살쯤이면 결정된다고 하니 이미 늦었는지도 모르겠습니다."

"노리코라면 괜찮을 거예요. 그치?" 나오코가 동의를 구하는 바람에 형식적으로 고개를 끄덕였다. 솔직한 의견을 이야기하자면 아까들은 연주 정도로는 음악적인 감각이 뛰어나다고 할 수 없다. 하지만 여기서 굳이 아버지를 실망시킬 일도 없다.

"그러고 보니 그 남자도 음악가 지망생이었다더군요." 룸미러 안에서 사가의 눈이 의미심장하게 빛났다.

"그 남자요?" 내가 물었다.

"교고쿠 슌스케. 나루세 씨를 쏜 강도요."

"아아……" 그 이름을 오랜만에 들었다. "그 사람이 음악을요?"

"뜻밖에 꽤 본격적으로 했답니다. 음악대학을 나오기도 했고요. 자세하게는 모릅니다만."

"경제적으로 넉넉하지 못했다고 들었는데요."

"맞습니다. 그래서 꽤 힘들게 공부했겠죠. 세상을 떠난 모친이 아주 야무진 분이었다고 들었습니다."

교고쿠의 아버지는 부동산 회사 사장인데 교고쿠 모자에게 아무런 도움도 주지 않았다고 한다.

"그런가요? 그 녀석이 음악을······."

마음에 걸리는 게 있었다. 그 모양은 아메바처럼 확실하지 않지만 계속 마음속에 달라붙어 떨어지지 않았다.

교고쿠가 음악을······.

그게 어떻다는 건가. 흔한 이야기다. 세계적으로 보더라도 요즘 젊은이들의 가장 큰 관심사는 음악이라는 기사도 읽은 적이 있다.

"괜한 걸 생각나게 해드린 것 같군요. 조심해야 하는 건데, 죄송합니다." 내가 아무 말도 없기 때문인지 사가가 눈치를 보며 말했다.

옆을 보니 나오코도 나를 보고 있었다. 같은 생각을 하고 있다는 직감이 들었다. 그 증거로 그녀는 미간을 찌푸린 채 살짝 고개를 저었다. 나오코가 눈으로 말하고 있었다. 설마, 그럴 리 없어, 라고.

이윽고 차가 아파트에 도착했다. 사가에게 고맙다는 인사를 하고 내리자 나오코도 따라 내렸다.

"그냥 사가 씨 차를 타고 가지 그래?" 내가 말했다.

"혼자 놔둘 수가 없어서. 지금 나루세 씨가 생각하는 건 망상이에요. 그런 일은 있을 수 없어."

"뭐가 망상이라는 거지? 이렇게 앞뒤 딱딱 맞아떨어지는 이야기가 어디 있다고."

"그런 바보 같은 짓을 도젠 박사가 할 리 없잖아?"

우리가 차 밖에 선 채로 이야기하고 있자 사가가 의아한 표정으로 나를 보았다.

"차에 타." 내가 말했다. "어쨌든 오늘 밤에는 나 혼자 생각하고 싶어."

머뭇거리는 나오코의 등을 밀어 볼보 뒷좌석에 앉혔다. 그리고 사가에게 다시 말했다. "그럼 다음에 또 뵙겠습니다."

사가가 차를 출발시켰다.

멀어져가는 차를 지켜보았다. 나오코는 하소연하는 눈빛으로 계속 나를 바라보고 있었다.

26

이튿날인 월요일에 또 회사에 나가지 않았다. 상사에게서 잔소리를 좀 들었지만 아직 괜찮다.

구라타 형사를 만나러 경찰서로 찾아갔다. 안내 창구에 이야기하자 바로 나올 테니 대기실에서 기다리라고 했다. 대기실이라고 해봐야 허름한 긴 의자와 지저분한 재떨이가 놓여 있을 뿐이다.

형사는 십 분쯤 지나 나타났다. 여전히 거무스레한 얼굴에 코와 이마가 개기름으로 번들거렸다. 셔츠 소매를 걷어 올린 모습이 무척 열심히 일하는 사람처럼 보였다.

"아, 건강해 보이시는군." 구라타 형사는 내 얼굴을 보자마자 말했다. 만약 이 말이 진심이라면 이 사람의 관찰력도 대단할 게 없다.

"바쁘실 텐데 미안합니다. 여쭤보고 싶은 게 있어서요."

"흐음. 무슨 일이신지?"

나는 마른 입술에 침을 적시고 말했다. "그 강도 말입니다. 교고쿠라고 했나요?"

구라타 형사는 손목시계를 흘끔 보고 나서 말했다. "아하, 조용한 데로 가실까. 근처에 맛있는 커피를 마실 수 있는 가게가 있는데."

하지만 그가 추천한 가게의 커피는 그리 맛있지 않았다. 아주 쓴맛만 났다. 하지만 제일 안쪽 테이블에 앉으면 남의 귀를 걱정할 일 없이 밀담을 나누기에는 딱 좋았다.

"교고쿠가 살던 집은 현재 어떻게 되었습니까?" 내가 물었다.

"자세한 내용은 모르지만 사건 직후에는 여동생이 살고 있었을 텐데. 지금은 어떠려나. 이사하지 않았을까?"

"여동생이 있습니까?"

"모르셨나? 그렇다면 당신 병문안도 가지 않았다는 건가? 오빠가 저지른 짓에 대해 사과하는 게 당연한데 괘씸하군."

"교고쿠에게 여동생이 있다니 의외네요. 어머니가 미혼모였다고 하지 않았나요? 그런 상황에서 자식을 둘이나 낳았다는 겁니까?"

"그러고 싶어서 그런 건 아니지." 구라타 형사가 말했다. "이란성 쌍둥이니까."

"쌍둥이?" 뜻밖이었다

"게다가 아버지가 인정해주지 않으니 설상가상이었달까. 여동생이름은 료코. 한자로는 이렇게 쓰고."

그러면서 손가락에 물을 묻혀 테이블에 '亮子'라고 적었다.

"주소나 연락처는 아십니까?"

"모르는 건 아니지만 그런 걸 알아서 어쩌시려고? 분한 마음은 이해하지만 범인이 죽었는데 여동생에게 화를 내봐야 아무 소용없지 않나?"

형사의 말에 나는 미소를 지었다. "그럴 생각은 없어요. 그냥 교고쿠라는 사람을 좀 자세하게 알고 싶을 뿐이죠. 오래 입원해 있다 보니 그 사람에 대해 알 기회가 없었으니까요."

자세하게 알아서 무얼 어쩔 작정이냐고 묻고 싶은 눈치였지만 구라타 형사는 아무 말 없이 안주머니에서 수첩을 꺼냈다.

"방금 이야기했지만 지금은 여기 살지 않을지도 몰라."

"상관없습니다."

형사가 주소와 전화번호를 불러주었다. 주소는 요코하마였다. 나는 청바지 주머니에서 수첩과 볼펜을 꺼내 받아 적었다.

"교고쿠는 음악가 지망생이었다더군요."

수첩을 집어넣고 태연하게 물었다. 구라타 형사는 고개를 끄덕였다. "피아니스트가 되려 했다던가. 하지만 결국 포기하고 사건을 일으키기 전에는 술집 같은 데서 연주 아르바이트를 했던 모양이고."

"왜 포기했을까요?"

"글쎄. 어쨌든 예술은 쉬운 길이 아니니까."

그건 나도 잘 안다.

더는 물을 내용이 없어 '그럼 이만' 하며 일어섰다. 계산서를 집으려 했지만 형사가 먼저 낚아챘다.

"이 정도는 내게 해주시지. 전에 내가 협조를 받았으니까."

"하지만 사건수사에 공로를 세우지는 못했을 텐데요."

내가 말하자 형사는 한쪽 눈을 찡긋하며 쓴웃음을 지었다. "아픈 곳을 찌르시네. 설사 공로를 세우지 못하더라도 어떤 형태로든 해결하는 게 우리 일이니까. 당신 증언은 사건해결에 도움이 되었어."

그러더니 내 어깨에 손을 얹었다. "사건은 종결되었어. 당신도 빨리 잊는 게 좋아. 그리고 새 출발 하셔야지."

나는 슬쩍 웃었다. 아무것도 모르는 형사를 비웃었다. 사건이 끝났다고? 이제 시작일 뿐인데.

내 미소를 호의로 착각했는지 형사는 기분 좋게 계산대로 향했다.

카페 앞에서 구라타 형사와 헤어져 곧장 역으로 갔다. 작은 책방이 있어 지도를 구입해 방금 들은 주소를 찾아보았다. 전철을 타면 그 주소에서 가장 가까운 역까지는 얼마 걸리지 않는 거리였다.

나는 바로 표를 사 개찰구를 지났다.

어제 밤새도록 고민한 결과 교고쿠에 대해 알아보지 않을 수 없겠다는 결론에 이르렀다. 사가의 차 안에서 퍼뜩 떠오른 생각은 내 마음을 움켜쥐고 놔주지 않았다. 그걸 확실하게 해두지 않고서는 한 걸음도 나아갈 수 없다.

도너에 관한 문제였다. 지금까지 세키야 도키오의 뇌를 받았다고 알고 있었지만 진짜 그럴까?

도키오의 아버지에게서 도키오에 대한 이야기를 들었다. 소심하고 겁이 많으며 조용한 청년이라고 했다. 마치 예전의 나처럼.

그런 성격은 내가 막연히 떠올리는 가설과 맞지 않았다. 그 가설은 최근 내게 나타나는 인간성 변화는 도너의 영향 때문이라는 것이다. 정신적으로 불안정하고 지나치리만치 민감한 데다가 충동적이기까지 하다. 예전의 내게서는 볼 수 없던 모습이다. 그렇다면 도너의 성격이 모종의 형태로 표면화되었다고 생각해야 타당하지 않을까.

하지만 세키야 도키오의 성격에는 그런 요소가 거의 없다고 했다. 그러면 내 가설이 잘못된 걸까. 인간성 변화는 다른 원인 때문에 일어나는 걸까.

어젯밤 사가에게 들은 이야기는 다른 가능성을 시사했다. 교고쿠가 음악가 지망생이었다.

몇 가지 맞아떨어지는 요소가 눈길을 끈다. 키워드는 음악, 그리고 피아노다. 바에서 난동을 부릴 때도 그랬고, 사가 노리코의 연주를 들었을 때도 그랬다. 내 뇌는 피아노 소리에 이상한 반응을 나타냈다.

도너는 세키야 도키오가 아닌 교고쿠 슌스케일 수 있다는 생각이 터무니없지는 않을 것이다. 이제 이 가능성 말고 다른 설명은 어색하지 않은가. 교고쿠 슌스케의 뇌가 아니라면 어떤 이유로 여태 음악에 관심이 없던 내가 갑자기 음감이 좋아진다는 말인가.

도겐 박사를 비롯한 의료진이 도너의 신원을 숨긴 이유도 쉽게 상상할 수 있다. 이러니저러니 해도 교고쿠는 범죄자다. 그런 사람의 뇌를 이식한다면 인도적으로 보더라도 여러 문제가 생긴다. 게다가 환자는 그 범인의 피해자다.

성격이 바뀌는 것 같다는 하소연을 박사가 모두 묵살한 이유도 이해가 간다. 그 부분을 파고들면 도녀의 정체를 밝히는 일로 이어지기 때문이다.

교고쿠의 뇌가 내게 영향을 미치고 있다는 사실을 박사는 당연히 알 것이다. 며칠 전 와카오 조수가 오래간만에 청력 테스트를 했는데 그건 틀림없이 음악가 지망생 교고쿠의 요소가 나타나는지 확인하기 위해서였으리라. 그리고 테스트 결과는 틀림없이 영향이 인정되는 쪽으로 나왔을 것이다. 나는 만점에 가까운 성적을 받았을 거라고 확신하기 때문이다.

게다가 심리학자의 수상한 정신분석. 그것도 내 안에 숨어 있는 교고쿠의 그림자를 찾아내려 한 것으로 보인다.

이 정도로 확실한 이상 교고쿠에 대해 조사하지 않을 수는 없었다. 조사해서 어떻게 할지는 아직 생각하지 않는다. 그냥 알고 싶다. 이 변신을 막을 방법을. 그리고 만약 막을 수 없는 것이라면 종착점이 어떨지 알아두고 싶다. 내겐 그럴 권리가 있을 것이다.

몇 차례 전철을 갈아타고 두 시간 걸려 원하는 역에 도착했다. 넓은 도로가 바로 옆을 지나는 큰 역이었다.

파출소에 들러 길을 물었다. 그 주소까지는 걸어서 몇 분 걸리는 듯했다. 파출소에서 나오니 공중전화가 보였다. 미리 전화를 해둘까 생각했지만 그냥 걷기 시작했다. 상대방에게 마음의 준비를 할 여유를 주지 않는 편이 진상을 파악하는 데 더 나을 것 같았다.

경찰관이 가르쳐준 대로 가니 좁고 구불구불한 길로 들어섰다. 노상주차한 차가 많아 길이 더 좁아졌다. 길 양쪽에 작은 단독주택과 연립주택이 빽빽하게 들어섰다.

교고쿠의 집도 거기 있었다. 대지는 십 몇 평쯤 될까? 낡은 목조 2층 건물에 벽은 낡아서 거무스름하고 베란다 난간은 피부병에 걸린 것처럼 녹슬었다. 현관문을 최근에 바꿔 달았는지 거기만 묘하게 돋보여 오히려 비참한 인상을 주었다. 문패에 교고쿠라는 성이 적혀 있는 걸 보니 아직 남의 손에 넘어가지는 않은 모양이다. 그렇다고 누가 살고 있다는 보증도 없었다.

엉성한 인터폰이 붙어 있어 눌러보았다. 집 안에서 초인종 울리는 소리가 들렸다. 두 번 눌렀지만 반응이 없었다.

"교고쿠 씨에게 볼일 있으신가요?"

옆에서 불쑥 소리가 났다. 옆집 창문에 주부로 보이는 여성이 보였다. 머리카락을 짧게 자른 서른 살쯤 되어 보이는 여성이었다.

"잠깐 뵐려고 왔습니다만…… 지금 여기 살지 않나요?"

"아뇨, 살아요. 그렇지만 일하러 나가지 않았을까? 늘 밤늦게 돌아오는 것 같던데요." 주부는 입술을 흉하게 찡그렸다.

"근무하는 곳이 여기서 가깝습니까?"

그러자 주부는 싸늘한 웃음을 지었다. "그걸 근무하는 곳이라고 할 수 있으려나?"

"술 파는 곳인가요?"

"초상화 그려요. 다른 아르바이트도 하는 것 같지만 다 꾸준히는 못 하는 모양이에요." 동정하는 게 아니라 누가 봐도 남의 불행을 기뻐하는 표정이었다. 내 눈 아래 살이 움찔움찔하는 게 느껴졌다.

"어디서 그리는지 아십니까?"

"글쎄요. 우리하곤 별로 왕래가 없어서요." 주부는 남의 일 이야기하듯 별로 신경 쓰지 않는다는 표정을 지으며 대답했다. "쉬는 날에는 멀리까지 나가는 모양이던데, 오늘 같으면 역 앞에 있지 않을까요?"

"역 앞요?"

"예, 아마. ······무슨 조사 나오신 건가요?"

주부는 내가 어떤 사람인지, 무슨 일로 왔는지 묻고 싶은 모양이었다. '비슷한 겁니다'라고만 해두고 잰걸음으로 그곳을 떠났다.

역 앞으로 돌아와 다시 파출소로 들어갔다. 주변에서 초상화를 그리는 사람이 없느냐고 물었다. 경찰관은 조금 생각하더니 역 동쪽 출구에서 이따금 보인다고 했다.

동쪽 출구로 가니 역 앞 상점가를 젊은이 취향으로 꾸민 거리가 나타났다. 소년소녀가 좋아할 만한 물건을 파는 가게가 늘어서 있었다. 오가는 사람도 고등학생쯤으로 보이는 청소년이 많았다.

초상화 화가는 크레페 가게 옆에 있었다. 이젤을 놓고 그 앞에 티셔츠에 청바지 차림을 한 여성이 앉아 있었다. 하지만 손님은 없어 책을 읽는 중이었다. 샘플용 그림이 몇 점 전시되어 있는데 솜씨가 꽤 괜찮았다.

나는 천천히 다가갔다. 여성은 고개를 숙이고 있어 얼굴이 보이지 않았다. 그러다 기적을 느꼈는지 고개를 들었다. 쇼트커트에 햇볕에 그을린 얼굴이었다. 날카롭게 올라간 눈매가 인상적이었다.

그 순간 나는 온몸이 굳어졌다. 할 말을 찾지 못하고 어떤 표정을 지어야 할지도 몰랐다. 천천히 땀이 솟아났다.

만나면 알 수 있지 않을까…… 그렇게 생각했다. 세키야 도키오의 아버지를 만났을 때 직감적으로 이 사람과는 연결된 끈이 없다는 확신이 들었듯이, 교고쿠 슌스케의 뇌가 이식되었다면 혈육을 만났을 때 느낌이 오지 않겠느냐고.

그 상상은 맞아떨어졌다. 그것도 예상을 아득히 뛰어넘을 만큼.

이 여성과 나는 연결되어 있다. 보이지 않는 무엇인가로 연결되어 있다. 그런 확신이 들었다. 그녀가 온몸으로 내보내는 신호가 모두 내 몸에 침투하는 듯한 일체감이 들었다. 교고쿠 슌스케와 이 여성이 이란성 쌍둥이라는 사실도 텔레파시라 할 수 있는 이 충격과 관계없지 않으리라.

"뭐야? 왜 그래?" 이상한 남자가 계속 멈춰 선 채로 자기를 보고 있자 수상하다는 듯이 물었다. 음성이 여성치고는 낮고 허스키했다.

"아니, 아무것도 아니야. 그림을 그려줄 수 있어?" 내가 물었다.

설마 손님이라고는 생각지 못했던 모양이다. 그녀는 잠깐 당황한 표정을 지었다. 그러고는 읽던 책을 치웠다. "초상화를 그리면 돼?"

"그래. 여기 앉아 있으면 그려주는 건가?" 엉성한 접이식 의자에 걸터앉았다.

"어떻게 그릴까? 실물 그대로? 아니면 좀 남자답게 그려?"

"네가 본 대로 그리면 돼." 내가 대답했다.

그녀는 잠시 내 얼굴을 빤히 보더니 연필을 움직이기 시작했다. 하지만 이내 손길을 멈추고 이상하다는 표정을 지었다. "혹시 여기 자주 와?"

"아니. 오늘이 처음이야."

"흐음." 그녀는 잠깐 생각에 잠기는 표정을 지었지만 바로 마음을 바꾼 듯 도화지를 바라보았다.

그녀의 연필 놀리는 솜씨는 멋졌다. 지휘자가 지휘봉을 휘두르듯 힘찼다.

"그림 공부는 어디서 했어?" 내가 물었다. 그녀는 손을 계속 움직이며 대답했다. "거의 독학. 아는 사람에게 좀 배운 정도지."

"그래도 상당히 잘 그리네." 내가 말하자 그녀는 풋 웃었다.

"거기서는 그림이 보이지도 않을 텐데."

"안 봐도 알지."

그녀의 날카로운 눈이 반짝 빛났다. "너도 그림 그려?"

나는 잠깐 생각한 뒤 대답했다. "아니, 아니야." 이젠 아니다.

"흐음. 이상하네." 그녀는 다시 연필을 움직였다. "내 말투 이해해 줘. 나 겪어 잘 못 써. 귀찮은 제약이 붙으면 혀가 꼬여서."

"지금도 괜찮아." 나도 말했다.

진지한 눈빛으로 내 얼굴을 그리는 그녀를 바라보았다. 이렇게 있으니 마음의 파장이 동조하는 듯했다. 그녀의 희미한 숨소리마저 내 귀에는 아주 잘 들렸다.

별일 없이 연필을 움직이던 그녀가 좀 이상해졌다. 자꾸 내 얼굴을 보고 이해가 안 된다는 듯한 표정을 지었다.

"왜 그래?" 내가 물었다.

"좀 이상한 질문 같지만 물어볼게." 그녀는 겸연쩍다는 듯이 입을 열었다. "나하고 어디서 만난 적 없어?"

"너랑? 아니." 난 고개를 저었다.

"그런가? 아니야, 어디서 만났어. 만나지 않았다면 이런 기분이 들 리 없어."

"어떤 기분인데?"

"그건…… 말로 표현할 수 없지만 왠지 그런 기분이야. 뭐 됐어. 내가 괜히 그렇게 느꼈나 봐." 그녀는 왠지 초조해 보였다. 그리고 잠시 연필을 그림에 댔다가 이내 쇼트커트 머리카락을 움켜쥐었다. "미안. 실패했어. 왠지 집중이 안 되네."

"보여줘."

"그건 좀 봐줘. 다시 그릴게." 그녀는 도화지를 빼내더니 박박 찢었다. "변명하고 싶지는 않지만 이런 일은 처음이네. 오늘 좀 내가 이상해."

"신경 쓰지 마."

"시간 있어? 이번엔 잘 그릴게." 그녀는 새 도화지를 꺼냈지만 뭔가 미심쩍다는 표정으로 나를 보았다. "저어, 정말 만난 적 없어?"

"만난 적은 없어."

"그래……?" 그녀는 내 말투가 마음에 걸렸던 모양이다. "만난 적은 없다니?"

"네 이름은 알아. 교고쿠 료코잖아? 그리고 너도 내 이름은 알지 모르겠네."

"뭐?" 그녀는 조금 경계하는 표정을 지었다. "누구지?"

나는 천천히 숨을 쉰 뒤 말했다. "나루세 준이치."

"나루세……."

내 이름에 반응하기까지는 몇 초쯤 걸렸다. 잔잔한 수면에 파문이 일듯 그녀의 얼굴에 놀란 기색이 나타났다. 눈과 입이 커지고 숨을 멈추었다.

"너를 만나러 왔어." 내가 말했다. "만나서 다행이야."

그녀는 입술을 깨물더니 고개를 푹 꺾었다. "죄송……합니다."

"왜 사과해?"

"그야…… 한 번도 병문안을 하지 않았고…… 가야 한다는 생각은 했어. 그렇지만 도무지 결심이 서지 않아서."

미안하다며 료코가 다시 고개를 숙였다.

"너에게 불쾌한 마음 같은 건 없어. 물론 교고쿠 슌스케에게 원망을 품고 있다는 사실은 부정할 수 없지만."

"슌스케를 대신해서 사죄를……" 료코는 말을 잇지 못했다.

"그만둬. 그런 얼굴을 보러 온 거 아니야. 묻고 싶은 게 있어서 찾아왔어. 어디 느긋하게 이야기할 수 있는 곳 없을까?"

"그러려면 우리 집이 낫겠네."

"일은 어쩌고?"

"오늘은 됐어. 네가 오지 않았어도 슬슬 일어서려던 참이었어."

료코는 도구를 정리하더니 옆에 세워둔 오토바이 짐칸에 묶었다. 그리고 올라타더니 내가 걷는 속도에 맞춰 오토바이를 몰았다.

아까 그 집에 도착하자 료코가 안으로 안내했다. 들어가니 바로 부엌이 있고 그 안쪽에 작은 방이 있었다. 우리는 거기서 마주 앉았다. 부엌 옆에 2층으로 오르는 계단이 보였다. 계단이 싱크대 위를 지나기 때문에 부엌일이 무척 힘들 것 같았다.

"좁아서 미안." 차를 가져오며 교고쿠 료코가 말했다.

"내내 여기서 살고 있는 건가?"

"응. 이 집은 엄마가 조부모한테 물려받은 모양이야. 나나 슌스케나 어렸을 때부터 여기서 자랐지."

나는 실내를 둘러보았다. 천장이 거무스름하고 벽은 군데군데 벗겨졌다. 수리하고 또 수리했을 테지만 노후화 속도가 더 빠른 모양이었다.

하지만 나는 이 집에서 아주 센 에너지가 나오고 있는 걸 느꼈다. 그 에너지는 내 정신에 작용해 지금까지 맛본 적 없는 마음의 안정을 느끼게 했다. 교고쿠 슌스케는 틀림없이 이 집에서 나고 자랐다는 생각이 들었다. 그리고 내 뇌의 일부로 살아 있는 그가 이 포근한 집이 내뿜는 에너지에 반응하는 것이다.

"그나저나 놀랐어." 료코가 조용히 말했다. "설마 여기 올 줄은 몰랐거든. 내가 인사를 하러 찾아갔어야 하는데."

"그런 이야기는 그만." 나는 이제 충분하다는 표정을 지었다. "그런 일로 여기 온 건 아니야."

"그렇겠지. 미안해." 료코는 찻잔을 입으로 가져갔지만 차를 마시지는 않고 내 얼굴을 바라보았다. "아까 처음 만났을 때 평범한 손님은 아니라고 생각했어. 전에 어디선가 만난 느낌이 자꾸 들었지. 그 사건 때 형사들이 사진을 보여주었기 때문인가?"

아마 그렇지는 않을 거라고 속으로 대답했다. 료코도 느끼고 있는 것이다. 내 머릿속에서 쌍둥이 오빠가 자기를 부르는 것을.

"교고쿠 슌스케 이야기를 해줄래?" 내가 말했다. "나도 겨우 진정이 되었으니 이쯤에서 정리해두고 싶어. 그러려면 녀석에 대해 알아야만 해."

"정말 너로서는 도무지 영문을 알 수 없는 일이었을 테지."

"그 사건이 있기 전에 어머니가 돌아가셨다고 들었는데."

료코는 고개를 끄덕이더니 자기 가슴을 손가락으로 찔렀다. "심장. 몸을 너무 많이 쓰지 말라고 해서 거의 누워 지냈어. 완치는 힘들고 뭐 조심하면서 살아가는 느낌이었지. 하지만 수술하면 어느 정도 나아질 거라고 하더라. 그러면 수술할 수밖에 없잖아. 슌스케와 나는 그 비용을 마련하기 위해 이리저리 뛰어다녔지. 그래도 결국 제때 수술을 못 했어 악성 독감에 걸려서 끙끙 앓다가 돌아가셨지."

"부동산 회사 사장을 찾아갔다고 들었는데."

"처음에는 그 남자에게 결코 기대지 말자고 생각했지. 이 세상에서 가장 미워하는 사람이니까. 하지만 도저히 돈을 마련할 가능성이 없어서 슌스케는 할 수 없이 찾아간 거야. 하지만 결과는 예상대로

였어. 거절당한 건 물론이고 아주 심한 소리까지 들은 모양이야." 살짝 한숨을 내쉬면서 료코는 말을 이었다. "엄마가 돌아가신 건 그로부터 일주일 뒤였지."

"어머니의 죽음이 그 사건의 원인이었다고 하던데."

료코는 고개를 끄덕였다. "슌스케가 엄마를 얼마나 사랑했는지는 말로 표현할 수 없을 정도였어. 끔찍이 사랑했다고 하는 게 좋을지도 모르겠네. 그래서 엄마가 돌아가셨을 때는 그대로 미쳐버리는 게 아닐까 싶을 정도로 종일 방에 틀어박혀 울부짖었어. 입관을 마친 뒤에도 관에서 떨어지려고 들지 않아서 솔직히 난감했지."

마더 콤플렉스인가, 라고 속으로 중얼거렸다.

"화장장에서도 마찬가지였지. 불길이 오르고 조금 지났을 때 슌스케가 담당자에게 이렇게 말했어. 엄마를 꺼내달라고."

"꺼내……? 도중에?"

"그래. 사랑하는 엄마가 불에 타는 걸 견딜 수 없어서 그런 소리를 한 게 아닌가 생각했지. 담당자도 같은 생각을 했는지 시신을 이렇게 모시지 않으면 성불할 수 없다고 타이르듯 말했어."

"그랬더니 슌스케는 뭐라고 했는데?"

"화장을 그만두라는 게 아니라고 했어. 화장을 마쳐야만 한다는 건 안다. 그렇지만 나중에 꺼냈을 때 모든 게 검게 변해버리는 건 싫다. 될 수 있으면 엄마가 타는 모습을 직접 보고 싶은데 그건 불가능할 테니 중간에 꺼내 엄마를 봐두고 싶다…… 슌스케는 이렇게 말했어."

등골이 오싹했다. "그랬더니 담당자가 뭐라고 했어?"

"제발 봐주세요, 라고 했지." 료코가 살짝 웃었다. "전례가 없고 규칙에도 어긋난다면서. 하지만 슌스케는 받아들이지 못하고 빨리 꺼내달라고 소란을 피웠어. 그래서 내가 엄마도 여자라서 틀림없이 불에 타는 모습을 아무에게도 보여주고 싶지 않을 거다, 지금은 좀 참아야 한다고 부탁했어. 그랬더니 좀 얌전해졌지만 그 자리에 있던 사람들은 다들 기분이 좋지 않았어. 당연하지. 슌스케가 엄마가 타고 있어, 엄마가 타고 있어, 하며 중얼거렸으니까."

엄마가 타고 있어, 라고?

순간 타오르는 불길이 눈앞에 보인 것 같은 기분이 들었다. 불길 너머에서는 누군가가 손을 뻗고 있다.

"그 뒤로 슌스케가 내내 좀 이상했어. 엄마를 살리지 못했다면서 자책하는 것 같았고 도움을 주지 않은 사람에게는 증오를 품은 모양이야. 그래도 설마 그런 짓을 하리라고는……." 료코는 괴로운 표정을 지으며 말을 끝맺지 못했다.

나는 교고쿠 슌스케의 눈을 떠올렸다. 죽은 생선 같던 그 눈. 인간에게 절망하고 증오 때문에 모든 감정이 말살된 남자의 눈이었다.

"음악가 지망생이었다던데?" 내가 물었다.

"그래. 엄마는 일찍부터 슌스케가 재능이 있다는 걸 알아봤지. 가난한데도 어떻게든 돈을 마련해서 교육받게 하려고 했어. 우리 엄마가 대단한 게 슌스케와 똑같은 정도로 내게도 해주었다는 거야. 나는 안타깝게도 슌스케처럼 재능을 타고나지 못했지만."

"그림을 잘 그리잖아?"

료코는 얼굴을 찌푸리고 한쪽 눈을 감았다. "그게? 그런가?"

"피아노 연습은 어디서 했어?"

"위층. 볼래?"

"보고 싶어." 내가 대답했다.

교고쿠 슌스케의 방은 두 평쯤 되는 넓이에 책장과 피아노 말고는 잡동사니라고 부를 만한 것들로 어질러져 있었다. 료코가 바로 창문을 열었지만 실내에는 숨 막힐 만큼 뜨거운 공기가 가득 차 있었다. 벽을 온통 덮은 골판지상자와 스티로폼 때문이었다.

"방음 때문이라며 슌스케가 이렇게 해놓았어." 내 시선을 의식해서인지 료코가 알려주었다. "그래도 효과가 조금은 있었지."

나는 피아노로 다가가 뚜껑을 열었다. 상아색 건반은 무슨 화석처럼 보였다. 하지만 화석이 아니라는 증거로 대충 손가락을 얹자 묵직한 소리가 났다.

교고쿠가 여기 있었다.

내 뇌가 피아노 소리에 반응하는 걸 느꼈다. 여기 교고쿠가 있었다. 그리고 지금 교고쿠가 돌아왔다.

시원한 걸 좀 가지고 오겠다면서 료코가 계단을 내려갔다. 나는 피아노 앞에 앉아 건반의 촉감을 맛보았다. 이제 의심할 여지는 없다. 도너는 교고쿠 슌스케다. 그의 뇌가 내 뇌에 영향을 미치기 시작한 것이다.

가벼운 현기증이 나 눈두덩을 눌렀다. 그리고 눈을 떴을 때 발치에 놓인 작고 빨간 장난감 피아노를 보았다. 바닥에 앉아 그 피아노를 바라보았다. 아주 오래된 물건이었는데 흠집 난 데는 거의 없었다. 먼지를 뒤집어쓰고 모퉁이 부분이 좀 녹슬었다는 점 말고는 새것이나 마찬가지였다.

작은 건반을 하나 누르자 싸구려 쳇소리가 났다. 그래도 일단 음계가 있어 아주 단순한 멜로디라면 연주할 수 있었다. 나는 검지 하나로 누구나 다 아는 동요 한 소절을 쳐보았다.

문득 정신을 차리니 내 뒤에 료코가 서 있었다. 그녀는 쟁반을 두 손으로 든 채 나를 뚫어지게 바라보고 있었다.

"정겨운 물건이구나 싶어서. 슌스케 거야?" 내가 물었다.

"어렸을 때 엄마가 사준 거야. 날 주려고 샀는데 가지고 논 건 늘 슌스케였지. 보석함처럼 소중하게 여겼어. 엄마가 돌아가신 뒤에도 가끔 그렇게 쳤지." 그러더니 료코는 고개를 저었다. "그런데 이상한 느낌이 드네. 그러고 있으니 슌스케가 돌아온 것 같아. 슌스케랑 전혀 닮지 않았는데 분위기가 비슷해서 그런가?"

해줄 말을 찾지 못해 잠자코 있자 료코는 살짝 당황한 표정을 지었다. "아, 미안. 그런 정신 나간 녀석하고 닮았다는 말을 들으면 기분 나쁠 텐데."

"아니, 괜찮아." 분위기가 닮았으니 당연하다.

료코는 맥주를 컵에 따랐다. 술은 삼가고 있지만 오늘은 마시고 싶었다. 한 모금 마시고 다시 주위를 둘러보았다. 책장에 빼곡하게 꽂힌 음악 관련 서적이 눈에 들어왔다.

"공부벌레였네."

"게으름이라는 걸 모르는 사람이었어." 료코가 대꾸했다. "시간이 없다는 게 입버릇이었지. 공부할 시간이 모자란다, 연습할 시간이 모자란다. 그래서 시간 낭비하는 걸 보면 참지 못했어. 나도 빈둥거리다가 자주 잔소리를 들었지. 더 나아지려는 마음이 없으면 살아가는 의미가 없다면서."

"주변 사람이 전부 마음에 들지 않았겠지."

"아마도." 료코가 고개를 끄덕이고 말을 이었다. "옛날부터 대부분의 사람을 경멸했어. 학교 다닐 때도 선생님을 미워했고. 귀중한 시간을 냈는데 왜 저런 능력 없는 교사에게 배워야 하느냐면서."

마치 내가 겪은 이야기처럼 들렸다. 실제로는 아무리 기억을 더듬어도 나는 교사를 경멸한 적이 없는데.

"취미는 음악뿐이었어? 혹시 그림 같은 건?"

"그림? 아, 그림은 재주가 없었어." 료코는 맥주를 마시면서 다른 한 손을 저었다. "슌스케는 그림 쪽에는 영 젬병이었지. 초등학교 때도 미술 시간이 제일 싫다고 했는걸. 참 이상하지? 나는 그림은 좀 그리는데 음악은 형편없어. 그런데 슌스케는 정반대야. 음악이나 미술이나 같은 예술인데."

아마 뇌가 작동하는 방식이 다르기 때문일 거라고 해석했다. 교고쿠 슌스케는 음악에 모든 걸 투입했고 다른 일에는 창조성을 발휘하지 않으려 했던 것이다.

맥주컵을 한 손에 든 채 다른 손으로 장난감 피아노를 쳤다. 이 장난감과 나는 아무런 관계도 없을 텐데, 나를 각성시켜 아득한 기억을 되살아나게 만드는 느낌이 들었다.

료코가 조심스럽게 입을 열었다. "실례인 줄은 알지만 넌 정말 슌스케와 분위기가 비슷해. 함께 있는 것 같아. 난 슌스케와 함께 있을 때 가장 행복했거든. 마음이 차분해져서. 너하고 있으니 그런 기분이 드네."

"이상하군."

"맞아, 이상해. 슌스케 옆에 있는 것 같아." 료코는 꿈꾸는 듯한 눈이었다.

"부탁이 있어. 이 장난감 피아노, 내게 줄 수 없어?" 내가 말했다.

무슨 뜻인지 모르겠다는 듯 료코는 입을 반쯤 벌리고 있었다.

"상관없지만…… 그걸로 뭘 하려고?"

"특별한 이유는 없어. 왠지 갖고 싶어졌을 뿐이야."

료코는 잠시 나와 피아노를 번갈아 보고는 방긋 웃었다.

"좋아. 가지고 가. 집에 둬봐야 쓸 데도 없으니까. 그리고……" 료코는 잠깐 뜸을 들였다가 말을 이었다. "왠지 그렇게 하는 게 피아노에게도 좋을 것 같아. 네게 줘야 할 것 같은 기분이 들어."

료코는 옆방으로 가더니 커다란 종이봉투를 들고 돌아왔다. 장난감 피아노를 넣기에 딱 맞는 크기였다.

"너무 오래 있었네. 그만 갈게." 종이봉투를 들고 일어섰다. "여러모로 번거롭게 해서 미안해."

"아니야." 료코가 고개를 젓고 말했다. "나도 널 만나서 좋았어."

"불편한 기억을 떠올리게 해서 미안해."

"괜찮아. 게다가 슌스케 이야기는 얼마 전에 다른 사람도 물어보러 왔고."

나는 계단을 내려가다가 걸음을 멈추고 돌아보았다. "교고쿠에 대해서? 누가?"

"도와 대학에서 범죄심리학을 연구한다던가. 두 명이 함께 왔어. 야마모토하고 스즈키라는 사람이었던 걸로 기억하는데."

"도와 대학?" 야마모토와 스즈키가 누군지 짐작이 가지 않았다. "어떻게 생겼어?"

"둘 다 남자인데 한 명은 머리카락이 새하얀 나이 많은 사람이었어. 다른 한 명은 젊기는 하지만 말라서 묘하게 어두운 느낌이 들었고."

도겐 박사와 와카오 조수가 틀림없다. 놈들도 교고쿠 슌스케에 대해 조사하고 갔다는 건 내 가설의 결정적인 증거가 된다. 역시 놈들도 내 변화가 교고쿠의 영향이라는 걸 눈치챈 것이다.

"그 사람들이 왜?" 료코가 걱정스러운 듯 물었다.

"아무것도 아니야. 세상에는 쓸데없는 걸 연구하는 사람도 있지."

나는 계단을 마저 내려가 다시 료코 쪽을 돌아보았다. "여러모로 고마웠어."

"그래? 나는 네 의도를 잘 모르겠어."

"몰라도 돼. 그럼 잘 있어." 나는 오른손을 내밀었다.

료코는 조금 머뭇거리며 손을 내밀었다. 우리는 악수를 했다.

순간 온몸의 피가 출렁이는 느낌이 들었다. 모든 신경이 손으로 집중되어 뇌에서 발생한 전류가 팔을 통해 흘러갔다. 동시에 료코에게서 흘러나온 신호가 머릿속 깊숙이 침투해 들어오는 것 같았다.

나는 료코를 바라보았다. 료코도 나를 보고 있었다.

"어, 이상해." 료코가 중얼거렸다. "뭔지 모르겠지만 아주 그리운 걸 만난 기분이야."

"나도 그래." 내가 말했다. "널 좋아하게 될 것 같아."

료코는 나를 보더니 눈물을 글썽였다. "네게 사죄해야만 해. 네가 시키는 건 뭐든 할게."

그녀를 껴안고 싶은 충동이 일었다. 이 여자도 그걸 바라고 있다는 걸 알았다.

"교고쿠를 사랑했어?"

"이상한 상상은 하지 마. 그렇지만 걔는 내 일부였어. 나도 그 애의 일부였고."

뇌파가 동조하고 있다. 교고쿠가 이 여자를 원하고 있다. 이 여자를 품는다면 교고쿠 슌스케에게 지배당하는 셈이 된다.

료코의 목덜미가 땀에 젖기 시작했다. 티셔츠가 살갗에 딱 달라붙어 몸매가 고스란히 드러났다. 나는 사타구니 쪽이 부풀어 오르는 것을 느꼈다. 지배당해서는 안 된다.

나는 고개를 마구 젓고 그런 생각을 떨쳐내듯 손을 놓았다. 그러자 실제로 나와 료코 사이의 뭔가가 툭 끊어지는 것 같았다. 료코도 그걸 느꼈으리라. 쓸쓸한 눈으로 자기 손을 들여다보았다.

"오늘 여기 오길 잘했네." 내가 말했다.

"다음에 또 오면……" 말을 하다가 료코는 고개를 저었다. "내가 이런 소리를 할 처지가 아니지."

"이제 만나지 않는 편이 좋겠어." 나는 료코의 눈을 바라보며 말했다.

"안녕." 그녀도 속삭이듯 말했다.

현관을 나와 교고쿠의 집에서 멀어지는 동안에도 뭔가가 발걸음을 멈추게 하려 했다. 자석의 S극과 N극을 억지로 떼어놓을 때 같은 저항이 느껴졌다. 그 저항은 전철을 탄 뒤에도 한동안 이어졌다. 나는 그녀를 만진 손을 들여다보았다.

내가 사는 동네가 가까워지면서 교고쿠 료코나 낡은 집에 대한 생각은 차츰 옅어졌지만, 동시에 조금 전까지 느낀 정신적 안정감도 서서히 사라져갔다. 가슴속에서 분노와 증오가 부글부글 치밀었다. 그 분노는 계속 증폭되어 당장이라도 내 몸뚱이를 터뜨려버릴 것만 같았다.

27

　밤의 대학은 독특한 분위기가 있다. 어둡고 조용하지만 완전히 잠들지는 않았다. 안으로 들어가 걷다 보면 사람들이 많이 남아 있음을 깨닫게 된다. 불 켜진 창문도 헤아릴 수 없이 많다.

　연구란 이렇게 이루어지는 것이다. 쉼 없이 진행된다. 그러지 않으면 진보란 없다. 남보다 앞설 수도 없다. 아마 뇌이식을 연구하는 사람들도 그러할 것이다.

　어두워서 낮과는 인상이 무척 다르지만 길을 잃을 리는 없다. 오히려 익숙한 길이다. 늘 다니는 건물로 들어가 늘 오르는 계단을 올라갔다.

　대부분의 방은 불이 꺼졌지만 도겐이 쓰는 방에서는 불빛이 흘러나오고 있었다. 예상한 그대로다. 헛걸음을 하지 않게 되어 다행이라는 생각에 일단 마음이 놓였다.

노크하지 않고 문을 당겼다. 냉방이 되어 안으로 들어선 순간 눅눅하던 살갗이 서늘해졌다. 책상에 앉은 도겐의 등이 책장 너머로 보였는데 문이 열렸다는 걸 알아채지 못한 듯했다. 에어컨 돌아가는 소리 때문에 못 들었는지도 모를 일이다.

방 한복판까지 걸어 들어가 응접세트 테이블 위에 종이봉투를 내려놓았다. 일부러 큰 소리를 냈기에 이번에는 그놈도 알아차렸다. 흠칫 고개를 들더니 이쪽을 돌아보았다.

"뭐야, 자넨가?" 도겐은 갑자기 뛰어오른 혈압을 가라앉히듯 크게 심호흡했다. "어쩐 일인가, 이 늦은 시각에."

"이게 뭔지 알아?" 종이봉투 안에 든 물건을 꺼내 테이블 위에 놓으며 내가 말했다.

"장난감 피아노 같은데."

"그래. 어린 여자애가 있는 집이라면 거의 반드시 장난감상자 안에 들어 있지." 건반을 두드렸다. 쇠를 두드리는 듯한 소리가 실내에 울려 퍼졌다. "교고쿠 슌스케가 쓰던 거야."

도겐의 얼굴에 변화가 나타났다. 눈이 커지고 핏기가 싹 가셨다. "교고쿠의 집에 갔었나?" 놈의 목소리가 떨렸다.

"조금 전 교고쿠의 여동생을 만났지. 교고쿠 료코 말이야."

박사는 의자에서 일어나 말했다. "오호, 대체 무엇 때문에?"

"무엇 때문에?" 내가 박사에게 다가갔다. "그거야 빤하잖아. 진실을 알고 싶기 때문이지. 거짓말은 이제 지긋지긋해. 이 머릿속에 들어 있는 게 누구 뇌지? 내겐 알 권리가 있어."

"대체 무슨 소린지 모르겠군. 도너가 누군지는 벌써 자네에게 이 야기했을 텐데."

"내 말 못 들었어? 거짓말은 지긋지긋하다고. 당신이 가르쳐준 건 세상 사람들 눈을 속이기 위한 가짜였어. 진짜 도너는 교고쿠 슌스 케지."

박사는 여러 차례 고개를 저었다. "대체 무슨 근거로 그런 소리를 하는 건가?"

"세키야 도키오에 대해서도 알아봤어. 하지만 아무리 생각해도 내 인간성 변화와는 관계가 없어. 하지만 교고쿠의 생전 모습과 지 금의 나는 무시할 수 없을 만큼 일치하더군. 그림자와 몸통처럼."

"망상일세. 무엇보다 자네 성격에는 아무런 변화도 일어나지 않 았어."

"작작 해!" 내가 버럭 소리쳤다. "근거는 당신에게 얼마든지 있을 거야. 그렇게 테스트를 많이 했으니까. 특히 며칠 전 음감 테스트 같 은 건 교고쿠의 영향을 또렷하게 보여주었을 텐데."

나는 피아노 건반을 손바닥 전체로 두드렸다. "숨길 수 있을 거라 고 생각했나 본데 당신들은 계산을 두 가지 잘못했어. 하나는 내 인 격이 교고쿠의 영향을 받기 시작했다는 사실, 다른 하나는 현재 과 학으로 밝힐 수 없는 존재를 무시했다는 사실이지."

"과학으로 밝힐 수 없는 존재?"

"직감 말이야." 나는 내 머리를 손끝으로 두드렸다. "뇌에 대해서 는 권위자라는 당신에게 내가 보고해드리지. 인간의 뇌에는 이상한 힘이 있어. 나는 교고쿠 료코와 함께 있을 때 놀라우리만치 일체감을 느꼈어. 료코도 같은 느낌을 받은 모양이더군. 당신이 아무리 숨기려고 해도 그 감각은 잊히지 않아."

도겐의 눈에 지금까지와는 다른 빛이 감돌았다. 그건 나를 어떻게 속일까 하는 눈빛이 아니라 내 이야기에 흥미를 느낀 눈빛이었다.

하지만 도겐은 신음하듯 반복했다. "자네가 뭐라고 하건…… 도너는 세키야 도키오야."

"시치미 떼지 마." 나는 성큼 다가가 두 손으로 그의 멱살을 움켜쥐었다. "료코에게 들었어. 당신과 와카오 조수도 교고쿠에 대해 조사하러 들렀잖아. 그건 대체 무엇 때문이지?"

"난…… 모르는 일이야."

"모를 리가 없잖아." 나는 박사의 몸을 책상에 밀어붙였다. "정 그렇다면 교고쿠 료코를 데리고 올까? 당신들 얼굴을 보고 이 사람이 아니라고 하면 받아들이겠지만 그럴 리는 없을 거야."

도겐은 고개를 돌리고 눈을 감았다. 무슨 일이 있어도 털어놓지 않을 작정인 모양이다. 나는 멱살을 잡아당긴 다음 힘껏 밀쳤다. 그는 비틀거리며 바닥에 무릎을 꿇었다.

"이 사실을 신문사에 알릴까?" 내가 말했다. "세계 최초의 뇌이식 환자라는 간판은 아직 녹슬지 않았을 거야. 신문사 사람들에게 이 이야기를 하면 틀림없이 덤벼들겠지. 이식한 뇌의 일부가 사실은 범인의 것이었다…… 기자들은 어떻게든 확증을 잡으려고 들 거야. 설사 증거를 찾아내지 못한다고 해도 이 정보는 소문을 타고 넓고 깊게 퍼지겠지."

도겐은 떨어진 안경을 다시 쓰며 나를 보았다. "왜지? 왜 그토록 도너에 대해 알려고 드는 건가? 자네 뇌는 우리가 책임지고 치료하겠다는데."

"당신은 몰라. 뇌를 특별한 존재라고 생각해선 안 된다고 지껄이는 당신은 말이야. 뇌는 특별한 거야. 당신이 상상이나 할 수 있어? 오늘의 나와 어제의 내가 달라. 내일 눈을 뜨면 거기 있는 건 오늘의 내가 아니지. 먼 과거의 추억은 전혀 다른 사람 것이 되고 말지. 그렇게밖에 느껴지지 않아. 오랜 시간을 들여 남겨온 것들이 모두 사라져버려. 그게 어떤 건지 아나? 가르쳐줄까? 그건……" 나는 도겐의 코 바로 앞에 검지를 들이댔다. "그건 죽음이야. 살아 있다는 건 그저 숨이나 쉬고 심장이 뛰는 게 아니야. 뇌파가 나온다고 살아 있는 게 아니라고. 산다는 건 발자국을 남기는 거지. 뒤에 남은 발자국을 보며 저건 분명히 내가 낸 거라고 알 수 있어야 살아 있는 거야. 하지만 지금 나는 예전에 남긴 발자국을 봐도 내 것이라는 생각이 전혀 들지 않아. 이십 년 이상 살아온 나루세 준이치는 이제 어디에도 없다고."

단숨에 내뱉은 뒤 나는 숨을 거칠게 몰아쉬면서 도겐을 노려보았다. 그놈도 내 얼굴을 빤히 바라보았다.

"그걸…… 새로운 출발이라고 생각할 수는 없겠나? 새로 태어났다고 생각하는 사람은 많아." 녀석이 입을 열었다.

"새로 태어나는 것과 조금씩 자기 자신을 잃어가는 건 달라."

내가 말하자 도겐은 살짝 고개를 끄덕이고 일어서더니 옷을 털었다. 그리고 테이블 위에 놓인 빨간 피아노를 만졌다. "조금 전에 한 이야기, 사실인가?"

"조금 전에 한 이야기?"

"교고쿠 료코를 만났을 때 느꼈다는 초감각 이야기 말일세."

"사실이지. 텔레파시라고 하려는 건가?"

"쌍둥이에게 그런 능력이 있다는 이야기는 가끔 듣네만." 도겐은 피아노 건반을 두세 차례 눌렀다. "이상한 일도 다 있군. 틀림없이 그건 자네 말대로 계산하지 못했어."

"도너가 교고쿠라는 걸 인정하는 거로군."

도겐은 괴롭다는 듯이 미간을 찌푸리더니 눈을 깜빡거리고 나서 꾹 다문 입을 열었다. "그래. 도너는 교고쿠 슌스케야."

나는 한숨을 푹 내쉬며 고개를 저었다. "그럴 줄 알았지만 역시 충격이군."

"그렇겠지. 우리도 어떻게 해서든 숨길 수밖에 없었어."

"왜 교고쿠의 뇌를 썼지?"

"그건 전에 이미 설명했을 텐데. 교고쿠의 뇌를 쓰지 않을 수 없는 사정이 있었네."

나는 전에 도겐이 했던 이야기를 떠올리고 물었다. "적합성 말인가?" 도겐이 고개를 끄덕였다.

"세키야 도키오의 뇌가 자네에게 딱 맞았다는 말은 거짓이네. 실은 아주 힘든 상황이었지. 그래도 우리는 뇌이식을 시도하고 싶었어. 그런 기회는 쉽게 오지 않으니까. 조금 무리해서라도 밀어붙이자는 의견과 처음이니 더 신중해야 한다는 의견이 정면충돌했네."

"그때 교고쿠의 시체가 들어왔다?"

"그래. 우리는 만에 하나를 기대하면서 적합성 조사를 했네. 미리 이야기해두지만 그 시점에는 범죄자의 뇌를 이식한다는 윤리적인 문제에 대해서는 전혀 생각하지 못했지. 다들 기대는 했지만 설마 적합하다는 결과가 나올 리 없을 거라고 생각했네. 그런데 놀랍게도 십 만분의 일이라는 기적이 일어난 거야."

"그 기적을 포기하기 아까워서 범죄자의 뇌라는 사실은 눈감아버렸다는 건가?"

"그것도 있지만 또 한 가지 더 중요한 외적인 요인이 있었지." 도겐은 미간을 찌푸렸다.

"외적인 요인?"

"뇌이식 프로젝트를 지탱하는 모종의 큰 힘이 존재하네. 그쪽에서 꼭 수술이 이루어지도록 하라는 지시가 내려왔어."

"정부 쪽인가?"

"그렇게 생각해도 지장 없네. 그 기회를 놓치지 말라는 게 그쪽 지시였어. 범죄자인 교고쿠의 시체는 사법해부를 하게 되어 있는데 실제로는 뇌적출 수술과 동시에 사법해부가 이루어졌지. 물론 그런 기록은 어디에도 남아 있지 않아. 그럴 수 있었던 건 모두 드러나지 않는 거대한 힘이 존재하기 때문일세."

"거대한 힘이라는 게 왜 그런 수술을 시키고 싶어한 거지?"

"그거야 빤하지 않겠나? 뇌이식 수술의 가능성을 확인하고 그 기술을 하루빨리 완성시키고 싶기 때문이지. 그들에겐 시간이 별로 없는 거야."

"그들?"

"그들의 뇌에는, 이라고 해야 할까?" 도겐은 두 손으로 머리를 감싸는 시늉을 했다. "지금 이 세상을 운영하는 것은 그 노인들이야. 의학의 진보로 육체를 더 오래 쓸 수 있게 되어 군림할 수 있는 기간도 늘어났지. 하지만 뇌의 노화만은 어쩔 도리가 없어. 잔재주 부리듯 치료해봐도 신경세포가 죽는 속도는 도저히 따라갈 수 없네. 그들은 두려운 거야. 인간의 존엄을 잃어버리는 날이 다가오는 것이."

"그래서 이식에 희망을 걸고 있는 건가?"

"그들은 그게 마지막 방법이라고 믿고 있어. 죽어버린 부분을 조금씩 젊은 두뇌로 교체해가는 거야. 부활 비슷한 거라고 해도 괜찮겠지."

"미쳤군." 내가 내뱉었다.

"과연 그럴까? 나는 정상적인 욕구라고 생각하네만. 심장이나 간 이식을 바라는 건 괜찮고 뇌이식을 원하는 건 비정상이라는 이야기인가?"

"비정상이라는 걸 내가 증명하고 있잖아. 새로운 뇌를 구하는 건 가능할 테지만 어제까지의 나와 달라져버리면 아무 의미도 없지."

"그건 자네가 지금 상황이니까 할 수 있는 소리일세." 도겐은 손가락으로 나를 가리키며 말을 이었다. "자네가 죽음의 늪을 헤맬 때

273

물어볼 수 있었다면 어떻게 대답했을까. 자네를 구하기 위해 다른 사람의 뇌 일부를 이식해야만 한다, 그런데 인격에 변화가 생길 우려가 있다. 그래도 수술을 받을 건가 아니면 이대로 잠들 건가?"

내가 대꾸하지 못하자 '그들도 마찬가지야'라며 도겐이 말을 이었다.

"자네는 조금 전 살아간다는 건 자기 발자국을 남기는 거라고 했지. 나도 그렇게 생각하네. 그리고 자네는 예전에 자기가 찍어 남긴 발자국이 자기 것이 아니게 되었다고 했어. 그래도 괜찮지 않은가? 새로 태어난 자네에겐 새로운 발자국이 생길 테니까. 하지만 그들은 마침내……"도겐은 고개를 저었다. "자기 발자국이 어디에 있는지도 잊고, 자기가 족적을 남겼다는 사실마저 잊고 마는 상태가 돼. 알겠나? 가족 얼굴조차 알아보지 못하는 날이 오는 거야. 거기에 비하면 여성 취향이 변하는 정도는 아무것도 아니지 않겠나?"

"사람을 죽이고 싶은 충동에 휩싸이더라도 말인가?"

"자네에겐 동정이 가. 안타깝게도 교고쿠 슌스케는 그다지 정상적인 정신을 지닌 사람은 아니었네. 하지만 이건 알아둬야 해. 그때 수술하지 않았다면 자네를 살릴 수 있는 가능성은 매우 적었어."

"그러니까 당신들은 이 인체실험이 성공이라고 생각하는 거로군."

"위대한 첫걸음이라고 생각하네."

나는 한숨을 내쉬고 빨간 피아노를 종이봉투에 넣었다. 더는 물을 것도 없었고 아무 말도 듣고 싶지 않았다.

"자네에게 제안하고 싶은 게 있네."도겐이 말했다.

"교고쿠 슌스케의 정신은 병들어 있었지. 그 증상이 자네에게 나타나리라고는 상상도 못 했어. 하지만 치료가 불가능하지는 않을 걸세. 저번에 소개한 미쓰쿠니 교수도 자네에게 아주 큰 관심을 보이고 있지. 앞으로 그 증상을 개선하기 위해 함께 노력하지 않겠나?"

나는 종이봉투를 품에 안고 도겐 앞에 섰다. 금테안경 안에서 그의 두 눈이 필사적으로 호의를 드러내려고 했다. 그게 내 신경을 거슬렀다.

오른손을 불끈 쥐어 도겐의 뺨을 향해 힘껏 휘둘렀다. 주먹이 아플 정도였다. 도겐은 비명을 지르며 나가떨어져 벽에 부딪혔다.

"거절하겠어." 그렇게 말하고 방을 나왔다. 복도에는 숨이 턱 막힐 것 같은 더운 바람이 불고 있었다. 나는 통증이 조금 남은 주먹을 보면서 놈을 때린 건 나루세 준이치인지 교고쿠 슌스케인지 생각했다.

7월 23일 월요일

나루세 준이치가 도너에 대해 눈치챘다. 계획 변경이 필요하다. 급히 위원회에 연락.

그의 말이 인상적이었다. 발자국 이야기.

교고쿠 료코와 초감각을 느꼈다는 이야기는 사실일까. 사실이라면 반드시 새 연구 프로젝트를 만들고 전임자를 결정해야 한다.

그 때문에도 나루세 준이치를 이대로 놔줘서는 안 된다.

28

부품이 컨베이어벨트에 실려 온다. 한없이 밀려온다. 기계에 세팅. 조정을 마친 뒤 팔레트에 다시 내려놓고 다음 공정으로 넘긴다.

8월로 접어들었다. 공장 안은 냉방이 잘 되지 않는다. 땀이 눈으로 들어와 따가웠다.

이 작업에도 익숙해졌다. 익숙해진다는 건 단념한다는 뜻이기도 하다.

내 손을 들여다보았다. 연료와 비슷한 특수 오일이 배어 살갗이 빨갛게 부풀어 올랐다. 몸의 지방분을 모두 앗아가기 때문에 불에 덴 것과 같은 증상이 나타난다. 지난주에 상사에게 하소연했더니 공장 안에 비치된 크림을 바르라고 했다. 분명히 오일 때문에 문제가 생길 때 바르는 크림이 있지만 거의 효과가 없다. 게다가 작업을 하다 보면 녹아 흘러내린다.

고무장갑도 껴보았지만 소용없었다. 피부가 오일에 젖지는 않지만 화학 성분 때문에 고무가 딱딱해져 손가락을 움직일 수 없게 되고 만다.

맨손으로 계속 작업하면 이윽고 살갗이 갈색으로 변하고 두꺼워진다. 이 단계에서는 통증이 없고 작업에도 지장이 없다. 하지만 좋아하는 것도 이삼 일이다. 피부는 점점 딱딱해지고 장갑을 낀 것 같은 감촉이 든다. 그러다가 뱀이나 곤충이 허물을 벗듯 피부가 벗겨지고 그 아래서 빨갛고 여린 피부가 나타난다. 그곳에 오일이 닿으면 나도 모르게 몸부림을 칠 만큼 통증이 온다.

나는 그렇게 하루하루를 보내고 있었다. 누구와도 이야기하지 않고 누구하고도 접촉하지 않은 채 하루를 보내며 손이 변해가는 것을 바라볼 뿐이었다.

며칠 전, 오래간만에 예전 팀에 있던 사람을 만났다. 만났다기보다 보았다는 표현이 더 적절하리라. 나보다 훨씬 무능한데, 나보다 평범하다는 이유로 구제된 남자였다. 그 멍청한 얼굴을 보니 화가 마구 치밀었다. 만약 얼굴을 마주하고 녀석이 뭐라고 말을 걸었다면 나는 틀림없이 덤벼들었으리라. 그렇게 될까 두려워 몸을 숨겼다.

나는 나를 컨트롤하는 일에 온 힘을 써야만 하는 상태였다. 느닷없이 폭풍처럼 격렬하게 밀려오는 감정의 파도에 절대 휩쓸려서는 안 된다. 그건 교고쿠에게 패배한다는 뜻이 된다.

숨을 죽이고 집과 공장을 오갔다. 그런 와중에도 내가 계속 변화하고 있다는 걸 알 수 있었다.

나는 일기를 쓰기 시작했다. 지금 이 단계에서 일기를 쓰는 게 무슨 의미가 있는지는 나도 잘 모르겠다. 그러나 일기를 다시 읽다 보면 어제의 나는 이랬구나 하고 조금이라도 자각할 수 있다. 발자국을 글로 남기는 것이다. 동시에 나루세 준이치의 소멸 과정도 여기 기록되리라.

나는 쥐죽은 듯 살고 있었다. 체념과 체념할 수 없다는 마음이 동거하고 있었다. 어쨌든 다른 사람과 접촉하지 말 것. 그것이 내게 가장 좋다고 생각했다.

다치바나 나오코가 나를 만나러 온 것은 8월 2일 퇴근 후였다. 역에서 내 퇴근을 기다리고 있었다. 흰 블라우스에 검은 타이트스커트. 초등학교 선생님 같은 차림이었다.

"잠깐 괜찮아?"

나는 말없이 고개를 끄덕였다. 이 여성이 나를 똑바로 보면 늘 마음의 평형이 좀 흐트러진다.

"저녁은?"

"아직."

"그럼 식사하면서 이야기하자. 음식점은 내가 아는 데로 가도 되지?" 내가 대답하기도 전에 그녀는 택시 승강장을 향해 걸었다.

차가 출발하고 나서 다치바나 나오코가 물었다. "몸은 좀 어때?"

"뭐가?" 나는 무뚝뚝하게 되물었다.

"당연히 머리 쪽이지." 운전기사의 귀가 신경 쓰이는지 나오코는 목소리를 낮췄다.

"여전해."

"그러면 현재 이상은 없다는 거네." 나오코는 안도한 듯이 살짝 한숨을 내쉬었다. 그 안도감을 깨부수고 싶어졌다.

"착각하지 마." 나는 입꼬리를 들어 올리고 웃으며 말했다. "여전히 고장 난 상태라는 뜻이야. 계속 고장이 나고 있다는 표현이 더 어울리려나? 어쨌든 이 이상한 상태를 남들에게 들키지 않으려고 기를 쓰고 있다고."

룸미러에 비친 운전기사의 눈이 잠깐 나를 보았다. 다치바나 나오코는 놀라움과 실망이 뒤섞인 표정을 지었다.

"알고 있었을 텐데." 내가 말했다.

"뭘?"

"얼버무리지 마. 도너가 교고쿠라는 것 말이야."

"몰랐어."

"거짓말."

"정말이야. 내가 그 가능성을 머릿속에 떠올린 건 사가 씨 집에서 돌아오던 길이었어. 그러니 아마 너와 같은 때였을 거야. 그 뒤 도겐 박사의 책상 안을 살펴보다 이걸 발견했지."

다치바나 나오코가 작은 종이를 한 장 끼웠다. 수첩을 찢은 모양이다. 갈겨 쓴 글씨로 '도너 1의 시신은 세키야 씨 유족에게. 도너 2는 사법해부 절차를 밟을 것'이라고 적혀 있었다.

"사법해부라는 단어를 보고 교고쿠가 도너라는 확신이 들었어."

"도너 2라고? 그러고 보니 뇌를 보존하는 케이스 레이블에 '도너

No.2'라고 적혀 있었지. 그걸 봤을 때 바로 수상하다고 생각했어야 하는 건데."

"나도 멍청했어. 같은 조수여도 와카오는 알고 있었던 거네." 나오코가 한숨을 내쉬었다. "비참해. 나도 연구에 참가하고 있다고 생각했는데 가장 중요한 사실을 알려주지 않다니. 그리고 진실을 알게 된 순간 거추장스럽게 여기기나 하고."

"거추장스럽게 여겨?" 나는 나오코의 얼굴을 보았다. "그게 무슨 소리지?"

"내가 이런저런 조사를 한다는 걸 눈치챈 모양이야. 어제 다른 연구 그룹으로 이동됐어. 뇌이식과는 관계없는, 어려울 것 없고 따분한 주제를 연구하는 그룹이야. 오늘은 하루 종일 고양이 뇌를 얇게 써는 일을 했지. 고양이 뇌가 인간의 뇌 모델로 적합하니까. 결국 너와 마찬가지지. 단순한 작업을 시키면 괜찮을 거라는 거야."

나오코의 이야기를 듣다 보니 기분이 나빠졌다. "나 때문이네."

"신경 쓰지 않아도 괜찮아. 아무것도 모르고 조종당하는 것보다는 낫지. 그보다 이제 네게 힘이 될 수 없다는 게 아쉽네." 나오코가 내 무릎에 손을 얹고 중얼거렸다.

택시는 도심과 지방을 잇는 간선도로 옆 레스토랑으로 들어갔다. 가게 이름은 들어본 적 있지만 들어오기는 처음이었다. 안으로 들어선 나오코는 웨이터에게 자기 이름을 댔다. 예약을 한 모양이었다.

"내가 살게. 먹고 싶은 건 뭐든 시켜." 나오코가 말했지만 나는 웨이터가 건네준 메뉴판을 바로 덮었다. "네가 시켜. 난 봐도 몰라."

"별로 어렵지 않은데."

나는 대답하지 않고 창밖으로 시선을 돌렸다. 비가 조금 내리는지 유리에 작은 물방울이 생기기 시작했다. 다치바나 나오코가 웨이터에게 뭐라고 하는 모습이 유리창에 비쳤다. 나오코가 메뉴판에서 고개를 들었다. "와인 마시지?"

나는 유리창에 비친 나오코에게 대답했다. "안 마셔."

"왜? 술 마시잖아. 와인은 싫어?"

"밖에서는 마시지 않기로 했어. 혹시 취하면 위험하니까."

의미를 깨달았으리라. 나오코는 웨이터에게 와인은 필요없다고 했다.

웨이터가 가자 나는 가게 안을 둘러보았다. 조명이 적당하고 이웃 테이블과 간격이 넓어 조용한 이야기를 나누기 좋은 곳이었다.

"좋은 곳이네." 내가 말했다. "애인하고 데이트할 때 자주 오나?"

"와봤지. 애인이라는 게 있었을 때는."

"헤어진 건 네가 찼기 때문이겠지. 애인보다 연구가 더 중요하다든가 하면서."

다치바나 나오코는 살짝 눈을 감고 고개를 저었다. "아니야. 내가 차였어. 연구에 몰두하는 여자와 장래를 생각할 마음은 없다면서."

나는 콧방귀를 뀌었다. "바보 같은 남자가 참 많아."

"정말 그렇게 생각해? 넌 바보 아니겠지?"

"발광하기 직전인 남자에게 그런 거 묻지 마." 나는 턱을 괴었다.

나오코는 시선을 아래로 떨어뜨리고 물었다. "이제 연구실에 오지 않을 셈이야?"

"그런 데 갈 이유 없어. 놈들은 나를 불러 새 데이터를 수집할 뿐이야."

"데이터는 연구 논문만을 위한 게 아니야. 네 치료에 도움이 될지도 몰라."

"치료? 웃기지 마." 나는 이죽거리는 표정을 지으며 말했다. "내가 이제 돌이킬 수 없는 상태라는 건 놈들도 알아. 게다가 내 상태를 심각하게 여기지도 않아. 놈들이 신경 쓰는 건 뇌가 무사한지 아닌지 뿐이야. 생각하고 기억하고 느끼고 몸을 움직이면 그걸로 그만이라고 여긴다고. 그리고 뇌이식 기술이 확립되기를 목 빠지게 기다리는 영감들에게 보고하겠지. 괜찮습니다, 뇌이식은 실용화에 성공했습니다, 라고."

첫 요리가 나왔다. 오르되브르다. 바깥쪽 포크부터 사용한다는 정도는 알고 있다. 웨이터가 요리에 대해 나직하게 이야기하는 걸 무시하고 입에 넣었다. 특별히 맛있다는 생각은 들지 않았다.

"무슨 수를 쓰지 않으면 안 되겠어." 포크와 나이프를 든 채 나오코는 내게 얼굴을 들이밀며 말했다. "너도 이 상태 그대로 괜찮다고는 생각하지 않겠지? 계산이 좀 복잡할지도 모르지만 도겐 박사에게 의지할 수밖에 없지 않을까?"

"무슨 그런 소리를 해?" 나는 짐짓 소리가 나도록 포크를 접시 위에 던졌다. "조금 전에는 그놈들에게 정나미가 떨어진 것처럼 말하더니 이제는 나더러 그놈들에게 의지하라고?"

"도너의 정체를 제대로 알려주지 않은 문제는 나도 화가 나. 하지만 그것과 네 치료는 별개 문제야. 객관적으로 보면 너를 구할 수 있는 건 도겐 박사밖에 없다고 생각하지 않아?"

"환자를 속이는 의사를 믿으라고?"

"악의를 가지고 속인 건 아니었다고 생각해. 그때는 도너가 누구냐 하는 문제가 얼마나 중요한지 잘 몰랐던 거지. 게다가 너도 만약 너를 쏜 범인의 뇌가 이식됐다는 걸 알면 마음이 편치 않았을 거 아니야?"

"그런 이야기는 아무 관심 없어. 그보다 대학병원 쪽의 사정 이야기가 외려 설득력이 있지. 세상 사람 눈을 속이기 위해서라는 진짜 이유 말이야."

나오코는 허리를 곧게 펴고 나를 바라보았다. "잊지 마. 그런 뇌라도 이식하지 않았으면 지금 넌 없어."

"그게 차라리 낫겠지." 나오코는 다시 말을 하려 했지만 웨이터가 다가오자 입을 다물었다.

접시를 치우고 계속해서 요리가 나왔다. 나는 나오코는 보지도 않고 그저 묵묵히 앞에 있는 음식을 먹었다. 오늘 회사에서 한 작업과 비슷하다고 생각했다. 부품이 고급스러운 요리로 바뀌어 있을 뿐.

식사를 마친 뒤 커피가 나올 때까지 우리 사이에는 무거운 침묵만 흘렀다. 이윽고 견디다 못한 듯이 다치바나 나오코가 말문을 열었다. "메구미 씨는 아직 돌아오지 않았어?"

나는 말없이 고개를 저었다.

"언제 돌아오는 거야?"

"몰라."

"데리러 가면 되잖아."

"데리러?" 나는 눈동자만 움직여 나오코를 보았다.

"그래. 어떻게든 돌아오게 하는 게 낫겠어. 예전의 널 가장 잘 아는 사람과 함께 있으면 자기 자신을 되찾을 수 있을지도 모르잖아."

"무책임한 소리 하지 마." 나는 커피를 젓던 티스푼을 내던졌다. 나오코의 흰 블라우스에 커피가 튀어 갈색 얼룩이 생겼다. "네가 뭘 안다고. 내가 변해간다는 걸 메구미에게 들키지 않기 위해 얼마나 발버둥 쳤는지 알아? 나는 메구미를 향한 마음이 변하지 않은 척하고 메구미는 그런 내 연극을 눈치채지 못한 척했어. 그렇게 지내는 게 얼마나 힘든 일인지 십분의 일이라도 이해하나?" 내 목소리가 가게 안에 울려 퍼졌다. 모든 손님이 우리 쪽을 보고 있을 테지만 그런 건 아랑곳하지 않았다.

나오코는 내가 버럭 화를 내자 멍한 표정을 지었지만 이윽고 그 눈에 당황한 기색이 드러났다. 그리고 나를 보더니 묘하게 침울한 표정을 지었다.

그녀는 입술을 파르르 떨었다. 아니, 떤 게 아니라 뭐라고 말을 한 듯했다. 하지만 목소리는 내 귀에 들리지 않았다. "하고 싶은 말이 있으면 확실하게 해." 내가 말했다.

나오코는 심호흡을 하더니 다시 입을 열었다. 이번에는 들렸다. "미안해."

화를 내느라 엉거주춤 일어섰던 나는 그만 맥이 풀려 의자에 다시 앉았다.

"미안해." 나오코가 다시 말했다. "네 말이 맞아. 무책임하고 생각이 모자라는 소리를 했네. 용서해."

힘없이 고개를 숙인 나오코의 눈에서 눈물이 한 방울 흘러내렸다. 그런다고 대충 넘어갈 줄 아나? 나는 더 심한 말을 퍼부으려 했다. 하지만 무슨 말을 해야 할지 떠오르지 않았다. 그러는 동안 누군가 곁으로 다가왔다. 고개를 돌려 보니 콧수염을 멋지게 기른 중년남자였다. 이 가게 책임자 같았다. 갑자기 소동을 부리는 손님에게 주의를 주러 온 모양이다.

"손님……."

"알았어요." 나는 파리를 쫓듯 손을 저었다. "조용히 하죠. 그럼 되잖아요."

그래도 점장은 뭐라고 말을 하려고 했는데 그전에 다치바나 나오코가 자리에서 일어섰다.

"제 잘못이에요. 이 사람을 화나게 해서. 정말 죄송합니다."

나오코의 눈이 젖어 있다는 걸 눈치챘는지 점장은 뭐라고 할 마음이 사라진 듯했다. 그 틈을 노린 듯 나오코가 내게 말했다.

"나가자. 여기 요리 맛있었지?"

"그럭저럭." 나는 점장의 얼굴을 보면서 대꾸했다.

나오코는 택시를 잡더니 나를 데려다주겠다고 했다.

"지금 나는 아무런 도움도 되어줄 수 없어. 그래도 뭔가 의논하고 싶은 게 있다면 언제든 연락해." 차 움직임에 같이 흔들리면서 나오코가 말했다.

"이제 상담할 일 없어."

"그럼 그냥 만나기만 해도 되잖아. 식사를 하거나 차를 마시기도 하고."

나는 나오코의 얼굴을 보았다. "무엇 때문에?"

"걱정되잖아. 네가." 그 언젠가 그랬듯 나오코는 내 손을 자기 두 손으로 감쌌다. 뭔가 소중한 것을 지키려는 듯한 동작이었다. "나는 너를 검사할 수도, 조사할 수도 없어. 그냥 네가 무사한지 어떤지만 확인하고 싶어. 그쯤은 괜찮잖아?"

나는 손을 빼고 차창 밖을 바라보았다. 비는 이미 그쳤고 흰 달이 구름 사이로 얼굴을 내밀려는 중이었다.

솔직하게 이야기하면 다치바나 나오코의 요청을 거절할 이유는 없었다. 화는 났지만 오늘 식사도 불쾌하지는 않았다. 오히려 나오코와 함께 있으면 이상하게 편했다.

아마도 이 여자를 사랑하기 시작한 모양이었다. 인정하지 않을 수 없다. 하지만 왜 나오코에게 마음이 끌렸는지는 모르겠다. 처음 만났을 때는 특별히 매력 있는 여성이라는 생각도 없었다. 그런데 어느새 내 마음을 사로잡고 놔주지 않았다.

만약 교고쿠가 살아 있다면 나오코를 좋아했을지도 모르겠다는 생각이 들었다. 내가 그의 뜻을 이어받은 걸까. 그러나 지금 내 심정을 객관적으로 분석하기는 불가능했다.

"어때?" 나오코가 옆에서 내 얼굴을 들여다보았다.

"마음 내키면 연락할게." 나는 대답했다.

"다행이다. 이런 것까지 거절당하면 어떡하나 걱정했어."

아파트 앞에 도착하자 나는 얼른 내렸다. 나오코도 일단 내렸다.

"오늘 식사 잘했어. 이렇게 이야기해야겠지. 그렇지만 그러고 싶지 않아. 그 레스토랑 요리는 그저 그랬어."

나오코는 얼굴을 찌푸렸다. "나도 그렇게 생각해. 최근에 셰프가 바뀌었거든."

"다음에는 그런 고급 요리만 있는 가게는 피하자. 내 성미에도 맞지 않고."

"좋은 가게 찾아둘게."

"그래주면 고맙고." 나는 돌아서서 아파트를 향해 걷기 시작했다. 하지만 이내 발길을 멈추고 돌아보았다. "그거 미안해."

내가 블라우스 가슴께에 묻은 커피 얼룩을 가리킨다는 걸 나오코는 바로 눈치챘다. "괜찮아. 신경 쓰지 마."

"다음에 신세 갚을게."

"신경 쓰지 말라니까."

나오코는 택시에 올라타더니 창문 너머로 살짝 손을 흔들었다.

29

왜 저런 걸 가지고 왔을까. 저기에는 내 안에 깃든 교고쿠의 망령을 일깨우는 힘이 있다. 빨간 장난감 피아노 말이다.

방에 혼자 있으니 무의식중에 그 앞에 앉게 된다. 그리고 건반을 누른다. 그 소리를 들으면 마음이 차분해진다. 하지만 내 마음이 잠식당하고 있다는 뜻일 뿐이다. 그렇다고 피아노를 처분할 용기는 없다. 피아노가 사라졌을 때의 혼란에 대응할 자신이 없기 때문이다.

일기를 쓴다. 가끔 전에 쓴 일기를 읽기도 한다. 얼마 전에 쓴 내용이 벌써 나와는 감성이 다르다는 기분이 든다. 변화가 더 빨라진 걸까.

그러던 어느 여름날 밤, 아버지 꿈을 꾸었다. 요즘은 부모님 꿈을 거의 꾼 적이 없다. 그런데 불쑥 꿈에 나타난 것은 전날 밤 이를 닦을 때 치약이 떨어져 소금을 사용했기 때문인지도 모른다. 아버지는 이게 더 낫다며 자주 소금으로 이를 닦았다.

꿈속에서 아버지는 나무를 자르고 있었다. 그 나무로 우리를 만들 작정이었다. 그리고 거기에 나를 가두려 한다는 걸 왠지 나는 알고 있었다. 울면서 싫다고 하자 아버지는 무서운 표정을 지으며 나를 노려보았다. 그 얼굴은 그 남자, 교고쿠의 얼굴로 변해갔다. 그때 꿈에서 깼다.

꿈 내용을 되새기다가 옛날에 살던 집은 어떻게 됐을지 궁금해졌다. 아버지와 어머니, 그리고 나. 세 식구가 살던 셋집이었다. 정면은 작은 설계사무소로 꾸며져 있었다. 부엌은 작고 방은 두 개뿐이었다. 그래서 중학교에 올라가면서부터 나는 거실에서 자게 되었다.

한번 가볼까, 하는 생각이 들었다. 그 집이나 집 부근을 관찰하며 옛날을 그리워하는 마음을 일깨우고 싶다. 다행히도 내일은 토요일이다.

간단하게 아침식사를 마치고 집을 나섰다. 역으로 가서 표를 끊었다. 옛날 집에 가려면 전철을 한 번만 갈아타면 된다. 시간도 사십 분쯤밖에 걸리지 않는다. 이렇게 가까운데 왜 여태껏 가볼 생각이 들지 않았을까.

역에 도착해 옛집까지 걸었다. 오 분쯤 걸리는 거리였는데 동네는 무척 많이 변해 있었다. 세련되었다고 하기는 힘들지만 시대의 흐름을 필사적으로 따라가려 한다는 게 느껴졌다.

그러나 우리가 살던 거리는 변함이 없었다. 아무리 보아도 적극적으로 장사하는 것 같지는 않은 가게가 좁은 길 양쪽으로 늘어서 있었다. 그리고 한두 채 걸러 빈집이라는 팻말이 붙어 있었다. 나는 꽤 오래전 이 부근에서 주민 이주 소동이 있었다는 사실을 기억해냈다. 가게 주인들 집회가 있어 아버지도 참석했는데 거기서 결의한 내용은 '개별행동은 하지 않도록'이었던 모양이다. 단결하여 거부함으로써 이주비를 올리려는 것이었다. 아버지가 분개하며 했던 이야기에 따르면 다들 이곳을 벗어나고 싶어했던 모양이다. 하지만 계획은 중지되어 주민 이주도 없던 일이 되었다. 이사할 곳까지 정하고 이루지 못할 꿈을 꾸던 사람들은 전보다 더 의욕을 잃고 입만 열면 '도로 확장 공사는 이제 없나' 하며 미련을 떨치지 못하고 중얼거렸다.

눈에 익은 쇠락한 거리를 걸어 예전에 내가 살던 집으로 갔다. 하지만 도착하자마자 나도 모르게 그 자리에 얼어붙고 말았다. 그곳은 지붕을 올린 주차장으로 변해 있었다.

나는 안으로 들어가 예전에 거실이 있던 자리를 찾았다. 부엌은 어디였는지 기억을 더듬어보았다. 하지만 기억은 잘 되살아나지 않았다. 방 배치도 크기도 기억할 텐데 도무지 떠올릴 수 없었다. 이곳에 내가 살았다는 것도 꾸며낸 이야기처럼 현실감이 없었다.

"이봐, 거기서 뭐 하는 거야?" 뒤에서 불쑥 목소리가 들리더니 한 남자가 다가왔다. 나와 비슷한 또래이리라. 짧게 깎은 머리에 눈썹을 가늘게 손질했다. "남의 차 함부로 건드리지 마."

낯익은 녀석이었다. 가만히 보니 근처에 살던 동창생이다. 고등학교를 서로 다른 곳으로 가면서 헤어졌으니 이렇게 얼굴을 보기는 대략 십 년 만이었다.

"뭐야, 너. 남의 얼굴을 빤히 꼬나보고. 불만 있냐?" 그는 내 멱살을 잡았다. 초등학교 때부터 이런 짓을 하던 녀석이다. 나는 이 녀석과 얽힌 중요한 기억을 떠올렸다. 귀뚜라미를 잡으러 갔을 때였다. 그리고 프로야구에 얽힌 일도.

"뭐라고 해봐. 말할 줄 몰라?"

온몸의 피가 끓어올랐다. 머릿속에서 매미가 일제히 울어대는 소리가 났다.

"네 차는 건드리지도 않았어." 내가 말했다. 녀석은 눈을 이상하리만치 부릅뜨고 내 얼굴을 노려보았다.

"정말이지?"

"그래."

"거기 그대로 있어. 도망치지 말고." 녀석은 손을 놓더니 나를 지켜보면서 주머니에서 키를 꺼냈다. 그러고는 운전석 문을 열더니 내부를 살피느라 상반신을 차 안으로 들이밀었다.

나는 차 문을 힘껏 찼다. 녀석은 옆구리가 긴 채로 개구리가 짓밟힌 것 같은 소리를 냈다. 문을 조금 열자 몸을 빼려고 했다. 하지만 나는 다시 닫았다. 이번에는 녀석의 목이 끼었다. 나는 녀석의 몸을 민 다음 혼신의 힘을 다해 몇 번이고 문을 열었다 닫았다 했다. 그러는 사이에 머릿속에서는 계속 매미 우는 소리가 났다. 그리고 두통. 정신이 들었을 때 녀석은 축 늘어져 있었다.

길에서는 보이지 않기 때문에 누가 목격했을 염려는 없을 것 같았다. 나는 녀석의 옆구리를 걷어차고 주차장을 나섰다.

역으로 가는 도중에 두통이 점점 더 심해졌다. 동네 전체가 내 기억을 압박하고 있다. 서 있기도 힘들어져 전화박스를 찾아 그 안으로 들어갔다. 심장이 뛸 때마다 귀울림이 이어졌다. 숨이 찼다. 주저앉을 것만 같았지만 겨우 참으며 나오코에게 전화했다. 나오코는 집에 있었다.

"도와줘." 내가 말했다. "머리가 깨질 것 같아."

"어디야?" 나오코가 놀란 목소리로 물었다. 위치를 가르쳐주었다.

"거기 있어. 움직이면 안 돼." 나오코는 이렇게 말하고 전화를 끊었다. 전화박스 옆 가드레일에 걸터앉아 내가 한 행동의 의미를 생각해보았다. 왜 이렇게 되어버린 걸까. 니루세 준이치의 추억을 더듬으러 왔을 뿐인데. 이 동네가 나를 거부한다는 건가?

구급차 한 대가 내 앞을 지나 우리 집이 있었던 쪽에서 멈춰 섰다. 누군가 그 녀석이 쓰러져 있는 걸 발견한 모양이다. 가모우…… 그렇다. 가모우였다, 그놈은. '蒲生'라고 쓰던가. 놈은 어떻게 될까. 설마 죽지는 않았을 거라고 생각하지만 죽지 않았다고 단언할 수도 없었다. 그런데도 나는 냉정했다. 공포도 죄책감도 없었다. 바퀴벌레에게 살충제를 뿌리고 죄책감을 느끼는 사람은 없는 것과 마찬가지였다. 이윽고 구급차가 방금 왔던 길을 되돌아갔다.

다시 두통을 느끼기 시작했을 무렵, 택시가 바로 앞에 섰다. 나오코가 쪼르르 달려왔다. "괜찮아?"

"괜찮아. 좀…… 지쳤어."

"타."

택시에 올라타 내 집으로 향했다. 운전기사가 들을까 봐 그러는지 나오코는 아무 말도 걸지 않았다.

집에 도착해 나는 서랍 안에서 낡은 앨범을 꺼냈다. 거기에 옛날 집이 찍힌 사진이 몇 장 있었다.

"이거야. 이게 내가 태어난 집이지. 이 집을 찾아 갔어." 하지만 집은 없었다. 내 기억에서 나루세 준이치라는 자가 풍화하는 것과 마찬가지로 그 동네에서는 내 과거가 없어졌다. "언젠가 내 발자국은 모두 지워지고 말 거야. 그렇게 되면 나루세 준이치라는 사람이 존재했다는 사실도 지워지겠지."

"그렇지 않아. 주위를 잘 봐. 온통 네 발자국이야."

"어디 있는데? 내 발자국이 어디 있어? 모두 내 앞에서 사라져버렸어."

"내가 있어." 나오코는 내 눈을 보았다. "내 추억 속에 너의, 나루세 준이치의 발자국이 새겨져 있어."

"네 안에……라고?"

"그래. 잊지 마. 수술이 끝난 뒤로 너와 제일 오래 함께한 사람은 나야."

나는 나오코의 손을 잡아당겼다. 그녀는 뭔가 각오를 굳힌 듯한 눈빛이었다. 예쁜 입술. 그 입술에 입을 맞추고 싶었다.

하지만 나는 나오코의 손을 놓았다. "오늘은 돌아가줘."

"왜 그래?"

"됐으니 돌아가."

나는 인정하지 않을 수 없었다. 나오코를, 나오코의 몸을 원하고 있다는 사실을. 하지만 그 욕망에 빠질 수는 없었다. 그 욕망은 교고쿠가 내뿜는 게 틀림없으니까.

　교고쿠의 망령은 온갖 수단을 동원해 나를 지배하려 하고 있다.

30

이튿날, 나는 쇼핑하러 나가다 걸음을 멈췄다. 반바 부동산. 그 중개사무소가 눈에 들어왔기 때문이다. 그때의 풍경이 머릿속에 되살아났다. 죽은 생선 같은 눈을 지닌 남자. 그리고 총소리.

어느새 나는 어슬렁어슬렁 안으로 들어가고 있었다. 일요일이라 그런지 사무소에서는 그날보다 활기가 느껴졌다. 나는 총탄을 맞은 위치를 눈으로 더듬었지만 거기에는 아무런 흔적도 없었다. 그리고 그날과 마찬가지로 소파에는 여성 손님이 앉아 있었다.

"어떻게 오셨나요?" 카운터 너머에서 남자가 카랑카랑한 목소리로 물었다. 나를 얕잡아보는 눈빛이었다. 어차피 싸구려 셋집을 찾으러 왔겠지, 하고 우습게 여기는 표정이다. 내가 말했다. "사장을 만나고 싶은데."

뒤에 있던 직원들이 이쪽을 보았다. 남성 직원은 입술에 희미한 웃음을 지었다. "사장님은 여기 안 계십니다만…… 누구신지요?"

"지점장은 어디 있지?" 나는 사무소 안을 둘러보았다. "너 같은 말단하고 할 이야기가 아니야."

직원의 표정이 험상궂어졌다. 입을 찌푸리더니 말없이 돌아서 걸어갔다. 녀석은 벽 쪽 자리에 앉은 뚱뚱한 남자에게 귓속말을 했다. 그의 불도그 같은 뺨은 눈에 익었다. 그때 그 지점장이다.

뚱보 지점장이 내게 다가왔다. "무슨 일인가?"

"내 얼굴 기억 못 하나?"

지점장은 의아한 듯이 미간을 찡그렸다. "어디서 봤지?"

"건망증이 심할 나이도 아닐 텐데. 그렇게 큰일을 기억하지 못한다니 한심하군."

"그렇게 큰일?"

"이렇게 하면 생각이 나려나?" 나는 앞머리를 쓸어 올렸다. 정형외과 수술이 성공적이었다고는 해도 흉터는 완전히 지워지지 않았다. 지점장도 바로 알아차리지는 못했지만 이내 낯빛이 바뀌었다.

"그때…… 그분이십니까……?"

"그래. 그때 그 사람이다." 내가 말했다.

지점장은 숨을 들이쉬더니 고개를 끄덕이면서 코로 토해냈다. "그러세요? 아, 그때는 정말 너무, 그래도 건강해지셔서 정말 다행입니다."

"사장을 만나고 싶다고 했는데."

"알겠습니다. 일단 연락해보겠습니다. 저어, 이리로."

뚱보는 나를 안쪽 별실로 안내했다. 넓지는 않지만 밖에 있는 접객용과는 비교도 할 수 없을 만큼 고급스러운 소파가 놓여 있었다. 여기서 조금 기다리라고 하고 지점장은 별실을 나갔다. 일 분 뒤 직원이 차를 가지고 왔다.

차를 마시면서 왜 이곳에 왔는지 생각했다. 사장을 만나 무얼 하겠다는 건지 전혀 정한 바 없었다. 굳이 이야기하자면 교고쿠가 원한 품은 사람을 한번 만나고 싶었다고 해야 할까.

십 분쯤 지나 지점장이 나타났다. 사장이 지금 오고 있으니 십 분만 더 기다려달라고 했다. 그때까지 그냥 내버려둘 수는 없다고 생각했는지 지점장은 내 맞은편에 걸터앉았다.

"머리 쪽은 이제 다 나으셨습니까?" 지점장은 두 손을 문지르면서 물었다.

"다 나아?" 나는 눈을 가늘게 뜨고 그를 바라보았다. "그런 꼴을 당했는데 다 나을 리가 있나? 상식적으로 생각을 해봐."

"아뇨, 그게 그러니까." 불도그는 땀을 흘리기 시작했다. "역시 무슨 후유증이라도?"

"날 보고 판단해봐. 어딘가 이상하다는 생각이 들지 않나? 생각해보라고."

"아뇨, 별로……." 지점장은 물끄러미 나를 위아래로 훑어보았다.

"뭐 됐어. 당신 얼굴은 보고 있어봤자 따분할 뿐이야. 혼자 있게 해줘."

자존심에 흠집이 났는지 불도그는 뺨을 출렁이며 일어나더니 아무 말도 없이 방을 나갔다.

혼자 남은 나는 다시 방 안을 둘러보았다. 벽에는 뱀처럼 구불거리는 글씨로 '숙려단행熟慮斷行'이라고 적은 액자가 걸려 있었다. 진열장 위에는 어디에 쓰는 것인지 모를 적갈색 항아리가 놓여 있었다. 가치가 얼마나 될까 하는 생각을 했다.

그때 노크 소리가 났다. 대답을 하자 은발의 체격 좋은 남자가 모습을 드러냈다. 나이는 쉰 살 이쪽저쪽이리라. 고급스러운 양복이 잘 어울렸다.

"반바라고 합니다. 잘 와주셨습니다." 남자는 소파에 앉아 다리를 꼬았다. 동시에 나는 이 남자가 교고쿠의 아버지가 틀림없다고 확신했다. 불쾌하기는 했지만 교고쿠 료코를 만났을 때 같은 설렘이 느껴졌다. 머릿속에서 뭔가가 반응하고 있었다. 반바는 밝은 표정으로 말했다. "아아, 아주 건강해졌군요. 안심했습니다. 그 사건에 대해서는 나루세 씨와 우리는 같은 피해자니까요. 내내 걱정했습니다."

자기들도 피해자이니 내 부상에는 아무런 책임도 없다. 이렇게 주장하고 싶은 모양이다.

"입원중에 한 번 찾아뵈었는데, 그게 언제쯤이었더라?"

"내가 퇴원하기 조금 전에 멍청하게 생긴 젊은 직원 두 명이 왔었지. 크고 요란한 과일 바구니를 들고서."

반바의 얼굴 근육이 순간 파르르 떨렸다. 하지만 다시 웃음을 지으며 말했다. "아, 그쪽이나 우리나 참 끔찍한 일을 당한 거예요. 경찰이 좀 제대로 움직여야 하는데."

"당신 쪽에서는 아무도 다치지 않았지." 내가 말하자 반바는 두 손을 옆으로 펼쳤다.

"그 대신 2억 엔이나 되는 거금을 빼앗겼죠. 백화점 옥상에서 뿌려 어느 정도는 회수했지만 못 찾은 금액도 적지 않아요. 작은 회사이기 때문에 타격이 심각했습니다." 듣고 있기도 공허한 소리였다.

"그건 아들에게 용돈을 줬다고 생각하면 그만이야." 내가 빈정거렸다. 반바의 표정이 확 흐려졌다.

"범인이 그런 영문 모를 소리를 지껄였다고 하더군요. 범인 어머니는 아는 사람이지만 그런 관계가 아니에요. 솔직히 그런 이상한 허위사실을 퍼뜨린 것도 큰 피해죠."

"어머니 수술비 정도는 줬으면 좋았을 텐데."

반바는 그런 내용까지 알고 있느냐는 표정을 지었다.

"좀 아는 사이인데 수술비를? 그렇게 하면 전국에서 몰려들 겁니다. 그 정도 아는 사이는 전국 방방곡곡에 있으니."

'그건 그렇고'라고 하면서 반바는 양복 안주머니에 손을 넣더니 흰 봉투를 꺼내 테이블 위에 놓았다. "특별한 용건은 없는 것 같으니 이걸 받고 돌아가주시겠습니까? 이쪽도 한가한 처지는 아니라서."

아마 내가 돈을 노리고 공갈치러 온 거라고 받아들인 모양이다. 나는 봉투를 손에 들고 반바가 보는 앞에서 안에 든 것을 꺼냈다. 1만 엔짜리 지폐 열 장이 들어 있었다. "이걸로 잊으라는 건가?" 내가 물었다. 녀석은 더러운 물건이라도 보듯 콧방귀를 꿔었다. "원래 우리가 돈을 줘야 할 의무는 없어요. 하지만 뭐 위자료인 셈 치고 신경 쓴 거지. 이러니저러니 하지 말고 받아두는 게 그쪽한테도 좋을 것 같은데."

나는 왼손으로 지폐를 움켜쥐고 일어섰다. 이제 물러갈 거라고 생각했는지 반바도 일어서더니 문을 열려고 했다. 하지만 나는 문으로 가지 않고 적갈색 항아리를 오른손으로 집어 들었다. "이건 얼마나 나가지?"

반바는 얼굴이 일그러졌다. "그게 마음에 들었나? 하지만 그 도자기는 참아줘. 10만 엔, 20만 엔 하는 물건이 아니거든. 자, 제자리에 돌려놔."

내 입꼬리에 경련이 이는 게 느껴졌다. 나는 항아리를 들어 올려 반바의 얼굴을 향해 힘껏 던졌다. 녀석은 얼른 쭈그리며 피했다. 항아리는 반바의 뒤쪽 벽에 부딪혀 둔탁한 소리를 내며 깨졌다. 파편이 반바의 머리 위로 떨어졌다.

"무슨 짓이야." 반바는 얼굴이 새빨개져서 나를 노려보았다. 그 얼굴을 정면으로 마주 보았다. 그 순간 뇌파가 동조하는 걸 느꼈다. 서로 정신파장이 분노라는 형태로 일치하는 걸 알 수 있었다. 반바도 그걸 느낀 게 틀림없었다. 당황한 기색이 떠올랐다.

문이 열리고 뚱보 지점장과 직원들이 들어왔다.

"사장님, 무슨 일입니까?" 그들은 바닥에 흩어진 항아리 파편을 보고 상황을 파악한 듯했다. '이 새끼' 하며 다부지게 생긴 직원이 당장이라도 덤벼들 것처럼 자세를 취했다.

"기다려." 반바가 말했다. 녀석은 경계하는 자세로 나를 보았다.

"넌 누구냐?"

나는 입술을 핥았다. "네 자식의 대리인이다."

"뭐라고? 그게 무슨 뜻이지?"

"말 그대로야." 나는 걸음을 내디뎠다. 직원들은 자세를 갖춘 채 길을 열어주었다. 나는 직원들 사이를 헤치고 나와 사무소 안을 지나 출구로 향했다. 하지만 밖으로 나가기 전에 걸음을 멈췄다. 그러고는 왼손에 든 지폐를 갈기갈기 찢었다. 그리고 뒤로 돌아 멍하니 지켜보는 직원들을 향해 던졌다. 종이 눈이 된 지폐를 바라보며 교고쿠가 2억 엔을 뿌렸을 때 어떤 기분이었을지 상상했다.

그날 밤, 집으로 손님이 찾아왔다. 도겐이었다.

"연구실에 와주게." 도겐은 진지한 눈빛으로 부탁했다. "어떻게든 자네를 구해내겠네. 교고쿠의 그림자를 지워주겠어."

나는 외면했다. 이런 말 같지도 않은 소리에 속지 않는다.

"이대로는 아무 가능성도 없어. 그렇다면 차라리 아주 조금이기는 해도 가능성이 있는 쪽에 걸어야 하지 않겠나?"

나는 코웃음을 쳤다. "가능성이 아주 적다는 건 인정하는군."

"하지만 제로는 아니야."

"거의 제로지."

"왜 그렇게 우리를 싫어하나? 은혜를 입은 거 아닌가? 자네 목숨을 구했다는 사실은 평가해주면 좋겠네."

"당신들은 중요한 사실을 숨겼으면서 그 일에 대한 죄의식이 없어. 그걸 용서할 수 없는 거지."

"숨긴 건 자넬 위해서야. 게다가 상황이 이렇게 되리라고는 꿈에도 생각 못 했지."

"당연하지. 만약 예상하고도 그랬다면 난 당신을 죽일 거야."

도겐의 수염이 꿈틀꿈틀 움직였다. 믿기지 않는다는 표정이었다.

"어쨌든 이대로 있어선 안 돼." 도겐이 말투를 바꾸어 말했다. "몇 가지 치료 방법을 궁리해두었네. 연구실로 와서 설명을 들어주게. 듣고 잘 이해한 다음에 치료를 받을지 말지 결정하면 되지 않겠나?"

"답은 나와 있어. 돌아가." 내가 말했다.

도겐은 내키지 않는다는 얼굴로 가만히 나를 보다가 눈살을 찌푸리더니 일어섰다. "또 오겠네. 의사로서 그냥 물러설 수는 없어."

"난 당신을 의사라고 생각하지 않아." 내 말에 도겐은 험악한 눈을 하고 나갔다.

믿어서는 안 된다. 입으로는 무슨 소리든 할 수 있다. 생명의 은인이라는 트릭에 속아서는 안 된다. 그들은 자기들이 원하는 걸 하고 싶을 뿐이다.

나는 내 방식대로 간다. 그러기로 마음먹었다.

녀석의 발소리가 사라지자 나는 수화기를 들고 번호를 눌렀다. 두 차례 신호가 간 뒤 나오코의 목소리가 들려왔다.

"무슨 일이야?" 나오코가 물었다.

"부탁이 있어. 그전에 알려두고 싶은 일도 있고." 우선 오늘 반바 부동산에 갔던 일을 이야기했다. 나오코는 무척 놀랐는지 거의 아무

소리 없이 듣고 있었다. 하지만 내가 반바에게서 뇌파의 동조를 느꼈다고 하자 '정말?' 하며 관심과 의심이 섞인 소리를 냈다.

"교고쿠를 대신해서 그 남자에 대한 원망과 분노를 느꼈어." 내가 말했다. "진정된 뒤에 생각하니 반바에게 그토록 분노와 원망을 느꼈다는 게 이상해. 어쨌든 진짜 죽일 작정으로 항아리를 던졌으니까 말이야."

"무사히 피했다니 나는 신에게 감사해야겠네." 나오코는 괴로운 듯이 말했다. "만약 상대방이 죽었다면 나루세 준이치는 억울한 죄로 교도소에 들어갔을 거야."

"나루세 준이치가 죽인 거야."

"그렇지 않아. 그렇게 한 건 교고쿠의 망령이야. 너는 그 망령이 씌었을 뿐이야. 그렇다면 떼어낼 수 있어. 그럴 수 있을 거라고 믿어." 나오코는 안타까운 듯이 말했다. 나는 그런 희망적인 의견은 무시하고 도겐이 찾아왔던 일을 이야기했다. 치료를 거절한 이야기를 하자 '치료를 받는 게 나을 텐데'라며 나무라듯 말했다.

"잔말 마. 이제 넌 도겐과 관계없잖아."

"그렇지만……."

"그보다 부탁이 있어. 병원을 좀 가르쳐줘."

"병원? 어떤 병원?"

"그거야 빤하잖아?" 내가 말했다.

31

마음은 무겁지만 결심해야 한다. 아직 정상적인 부분이 조금은 남았을 때 할 수 있는 일을 해두어야 한다.

일을 마치고 일찍 퇴근해 약속 장소에서 나오코를 만났다. 그리고 이웃 동네까지 버스를 타고 갔다. 가는 동안 우리는 말이 없었다. 오늘 일에 대해서는 여러 차례 의논했다. 의논이라는 표현은 정확하지 않을지도 모른다. 나오코는 내 뜻을 바꾸려 설득했지만 마지막까지 바꾸지 않았기 때문이다.

내린 곳은 바둑판처럼 깔끔하게 구획이 정리된 주택가였다. 도로는 모두 일방통행이었다. "여기야." 나오코가 좁은 길로 들어섰다.

정류장에서 걸어서 오 분쯤 걸리는 곳에 그 병원이 있었다. 기타이즈미 병원이라고 새겨진 번듯한 정문이 있고 넓은 정원 안쪽에 흰 건물이 보였다. 한적한 환경이라 마음에 병이 있는 사람이 치료받기에 좋겠다는 생각이 들었다.

"생각을 바꿀 마음 없어?" 정문 앞에서 나오코가 마지막 설득을 시도했다. 하지만 이미 체념한 뒤라 끈질기게 매달리지는 않았다.

"하고 싶은 대로 하게 해줘. 머리가 아직은 정상일 때."

나오코는 한숨을 쉬고 고개를 숙였다. 그리고 땅바닥을 하이힐 구두코로 찼다.

"나도 따라가도 될까?"

"아니. 나 혼자 갈 거야. 혼자 가고 싶어."

"그래." 나오코는 살짝 고개를 끄덕였다. "그럼 네 집에 가서 기다릴게."

"이대로 입원하게 되지 않으면 좋을 텐데." 집 열쇠를 건네면서 말하자 나오코가 나를 노려보았다.

"무슨 그런 심한 농담을 해."

"반쯤은 진심이야."

나오코는 입술을 깨물더니 몸을 돌려 걸어갔다. 그 뒷모습이 보이지 않게 된 뒤에야 나는 심호흡을 한 차례 하고 안으로 들어섰다.

병원 정원에는 작은 분수가 있고 그 둘레에 벤치가 두 개 놓였다. 양쪽 모두 한 명씩 앉아 있었다. 한쪽에는 스포츠웨어를 입은 누부인이 종이봉투에 잔뜩 담은 털실로 뜨개질을 하고 있었다. 다른 한 사람은 옷을 잘 차려입은 중년 남성이었다. 앞을 똑바로 보며 석상처럼 움직이지 않았다. 그는 소중하다는 듯 갈색 서류봉투를 품에 안고 있었다. 두 사람 다 나를 본 척도 하지 않았다.

정면 현관으로 들어가니 바로 오른쪽이 안내 창구였다. 금테안경을 쓴 뚱뚱한 간호사가 앉아 있었다. 나는 가족 문제로 상담하고 싶다고 말했다.

"가족분이라면?" 간호사는 나직한 목소리로 물었다.

"형입니다." 내가 대답했다.

"그러니까 요즘 좀……" 입술을 핥고 목소리를 낮췄다. "좀 상태가 이상합니다. 그래서 이곳 선생님과 상담해보고 데려오는 편이 낫겠다고 하면 그러려고 하는데요."

"어떻게 이상하신데요?"

"왠지 전과 다릅니다. 다른 사람처럼 행동하고 사고방식도 변한 것 같고……."

간호사는 살짝 한숨을 내쉬었다. 그런 정도로 무슨 소란이냐는 눈빛이었다. 나는 말을 이었다. "그리고 난폭해졌습니다. 며칠 전에는 사람을 죽일 뻔했죠."

사람을 죽인다는 표현에 설득력이 있었으리라. 간호사는 눈이 휘둥그레지더니 조금 긴장한 목소리로 말했다. "알겠습니다. 저쪽에서 기다려주십시오."

대기실은 일반적인 내과나 외과 병원과 다를 게 없었다. 긴 의자가 있고 텔레비전과 책장이 있다. 남녀 다섯 명이 여기저기 간격을 두고 흩어져 앉아 있었다. 그렇지만 누가 환자이고 누가 보호자인지 구분할 수 없었다.

약 이십 분 뒤에 내 이름을 불렀다. 간호사는 진찰실이라기보다는 일반 회사 사무실 같은 방으로 나를 안내했다. 벽은 희고 조명도 밝았다. 방 한가운데 철제 책상이 있고 맞은편 의자에 거무스름하게 햇볕에 그을린 마흔 살쯤 되어 보이는 남자가 앉아 있었다.

"앉으시죠." 그는 앞에 있는 의자를 가리켰다. 내가 걸터앉자 그가 바로 질문을 던졌다. "형님 때문에 오셨다고요. 다른 사람 같아졌다고 하던데."

나는 고개를 끄덕였다. "완전히 다른 사람 같습니다."

"어떻게 변했나요?"

"전에는 조용하고 겁이 많아 소극적인 사람이었는데 지금은 그런 모습이 거의 사라진 것 같습니다." 내 문제를 남의 일처럼 이야기하니 묘한 기분이 들었다. "그렇지만 단순히 적극적인 성격이 된 게 아니라 모든 사람에게 적의를 품고 공격적으로 행동하는 느낌이에요. 세심한 배려나 동정심도 결여돼 있죠. 전에는 그러지 않았는데요."

"흐음. 사람도 죽일 뻔했다고 들었습니다만." 의사는 검지로 책상을 톡톡 두드리며 말했다.

"직전에 단념해서 문제는 없었죠."

"그렇게 행동한 동기가 있나요? 사람을 죽이고 싶다는 생각을 하게 된 동기요."

"없지도 않지만…… 사소한 겁니다. 아버지 돈으로 살면서 제멋대로 행동하는 학생을 보니 화가 났다는 겁니다. 저…… 저희는 가난한 환경에서 자랐거든요."

"그때 일을 형님은 뭐라던가요? 아니면 기억하지 못합니까?"

"기억합니다. 왠지 무작정 화가 치밀어 올랐다더군요."

"그래, 반성하고 있습니까?"

"예, 일단은."

의사는 의자에 기대어 부드러운 표정을 지었다. "그렇다면 그리 걱정할 일은 아닌 것 같은데요. 아마 가벼운 히스테리겠죠. 스트레스 때문에 그런 증상을 보이는 사람은 많습니다. 형님이 하시는 일은요?"

나는 잠깐 뜸을 들였다가 미리 생각해둔 대로 대답했다. "음악가입니다."

의사는 미간을 찌푸리며 이해가 간다는 듯 고개를 여러 차례 끄덕였다. "예술가라는 분들은 좀 그런 경향이 있기 마련이죠. 솔직히 예술가 가운데 평범한 사람은 드뭅니다."

"그래도 이상한 행동이 너무 많은 것 같아요. 예를 들면 형한테 장난감 피아노가 있는데……" 나는 감정이 드러나지 않도록 조심하면서 말을 이었다. "그걸 몇 시간씩 치며 멍하니 지낼 때가 있습니다. 그건 역시 정신에 문제가 있는 게 아닐까요?"

"장난감 피아노?" 의사는 허를 찔린 듯한 표정을 지었다. "어떤 피아노인데요? 형님에게 무슨 특별한 의미가 있는 물건인가요?"

"특별한 의미라고 할 수 있을지 모르겠지만…… 어머니 유품입니다. 어머니가 돌아가신 지 반년쯤 되었는데 형이 이상해지기 시작한 것도 바로 그 무렵부터라고 할 수 있죠."

나는 교고쿠 료코에게 들은 교고쿠 슌스케에 관한 이야기를 의사에게 했다. 교고쿠가 어머니를 끔찍이 사랑했다는 사실, 아버지를 증오했다는 사실 등.

이야기를 쭉 들은 의사는 생각을 정리하듯 한동안 천장을 보더니 이윽고 내 얼굴로 시선을 돌렸다. "본인을 보지 못해 뭐라고 할 수 없지만 지금 하신 말씀만으로는 오이디푸스 콤플렉스의 일종으로 보이는군요."

"오이디푸스 콤플렉스요?"

"유소년기에 보이는 소아성욕 가운데 하나라고 할 수 있죠. 자기 성을 인식하면서 가까운 이성인 어머니에게 관능적인 애착을 품게 되고 같은 남성인 아버지를 라이벌이라고 여기는 겁니다. 누구나 조금씩 그런 성향은 있는데 그게 잘 해소되지 않으면 커서도 정신에 영향을 끼치는 일이 많죠."

"형이 거기 해당된다는 말씀인가요?"

"그렇게 볼 수 있다는 의견일 뿐입니다. 장난감 피아노를 가지고 노는 건 사랑하는 어머니와 함께 지내던 날들로 돌아가고 싶다는 소망의 표시일지도 모르죠."

나는 고개를 끄덕였다. 나도 어렴풋이 그런 느낌을 받기는 했다. 물론 어머니와 보낸 나날이 그리운 것은 내가 아니라 교고쿠다.

"이건 한 걸음 더 나아간 생각입니다만." 의사는 이렇게 전제하고 말을 이었다. "부모를 이성으로 보기 때문에 오이디푸스 콤플렉스에는 거의 죄책감이 따라옵니다. 그리고 죄책감의 반작용으로 이따금 극단적인 결벽증에 빠지기도 해요. 형님 경우는 자기뿐만 아니라 다른 사람의 나태하고 게으른 모습을 두고 견디지 못한다고 하셨는데 그것도 결벽증의 일종이라고 할 수 있을지 모릅니다. 결국 섹스를 비롯한 쾌락 추구 행위를 부정하는 의미에서 사람이라면 부지런해야 한다는 강박관념이 생겨나는 겁니다."

"형 자신이나 다른 사람에게 요구하는 엄격함은 아버지에 대한 증오나 가난한 환경에서 자랐기 때문인 줄 알았는데……."

"박차를 가한 것도 사실이겠죠. 하지만 부차적인 요소라고 생각합니다. 그런 역경이 의외로 근본적인 요인이 되지 않거든요."

그럴지도 모른다. 어려운 환경은 어떤 의미에서 사람에게 플러스 요인으로 작용하기도 한다고 생각한다.

"뭐 그렇지만 어디까지나 추측입니다. 역시 본인을 보지 않고서는 정확한 내용은 알 수 없죠. 진실도 알 수 없고. 이곳으로 데려오실 예정인가요?" 의사가 말했다.

"생각해보겠습니다. 그런데 치료는 될까요?"

"오이디푸스 콤플렉스가 요인인 경우, 왜 그게 잘 해소되지 않았는지 어린 시절의 기억을 통해 찾아내 자각시키면 거의 치료됩니다." 의사는 자신 있게 말했다. 나는 겉으로 감탄한 척했지만 그렇다면 이미 불가능하다고 생각했다. 교고쿠는 이 세상에 없다. 오이디푸스 콤플렉스 때문에 일그러진 의식만이 존재한다.

"또 여쭤보고 싶은 게 있습니다. 그림을 그린다거나 할 때도 그런 정신변화가 나타납니까?"

"그림요? 네, 그런 경우가 많습니다. 꼭 그렇다는 건 아닙니다만."

"이걸 좀 봐주시겠습니까?" 나는 종이봉투에서 입원 때 그린 스케치와 창가에서 그린 풍경화를 꺼냈다. "날짜를 보면 아시겠지만 한두 달 사이에 형이 그린 그림입니다. 어떤가요, 터치나 구도가 달라지지 않았습니까?"

"잠깐 보겠습니다." 의사는 진지한 눈으로 스케치북을 한 장씩 넘겼다. 그러다 창가 그림을 보고는 특히 큰 반응을 보였다. "하나만 여쭙겠습니다. 형님이 무슨 사고를 당하셨나요? 머리를 세게 부딪쳤다거나……."

"예? 아뇨, 별로……."

"그래요? 그럼 우연인가?" 의사는 혼잣말처럼 중얼거렸다.

"이상한 부분이 있습니까?"

"예. 좀 마음에 걸리는 점이 있군요. 우선 창문 그림 말입니다. 여기에는 우뇌가 손상된 환자의 전형적인 증상으로 보이는 특징이 나타납니다. 창 오른쪽 부분만 그리고 왼쪽은 그리지 않아 공간이 단절되어 있죠. 바로 앞 책상도 왼쪽 부분이 모호한 선으로 그려져 있습니다. 이건 좌반측공간무시라는 증상으로 보입니다."

"좌반측공간무시……."

"사물을 영상처럼 포착할 경우 왼쪽 공간은 우뇌를 통해 이미지로 만들어진다고 보시면 됩니다. 그런데 이 그림을 보면 제대로 이미지가 만들어지지 않았죠. 아니면 형님은 늘 이런 스타일로 그림을 그렸나요?"

"아, 잘 모르겠습니다." 나는 모호하게 말을 흐렸다. 의사는 흐음,

하고 고개를 끄덕인 뒤 말을 이었다.

"그런 경향이 스케치북에서도 살짝 엿보입니다. 모두 여성 초상화인데 마지막에 그린 그림은 왼쪽 얼굴 부분의 윤곽을 그리지 않아 좀 이상한 모습이 되었죠. 이 역시 좌반측공간무시라고 할 수 있습니다."

"그런 증상은 우뇌에 손상을 입은 경우에 나타나는 거로군요."

"그렇죠. 다만 형님의 그림이 그런 증례와 조금 다른 점은 변화가 서서히 일어나는 것처럼 보인다는 겁니다. 시간이 흐를수록 손상 정도가 커지고 있구나…… 이런 느낌이 드네요. 어쨌든 뇌전문 병원에 한번 모시고 가는 게 좋지 않을까요? 오른쪽 뇌, 특히 뒷부분을 꼼꼼하게 살펴야 합니다."

"뒷부분? 머리 뒷부분 말입니까?" 나는 되물었다.

"그렇습니다. 오른쪽 뇌 뒷부분에 손상을 입었을 때 좌반측공간무시 증상을 보이니까요." 이렇게 말하고 의사는 '아니, 그런데' 하며 자기 생각을 고치는 듯한 표정을 짓더니 말을 이었다.

"원래 음악가라고 하셨죠? 음악적인 능력은 어떤가요? 아무 변화가 없습니까?"

"예, 그건 없습니다. 음감 같은 것도 아주 뛰어나고요." 내가 대답했다.

"아하, 그러면 우뇌는 손상된 게 아니라는 건가?" 의사는 고개를 갸웃했다. "그림만 보면 손상된 것 같은데, 우뇌 손상이라면 음악적 재능은 두드러지게 후퇴하기 마련이거든요. 그러니 이 그림은 아무래도 원래 이런 스타일이라고 봐야 할지도 모르겠군요."

나는 말없이 고개를 끄덕이며 나름의 설명을 더해 이해하려고 했다. 의사의 이야기는 잘 알아들었다. 그림에 좌반측공간무시 증상이 나타난 까닭은 원래 나의 뇌인 우뇌 쪽 의식이 소멸하고 있기 때문이다. 대신에 교고쿠의 의식이 우뇌를 지배하기 시작했다. 그래서 내 음악적 재능이 향상된 것이다.

"알겠습니다. 다음에는 형을 데리고 오겠습니다." 나는 그림을 챙겨 일어섰다.

"도움이 되셨습니까?"

"예, 많은 도움이 되었습니다."

진찰실에서 나와 바로 대기실로 가지 않고 복도를 거슬러 걷기 시작했다. 복도가 끝나는 곳에 문이 있고 '관리병동 소속 관계자 이외 출입금지'라고 적힌 알림판이 붙어 있었다. 나는 망설이지 않고 문을 열었다. 이 병원에 온 목적은 하나. 이곳을 봐두기 위해서였다.

문을 여니 바로 앞에 또 문이 보였다. 하지만 유리 칸막이가 끼워진 문이라 안을 들여다볼 수 있었다. 곧게 뻗은 복도 양쪽에 문이 늘어서 있었다. 아마 환자 입원실이리라.

오른쪽에 관리사무소 같은 방이 있는데 지금은 아무도 없었다. 나는 문을 살짝 열고 한 걸음 안으로 들어갔다. 닫으면 자동으로 잠기는 문이었다. 즉 안쪽에서는 열쇠 없이 열 수 없다. 나는 가까이에 있는 슬리퍼 한 짝을 집어 들어 문 틈새에 끼웠다.

발소리가 나지 않도록 조심하면서 복도를 걸었다. 조용했지만 소리가 전혀 나지 않는 것은 아니었다. 각 문 안쪽에서 틀림없이 누가 있음을 알리는 소리가 이따금 흘러나왔다. 중얼거리는 소리가 들리는 방도 있었다. 나는 문 앞에 멈춰 서서 무슨 소리를 하는지 확인해 보았다. 불경 읽는 소리였다.

모습은 보이지 않지만 환자가 안에 있다는 기척만이 존재하는 상태는 내 마음을 무겁게 짓눌렀다. 문을 열어버리고 싶은 충동이 일었다. 하지만 겨우 참고 안쪽으로 나아갔다.

휴게실이라고 적힌 방이 나타났다. 입구에서 들여다보니 중년 남녀 두 명이 이야기를 나누고 있었다. 아무리 보아도 정신에 이상이 있는 것 같지 않은 사람들이었다. 또 구석 쪽에서는 고등학생으로 보이는 여자아이가 인형 옷을 입히며 놀고 있었다.

뒤에서 인기척이 났다. 돌아보니 흰 가운을 입은 서른 살쯤 되는 의사 같은 남자가 나를 빤히 바라보고 있었다. 학자가 모르모트를 관찰할 때처럼 감정이 담기지 않은 눈이었다.

"미안합니다. 길을 잘못 찾아서. 바로 나가겠습니다." 나는 얼른 변명했다. 하지만 남자의 눈빛은 변화가 없었다. 여전히 물끄러미 내 미간 쪽을 뚫어지게 바라보았다. "저어⋯⋯." 나는 다시 입을 열려고 했다.

바로 그때였다. 여자 목소리가 들려왔다. "어머, 야마모토 씨, 여기 계셨어요?" 목소리가 난 쪽을 보니 뚱뚱한 간호사가 쪼르르 달려오고 있었다. 간호사는 흰 가운을 입은 남자를 살짝 잡으며 말했다. "곧 선생님이 오실 테니까 방으로 돌아가요. 아셨죠?" 그러면서 남

315

자의 등을 떠밀었다. 그는 초점 잃은 눈으로 복도를 걸어갔다.

간호사는 시선을 내 쪽으로 옮기더니 의아하다는 표정을 지으며 물었다. "누구시죠?"

"미안합니다. 잠깐 견학하고 있었습니다."

"견학요?"

"예, 실은…… 형이 조만간 신세를 지게 될지도 몰라서요. 그래서 내부를 확인하고 싶어서."

"형이? 그렇습니까?" 간호사는 반쯤 경계를 푼 표정이 되었다. "그렇지만 마음대로 들어오시면 곤란합니다."

"죄송합니다." 나는 나가기로 했다. 간호사도 나를 따라왔다.

"그분은 언제쯤 입원하시나요?"

"모르겠습니다. 바로 입원할 수도 있고 좀 더 있다가 들어올지도 모르죠." 나는 멈춰 서서 뒤편을 가리키며 말했다. "방금 그분이 환자였군요. 휴게실에 있던 분들도."

"예, 그렇습니다."

나는 고개를 저었다. "전혀 그렇게 보이지 않던데요. 특히 휴게실에 있던 분들은."

"여기서는 환자도 일반인과 똑같이 대합니다 그래서 쉽게 구분할 수 없죠." 간호사는 자랑스럽다는 듯이 가슴을 폈다. "아무튼 인간적이고 애정이 담긴 간호가 저희 병원 특징이니까요."

"형이 입원해도 인간적으로 간호받을 수 있을까요?"

"예, 그야 물론이죠."

"그럼 입원하게 되면 잘 부탁드립니다." 나는 간호사에게 고개를 숙였다. 그녀는 살짝 놀란 모양이었지만 '예, 걱정 마세요'라고 대답했다.

병원에서 나오니 주위는 완전히 어두워져 있었다. 정원이나 주차장에 환자 같은 사람들 모습도 보이지 않았다. 정문에 잠시 멈춰 흰 건물을 돌아보고 있는데 주부로 보이는 여성이 나를 피하듯 멀찍이 떨어져 지나갔다. 나를 환자로 여긴 모양이었다.

32

집에 도착해 문 앞에서 노크하려다가 손길을 멈췄다. 안에서 이야기하는 소리가 들렸기 때문이다. 귀를 기울이니 이번에는 아무 소리도 들리지 않았다. 잘못 들은 걸까.

노크하자 작은 소리로 대답을 하더니 문이 열렸다. 나오코가 불안한 눈으로 나를 보았다.

"라디오라도 듣고 있었나?" 내가 물었다.

"아니, 왜?"

"말소리가 난 것 같아서."

"아아, 텔레비전 소리야. 뉴스 보고 있었거든." 나오코가 대답했다. 이 시간에 뉴스를 하나 싶었지만 더는 묻지 않았다.

자리를 잡고 앉아 병원에서 있었던 일을 나오코에게 전해주었다. 의사가 교고쿠의 증상, 즉 내 증상에 대해 설명한 내용이었다.

"오이디푸스 콤플렉스라고? 그래……?" 나오코 역시 이 용어에 대한 지식이 있는 듯했다. "그럴지도 모르겠네."

"그렇게 생각하면 이해되는 부분이 있어. 나는 녀석의 누이에게 마음이 확 끌렸어. 교고쿠는 여동생에 대해서도 오이디푸스 콤플렉스를 느낀 게 틀림없어."

내 의견에 반론을 펼 생각은 없는 듯했다. 나오코는 말이 없었다.

"어쨌든 이제 교고쿠를 모두 이해할 수 있게 되었어. 녀석의 왜곡된 의식이 어디를 향해 가는지도 알 수 있고. 결국 내 뇌를 향하고 있는 거야."

"어떻게든 제동을 걸어야 해."

"아니…… 난 이제 글렀을 거야." 내가 말했다. "나에 대해서는 내가 제일 잘 알아. 확실히 교고쿠에게 내 인격을 빼앗기고 있어. 음감이 날카로워진 대신 그림은 그릴 수 없게 되었지. 이게 변화가 얼마나 심한지 이야기해주고 있어."

"포기해선 안 돼. 어딘가에 출구가 있을 거야. 그걸 함께 찾자. 그러니 무슨 일이든 내게 이야기해. 뜻밖의 부분에 힌트가 숨어 있을지도 몰라."

"연구를 위해 그런 소리를 하는 거야, 아니면……."

"너를 위해서야." 내 말을 자르고 나오코가 말했다. "어떻게든 회복되었으면 좋겠어. 걱정 마, 그렇게 될 거야."

나는 나오코의 손을 잡았다. 그녀는 순간 놀란 표정이었지만 싫은 기색은 보이지 않았다.

"그 말을 믿으라는 거야?"

"그래, 날 믿어."

"나오코……" 나는 그녀의 손을 내 쪽으로 잡아당겼다. 앗, 하는 소리를 내며 비틀거린 나오코의 어깨를 껴안았다. "배신하지 않을 건가?"

"배신하지 않아."

나는 입을 맞추고 나오코를 눕혔다. 얇은 블라우스를 통해 그리 크지 않은 그녀의 가슴이 느껴졌다.

"나하고?" 나오코는 얼굴이 조금 창백해져 있었다.

"그래." 내가 말했다.

딱딱한 다다미 위에서 나는 그다지 세련되지 못한 거친 태도로 나오코를 안았다. 옷도 난폭하게 벗겼고 전희라고 해봐야 그녀의 몸을 마구 핥았을 뿐이다. 게다가 내 성기는 지금까지 경험한 적이 없을 만큼 심하게 발기해 서둘러 삽입하려고 아직 젖지도 않은 그녀의 그곳에 억지로 밀어붙였다. 나오코는 쾌감은커녕 내가 억지로 삽입할 때까지 눈을 꼭 감고 입을 꾹 다문 채 참고 있었다.

온몸이 흠뻑 젖어 나오코를 부둥켜안고 머릿속이 마비될 듯한 느낌 속에 사정했다. 그 뒤에도 바로 떨어지지 않고 나오코의 허탈한 얼굴을 들여다보았다. 그러면서 왜 이 여자를 사랑했는지 그제야 이해했다. 지금까지 깨닫지 못했지만 나오코는 어쩐지 교고쿠 료코를 닮았다. 그건 결국 교고쿠의 어머니와도 닮았다는 뜻 아닌가.

나는 생각했다. 나오코를 안았다는 것은 이미 내 뇌가 교고쿠에게 지배당했다는 의미인지도 모른다고.

"방법은 있을 거야." 나오코는 내 품 안에서 말했다. "뇌이식위원회에는 뇌의학 권위자가 모여 있어. 완벽한 치료는 곤란해도 더는 증상이 악화되지 않게 하는 정도라면 그리 어렵지 않을지도 몰라."

"못 믿어." 내가 말했다. "놈들이 자기 명예를 높이는 데 이용당하고 싶지 않아."

"그 사람들을 믿지 않아도 돼. 그 대신 나를 믿어. 우선 내가 조사해보고 이해가 된다면 이야기해줄게. 그러니까 내가 파이프라인 역할을 하는 거지."

"네가 속을 수도 있어. 실제로 속았잖아."

"이제 걱정하지 마. 나도 그렇게 허술한 사람은 아니니까."

"왜 이렇게 나한테 신경 써주는 거지?"

"당연하잖아?" 나오코는 내 가슴에 손을 얹었다. "널 좋아하니까."

머리가 망가져가는 남자에게 무슨 매력을 느낀다는 걸까. 나오코에게 물어봐야 했는지도 모른다. 하지만 그런 의문을 품으면 머리가 아파질 것 같아 나는 일부러 신경을 다른 곳으로 돌렸다.

"부탁이 있어."

"뭔데?"

"책장 제일 위 칸 왼쪽에서 두 번째에 식물도감이 있을 거야. 커버만 식물도감이고 안에는 내가 지금 쓰는 일기장이 있지. 변화 과정을 될 수 있으면 객관적으로 적고 있어."

그러자 나오코는 책장을 뚫어지게 바라보며 중얼거렸다. "아, 저게 일기였구나."

"왜 그래?"

"아니, 그냥. 이상한 책이 있다고 생각했거든. 그런데 왜 저런 커버를 씌웠어?"

내가 대답했다. "사람들이 함부로 보지 못하게 하려고. 그래서 부탁하는데, 내가 완전히 나루세 준이치의 마음을 잃어버리면 저걸 네가 없애줘. 아무도 보지 않으면 좋겠어. 너도 그때까지는 절대 보지 말고."

나오코는 머리를 들었다. "넌 네 마음을 잃지 않을 거야."

"나도 그렇게 믿고 싶어. 하지만 현실을 외면할 수는 없지. 언젠가는 내 마음을 완전히 교고쿠에게 빼앗기게 될 거야. 기억이나 의식은 나루세 준이치이더라도 인격은 완전히 다른 사람이 돼. 그리고 그곳에 가야겠지. 그 정신병원에."

나오코는 두 눈을 감고 몇 번이고 고개를 저었다. "그런 소리 하지 마."

"나도 하고 싶어서 그러는 거 아니야. 오늘 병원 내부를 보고 왔는데 그리 나쁜 환경은 아니었어. 남은 반생을 지내기에 적당하다는 생각이 들기도 해. 어쨌든 내 부탁을 들어줄 거지?"

나오코는 내 얼굴과 책장을 번갈아 보더니 이윽고 살짝 끄덕였다. "알았어. 만약 그런 날이 온다면 말이야. 나는 그런 날이 오지 않을 거라고 믿지만."

"희망을 품으면 실망도 커져."

"그래도 괜찮아. 희망은 버릴 수 없어. 다만……."

"다만?"

"저 일기를 없앴다는 건 아깝네. 학술적인 가치가 꽤 클 텐데."

"……그런가?" 나는 나오코의 옆얼굴을 바라보았다. 콧대가 스키 점프대처럼 아름답고 완만한 커브를 그렸다. 그리고 그 옆에 있는 눈은 깊은 호수처럼 신비스러운 빛을 내고 있었다. 나는 왠지 답답하고 불길한 무엇인가가 가슴속에서 싹트는 것 같다는 느낌이 들었다. 돌덩어리라도 삼킨 듯했다. 하지만 그 느낌을 무시하기로 했다.

자고 가도 된다고 했지만 내일까지 해야 할 일이 있다면서 나오코는 돌아갔다. 그녀가 떠난 방에서 나는 그녀의 부드러운 살갗과 뜨거운 숨결을 떠올렸다. 이상하게도 메구미에게 죄의식 같은 것은 전혀 느끼지 못했다. 나루세 준이치의 양심마저 소멸되고 있다는 이야기일까.

오늘 일을 일기에 적어야 한다. 요 며칠 가운데 가장 중요한 하루였다. 쓸 내용이 산더미처럼 많았다. 나를 지배하고 있는 것은 오이디푸스의 화신이라는 사실, 그리고 그에게 무릎 꿇고 나오코를 품었다는 사실. 나오코는 오이디푸스의 어머니다.

하지만 일기장을 펼치려다가 이상하다는 느낌이 들었다. 왠지 책장에 꽂힌 책의 위치가 바뀐 것 같았다. 나라면 저 위치에 꽂지 않았을 자리에 영어사전이 꽂혀 있기도 했다.

책상 서랍을 살펴보았다. 거기서도 같은 느낌을 받았다. 누가 건

드린 흔적이 있다. 건드릴 수 있는 사람은 물론 한 명밖에 없다.

불쾌했다. 더는 이 문제에 대해 생각하고 싶지 않았지만 결정적인 문제를 발견했다. 전화기였다. 평소 전화기를 놔둔 방향에 비해 90도 틀어져 있었다. 나는 전화기를 저렇게 두지 않는다.

집에 들어오기 전에 문밖에서 이야기하는 소리를 들었다. 나오코는 텔레비전 소리였다고 했지만 사실은 통화를 한 게 아닐까? 대체 어디에? 그리고 왜 그걸 숨겼을까?

조금 전 나오코가 한 말도 떠올랐다. 일기를 없애기는 아깝다던 말. 학술적 가치라고? 일기는 내가 나 자신을 위해 쓰는 것이지 다른 사람을 위한 게 아니다. 나오코는 그걸 모르는 건가? 일기의 학술적 가치에 얽매이면 도겐 패거리와 다를 게 하나도 없지 않은가.

전화기에 재발신 기능이 있다는 사실을 기억해냈다. 수화기를 들고 재다이얼 버튼을 눌렀다. 몇 차례 신호가 가더니 저쪽에서 전화를 받았다.

"예, 도와 대학입니다."

무뚝뚝한 목소리가 들려왔다. 아마 경비원일 것이다. 전화를 끊었다. 심장이 고동치기 시작했다.

불쾌감이 점점 커졌다. 나오코를 의심하는 나를 제어하려 애썼다. 그녀는 나를 좋아한다고 했다. 몸을 열어 나를 받아들였다. 그 사실을 소중하게 여겨야만 한다.

문득 정신을 차리니 빨간 피아노 건반을 만지고 있었다. 그걸 누르면 정신이 안정된다. 하지만 피아노 소리가 옆집에서 들려오는 학생들 떠드는 소리에 묻히고 말았다. 한동안 참고 있었지만 도저히 더는 참을 수 없었다. 밖으로 나가 옆집 문을 힘껏 걷어찼다. 우스이가 놀란 얼굴을 내밀었다. 나는 멱살을 잡고 다시 시끄럽게 굴면 가만두지 않겠다고 으름장을 놓았다. 우스이는 겁먹은 얼굴로 고개를 끄덕였다.

33

위기감이 크게 느껴졌다. 요즘 내 행동이 바른 길에서 어긋났다는 사실은 충분히 자각하고 있었지만 마침내 거의 말기에 이르렀다고 해도 좋을 만한 증상이 나타나기 시작했다. 내가 그런 짓을 했다고 는 도저히 믿기지 않았다. 그러나 사실이었다. 지금도 그때의 감촉이 손에 그대로 남아 있었다.

어젯밤이었다. 나는 여느 때처럼 일기를 쓴 뒤 책을 읽었다. 서점 에서 발견한 종교서적이었다. 지금 상태에서 벗어나기 위한 힌트 정 도는 발견할 수 있지 않을까 하는 막연한 기대감을 안고 구입했다 '마음을 무無로 돌린다'라는 표현에는 마음을 끌어당기는 힘이 있었 다. 그게 가능하다면 교고쿠의 그림자를 두려워할 일도 없다.

막 책에 빨려 들어가려는데 그 소리가 들렸다. 이 집에 이사온 뒤 로 늘 고민이었다. 뒷집 마당에서 개가 신경질적으로 짖고 있었다.

겁 많은 개라 누가 집 앞을 지나갈 때마다 짖어댔다. 머리가 나쁜지 집 식구들 이외의 사람은 도무지 얼굴을 기억하지 못했다. 게다가 한번 짖기 시작하면 상대방의 모습이 사라진 뒤에도 쉽게 그치지 않았다.

누가 항의하러 찾아갔다는 이야기를 들은 적이 있다. 하지만 그 집 주부는 '안 짖으면 집 지키는 개가 아니지 않으냐'라고 대꾸했단다. 나는 그때 생각했다. 개가 바보인 까닭은 주인을 닮았기 때문일 뿐이라고.

시계를 보니 오전 1시가 막 지난 시각이었다. 개는 여전히 짖어대는데 그 집 사람들은 시끄럽다는 생각도 안 하는 걸까. 마당도 그리 넓지 않고 평범한 가정집이라 방음도 제대로 되지 않을 텐데.

집중력이 흐트러져 책을 읽을 수 없었다. 그러지 않아도 마음이 평온하지 않으면 이해할 수 없는 내용이다. 나는 거칠게 책을 덮고 의자에서 일어났다. 서랍을 열어 공구상자 안에서 망치와 톱을 꺼냈다. 둘 다 최근에는 사용하지 않아서 조금 녹이 슬었다. 연장 두 개를 들고 방을 나섰다. 왜 망치와 톱을 덥석 집었는지는 나중에 돌이켜 생각해도 이해가 가지 않았다.

푹푹 찌는 밤이었다. 요즘 내내 이랬다. 실내등은 거의 다 꺼졌지만 에어컨 실외기는 작동하고 있었다.

개가 짖는 집 앞으로 갔다. 차 한 대를 세울 수 있는 주차장이 있지만 차는 보이지 않았다. 그 대신에 개집과 어린이용 그네가 놓여 있었다.

개는 긴 사슬에 묶여 있었다. 사슬은 주차장에서만 움직일 수 있을 만한 길이였다. 내가 다가가자 조금 전보다 더 심하게 짖기 시작했다. 어느 집에선가 창문 닫는 소리가 났다.

집 지키는 개로 키운다는데 생각보다 작았다. 검은 믹스견이었다. 긴 혀를 축 늘어뜨리고 컹컹 짖어댔다. 이상하다는 생각이 들었다. 이렇게 시끄러운데 이 집 식구들이 듣지 못할 리 없다. 아마 늘 이러니 익숙해진 모양이었다. 그러나 그런 식이라면 집 지키는 개로서 조금도 도움이 안 되는 셈이다.

펜스를 열자 개는 미친 듯이 짖었다. 아마 진짜 미쳤으리라. 목이 사슬에 묶여 있으니 뒷다리로 버티고 서서 내게 적의를 드러냈다.

나는 오른손에 망치를 들고 주위를 둘러보았다. 밤중인 데다 이 개가 짖는 문제는 다들 체념 상태다. 내다보는 사람은 전혀 없는 것 같았다.

나는 망치를 휘둘렀다. 이마를 정통으로 맞자 개는 풀썩 쓰러져 사지를 부르르 떨었다. 우는 소리는 바로 그쳤지만 지금까지의 피해를 생각하면 이대로 돌아갈 수는 없었다. 나는 한 대 더 후려쳤다.

아침에 그 집 앞을 지나는데 큰 소동이 벌어져 있었다. 구경꾼이 모여든 것은 이해가 가지만 놀랍게두 경찰까지 와 있었다.

"사람이 어떻게 저런 끔찍한 짓을."

"정말." 동네 주부로 보이는 두 여성이 이야기를 나누는 소리가 내 옆에서 들렸다.

"도둑놈 짓은 아니래. 틀림없이 개가 짖어서 화난 사람이 저지른 짓일 거라던데."

"하긴, 저 개 워낙 시끄러웠으니까." 다른 주부가 속삭였다.

"그래. 이렇게까지 한 건 끔찍하지만 앞으로 밤중에 짖는 일이 없을 거라고 생각하면 솔직히 마음이 놓여."

"범인이 남긴 실마리는 있으려나?"

"글쎄. 아무도 못 봤대. 그런데 전에 개가 너무 시끄럽다고 항의하러 온 사람이 있었다니까 그 사람이 수상하지 않겠어?"

"그래도 너무 잔인하네. 시체는 뒤에 있는 공터에 버렸다며. 발견한 사람은 누굴까? 내가 아니라 다행이야."

"정말. 개 머리가 떨어져 있으면 기절할 거야."

거기까지 듣고 나는 자리를 떠나 역을 향해 걸었다.

오늘은 일하다 말고 몇 번이나 손을 들여다보았다. 오일에 독이 올라 붉게 짓무른 부분이 문득 피에 물든 것처럼 보였다. 하지만 그럴 리 없었다. 어젯밤 집에 돌아와 비누로 깨끗하게 씻었기 때문이다. 이상하게 여길 일도 아니지만 그 많은 피를 손에 묻히고도 전혀 동요하지 않았다. 문손잡이에 묻은 피를 잊지 않고 닦을 만한 여유도 있었다.

왜 그렇게까지 했는지 스스로 물었다. 망치로 때려죽였을 뿐만 아니라 시체를 공터에 옮겨 톱으로 목을 잘라냈다. 싸가지 없는 개 주인이 이 머리를 발견하고는 어떤 반응을 보일까. 그 모습을 상상하면 몸서리가 날 만큼 흥분되었다.

나루세 준이치라면 도저히 이렇게 하지 못했을 것이다. 목을 자르기는커녕 죽이지도 못했겠지. 그건 아무리 생각해도 정상적인 사람이 할 수 있는 짓이 아니었다.

하지만 어젯밤 행동을 반성할 마음은 내 의식 속에 없었다. 비정상적인 행동이라는 사실은 조금만 생각해도 알 수 있지만 그런 잣대를 내게 적용해 평가할 수는 없다. 결국 앞으로도 같은 짓을 저지를 가능성이 있다는 이야기이다.

개로 끝나면 좋겠다. 그것이 내 진심이었다. 살 가치가 없는 놈은 죽여버리면 그만이라는 마음이 존재하고 있음을 인정하지 않을 수 없었다.

개를 죽인 일이 생각보다 큰 뉴스가 되었다는 사실은 사원식당에서 점심을 먹다가 알게 되었다. 텔레비전에서 뉴스를 하고 있었기 때문이다. 목을 잘랐다는 잔혹성 때문에 뉴스로 크게 다루었는지도 모른다.

"경찰은 개가 짖는다고 누가 화풀이를 한 것이거나 정신이상자의 소행으로 보고 수사하고 있습니다……."

아나운서의 말이 가슴 밑바닥에 가라앉았다. 정신이상자…… 만약 내가 잡히면 틀림없이 그런 딱지가 붙을 것이다.

갑자기 밥맛이 없어져 작업장으로 돌아갔다. 컨베이어벨트의 기계에 둘러싸인 채 일인용 의자에 앉아 종교서적을 펼치고 오후 작업 개시 벨이 울리기를 기다렸다. 그때 여직원이 내게 다가왔다. "나루세 씨, 전화요. 외선입니다."

나는 책을 내려놓고 일어섰다. 여직원은 몸을 돌려 잰걸음으로 걷기 시작했다. 이런 남자와 함께 걷기는 싫다는 듯이. 여직원들이 내가 없는 데서 '어쩐지 기분 나쁘다'라고 쑥덕거리는 걸 안다. 업무 때문에 이야기를 나누어야만 할 때도 결코 눈을 마주치려 들지 않았다. 긴 머리카락을 찰랑거리며 걷는 뒷모습을 보며 저 목을 힘껏 조르면 얼마나 속이 시원할까 생각했다.

전화를 건 사람은 다치바나 나오코였다. "뉴스 봤어." 나오코가 말했다.

"개 말이야?" 내가 묻자 수화기 저쪽에서 깊은 한숨 소리가 들려왔다.

"역시 너구나. 사건현장이 네 아파트 바로 옆이라 혹시나 해서 전화한 건데."

"그래서?"

"오늘 밤 볼 수 있을까?"

"그래."

"그럼 내가 집으로 갈게. 8시쯤 괜찮아?"

괜찮다고 대답한 뒤 수화기를 내려놓았다. 어젯밤 상황을 설명해야 한다는 생각에 우울해졌다. 그러나 한편으로는 완전히 마음을 터놓아도 괜찮을까 하는 의심이 존재하는 것도 사실이었다. 얼마 전 일이 내내 마음에 걸렸다.

아니, 생각하지 말자. 어쨌든 지금 내 편은 나오코뿐이다.

34

거의 약속 시각에 맞춰 나오코가 찾아왔다. 나는 방석을 내놓고 오늘 퇴근길에 사온 홍차를 끓여주었다.

"맛있네." 나오코는 홍차 맛을 칭찬하고 나서 바로 본론으로 들어갔다. "왜 그런 짓을 했어? 이유를 이야기해줄 수 있어?"

"이유 같은 건 없어. 그러고 싶어서 그랬을 뿐."

"개를 죽이고 목을 잘라내고 싶었어?" 나오코가 미간을 찌푸리며 물었다.

"그런 셈이지." 나는 어젯밤 일을 자세하게 이야기했다. 개 짖는 소리가 시끄러워 화가 난 점은 나오코도 이해하는 듯했다. 하지만 죽이거나 목을 잘라낸 부분에서는 얼굴을 찌푸렸다.

"그림을 그리려는 중이야." 내가 말했다. "그런데 통 그려지지 않아. 이미지가 전혀 떠오르지 않네. 흰 캔버스 앞에 멍하니 앉아 있을 뿐이야. 그리고 문득 정신을 차리면 이 피아노를 만지고 있어."

나오코는 내가 가리킨 장난감 피아노를 기분 나쁜 물건이라도 보는 듯한 눈으로 바라보았다.

"증상이 진행되고 있다는 거야?"

"틀림없어. 게다가 가속도가 붙은 것 같아. 교고쿠는 내가 그림붓을 들지 못하게 만들어. 대신 피아노를 치게 하지. 그 힘이 날이 갈수록 세지는 기분이야."

"비관적으로만 생각하지 마. 일기는 적어?"

"그래."

"오늘치는?"

"아까 썼어."

'그래?' 하며 고개를 끄덕인 나오코는 책장으로 시선을 던졌다. 그 표정이 너무 마음에 걸렸다. 왜 일기에 얽매이는 걸까. 나오코의 눈빛에 나에 대한 배려 이외에 다른 의미가 담겼다는 생각이 자꾸 들었다.

"요즘은 그 녀석들…… 도겐과 어울리지 않나?"

"응. 그래서 도겐 박사가 무얼 하는지도 모르겠어."

"그래?"

"저어, 이건 내 제안인데." 나오코는 양손 깍지를 꼈다 풀었다 하면서 말했다. "이번 같은 일이 언제 일어날지 모르니 너무 걱정돼. 그래서 가끔 널 보러 오고 싶어. 그럼 네가 충동적으로 곤란한 짓을 저지르는 걸 말릴 수 있을 지도 몰라."

"그래서?"

"여벌 열쇠를 하나 줄 수 없을까? 늘 미리 연락할 수는 없을 테니까."

"열쇠를?"

"그래, 있지?"

나오코의 보채는 듯한 시선을 보니 다시 불쾌한 기분이 치밀어 올랐다. 왜 이 여자는 열쇠를 달라는 거지? 정말 나를 돕기 위해서일까. 며칠 전 일이 머릿속에 떠올랐다. 내가 병원에 가 있는 동안 이 여자는 대체 뭘 했던 걸까.

"여벌 열쇠는 없어. 메구미가 가지고 있지." 내가 말했다. 사실이었다.

나오코의 얼굴에 실망한 기색이 또렷하게 떠올랐다. 그 표정은 내 의혹을 더욱 부채질했다.

"그래? 아쉽네. 도움이 되고 싶은데." 나오코의 눈이 순간 책장으로 향하는 것을 나는 놓치지 않았다.

"목이 마르네." 내가 일어서며 말했다. "맥주 좀 사올게."

"술 끊은 거 아니었어?"

"오늘만 특별히. 좀만 기다려."

밖으로 나오니 뜻밖에 바람이 서늘했다. 머리가 뜨거워져서 그렇게 느끼는지도 모른다.

나는 일부러 발소리를 크게 내며 복도를 걷다가 다시 발소리를 죽이고 문 앞으로 돌아왔다. 나오코를 의심하고 싶지는 않지만 마음에 걸리는 점이 너무 많았다. 나를 배신할 생각이라면 내가 없는 동안에 무슨 행동을 할 것이다. 나는 그 순간 갑자기 문을 열 작정이었다.

하지만…….

문 앞에 서서 열쇠를 꽂으려는 순간 안에서 이야기하는 소리가 들려왔다. 나는 문손잡이를 잡은 채 그대로 굳고 말았다. 나오코가 혼자 중얼거릴 리는 없으니 누군가와 통화를 하고 있다는 이야기다.

문에 귀를 댔지만 제대로 들리지 않았다. 이윽고 말소리가 멈췄다. 전화를 끊은 모양이다.

문을 열 용기가 나지 않았다. 나오코가 배신했다고 생각하고 싶지 않았다. 설사 그녀를 원하는 마음이 교고쿠의 욕망이라 해도 그녀가 나를 생각하는 마음은 진짜라고 믿고 싶었다.

얼마나 그렇게 멍하니 서 있었을까. 실제로는 그리 길지 않은 시간이었을지도 모른다. 나는 마른 입술을 혀로 적시며 심호흡을 한 다음 문을 열었다.

나오코는 자기 가방에 손을 얹고 있었다. 무슨 까닭인지 무척 당황한 듯 보였다.

"어머, 깜짝이야. 어떻게 이렇게 빨리 돌아왔어?" 안색이 창백했다. "맥주는?"

"자판기가 판매 중지상태야. 밤중에는 술을 못 파는 모양이야."

"그래?" 나오코의 눈동자가 불안하게 움직였다. "어쩔 수 없지 뭐."

"뭐 하고 있었어?" 내가 물었다.

"아무것도…… 그냥 멍하니 앉아 있었어."

나는 책장을 보았다. 일기장을 꽂아둔 부분에 틀림없이 조금 움직인 흔적이 보였다. 하지만 그 말은 꺼내지 않고 나오코를 안았다.

"왜 그래?" 나오코의 눈이 불안해 보였다.

"날 도와줄 거지?"

"응, 물론이지."

나는 입을 맞추고 그대로 나오코를 눕혔다. 스커트 안으로 손을 넣어 스타킹과 속옷을 억지로 벗겼다. 나오코의 그곳은 거의 젖어 있지 않았지만 은밀한 곳을 만지자 흠칫 몸을 떨었다.

"거칠게 하지는 말아줘." 나오코가 작은 목소리로 말했지만 무시하고 나 하고 싶은 대로 거친 성행위를 시작했다. 나오코는 꾹 참고 있었다. 가만히 생각해보면 이런 고통을 참고 견디는 이유가 있는 게 아닐까.

나는 행위를 마친 뒤 샤워하라고 나오코에게 말했다. "땀이 끈적거려서 불쾌할 거야. 난 나중에 해도 돼."

나오코는 무슨 이유에서인지 머뭇거렸지만 거절할 이유를 찾지 못했으리라. 발가벗은 채로 일어나더니 말없이 욕실로 들어갔다.

샤워하는 소리가 들리는 걸 확인한 뒤 나는 몸을 일으켰다. 그리고 나오코의 백을 끌어당겼다. 안을 보자 제일 먼저 눈에 들어온 것은 카메라 크기쯤 되는 검은 기계였다. 무엇인지 바로 알아차렸다. 휴대용 복사기였다. 가방 안을 더 뒤지니 복사지가 여러 장 나왔다.

거기 인쇄된 것은 틀림없이 내 일기의 일부분이었다.

귀에서 윙윙 소리가 나기 시작했다. 꾹꾹 눌러 참고 있던 것이 치밀어 올랐다. 뇌가 더는 생각하기를 거부하고 있다. 교고쿠가 거부하고 있다.

현기증이 났다. 머릿속에서 피이잉, 하는 전자음이 들려오는 것 같았다.

백을 원래 있던 자리에 돌려놓고 모로 누워서 머리를 감싸 안았다. 바로 그때 나오코가 욕실에서 나왔다. 목욕수건을 몸에 두르고 있었다. 분위기가 이상하다는 걸 눈치챘는지도 모른다. 살짝 굳은 표정으로 나오코가 물었다. "왜 그래?"

"아니, 별로." 나는 누운 채 오른손을 나오코 쪽으로 내밀었다. 그리고 그녀가 옆에 앉아 그 손을 잡자마자 그대로 잡아당겼다. 나오코는 균형을 잃고 내 품 안으로 쓰러졌다. 목욕수건이 벗겨지며 젖은 몸이 드러났다. 나는 나오코의 귀에 입을 맞췄다. 비누냄새가 났다. 다시 부풀어 오른 페니스가 나오코의 허리에 닿았다. 분위기가 바뀌어 불안해하던 나오코도 내 반응에 안도한 듯했다.

"또?" 나오코가 말했다. 살짝 곤혹스러운 표정을 지으면서도 입가에는 웃음을 지었다.

"의논할 일이 있어."

"뭔데?"

"나하고 어디 멀리 갈래? 다른 사람들과 접촉할 필요가 없는 조용한 곳으로."

순간 나오코의 눈에 당황한 빛이 떠올랐다. 거의 예상했던 반응이었다. 나오코는 몸을 틀어 내게 등을 보였다. "그건 좋지 않아. 역시 포기하지 말고 치료를 계속 받는 편이 낫지."

나는 그녀의 흰 등에 입을 맞추고 손을 뻗어 젖꼭지를 쓰다듬었다. "싫어?"

"그게 아니라 나는 널 회복시킬 방법을 찾고 싶은 거야."

"그런 건 없어."

"있을 거야." 나오코는 다시 내 쪽으로 돌아누웠다. "초조해하면 안 돼."

"나하고 함께 가자. 내일, 내일 아침에 출발할 거야."

"그런 소리 하지 말고. 그러면 안 되는 거 알잖아."

"돼." 나는 나오코의 몸에 올라탔다. 약속이라도 한 듯 나오코는 팔을 둘러 나를 안았다. 나는 체중을 다 실어 그녀가 움직이지 못하도록 한 뒤 말했다. "네 소지품은 저것뿐이야. 저 가방만 있으면 되잖아."

"응?" 나오코는 허를 찔린 표정으로 눈을 깜빡였다.

"저 백 말이야. 필요한 건 복사기뿐일 텐데." 내가 말했다.

"……봤어?" 나오코의 얼굴에 곤혹스러워하면서도 겁에 질린 표정이 스쳐갔다.

"왜지?" 나는 나오코를 내려다보며 말했다. "내가 무슨 나쁜 짓이라도 했어? 난 아무 짓도 하지 않았어. 널 사랑했을 뿐이야. 게다가 그건 너희가 한 수술 때문이지. 그런데 왜 이렇게 심한 짓을 하지?"

나오코의 눈동자가 흔들리고 입술이 떨렸다. "아니야…… 설명할게. 이유가 있어."

나는 나오코의 몸을 누른 상태로 두 손을 목으로 옮겼다. "가르쳐줘. 오이디푸스도 결국 어머니에게 배신당하나?"

"제발, 내 말 들어. 널 사랑해." 그녀가 울기 시작했다.

머릿속에서 불꽃놀이가 시작되었다. 나오코는 사랑이란 표현을 써서는 안 될 일이었다. 그 단어는 내 정신을 폭주하게 만들었다.

나는 여자의 목을 졸랐다. 손가락이 목을 파고들자 부드럽기는 하지만 뭔가에 닿는 확실한 느낌이 왔다. 여자는 놀라움과 공포에 질린 얼굴로 손발을 버둥거리며 눈을 부릅떴다. 이윽고 흰자위가 많아지고 거기에 수많은 실핏줄이 돋아났다. 얼굴이 새파랗게 변하고 핏기를 잃은 입술 끝에서 침이 흘렀다.

여자가 움직이지 않게 된 뒤에도 나는 그 몸에서 떨어지지 않았다. 살갗은 아직 온기가 남아 있었다. 여자는 넋이 나간 듯 허공을 노려보고 있지만 그 공허한 표정에는 살아 있을 때와는 또 다른 아름다움이 있었다. 나는 여자의 목덜미를 핥고 젖꼭지를 빨았다. 내 페니스는 더 단단해졌다.

몸을 일으켜 여자의 두 허벅지를 들어 올리고 성기를 천천히 관찰했다. 여자는 오줌을 쌌다. 냄새가 코를 찔렀지만 내겐 감미로운 향기로 느껴졌다. 나는 페니스를 잡고 여자의 그곳에 삽입했다. 놀랍게도 여자의 성기는 아직 살아 있는 것 같았다. 질의 벽이 휘감겨 왔다. 잠깐 몸을 움직였을 뿐인데 바로 흥분되었다.

여자의 입술 사이로 끈끈한 액체가 주르륵 흘렀다. 그게 삶의 흔적처럼 느껴졌다. 여자의 얼굴을 내려다보며 아까보다 더 격렬하게 사정했다.

몸을 떼고 발가벗은 채로 일어섰다. 싱크대 아래서 브랜디 병을 꺼냈다. 밀봉을 뜯고 마개를 뽑자 독특한 향기가 풍겼다.

잔 없이 병째 입에 대고 벌컥벌컥 마셨다. 메마른 사막에 물을 뿌리듯 오래간만에 마시는 술은 아무런 저항 없이 온몸에 흡수되었다.

나는 여자를 보았다. 예쁜 여자였구나, 하는 생각이 들었다. 하지만 그뿐이다. 어떤 감정도 느끼지 못했다. 슬픔도 없고 분노도 없다. 물론 후회할 마음도 없다.

창가로 가서 커튼을 열었다. 오늘 밤은 조용하다. 역시 그 개는 잘 죽였다. 밤의 어둠을 보고 있으면 마음이 차분해진다.

줄어든 페니스에서 이상한 냄새가 풍겼다. 브랜디를 뿌려 묻은 것을 씻어냈다. 몰랐는데 살갗이 조금 벗겨져 알코올이 닿자 따가웠다.

브랜디를 한 모금 꿀꺽 마시고 다시 창밖으로 눈길을 돌렸다. 하지만 내 시선은 창문 유리를 통과하지 못하고 거기 비치는 얼굴을 보았다. 생기도 없고 감정의 조각조차 찾아볼 수 없다. 이 얼굴은 전에 만난 적이 있다는 생각이 들었다.

죽은 생선 눈을 지닌 그 남자다.

8월 21일 화요일 (맑음)

불길한 예감. 저 텔레비전 뉴스.

누가 그 개를 죽였다는 사건을 보고 심장이 멎을 뻔했다. 그건 준이 사는 원룸 아파트 뒷집에서 키우던 개다. 준이 싫어했다. 죽여버리는 게 낫다고 한 적도 있다.

설마 준이? 그럴 리가 없다. 준은 벌레 한 마리 죽이지 못했다.

하지만 준이 죽였다면 어쩌지? 그건 나 때문이 아닐까? 그가 힘들어하는 걸 알면서도 도망친 내 잘못일까?

35

여자를 죽인 지 사흘 뒤, 점심식사를 마치고 작업 위치로 돌아가니 손님이 왔다는 메모가 놓여 있었다. 서툰 글자로 보건대 메모를 남긴 사람은 그 경박한 사무직원일 것이다. 요즘은 무슨 일이든 쪽지로 전달하려 든다. 하지만 나도 그게 더 편하다.

나는 요즘 다른 사람과 접촉하는 일을 최대한 피하며 기계로 둘러싸인 공간에서 묵묵히 작업을 반복하고 있다. 어쩔 수 없이 이야기를 나누는 건 업무 시작 전과 종료 후에 팀장과 의논할 때뿐이다. 그때도 내가 먼저 말을 거는 일은 거의 없다. 팀장 지시에 고개를 끄덕이고 무슨 질문을 받았을 때만 꼭 필요한 만큼 대꾸를 한다.

팀장은 나를 괴짜라고 여겨 업무에 대해 의논하기도 힘들어하는 듯했지만 일단 업무상 실수를 저지르는 일이 없고 능률도 이전 작업자보다 훨씬 낫기 때문에 잔소리할 이유가 없었다.

공장 정면 현관에는 간단한 로비가 있어 거래처와 상담 같은 것을 할 수 있었다. 점심시간이라 스무 개가 넘는 테이블에 사람이 거의 없어 나를 만나러 온 사람을 쉽게 찾을 수 있었다. 손님은 구라타 형사였다.

"식사를 방해한 게 아니면 좋겠는데." 형사는 내 얼굴을 바라보며 말했다.

"급한 용건인 모양이군요." 나는 형사의 사냥개 같은 눈을 마주 보며 맞은편 자리에 앉았다. "굳이 이런 기름 냄새 풍기는 곳까지 오시다니."

"아니, 급하다고 할 정도는 아니고. 퇴근 후에 만나도 상관은 없지만 어떤 곳에서 일하는지 보고 싶기도 해서. 부서가 바뀌었다던데."

"예, 뭐. 그런데 용건은 뭐죠?" 나는 의자에 기대며 팔짱을 꼈다.

"으음, 사실은……" 구라타는 수첩을 꺼내 펼치더니 나를 빤히 바라보면서 말했다. "어디 몸이 안 좋으신가?"

나는 고개를 저었다. "아뇨. 별로."

"그래? 그렇다면 다행인데…… 안색이 별로 안 좋은 것 같아서."

"과로 때문이겠죠. 좀 바빴거든요."

"너무 무리하지 않는 편이 좋을 텐데." 구라타는 수첩으로 시선을 돌렸다. "다치바나 나오코 씨 아시나? 도와 대학 의학부 도겐 교수의 조수."

나는 고개를 끄덕였다. 예상한 질문이라 의외라는 생각은 전혀 들지 않았다. "그 사람에게 무슨 일이라도?"

구라타 형사가 대답했다. "이삼 일 전부터 실종이라."

"실종……?" 묘한 느낌을 주는 단어라는 생각이 들었다. 그 여자가 어디 있는지 알기 때문에 그랬는지도 모르겠다. "행방불명이라는 건가요?"

"그래. 이틀 전에 부모님이 신고했지. 어머니 말에 따르면 이틀 전 점심시간 조금 지나서 도겐 박사가 전화를 했다던데. 따님이 학교에 나오지 않고 집으로 전화해도 아무도 받지 않는데 혹시 무슨 일인지 아시느냐고. 그래서 어머니가 서둘러서 다치바나 씨가 사는 아파트로 가보니 역시 딸이 없었어. 여행을 갔나 생각했지만 준비한 흔적도 없었고, 아무에게도 이야기하지 않고 여행을 간다는 것도 이상한 일이지. 그래서 갈 만한 곳에 빠짐없이 전화해보았지만 누구도 행방을 알지 못했고. 어머니는 처음에 하룻밤 기다렸다가 신고할 생각이었지만 걱정이 되어 가만히 있을 수 없어서 밤늦게 경찰에 달려왔다더군."

"그럼 아직 무슨 사건이 일어났다는 건 아니네요." 내가 말했다.

"뭐 그렇기는 하지만 가만히 있을 순 없어서. 무슨 사건에 휘말렸을 가능성이 있으니. 특히 다치바나 씨는 그 획기적인 수술에 관여한 사람이기도 하니까. 행방불명이 되면 그런 쪽과 연관이 있지 않나 생각할 필요가 있지. 이쪽 사정이 복잡해서 말이야. 내가 이 문제를 담당한 것도 조금이나마 사정을 아는 사람이 맡는 게 낫겠다는 판단 때문이고."

살해되었을 가능성도 있기 때문이라는 말은 하지 않았다.

"그래, 내게 묻고 싶은 건 뭔가요?" 나는 고개를 갸웃하며 턱을 조금 내밀었다.

"우선 짚이는 데가 없나 싶어서. 다치바나 씨의 실종에 대해 뭔가 짚이는 구석 없으신가?"

나는 천천히 고개를 저었다. "내가 그 사람이 어디 갔는지 알 리 없잖아요?"

"행선지는 모르더라도 다치바나 씨에게 무슨 이야기를 들었을지 모른다는 생각에 찾아온 거니까. 입원해 있는 동안 다치바나 씨는 내내 당신을 보살폈다고 하고, 퇴원 뒤에도 대학 연구실 같은 데서 자주 얼굴을 봤을 텐데?"

나는 살짝 고개를 저었다. 그러면서 형사의 말에 이해되지 않는 점이 있다는 걸 느꼈다. 형사는 당연히 도겐에게도 물어보았을 테니 다치바나 나오코가 종종 나와 단둘이 만났다는 사실을 알고 있으리라. 하지만 지금 하는 말을 들어보면 그런 사실을 전혀 모르는 듯했다. 사실은 알면서도 숨기는 걸까. 아니면 도겐이 이야기하지 않았을까. 만약 후자라면 도겐은 왜 이야기하지 않았을까.

"마지막으로 다치바나 씨를 만난 건?" 형사가 질문방식을 바꾸었다. 나는 사가 씨 집에 갔던 날이라고 대답했다. 제법 오래전 일이다. 구라타 형사는 수첩에 받아 적더니 말했다. "다치바나 씨와 치료에 관한 이야기 이외에 무슨 이야기를 하셨나?"

나는 지장이 없을 만한 내용을 두세 가지 이야기한 뒤 이렇게 질문했다. "최근 다치바나 씨의 상황에 대해서 도겐 박사에게 물어보지 않은 겁니까?"

"물론 물어봤지. 하지만 짚이는 구석이 없다나." 구라타가 말을 이었다. "전날까지는 아무 문제없이 학교에 나왔고 여느 때처럼 연구 업무를 한 뒤 대략 오후 6시쯤 퇴근했다던데. 아는 건 거기까지. 그 뒤 다치바나 씨는 사라졌고."

도겐이 숨긴다는 건가? 이유가 대체 뭘까. 사실대로 이야기하면 도겐 자신이 누구보다 먼저 의심받을 것이다. 그걸 피하려는 걸까. 무엇 때문에?

"미안하지만 나는 전혀 짚이는 데가 없습니다."

"그래?" 구라타는 특별히 의심하는 기색 없이 아쉽다는 표정을 지으며 수첩을 양복 안주머니에 넣었다. "그럼 다른 곳을 가봐야겠군."

"형사님은 다치바나 씨가 어떻게 된 것 같습니까?"

"글쎄, 어떻게 되었을까?" 구라타는 고개를 꼬았다. "불쑥 나타날 것 같다는 기분도 들고 최악의 사태를 당한 것 같다는 생각도 드는데. 모르겠군."

나는 말없이 고개를 끄덕였다. 구라타의 예언이 나쁜 쪽으로 맞았다는 걸 알기 때문이었다.

구라타 겐조의 메모 2

8월 24일, 도와 대학 의학부에 근무하는 다치바나 나오코가 실종된 사건과 관련해 다치바나가 담당했던 환자 나루세 준이치를 만났다. 이 사람은 만날 때마다 조금씩 인상이 다르다. 처음 만났을 때는 아주 진지한 느낌이었는데 지금은 그런 표현이 어울리지 않는다.

특별히 기록할 만한 사항 없음.

36

오후 작업을 시작하면서 나는 그날 밤을 떠올리고 있었다. 자꾸만 머릿속에 떠오르는 광경이다. 아마 한평생 뇌리에서 떠나지 않으리라. 내게 한평생이라는 것이 존재한다면 말이다.

나오코의 시체는 좁은 욕조에서 절단했다. 그냥 운반하기는 번거롭기 때문이다. 저번에 짖어대는 개의 목을 잘라낸 톱은 날이 녹슬어 잘 들지 않았다.

모두 절단한 뒤에 검은 비닐봉투에 나오코를 이루던 부품을 하나씩 담았다. 예전에는 공포영화도 제대로 보기 못했는데 진히 무섭지 않았다. 하지만 이제 그런 소리는 하지 않겠다. 지금 나는 예전의 나루세 준이치가 아니다.

나오코의 머리는 그녀를 죽인 나마저 알아보기 힘들어졌다. 사람이 죽으면 이토록 인상이 변하는 걸까 싶었다. 아니면 톱질을 하다

보니 모양이 바뀐 걸까. 나는 마지막 입맞춤을 하고 머리도 비닐봉투에 넣었다.

그날은 그대로 욕실에 두고 이튿날 밤에 옆방 우스이 유키오에게 차를 빌려 처리하러 나갔다. 요즘 우스이는 내 얼굴만 보면 왠지 정체를 알 수 없는 사람이라도 보는 듯한 눈을 했다. 차를 빌려달라고 했을 때에도 내키지 않는 눈치였다. 그렇지만 결국 키를 넘겨준 것은 내 몸에서 뿜어져 나오는 이상한 기운에 압도되었기 때문인지도 모른다. 내가 비닐봉투를 옮기는데 '안에 뭐가 들었어요?'라고 물었다. 쓰레기는 아니니 걱정 말라고 하자 '그런 걸 걱정하는 건 아닌데요'라며 우물거렸다. 철부지 도련님은 상상도 못 하리라. 나는 너도 여차하면 이렇게 만들어줄 수 있다고 속으로 욕을 퍼부으며 차에 올라 시동을 걸었다.

먼저 공장에 들러 창고에서 삽을 하나 훔쳤다. 겨울에 눈을 치울 때나 쓰기 때문에 하나쯤 없어져도 누구 하나 수상하게 여기지 않을 것이다.

시체를 버릴 장소는 이미 정해두었다. 전에 우스이에게 차를 빌려 지치부 쪽으로 메구미와 드라이브하러 갔을 때를 생각해냈다. 아무도 오지 않을 것 같은 숲속으로 차를 몰고 가 난생처음 카섹스를 했다. 좁은 차 안에서 몸을 포개기는 생각보다 훨씬 어려웠다. 하기는 했지만 사람이 오지 않을까 잔뜩 걱정하면서 했다.

메구미……

그녀를 생각하면 가슴이 아프다. 지금쯤 어떻게 지내고 있을까.

메구미를 행복하게 해주는 게 꿈이던 시절은 이미 아득히 먼 옛날이 되고 만 기분이었다.

메구미와의 추억이 깃든 장소에 차를 세우고 삽을 꺼냈다. 10미터쯤 숲속으로 들어가 흙이 무른 곳을 골라 파기 시작했다. 영원히 발견되지 않을 거라고는 기대하지 않는다. 조금만 시간을 벌면 그만이다.

얼마나 걸렸을까. 1미터 가까이 파고 차에서 비닐봉투를 가져다 내용물만 구덩이 안에 버렸다. 손전등 불빛뿐이라 어두워서 내가 묻는 게 다치바나 나오코의 몸 일부라는 느낌이 거의 들지 않았다.

흙을 메우고 표면을 다졌지만 그 부분만 봉긋 솟아올라 명백히 부자연스러웠다. 낮에 보면 더 티가 나겠다. 하지만 여기는 사람이 거의 들어오지 않을뿐더러 누가 수상하게 여긴다 해도 설마 시체가 묻혀 있을 거라는 생각은 하지 않을 것이다. 이 정도면 됐다. 만족스러웠다. 바로 들통나면 그럴 운명이기 때문이리라.

비닐봉투는 집으로 돌아가는 도중에 어느 공원 쓰레기통에 버렸고 삽은 폐품수거 업체 부지 안에 버렸다. 그런 삽에 의심을 품는 사람은 아마 전혀 없을 것이다.

우스이이 차를 주차장에 세우고 키는 녀석의 십 우편함에 던져 넣었다. 모든 일을 마치고 방으로 돌아오자 자명종 시계가 오전 2시를 가리키고 있었다.

죽어도 상관없다…… 그날 밤 일을 돌이켜보며 나는 나 자신에게 말했다. 조금만 생각해봐도, 다른 범죄자라면 결코 저지르지 않을 위험한 실수가 여러 가지 있었다. 예를 들면 비닐봉투. 만약 그걸 줍는 놈이 있다면 안에 피와 체액이 남아 있는 걸 발견하리라. 그러면 경찰에 신고할 테고 경찰은 범죄와 관련이 있을 것으로 보고 수사에 착수한다. 이윽고 지치부 산속에서 토막시체가 발견되면 서로 관계 있다는 사실이 확인된다. 혈액형이 일치하고 비닐봉투에 남은 지문이 문제가 된다. 한편 다치바나 나오코의 소식을 알아보던 그룹은 시체의 신원이 나오코가 아닐까 생각한다. 부패가 진행되어 겉모습만으로는 판단할 수 없어도 지문을 조합하면 가능할지도 모른다. 혹은 치과치료 기록이 남아 그걸로 판단할 수 있을지도 모른다. 어쨌든 과학수사의 힘으로 시체는 다치바나 나오코라는 사실이 밝혀진다. 그러면 비닐봉투에 남은 지문의 주인을 찾는 일에 수사의 초점이 맞춰진다. 나오코의 주변 사람들 지문을 모두 체크하리라. 경찰은 비닐봉투에 남은 지문과 내 지문이 일치한다는 사실을 알게 되고 유력한 용의자인 나를 경찰서로 부른다.

그렇게 돼도 어쩔 수 없다고 생각했다. 체포되는 것은 전혀 두렵지 않다. 교도소에 가면 그만이다. 설사 사형 판결을 받더라도 상관없다. 인간은 어차피 언젠가 죽는다. 일찍 죽느냐 늦게 죽느냐 하는 차이뿐이다. 인간의 생명이 기를 쓰고 연장할 만한 가치가 있지는 않다. 게다가 내 생명은 거의 교고쿠 것으로 변해가고 있다.

다만 얼마 남지 않은 나루세 준이치의 의식만은 소중하게 여기고 싶었다. 경찰에 잡혀 자유를 잃기 전까지는 준이치의 마음을 될 수 있으면 오래 간직하고 싶었다. 인격 변화가 진행되는 걸 막을 수 없다면 최대한 늦추자고 생각했다.

어젯밤 늦게까지 앨범을 보았다. 사진 속 부모님은 젊고 건강해 보였다. 내 아기 시절 사진이 많은 것은 그만큼 많은 축복 속에 태어났기 때문이리라. 그리고 초등학교와 중학생 시절. 나는 작고 늘 우울해 보였다.

이게 내 과거다. 나는 나에게 말했다. 어린 시절이나 고등학생 시절에 무슨 짓을 하고 무얼 어떻게 느꼈는지 기억을 떠올리려 했다. 그런 기억은 예전에 읽은 소설의 한 장면처럼 실감이 나지 않았지만 머릿속에 떠올릴 수는 있었다.

앨범을 수없이 다시 보다가 지쳐서 주소록을 꺼냈다. 거기에는 전에 내가 만난 사람들 이름이 아이우에오 순으로 적혀 있었다. 나는 '아' 페이지부터 차례차례 펼쳐보면서 그 사람들을 만난 때와 함께 한 일을 떠올렸다. 그 기억 속에서 내가 해온 일은 지금의 나로서는 믿어지지 않는 것뿐이었다. 하지만 앨범에 담긴 사진처럼 틀림없이 내가 겪은 일들일 거라고 생각했다.

오늘은 퇴근길에 비디오대여점에 들르기로 했다. 저번에도 시도해보았지만, 예전에 본 코미디 영화를 빌릴 작정이다. 그걸 보고도 웃음이 나지 않을지 모르지만 웃어야 할 장면에서는 익지로라도 웃자. 그렇게 하면 정말 웃긴다고 생각할 수 있게 될지도 모르니까.

하지만 이 일정은 좀 어그러졌다. 퇴근 시간에 회사 정문을 나서는데 누가 나를 불렀다. 목소리의 주인은 정문 바로 옆에 선 차 안에 있었다.

"잠깐 시간 있나?" 와카오가 물었다.

수술에 관여한 사람을 보니 구역질이 날 만큼 증오가 치밀어 올랐다. 너희 같은 놈들과 이야기할 시간 따위 없다고 쏘아붙이고 싶었지만 생각을 바꾸어 '삼십 분쯤은'이라고 대꾸했다. 어차피 나오코 때문이리라. 그렇다면 나도 묻고 싶은 게 있다.

"타." 와카오가 말했다. 나는 뒷좌석에 앉았다.

와카오는 말없이 차를 몰았다. 행선지는 정해져 있는 듯했다. 나는 흘러가는 상황에 맡기기로 했다.

차는 어느 빌딩 건설 현장 근처에서 멈췄다. 트럭과 불도저를 세워두었지만 사람은 보이지 않았다. 오늘은 공사를 쉬는 날인 듯했다. 그래, 이곳이라면 남들 눈에 띄지 않고 밀담을 나누기 안성맞춤이다.

"도겐은 어디 있나?" 나는 그렇게 묻고 뒷좌석에 앉은 채 차 주위를 둘러보았다. 어차피 그놈이 나를 이리 데려오라고 와카오에게 명령했을 것이다. 그런데 와카오가 말했다. "착각하지 마. 널 도겐 교수와 만나게 할 생각은 없다. 네게 볼일이 있는 건 나뿐이야. 도겐 교수 같은 사람들은 당분간 네게 접근하지 않는 게 좋겠다는 지시를 내릴 정도니까 말이야." 운전석에서 고개를 돌려 나를 보는 와카오의 얼굴에서는 심상치 않은 분위기가 풍겼다. 게다가 그가 한 말이 수상했다.

"무슨 볼일이지?" 나는 자세를 가다듬으며 말했다.

와카오는 신경질적으로 험상궂은 표정을 지으며 물었다. "그 여자는 어떻게 했지?"

"그 여자?"

"얼버무리지 마. 다치바나 말이야. 사흘 전에 네 집에 갔잖아. 그 뒤로 행방불명이야."

"내 집에 왔다고?" 나는 입술을 찡그리며 대답했다. "대체 무슨 소리지?"

와카오는 짜증 난다는 듯 고개를 저었다. "시간 낭비니까 어쭙잖은 수작은 집어치워. 다치바나는 너에 대한 데이터를 수집하기 위해 접근했어. 몸을 던지면서까지 말이야. 그 얘기를 하는 거다."

"그 여자를 만난 건 인정하지. 하지만 데이터 수집을 위해서가 아니야. 내가 걱정되어 살펴보기 위해서라고 했지."

그러자 와카오는 손을 들어 훼훼 저었다. "그 이야기를 진짜로 믿지는 않았겠지? 어쨌든 우리는 다치바나와 네가 만나고 있었다는 걸 알아. 사흘 전에 만났다는 사실도. 그 뒤로 사라졌으니 당연히 네가 무슨 짓을 했겠지. 그래서 묻는 거다. 다치바나를 어떻게 했나?"

나는 차 시트에 깊숙하게 기대앉으며 대답했다. "몰라."

"그럴 리 없을 텐데. 솔직하게 자백해."

"모른다고." 내가 말했다. "그런 질문을 경찰이 한다면 이해가 돼. 그런데 왜 너지? 그 여자가 내 집에 왔다는 사실을 알면 경찰에 이야기하면 되잖아. 그러면 지금 네가 한 질문을 형사들이 내게 퍼부을 텐데."

"그럴 수 없으니 이렇게 수고를 하고 있는 거다." 와카오의 관자놀이가 꿈틀거렸다. "도겐 교수한테 들었을 테지만 뇌이식 연구에는 엄청난 배경이 있어. 그 배경에 있는 사람들의 요청 때문에 연구는 어떤 장애물에도 부딪히지 말고 순조롭게 진행되어야만 하지. 사고는 용납되지 않아. 예를 들면 이식 제1호 환자가 수술 뒤 발광한다는 건 가장 난감한 일이지. 너도 알 거야. 넌 앞으로도 선량한 청년으로 살아줘야만 해. 그래서 다치바나 문제가 있는데도 너와는 당분간 접촉하지 않는다는 방침이 정해진 거지. 우리가 함부로 움직여 경찰이 널 주목하게 되면 곤란하니까. 마찬가지 이유로 다치바나가 널 만나고 있던 사실도 비밀로 하는 거다."

"결국 너희 사정만 중요하다는 거로군."

"네가 얌전히만 있어주면 이런 수고 없이 넘어갈 수 있어."

"그 수고도 이런 식으로 만나면 아무 소용이 없어질 위험성이 있을 텐데. 넌 왜 도겐의 명령을 어기는 거지?" 내가 묻자 와카오는 아주 잠깐 시선을 피했다가 다시 노려보았다.

"그런가?" 나는 짐작이 갔다. "그 여자를 좋아하는 건가?"

"너 같은 놈이 내 마음을 어떻게 알아. 어서 말해. 다치바나를 어떻게 했어? 어디에 숨겼어?"

"좋아하는 여자라면 네가 직접 찾아." 나는 천천히 말했다.

와카오의 얼굴이 일그러지는 듯했다. "죽였군."

나는 말없이 와카오의 눈을 노려보았다. 그러자 녀석은 확신한 듯이 얼굴이 붉어지더니 뺨 근육이 떨렸다. "역시 죽인 거야." 와카오가 되뇌었다. 그 모습이 심상치 않았지만 이미 각오하고 나를 찾아왔기 때문에 더는 동요한 모습을 보이지 않을 수 있었으리라.

"이런 대화는 나누고 싶지 않군. 따분해. 난 가겠어." 나는 문을 열고 차에서 내렸다. 그때 등 뒤에서 녀석이 말했다.

"널 죽이고 말테다."

나는 그를 돌아보며 짧게 내뱉었다. "그렇게 해줘."

37

이튿날인 토요일 밤에 시체가 발견되었다는 뉴스를 보았다.

이날 밤 나는 서양 영화 두 편을 비디오 대여점에서 빌려왔다. 두 편 모두 예전에 배를 잡고 웃으며 본 코미디 작품이다. 하지만 지금의 나는 뭐가 왜 재미있는지 도무지 이해할 수 없었다. 배우들이 열심히 연기하는데 공허함만 느껴졌다. 그래도 나는 웃었다. 웃어야 할 장면이 나오면 입을 크게 벌리고 으하하 소리 내어 웃었다. 그 연기는 화면 속 등장인물보다 훨씬 우스꽝스럽고 공허했다. 삼십 분쯤 보다가 지독한 자기혐오에 빠져 재생을 중지했다. 그리고 리모컨을 화면에 집어 던지려고 했다. 바로 그때 뉴스가 흘러나왔다.

"오늘 정오 무렵 사이타마 현 지치부 시 산속에서 여성으로 보이는 토막시체가 발견됐습니다⋯⋯."

리모컨을 던지려고 들어 올린 손을 멈췄다.

새침한 얼굴을 한 여성 캐스터에 따르면 시체를 발견한 사람은 현장 부근에 사는 땅주인이라고 한다. 그는 며칠에 한 번씩 산을 둘러보는데 자동차 같은 것이 억지로 숲속에 들어간 흔적을 발견해 수상하게 여겼단다. 그래서 살펴보니 이상하게 흙이 봉긋 올라온 부분이 있었고 그 안에서 시체가 나왔다는 이야기다. 장소를 표시한 간단한 지도도 화면에 나왔다. 나오코를 묻은 곳이 틀림없었다.

신원은 아직 밝혀지지 않았다. 하지만 죽은 지 며칠 되었다고 알아낸 점은 대단했다. 누군지 밝혀지는 것은 시간문제이다. 조금 이르다는 생각이 들었지만 실망은 하지 않았다. 오히려 마음이 놓이는 면도 있었다. 시체는 어떻게 되었을까 계속 걱정하지 않아도 된다.

도겐 일당은 어쩔 작정일까. 단순한 호기심이 고개를 들었다. 내가 다치바나 나오코를 죽인 게 아닌지 의심해도 시체가 발견되지 않으면 그건 단순한 상상일 뿐이다. 그러나 시체가 발견된 이상 손 놓고 있지는 못할 것이다. 내버려두면 경찰이 내 냄새를 맡을 게 뻔하다.

재미있게 되었다며 혼자 싱글벙글 웃었다. 세계 최초의 뇌이식 환자가 머리가 돌아 살인을 저질렀다. 매스컴에서 알면 침을 질질 흘릴 이야기가 아닌가. 도겐 일당이 어떻게 처리할지 지켜볼 만한 일이다.

주말이 지나고 월요일 점심에 작업장으로 전화가 왔다. 일하는 중에는 어지간한 일이 아닌 한 호출하지 않는데 상대가 급한 용건이라고 했단다. 나는 기계를 세우고 자리에서 일어섰다. 돌아오면 해야 할 작업이 징그러울 정도로 쌓여 있을 것이다.

수화기를 드니 '잘도 죽였군'이라고 낮게 억누른 목소리가 들려왔다. 와카오라는 걸 바로 알았다. 아마도 시체의 신원이 밝혀진 모양이다. "널 죽여주마." 녀석이 신음하듯 말했다.

"그렇게 해달라고 했잖아." 내가 대꾸하자 와카오는 짐승처럼 울부짖었다.

"그래, 죽일 테다. 기필코 죽여주마. 각오해."

수화기를 내려놓고 옆 책상에서 잔업 시간을 계산하던 여성 사무직원에게 말을 걸었다. 그녀는 볼펜을 내려놓더니 겁먹은 표정으로 나를 보았다.

"퇴직 신고서 한 장 줘." 내가 말했다. 하지만 머리가 나빠서 자기 나라 말도 알아듣지 못하는 모양이었다.

"예?" 입을 헤 벌린 채 반응이 없었다.

"퇴직 신고서 한 장 달라고. 회사 그만둘 때 뭐라고 적어서 내야 하는 거."

"아…… 예." 사무직원은 그제야 의자에서 일어났다.

이야기 소리가 들렸는지 팀장이 다가왔다. "너 어쩔 작정이야?"

귀찮아서 무시하려 했는데 뭐라고 말 좀 해보라며 끈덕지게 물었다. 나는 팀장의 가슴을 주먹으로 쳤다. "그만두고 싶으니까 그만두는 거야. 잔소리하지 마."

팀장이라는 직함을 달고 혼자 우쭐해하던 중년 남자는 하찮은 신통력이 통하지 않는다는 걸 깨닫자 갑자기 토끼처럼 겁 많은 눈빛이 되어 입을 다물었다.

사무직원에게서 퇴직 신고서 양식을 받았다. 그 자리에서 필요한 사항과 '일신상의 이유'라는 퇴직 사유를 적어넣고는 다시 건네주었다. "이러면 되나?"

"그 아래 칸에 있는 부서에 가서 각각 도장을 받아야 하는데요."

신고서 양식 아래 좁게 칸이 나뉜 부분이 있고 소속 부서장과 건강보험 조합, 복지과 같은 곳에서 도장을 찍게 되어 있다. 정말 쓸모없는 짓이다. 나는 사무직원에게 떠맡겼다. "여기 돌아다닐 시간 없어. 대신 해줘."

"예? 그건 안 돼요."

"그럼 그냥 인사부에 넘겨. 보험증과 사원증은 나중에 내가 우송한다고 하고."

그렇게 말하고 나는 잰걸음으로 그곳을 떠났다.

시체의 신원이 밝혀졌다면 어디든 멀리 떠나자. 어제부터 이런 생각을 했다. 어차피 내게 남은 시간은 많지 않다. 경찰에 잡히느냐 완전히 미쳐버리느냐 둘 중 하나이다. 그렇다면 최후의 시간을 가장 어울리는 장소에서 맞이하고 싶다. 거기서 예전의 나루세 준이치처럼 그림을 그리는 거다. 아무리 괴롭더라도 그림을 그리자. 그리고 도저히 디는 그림을 그릴 수 없게 되었을 때 스스로 막을 내릴 수밖에 없다. 그게 교고쿠에 대한 나루세 준이치의 마지막 저항이다.

사복으로 갈아입고 서둘러 집으로 향했다. 사실은 미리 짐을 싸두었다. 신원이 밝혀지기까지 시간이 조금 더 걸릴 줄 알았기에 이렇게 빨리 필요해지리라고는 생각 못 했지만.

집에 도착해 잠금장치를 풀고 문을 열었다. 그리고 안으로 한 걸음 들어서자마자 나는 '앗' 하고 소리를 질렀다.

집 안에 메구미가 앉아 있었다.

"아…… 어서 와." 메구미도 조금 놀란 듯했다. "어쩐 일이야? 이렇게 일찍?"

"뭘 하고 있는 거야?" 내가 물었다. "왜 여기 있어?"

"돌아왔어, 좀 전에. 그리고 널 기다렸지."

나는 어떤 표정을 지어야 좋을지 몰라 어정어정 방 안으로 들어가 메구미와 마주 보고 앉았다. 눈의 초점이 맞춰지지 않았다. 머리도 제대로 돌지 않았다.

"여행을 떠날 예정이었어?" 메구미가 배낭을 보고 말했다. "어디 갈 건데? 산에?"

"여행이 아니야." 나는 멍하니 메구미의 얼굴을 바라보았다. 주근깨는 여전했다. "사라질 거야." 내가 말을 이었다.

"사라져? 사라진다니, 그게 무슨 뜻이야?"

"이 세상에서 사라진다고!" 나는 버럭 소리를 질렀다. 메구미는 놀라서 흠칫 몸을 떨었다. 잠시 침묵의 벽이 둘 사이를 가로막았다.

"왜?" 메구미가 슬픈 눈으로 물었다. "네 몸에 무슨 일이 일어나고 있는 거야? 제발 말해줘. 나중에 이야기해준다고 약속했잖아."

메구미의 그런 표정을 보니 머리가 아팠다. 가만히 앉아 있기도 힘들었다.

"난…… 사람을 죽였어."

이 말을 들은 순간 메구미는 망가진 인형처럼 온몸이 굳어졌다. 표정도 멈췄다. 이윽고 굳은 표정 그대로 시계 태엽 장치처럼 머리만 가로젓기 시작했다. "거짓말."

"거짓말 아니야. 다치바나 나오코란 여자 기억하지? 그 여자를 죽였어. 죽여서 톱으로 잘라 산에 묻었지. 지치부에서 토막시체가 발견됐다는 뉴스 못 봤어? 그 시체의 신원이 오늘 밝혀졌어. 곧 여기도 경찰이 오겠지. 널 불편하게 만들고 싶지 않아. 어서 여기서 나가."

하지만 메구미는 귀를 막고 고개만 마구 저었다. "싫어. 그런 말 듣고 싶지 않아. 너는…… 네가 그런 짓을 할 리 없어."

나는 메구미의 두 손을 잡고 귀에서 떼어냈다. "잘 들어. 난 이미 네가 아는 예전의 내가 아니야. 여기 있는 건 나루세 준이치의 모습을 하고 있지만 속은 완전히 다른 사람이라고."

"거짓말, 거짓말이야. 그런 말 믿을 수 없어." 메구미가 고개를 마구 젓는 바람에 머리카락이 흐트러졌다.

"믿어. 내 뇌는 이식된 교고쿠의 뇌로 변해가고 있어."

"교고쿠?" 메구미가 두려움에 가득 찬 시선으로 나를 보았다.

"도겐 일당에게 속았어. 도너는 교고쿠 슌스케. 그 사건을 저지른 미친놈이야. 그리고 내 뇌도 미치기 시작했지. 그 증거로 사람까지 죽였잖아. 알겠어?" 나는 메구미의 몸을 떠밀었다. 그녀는 바닥에 두 손을 짚었다.

나는 일어나 서랍 안에서 톱을 꺼냈다. 사람의 것이 분명한 피가 들러붙어 있었다. "이걸 봐. 이걸로 그 여자를 토막 냈어. 욕실에서."

메구미는 톱날을 본 순간 고통스러운 듯 미간을 찡그리며 오른손을 입에 댔다. 구역질을 참느라 온몸이 경련했다.

"이제 믿나 보네." 내가 나지막이 말했다. "알았으면 이제 나가. 이건 너하고 관계없는 일이야."

그렇지만 메구미는 얼굴을 들지 않은 채 고개를 저었다.

"왜?"내가 물었다. 메구미는 눈물과 콧물이 범벅이 된 얼굴로 나를 바라보았다. "널 좋아하니까. 사랑하니까. 병이라면 틀림없이 나을 거야. 내가 고쳐줄 거야. 예전 준으로 돌려놓을 거야."

"이제 돌아갈 수 없어. 몇 번을 이야기해야 알아들어? 그리고 어차피 나한텐 미래가 없어. 곧 경찰이 체포하러 오겠지. 네가 나가지 않으면 내가 나갈 거야. 애당초 그럴 작정이었으니까."

내가 배낭에 손을 대자 메구미가 다리를 잡고 매달렸다. "어디 가는 거야? 나도 데려가."

"바보 같은 소리 하지 마. 난 내 마지막 시간을 혼자 보내고 싶어. 여자에게 방해받고 싶지 않아."

메구미의 머리카락을 잡아당겼지만 떨어지려고 하지 않았다. 나는 그만 엉덩방아를 찧고 말았다. 메구미가 흐느껴 울면서 허리에 매달렸다. 걷어차고 뺨을 때려도 꿈쩍도 하지 않았다.

몸을 심하게 움직였기 때문일까. 의식이 조금 흐릿해졌다. 나는 온몸의 힘을 빼고, 크고 긴 한숨을 내쉬었다.

"왜지? 왜 가게 놔두지 않는 거야?"내가 물었다.

메구미가 고개를 들었다. 맞은 뺨이 붉게 부어올랐다.

"죽을 거라면…… 내 앞에서 죽어."

"뭐라고?"

"내 사랑을 이런 식으로 끝내고 싶지 않아. 죽을 거라면 네 죽음을 내게 보여줘. 제발." 메구미는 입술을 깨문 채 눈 한 번 깜빡이지 않고 나를 쏘아보았다.

"나는 지금 정상이 아니야. 함께 가는 건 위험해."

"날 죽일지도 몰라?" 이렇게 묻더니 메구미는 고개를 끄덕였다. "죽이고 싶으면 죽여도 좋아. 그러니 함께 가."

나는 메구미의 목을 보았다. 나오코를 죽일 때처럼 메구미의 목에 손을 대는 일은 없을까?

메구미를 죽이는 순간을 상상하자 심한 두통이 왔다. 내부에서 밖을 향해 압박하는 느낌이었다. 나는 머리를 감싸며 웅크려 앉았다.

"왜 그래? 괜찮아?" 메구미가 내 얼굴을 들여다보았다. 나는 두통이 가라앉기를 가만히 기다렸다. 이윽고 두통이 어디론가 사라졌다.

몸을 일으켜 메구미를 보며 말했다. "나갈 거라고 했지만 오늘 밤 잘 곳도 정하지 않았어. 따라와봐야 골치만 아플 거야."

"내 집으로 가자." 메구미가 말했다. "단기임대 아파트를 빌렸어. 거기라면 아무도 찾아내지 못할 거야. 너 편하게 쓰면 돼."

나는 경계하면서 메구미의 표정을 읽어내려고 했다. 분명히 그런 방이 있으면 도움이 될 테지만 과연 전적으로 믿어도 괜찮은 걸까? 하지만 왠지 메구미에 대한 의심이 더 커지면 다시 조금 전처럼 두통이 올 것 같은 예감이 들었다.

"여기서 가까워?" 내가 물었다.

"전철 타면 바로야."

"좋아, 가자. 그 대신 절대로 날 배신하지 마."

메구미는 시무룩한 표정을 지으며 고개를 저었다. "좀 전에 말했잖아. 만약 내가 널 배신하면 죽여도 좋아."

머릿속이 지끈 쑤셨다. "알았어. 이제 됐어." 내가 말했다.

내가 배낭을 메고 메구미는 짐을 조금 들고 방을 나섰다. 만약 경찰이 와서 도망쳤다는 걸 알면 내가 다치바나 나오코를 죽인 범인이라고 확신하리라. 상관없다. 내게 필요한 것은 그 무엇에도 방해받지 않는 자유로운 시간이다. 아주 짧은 시간이라도 좋다.

우리는 역을 향해 말없이 걸었다. 역으로 가서 전철을 무사히 타면 일단 성공이다.

조금만 걸으면 큰길이 나오는 곳에 이르렀을 때 뒤에서 자동차 소리가 다가온다는 걸 깨달았다. 돌아보니 흰색 원박스 밴이 이쪽을 향해 달려왔다.

"위험해!" 메구미가 내게 몸을 던지는 바람에 우리는 길 옆으로 넘어졌다. 원박스 밴은 10미터쯤 더 가서 일단 멈췄지만 운전자가 내리지도 않고 바로 달아났다.

"운전 험하게 하네. 사과도 하지 않고." 일어서서 옷에 묻은 흙을 털며 메구미가 말했다.

"지금쯤 분해서 참지 못할걸. 깔끔하게 해치우지 못해서." 이렇게 중얼거리며 나도 일어섰다.

"해치워?"

"날 죽이려는 거야. 운전한 사람은 와카오겠지."

"와카오 씨가 왜?"

"원수를 갚으려는 거야." 나는 이렇게 대꾸하고 다시 역을 향해 걸었다.

메구미가 빌린 집은 부엌 겸 식당에 약간 넓은 침실이 딸린 구조였다. 베란다에서는 건물밖에 보이지 않았다. 그림을 그리기에 적합한지 판단할 능력은 이미 내겐 없지만 일단 이 풍경을 첫 번째 목표로 삼기로 했다.

"이 방은 내가 쓸게. 절대로 막 들어오지 마. 알았지?" 침실에 짐을 내려놓고 메구미에게 말했다.

"알았어." 그녀가 대답했다.

전화기는 침실에 있었다. 마침 잘된 일이다. 나는 얼른 수화기를 들었다.

도와 대학 번호를 눌렀다. 와카오를 바꿔달라고 했다. 조금 기다리니 녀석이 받았다.

"아쉽게 되었군." 내가 먼저 말문을 열었다. 내가 누군지 바로 알아차린 모양이다.

"어디 있지?" 녀석이 물었다.

"가르쳐주고 싶지만 방해받고 싶지 않아. 죽일 기회를 줄 수 없어 유감이지만."

그러자 와카오는 큭큭 소리를 내며 웃었다. "안심하기는 일러. 이쪽은 한 사람이 아니야. 게다가 프로페셔널이지."

"프로페셔널?"

"자세한 정보는 모르지만 아무 네놈을 죽이라는 지시가 떨어진 모양이야. 사고로 위장해서 말이야. 실패작 프랑켄슈타인은 실패라는 사실이 폭로되기 전에 비밀리에 없애버리는 거지. 경찰에도 손을 썼을 테니 좀 부자연스러운 상황이어도 사고로 위장할 수 있겠지. 어디 있는지 모르지만 반드시 찾아내주마."

"늦지 않으면 좋겠군."

"늦어? 뭘?"

"내가 사라지기 전에."

"도망칠 셈이냐? 어디든 쫓아갈 거야."

"기다리지." 나는 수화기를 내려놓았다.

8월 27일 월요일 (맑음)

결국 돌아왔다. 준에게로. 아아, 그런데 하느님은 내 소원을 들어주지 않았다. 그는 지옥으로 가는 내리막길을 굴러 떨어지기 시작했다. 여러 날만에 만난 그는 어느 모로 보아도 예전의 준과 다르다.

그래도 나는 그를 지켜야 한다. 내가 사랑한 준을 교고쿠라는 망령에게서 지켜야 한다. 두렵다. 하지만 도망치지 않겠다. 나는 한 번 도망쳤다. 다시 그럴 수는 없다.

그렇지만 그가 살인을 저지르다니. 그런 망령에게 이길 수 있을까…….

8월 28일 화요일

놈들은 제정신이 아니다. 나루세 준이치를 죽인다고? 그런 소중한 연구 재료를 없애버린다는 건가? 도무지 제정신이 아니다.

그러니 빨리 잡아 감금해야 한다. 놈들은 지금 상황을 전혀 이해하지 못한다.

오늘 교고쿠 료코를 만나러 갔다. 나루세 준이치와 그녀 사이에서 일어났다는 초감각에 대해 인터뷰했다. 마음이 서로 통했다는 주장은 일치한다. 꼭 두 사람을 함께 실험해보고 싶다.

연구에 협조해달라는 이야기를 건네보았다. 나루세 준이치를 만날 수 있다면 그래도 좋다고 대답했다. 나루세 준이치…… 모든 열쇠는 그 젊은이가 쥐고 있다.

38

"여보세요? 엄마? 나야. 응, 지금 도쿄. 무슨 일 있어? 뭐? 경찰? 왜 경찰이 나를 찾아왔지? 누굴 찾고 있다고? 그 사람하곤 벌써 헤어졌어. 관계없어. 그렇게 이야기해줘. 여기 번호? 싫어. 경찰이 오면 번거로워. 뭐라고 적당히 둘러대. 되도록 나한테 전화도 하지 마. 필요한 거 있으면 내가 걸 테니까. 그리고 낮에는 나가서 여기저기 돌아다니고. ……그건 아직 모르겠어. 언제 돌아갈 건지 애초에 정하지 않았으니까. 어쨌든 끊을게. 내일 다시 통화해." 통화를 마치더니 메구미가 나를 돌아보았다. "늘었어?"

"경찰이 찾아간 모양이네." 나는 연필을 내려놓고 침대에 벌렁 누웠다.

시체의 신원이 밝혀진 지 이틀이 지났다. 슬슬 무슨 실마리를 잡아 나를 주목해도 이상할 일 없었다. 단서가 없더라도 내가 소식이 끊어졌다는 사실에 의혹을 품으리라. 경찰 측은 어떻게든 내 행방을 알아내려 할 것이다. 그러면 메구미 주변이 제일 먼저 의심받을 것이다.

"여기 있으면 괜찮아. 아무에게도 이야기하지 않았으니까."

"돈은 있어?" 내가 물었다.

"걱정하지 마. 신용카드도 있으니까."

나는 침대에서 일어나 지갑에서 현금카드를 꺼내 메구미 앞에 던졌다.

"50만 엔쯤 있을 거야. 전부 인출해줘."

그리고 비밀번호를 알려주었다. 이런 종류의 기억은 전혀 사라지지 않았다. 그래도 나는 점점 나루세 준이치에서 멀어지고 있다.

"나중에 갈게. 그리고 뭐 먹을 걸 사올게." 메구미는 현금카드를 집어 들었다.

나는 붓을 들고 캔버스 앞에 앉았다. 창밖으로 보이는 풍경을 그리고 있었다. 전에 그렸을 때는 좌반측공간무시가 나타났지만 이번에는 그런 증세가 보이지 않았다. 하지만 상태가 좋아진 것은 아니다. 이제 오른쪽을 그리는 능력마저 사라지고 있다. 얼핏 보았을 때 좌우 균형이 잡혔을 뿐이다. 그 증거로 화폭에는 네모난 건물들이 대충 서 있었다. 초등학생보다 못한 수준의 그림이었다.

그러나 이 정도까지 그리기도 힘들었다. 눈에 보이는 모습을 그대로 묘사할 뿐이고 그리는 요령을 지식으로는 다 안다고 생각하는데 막상 붓을 들면 손이 움직이지 않았다. 그리고자 하는 이미지가 전혀 떠오르지 않기 때문이었다.

나는 거부하는 손을 억지로 움직여 형편없는 그림을 계속 그렸다. 예전의 나라면 어떻게 그렸을까…… 그것만 생각하며 색을 칠했다. 식은땀이 흘렀다. 붓을 움직일수록 그림은 우스꽝스러운 것으로 변해갔다. 한심하게도 어디가 잘못되었는지 몰랐다. 피가 머리로 솟구쳤다. 심장 박동이 빨라졌다. 온몸이 불에 타는 듯 뜨거워졌다.

붓을 내던졌다. 캔버스를 두 손으로 잡고 힘껏 무릎에 내려쳤다. 틀이 부서지고 무릎에 물감이 잔뜩 묻었다. 당연히 그림은 박살이 났다.

"좀 쉬는 게……." 메구미가 말했다. 나는 부서진 캔버스를 집어던졌다.

"시끄러워, 닥쳐. 빨리 장이나 보러 나가. 그리고 들어올 때 새 캔버스 사와."

메구미는 뭐라고 말을 하려다가 부서진 캔버스를 집어들더니 말없이 방을 나갔다.

나는 다시 침대에 드러누웠다. 눈꺼풀이 무겁고 머리가 멍했다. 요 며칠 잠을 제대로 자지 못했기 때문이리라. 기껏해야 한두 시간밖에 못 잤다. 시간이 얼마 남지 않았다는 생각을 하면 잠깐이라도 무의미하게 잠이나 잘 수는 없었다. 잠에서 깨면 세상이 모두 변해 있을 것 같아 두려웠다.

나는 천천히 침대에서 내려와 바닥에 쭈그리고 앉았다. 구석 쪽에 빨간 피아노가 놓여 있었다. 배낭에 짐을 챙길 때 무슨 이유에서인지 제일 먼저 저 피아노부터 챙겼다.

피아노 앞에 앉아 검지로 건반을 눌렀다. 더듬더듬 아는 곡을 쳐 보았다. 건반 수가 적어 대부분의 곡은 중간에 끊어지고 말았다. 그래도 그 소리는 마음을 가라앉히는 특효약이었다. 계속 앞에 앉아 있고 싶다는 생각까지 들었다. 하지만 나는 피아노를 떠났다. 침대에서 담요를 끌어내려 머리까지 뒤집어썼다. 피아노에 마음을 빼앗겨서는 안 된다. 이 건반을 하나 두드릴 때마다 나루세 준이치의 뇌세포는 사라져간다.

이날 밤 텔레비전에서 이상한 뉴스가 나왔다. 다치바나 나오코의 시체가 발견된 장소에서 1킬로미터쯤 떨어진 지점에서 나오코의 옷가지로 보이는 것들이 발견되었다는 소식이었다.

"이상하네. 그 옷은 내가 없앴는데."

캐스터는 이어서 시체를 절단할 때 사용한 것으로 보이는 톱도 근처에서 발견되었다고 했다. 또 주변 풀을 보면 여러 사람이 밟고 돌아다닌 흔적이 있고, 사건 당일 밤에 젊은 남녀 여러 명이 탄 빨간색 차가 산속으로 들어가는 모습을 봤다는 증인 이야기도 전했다.

나는 수상한 증거와 증인이 나타난 배경을 깨달았다. "위장공작이야."

"위장?" 메구미가 고개를 갸웃했다.

"누군가 움직이고 있어."

"누가?"

"뇌이식 수술 연구가 순조롭게 이어져 나가기를 바라는 사람들이지. 확실한 정체는 몰라. 하지만 그놈들이 기를 쓰고 내 범행을 없었던 일로 만들려 한다는 것만은 분명해."

메구미가 입술을 핥고 말했다. "그렇지만 경찰이 제대로 수사하면 그런 위장공작은 금방 들통나지 않을까. 만약 그렇지 않다면 완전범죄가 가능해져."

"제대로 수사를 해?" 나는 코웃음을 치며 고개를 돌렸다. "경찰이 제대로 수사에 나설 리 없지. 뭔가 거대한 힘이 작용할 때는 늘 경찰도 거기 포함되니까."

"그럼…… 넌 경찰에 잡히지 않을 거라는 이야기네."

"경찰에 잡히지는 않겠지. 그건 놈들의 시나리오니까. 그리고 내가 영문 모를 사고로 죽으면서 그 시나리오는 마무리되는 거야."

"걱정 마. 네가 여기 있는 한 그럴 일 절대 없게 해줄 거야."

메구미의 유치한 말을 나는 비웃었다. "놈들이 오기 전에 스스로 막을 내릴 거야. 별거 아니야."

"준……."

"캔버스는 사왔어?"

"거기 있어."

종이 포장을 뜯고 캔버스를 창가에 세웠다. 지금 보이는 풍경은 빌딩의 창문 불빛들뿐이다.

무얼 그리면 좋을까 생각했다. 나루세 준이치의 마음을 지닌 채 죽으려면 난 대체 무엇을 그려야 할까.

풀리지 않는 게 많다. 새로운 증거와 증언이 나오지만 하나같이 조금씩 어긋나고 조금씩 앞뒤가 맞지 않는다. 하지만 수사본부는 빨간색 차에 탄 남녀를 추적하기로 수사 방향을 좁혔다. 피해자인 다치바나 나오코의 주변을 샅샅이 훑어야 한다는 주장이 나오자 물론 그쪽도 진행할 거라고 수사본부장이 대답했다. 하지만 구체적인 지시는 없다.

수사회의가 끝난 뒤 나루세 준이치에 대한 수사를 하자고 과장에게 요청했다. 시체의 신원이 밝혀진 뒤 바로 모습을 감춘 남자를 주목하지 않을 수 없다. 하지만 과장은 빨간색 차량을 찾아내라는 뜻밖의 지시를 내렸다. 이번 사건은 윗사람들에게서 도무지 적극성이 느껴지지 않는다. 왜일까?

오늘 사가라는 변호사가 찾아왔다. 나루세를 찾고 있는 모양이다. 형사가 나루세의 집 주변에서 탐문하고 갔다는 말을 듣고 찾아왔다고 한다. 우리도 찾는 중이라고 설명했다.

8월 29일 수요일

사가 씨가 찾아왔다. 심각한 표정이라 무슨 소식을 들은 모양이다 싶었는데 아니나 다를까 다치바나 조수 살해와 나루세 준이치의 실종에 대해 물었다. 처음에는 시치미 뗐지만 계속 숨기면 강제적인 수단을 동원하겠다고 으름장을 놓았다. 사가는 어느 정도 힘이 있다. 지금은 모든 것을 털어놓는 편이 현명하다고 판단해 지금까지의 과정을 간략하게 설명했다. 사가 씨는 고민스러운 표정을 지었다. 딸을 구해준 젊은이가 그 사건 때문에 살인마로 변신해버렸다는 사실을 쉽게 받아들일 수 없는 모양이었다.

39

　방에 틀어박힌 지 닷새째. 때려 부순 캔버스가 열 개나 된다. 의식이 몽롱한 시간이 늘었다. 연필을 쥔 손이 떨리는 느낌이다.

　"저어, 준. 제발……." 뒤에서 메구미의 목소리가 들렸다.

　들고 있던 연필을 내던졌다. "멋대로 들어오지 마."

　"그래도."

　여자는 손등을 눈에 대고 입을 썰룩거리며 울었다. 여자의 저런 표정을 보면 더 짜증이 난다.

　"나가!" 내가 소리쳤다. "내 앞에 얼굴 디밀지 마."

　"나갈게. 그러니 제발 한 숟갈이라도 먹어."

　"먹고 싶지 않다고 했잖아. 내버려둬."

　"그래도 너…… 이틀 동안 아무것도 안 먹었어. 그러다 죽어."

　"아직 죽지 않아. 하지만 죽을 때까지 남은 시간이 얼마 없어. 그

귀중한 시간을 쓸데없는 일에 낭비할 순 없지."

"제발 좀 먹어."

"시끄러워."

붓을 들고 다시 캔버스를 마주했다. 이러는 시간조차 아깝다. 하지만 그때 여자가 옆에서 손을 뻗어 캔버스를 빼앗았다.

"내놔."

"이런 그림 그리지 않는 게 나아." 여자는 캔버스를 바닥에 내동댕이치고 발로 밟았다.

"무슨 짓이야." 여자의 가슴을 밀쳤다. 여자는 벽에 머리를 부딪쳐 신음소리를 내며 웅크리고 앉았다. 그 여자의 목에 손을 댔다. 여자는 저항도 하지 않고 검은 눈동자만 움직여 나를 쳐다보았다. "죽일 거야?"

대꾸하지 않고 손에 힘을 주려 했다. 하지만 또 머릿속에 통증이 오기 시작했다. 지금껏 겪은 통증보다 훨씬 심해서 나는 머리를 감싸 쥐고 몸부림쳤다.

두통이 얼마나 이어졌는지는 전혀 모른다. 정신을 차리니 바닥에 누워 있었다.

아까와는 기분이 좀 다르다. 카메라 렌즈의 초점이 맞듯이 의식이 또렷해진 느낌이 들었다.

메구미가 걱정스러운 표정으로 내 얼굴을 들여다보고 있었다. "괜찮아……?"

"어……." 나는 천천히 몸을 일으켰다. 그리고 다시 메구미를 보왔다. 그 순간 머리 가죽을 잡아당기는 듯한, 찌릿한 자극이 왔다.

나도 영문을 알 수 없었다. 성욕 비슷한 욕망이 치밀어 올랐다. 메구미의 얼굴, 메구미의 몸이 뭔가를 자극했다.

"옷 벗어." 내가 말했다. 메구미는 깜짝 놀란 표정으로 '뭐?'라고 했다.

"벗으라고." 내가 다시 말했다. "전부 벗어."

이유도 묻지 않고 메구미는 옷을 벗기 시작했다. 옷을 모두 벗고 마네킹처럼 내 앞에 섰다. "이제 됐어?"

"거기 누워." 나는 새 스케치북을 들고 연필을 움직였다. 여러 개의 곡선이 모여 차츰 메구미의 모습을 이루었다. 그릴 수 있다. 나는 확신했다. 지금이라면 그릴 수 있어.

"캔버스. 새 캔버스를 사다줘." 다 그린 스케치를 보면서 내가 말했다. "그리고 물감도. 하나부터 다시 시작할 거야. 이 방에 있는 쓰레기 같은 그림은 모조리 치워버려."

하지만 메구미는 옷을 입은 뒤에도 방에서 바로 나가려 하지 않았다. 내가 소리쳤다. "뭘 꾸물거리는 거야. 빨리 갔다 와. 내 이미지를 지워버릴 작정이야?"

그러자 메구미가 말했다. "갈게. 그러니 그동안 식사를 해. 샌드위치 만들어둘 테니까. 제발."

"샌드위치?" 나는 얼굴을 찌푸렸다. 메구미의 눈에서 눈물이 흘렀다. 어쩔 수 없다. 나는 고개를 끄덕였다. "알았어. 먹을게. 이 그림이 완성될 때까진 굶어죽을 수 없으니까."

"다녀올게." 메구미는 마음이 놓인다는 표정으로 방을 나갔다.

이날부터 나는 메구미의 알몸을 그리는 일에 온 힘을 기울였다. 몇 달 만에 맛보는 창작욕이었다. 왜 이런 변화가 일어났는지 알 수 없지만 끔찍한 두통과 관계있다는 것은 분명했다. 내 안에 얼마 남지 않는 나루세 준이치가 사라지기 전에 마지막으로 불타오르고 있는지도 모른다. 그렇다면 이 그림을 그리는 것은 나루세 준이치로 살고 있다는 증거가 된다.

이제 내게 남은 시간은 얼마나 될까?

40

붓이 나아가지 않았다.

아무리 그리려 해도 붓을 쥔 손이 움직이지 않는다. 메구미의 누드화는 아직 완성되지 않았다. 그러다 보니 그림에 대한 집착도 차츰 잃었다.

정신을 차리면 장난감 피아노 앞이었다. 검지로만 하는 연주. 그걸 몇 시간씩 계속했다.

안 그려? ……여자 모델이 묻는다. 나는 대답하지 않는다. 그러면 여자는 몇 번이고 자꾸 묻는다. 왜 안 그려? 어째서 안 그려? 나는 소리를 지른다. 됐어. 내버려둬.

여자가 운다. 그걸 보면 지긋지긋하다. 왜 우는 거냐고 묻는다. 울 만큼 싫으면 여기서 나가면 그만이다.

여자가 말한다. 널 사랑하니까 여기 있는 거야. 사랑? 그게 뭐지?

이 여자를 사랑했던 시절이 있다는 걸 기억한다. 아득히 먼 옛일이다. 사랑한다는 건 그냥 다른 사람을 대할 때보다 경계를 좀 늦추는 정도에 지나지 않는다.

사랑해. 여자는 반복한다. 공허한 대사다. 믿어서는 안 된다. 가면 속에서 어떤 욕망이 소용돌이치고 있는지도 모르지 않는가.

하무라 메구미의 일기 7

9월 4일 화요일 (비)

오늘은 깜짝 놀랐다. 화방에서 물감을 찾고 있는데 낯선 남자가 불쑥 말을 걸었다. 처음에는 경찰인 줄 알고 도망치려 했는데 그런 사람 아니라며 명함을 꺼냈다. 사가 미치히코. 준에게 들은 적 있는 이름이다.

사가 씨는 나와 준의 사진을 구해 큰 화방을 샅샅이 찾아다녔다고 한다. 그게 유일한 실마리이기 때문이라고 했다. 그리고 내가 그 화방에 거의 날마다 들른다는 걸 알고 기다린 모양이다. 대단한 사람이다.

지금 어디 있는지 물었지만 대답하지 않았다. 사가 씨도 억지로 캐내려 들지는 않았다. 다만 이 이야기는 해야겠다면서 자기는 언제든 변호를 맡을 작정이다. 그게 몇 년이 걸리는 일이건 해내겠다고 잘라 말했다. 정신이 온전하지 못할 때 저지른 일이니 무죄 아니냐고 묻자, 사가 씨는 그가 정신이상자는 아니며 그의 의식은 잠들어 있고 교고쿠의 의식이 몸을 조종하는 거라고 했다. 법정에서도 그렇게 주장하고 싶다고 했다.

상황을 듣고 싶으니 가끔 만나달라고 했다. 내가 전화를 드리겠다고 대답했다. 힘들 테지만 기운 내시라는 말을 듣고 조금 용기가 났다. 솔직히 지칠 대로 지쳐 있었으니까…….

41

검지가 아팠다. 건반을 너무 많이 눌러서인지도 모른다. 건반 두 개가 더 망가졌다. 도와 미가 소리를 내지 못한다. 소리 나는 건반은 아홉 개 남았다. 이것만으로 연주할 수 있는 곡은 모른다. 적당한 곡을 만들어 친다. 제목은 '뇌의 푸가_한 테마가 규칙적으로 반복되는 악곡 형식.'

뭐지? 피아노가 이상한 소리를 냈다.

아니다. 현관 초인종 소리다. 이곳에 온 뒤 초인종 소리는 처음 듣는다. 올 손님도 없고 와서도 안 된다. 누가 온 걸까.

그림이 모델 여자가 나길 서라고 생각했는데 쇼핑하러 갔는지 아무 데도 없었다. 그 여자는 요즘 가끔 어딘가 나간다. 슬슬 조심하는 편이 좋겠다. 내게 접근한 사람들은 대개 이때쯤 배신한다.

어쩔 수 없이 현관 문 안쪽에 서서 외시경으로 밖을 살폈다. 안경을 쓴 낯선 남자가 서 있었다.

기척을 느꼈는지 남자가 말했다. "계세요? 옆집 사는 사람입니다." 나는 대꾸하지 않았다. 이웃에 사는 사람에게는 볼일이 전혀 없었다.

남자는 한동안 문 앞에 서 있었지만 아무리 기다려도 대꾸가 없자 기분이 상했는지 불만스러운 표정을 지으며 외시경 밖으로 사라졌다. 멀어지는 발소리가 들렸다.

나는 방으로 돌아와 다시 피아노 앞에 앉았다. 계속 곡을 만들었다. 아무래도 건반 수가 부족하다. 땡, 똥, 띵. 좀 더 제대로 된 소리가 나면 좋겠는데.

바로 그때 갑자기 누가 뒤에서 입을 틀어막았다. 동시에 팔을 움직이지 못하게 잡았다. 꼼짝도 할 수 없어 발버둥 치는데 눈앞에 흰 천이 보였다. 그 천을 내 코에 대고 눌렀다.

소리를 지르려고 코로 숨을 들이쉰 순간 머릿속이 마비되는 느낌이 오면서 눈앞이 캄캄해졌다.

입안에 뭔가 밀려들어오는 느낌이 들어 정신을 차렸다. 이윽고 액체가 입안으로 흘러 들어왔다. 싸구려 위스키다. 나는 기침을 하며 눈을 떴다. 바로 앞에 남자 얼굴이 보였다. 아까 현관 초인종을 누르던 안경 쓴 남자였다.

나는 몸부림쳤지만 꼼짝도 할 수 없었다. 두 손과 두 발이 끈으로 묶여 있었다. 다른 남자가 내 머리를 잡더니 입에 위스키 병을 밀어 넣으려고 했다.

"정신이 들었나?" 안경 쓴 남자가 말했다.

나는 주위를 둘러보았다. 창고처럼 보이는데 잘 모르겠다.

"여기가 어딘지 생각할 필요는 없어. 어쨌든 우리 술을 좀 마셔줘."

놈이 말을 마치자마자 입으로 병이 밀고 들어왔다. 위스키가 흘러 들어왔다. 일부는 토해내고 일부는 삼켰다.

"너무 거칠게 다루지 마. 수상한 흔적이 남으면 곤란해."

"아, 알았어."

뺨을 양쪽에서 쥐고 조이는 바람에 입을 벌리지 않을 수 없었다. 위스키를 또 부었다. 위스키가 다 떨어지자 브랜디를 먹였다.

"그리 고급술이 아니라 미안하지만 질보다 양이야."

억지로 먹이는 술을 목으로 넘기며 이 남자들의 정체가 무엇일지 생각했다. 아마 와카오가 말하던 놈들일 것이다. 내가 살아 있으면 처지가 난처해지는 놈들이 명령을 내린 게 틀림없다.

"야, 좀 쉽게 해줘라." 안경 쓴 남자가 명령하자 병이 입에서 빠져나갔다. 나는 숨을 크게 쉬었다. 벌써 술기운이 돌아 평형감각이 엉망이 되었다.

"우리는 널 죽여야돼." 안경 쓴 남자가 말했다. "왜 이런 꼴을 당하는지는 본인이 잘 알 테지."

내 의문은 다른 데 있었다. 이놈들은 어떻게 나를 찾아냈지? 찾아낼 수 없을 텐데. 외부와 연락한 적은 한 번도 없다.

"목적에 대해서는 우리도 잘 몰라. 널 사고로 위장해 죽이라는 이야기만 들었을 뿐이야. 딱하지만 우린 명령에 따라야 해."

"뭐 하고 싶은 말 없나? 말 좀 해보지 그래."

나는 알코올이 섞인 침을 흘리며 말했다. "왜지……?"

"왜? 뭐가?"

"왜…… 내가 있는 곳이 드러났지?"

"아, 그거?" 안경 쓴 남자가 씩 웃었다. "여자. 여자가 가르쳐줬지."

"여자?"

"네 동료 말이야. 하지만 그 여자는 널 배신했어."

그림의 모델 여자 말인가? 역시 그랬나? 맞아, 틀림없어. 그 여자밖에 없어.

"휴식 끝."

내 입을 억지로 벌리더니 다시 브랜디를 먹였다. 의식이 주기적으로 멀어졌다. 구역질, 귀울림, 두통, 그리고 현기증. 브랜디 병도 다 비자 내 얼굴에서 손을 뗐다. 나는 균형을 잃고 바닥에 쓰러졌다.

"이 정도면 되겠지?"

"그래. 조금 놔두면 술기운이 더 퍼지겠지."

천장이 빙글빙글 돌았다. 의식이 흐려졌다. 몸을 움직일 수 없었다. 나는 눈을 감았다. 세상은 여전히 회전을 멈추지 않는다.

배신당했다. 역시 그 여자에게 배신당했다. 그것 봐라. 역시 배신당했다. 믿어서는 안 된다고 했잖아. 바보구나, 너.

몸뚱이가 사라져버린 것 같았다. 의식만 둥둥 떠다닌다. 여긴 어디지?

바보구나, 너…… 아득한 옛날 누가 내게 이렇게 말한 기억이 난다. 초등학교 때 집 근처 운동장. 리더 격인 아이가 말했다. 지금부터 한 명씩 공을 쳐줄 테니 수비 연습을 하자. 놓치면 벌로 동네 한 바퀴 뛰기. 먼저 준, 너부터. 싫어, 난. 먼저 하기 싫어. 시끄러워. 시키는 대로 하지 못해? 마지못해 수비에 나섰다. 평범한 땅볼을 두세 개 굴려주더니 터무니없는 방향으로 공을 날렸다. 도저히 따라잡을 수 없는 공이다. 리더 격인 아이가 말한다. 실책이야, 준. 한 바퀴 뛰고 와. 다른 아이들도 말한다. 뛰고 와, 준. 준은 뛰기 시작한다. 운동장을 나가 담뱃가게 모퉁이를 돈다. 땀을 줄줄 흘리며 뛴다. 어서 다른 아이들과 놀고 싶어서 뛴다. 하지만 운동장에 돌아오니 다른 아이들은 경기를 하며 놀고 있었다. 이미 수비 연습은 하지 않고 있다. 준 말고 뛰는 아이는 없다. 준이 다가가자 다들 모른 척한다. 그제야 준은 깨닫는다. 따돌리기 위한 작전이었다. 준은 자기 글러브를 집어들더니 그라운드에서 나간다. 다들 히죽거리며 뒷모습을 지켜보고 있다는 걸 안다. 아까 지나간 담뱃가게 앞에 왔을 때 처음부터 지켜보고 있었는지 가게 주인이 말했다. 바보구나, 너.

남을 믿으면 안 된다. 사람이 사람을 사랑한다는 건 있을 수 없는 일이다.

"슬슬 처치할까?"

멀리서 목소리가 들려 겨우 눈을 떴다. 한쪽 남자가 플라스틱 용기를 가지고 왔다. 뚜껑을 열고 기울이자 안에서 액체가 쏟아졌다. 지독한 냄새. 휘발유 같다. 내 주변에도 뿌렸다.

"확실하게 타도록 몸에도 뿌릴까?"

"아니, 그러지는 마. 술에 취해 이 건물에 들어왔다가 불을 잘못 다뤄 타 죽은 걸로 만들고 싶으니까. 너무 새카맣게 타면 자연스럽지 못해. 그 정도 뿌리면 됐어."

"알았어. 그럼 불을 붙일게."

"좋아." 안경 쓴 남자가 이렇게 말하더니 밖으로 나갔다.

남은 남자는 반대쪽 벽 가까이에 못 쓰는 천을 쌓더니 거기에 라이터로 불을 붙였다. 작은 불길이 일었다. 그걸 확인하고 남자도 나갔다.

붉게 타오르는 불길을 보고 있었다. 그 불길이 휘발유를 뿌린 곳까지 오면 순식간에 크게 번질 것이다. 하지만 이상하게도 두렵거나 초조하지는 않았다. 외려 정겨운 기분마저 들었다. 어머니와 화장장에서 마지막으로 헤어졌다. 아니, 아니다. 그건 내 기억이 아니다. 교고쿠 슌스케의 이야기다.

내가 태운 것은 쥐다.

야구를 하다가 따돌림당하고 집에 돌아와 준은 훌쩍훌쩍 울었다. 어머, 왜 그러니. 애들이 따돌렸어? 어머니가 달려온다. 준은 어머니의 앞치마가 좋았다. 하지만 매달리기도 전에 아버지에게 목덜미를 잡혔다. 이리 와, 준.

집 뒤편으로 끌려갔다. 거기에는 작은 철망으로 만든 쥐덫이 놓였고 그 안에 쥐가 한 마리 들어 있었다. 설치해둔 덫에 잡힌 거라고 아버지가 말했다. 아버지는 쥐덫을 준에게 들라고 한다. 그리고 이렇게 말한다. 이 쥐를 죽여봐라.

준은 그럴 수 없었다. 하지만 아버지는 그냥 넘어가지 않았다. 쥐도 죽이지 못해 어떻게 하냐. 이 쥐를 미운 놈이라고 생각하고 해봐. 죽일 때까지 집에 들어오지 못하게 할 거야.

그렇지만 쥐를 죽일 방법이 떠오르지 않았다. 직접 손으로 죽이는 짓은 도저히 할 수 없을 것 같았다. 준은 생각 끝에 기름을 뿌려 태우기로 했다. 불만 붙인 뒤 눈을 꼭 감고 있으면 된다.

등유를 가지고 와 쥐덫 위에 뿌렸다. 쥐는 기름에 젖으면서 철망 안에서 이리저리 뛰었다. 준은 성냥을 켜 숨을 멈추고 쥐덫에 던졌다. 불이 붙은 순간 준은 고개를 돌렸다. 하지만 그때 아버지가 뒤에서 오고 있었다. 똑바로 봐, 준. 이렇게 할 수 있다는 걸 잊지 마. 그걸 잊지 않으면 두려워할 건 아무것도 없어.

준은 강제로 지켜보아야 했다. 쥐가 몸부림치며 타들어간다. 살과 털이 타는 냄새가 코를 찔렀다. 죽기 직전 쥐의 작은 눈이 자기를 본 것 같은 기분이 들었다. 준은 사흘 동안 잠을 이루지 못했고 음식도 거의 먹지 못했다. 그리고 아버지가 너무도 미웠다.

정신을 차리니 주위가 불길에 휩싸여 있었다. 천천히 일어나 주위를 둘러보았다. 나는 어린 시절의 쥐다. 그때와 마찬가지로 누군가 내가 타 죽는 모습을 지켜보려 한다.

하지만 아직 죽을 수 없었다. 배신자를 처치해야만 한다. 사랑 같은 건 역시 없었다.

불길은 벽을 타고 천장으로 번졌다. 온통 불바다로 변해가고 있다. 그 안에서 나는 걸었다. 조금 비틀거렸지만 머리는 맑았다.

입구에 이르렀다. 문을 발로 찼다. 그 순간 등 뒤에서 불길이 파도처럼 덮쳤다. 등에 불이 붙었다. 나는 뛰쳐나와 땅바닥에 굴렀다. 머리카락 타는 냄새가 났다.

건물을 보니 섬유 회사 창고인 듯했다. 여기저기서 연기가 나기 시작했다.

나는 걸었다. 여기는 대체 어디일까. 어쨌든 그 집으로 돌아가야만 한다.

그리고 그 여자를 죽일 것이다.

42

큰길로 나와 택시를 잡으려 했지만 한 대도 멈추지 않았다. 내 모습 때문인지도 모른다. 옷은 불에 탔고 피부도 여기저기 화상을 입었다.

주위를 둘러보았다. 쓰레기장이 눈에 들어왔다. 안으로 들어가 적당한 물건을 찾았다. 녹슨 쇠파이프가 떨어져 있어서 주웠다.

다시 큰길로 나왔다. 밤중인데도 오가는 차는 적지 않았다. 계속해서 여러 대가 지나갔다.

잠깐 차가 시나가지 않을 때 도로 한가운데로 가서 섰다. 바로 헤드라이트가 다가왔다. 앞뒤에 차가 없었다. 나는 쇠파이프를 몸 뒤에 숨기고 차선을 막았다.

차는 클랙슨을 울렸다. 그렇게 하면 세상만사가 자기 뜻대로 될 거라고 믿는 듯했다. 그냥 무시했더니 요란한 타이어 마찰음을 내며 차가 멈췄다.

"야, 이 새끼야." 운전하던 남자가 창문으로 얼굴을 내밀고 소리쳤다. 젊은 남자다. 조수석에는 여자가 타고 있었다.

나는 차로 다가가 번호판 쪽을 발로 걷어찼다.

"이 새끼가 뭐하는 거야?" 남자가 운전석에서 내렸다. 어두워서 잘 보이지 않지만 얼굴이 새빨갰을 것이다.

내 멱살이라도 잡을 작정이었으리라. 남자가 팔을 뻗었다. 그때 나는 뒤에 감추었던 쇠파이프로 상대방의 옆구리를 힘껏 후려쳤다. 묵직한 타격감이 느껴졌다. 남자는 얼굴을 찌푸리며 주저앉았다. 나는 남자의 머리를 후려쳤다. 그러자 녀석은 완전히 쓰러졌다.

"이봐, 뭐하는 거야?" 갑자기 목소리가 들렸다. 반대 차선에서 차 한 대가 멈추려는 중이었다. 운전자는 중년 남자였다.

나는 무시하고 젊은 남자의 차에 올라탔다. 조수석에 앉은 여자가 요란하게 비명을 질렀다.

"내려." 나는 쇠파이프를 여자 얼굴에 들이댔다. 여자는 화들짝 놀라 문을 열고 뛰쳐나갔다.

반대 차선의 차가 진행방향을 가로막듯 앞으로 튀어나왔다. 아랑곳하지 않고 가속페달을 밟았다. 상대의 차 앞에 부딪혔다. 일단 후진한 다음 다시 가속페달을 밟았다. 또 부딪혔지만 이번에는 그대로 밀고 나갔다.

9월 6일 목요일 (흐림)

쇼핑을 마치고 돌아오니 준이 없었다. 누군가에게 끌려간 흔적이 있었다. 아파트 주위를 샅샅이 찾아보았지만 보이지 않았다. 어쩜 좋을까.

지금은 한밤중. 사가 씨에게 전화를 해야 할까.

준이 이야기하던 살인청부업자가 이곳을 찾아낸 걸까? 여기를 찾아냈을 리 없다. 하지만 만약 사가 씨가 나를 미행했다면? 사가 씨를 만나는 나를 미행해서 이곳을 알아냈을지도 모른다.

하느님, 준에게 무슨 일이 생긴 거라면 저도 죽어버리겠어요.

43

얼마 남지 않았을 때 또 순찰차가 나타났다. 시끄러운 파리 떼다. 아무리 쫓아도 어디선가 나타나 따라붙는다.

옆에 따라붙어 뭐라고 소리쳤다. 멈추라는 소리일 것이다. 나는 핸들을 꺾어 순찰차를 밀어붙였다. 예상 못 했는지 순찰차는 중앙분리대를 올라타고 말았다.

조금 달리다 좁은 길로 들어가서 차를 버렸다. 여기부터라면 걸어갈 수 있다. 늦은 시간인 만큼 남들 눈에 띌 일도 없을 것이다.

불에 탄 옷이 걸리적거렸다. 잡아당겨 찢은 뒤 버렸다. 덴 부분이 좀 아팠다.

누구의 제지도 받지 않고 문 앞까지 갈 수 있었다. 문제는 방 열쇠다. 초인종을 눌러도 나라는 걸 알면 그 여자는 절대로 열어주지 않으리라.

문손잡이를 잡고 천천히 돌린 뒤 당겨보았다. 놀랍게도 잠겨 있지 않았다.

그렇다. 설마 내가 돌아올 거라고는 꿈에도 생각하지 않은 것이다. 그래서 방심해 문단속을 까먹은 게 틀림없다.

실내로 들어갔다. 불이 켜져 있었다. 여자가 식탁에 앉아 뭔가를 쓰고 있었다. 인기척을 느꼈는지 여자가 돌아보았다. 그리고 눈이 휘둥그레졌다. "준!"

나는 여자에게 다가갔다.

"준, 대체 어디 갔었어? 너무…… 너무 걱정했어." 여자는 우는 건지 놀란 건지 알 수 없는 표정을 지었다. "꼴이 이게 뭐야? 다치기까지 하고…… 무슨 일이 있었던 거야?"

"미안하지만 난 살아 있어." 내가 말했다.

"미안? 무슨 소리야?" 여자가 얼버무리려고 했다.

"놈들이 여기로 찾아왔어. 너한테 정보를 얻었다더군. 놈들은 날 정신 잃게 한 뒤 창고와 함께 불태워 죽이려 했어. 네가 그렇게 죽여달라고 한 건가?"

"놈들……? 역시 누가 여기 온 거구나?"

"연극은 지긋지긋해. 구역질 나." 나는 고개를 저었다.

여자는 의자에서 일어나 테이블 저편으로 돌아갔다. 속임수가 통하지 않는다는 걸 깨달은 모양이다.

"잠깐, 준. 내 이야기를 들어봐. 그놈들은 날 미행해 여기를 알아냈을 거야."

"이제 됐어. 닥쳐." 나는 여자에게 다가갔다.

"제발, 준. 난 네 손에 죽어도 괜찮아. 그렇지만 날 의심하지 마. 난 네 생각뿐이야." 여자는 뒷걸음치면서 침실로 도망갔다. 나는 천천히 여자를 따라갔다. 어차피 더는 도망치지 못한다.

"준, 그러지 마. 정신 차려. 내가 누군지 모르겠어?" 여자는 벽을 등진 채 눈물을 흘리고 있었다. 자신의 최후를 각오한 눈물이다. 내가 목에 손을 대자 몸부림쳤지만 큰 반항은 아니었다. 나는 손끝에 힘을 주었다. 손톱이 여자의 목을 파고들었다. 여자는 눈을 감았다.

그때 머릿속에서 폭풍이 불었다.

그 두통이다. 하지만 여태까지 겪은 것보다 훨씬 폭발적이고 순간적이었다. 나는 정신을 잃을 뻔했다. 그리고 폭풍이 지나간 뒤 믿을 수 없는 광경을 보았다. 여자의 목을 잡은 손이 내 뜻과 다르게 움직이기 시작한 것이다. 내 두 손은 여자의 목을 놓고 그 뒤에 있는 벽을 힘껏 쳤다. 그 반동으로 나는 비틀거리며 물러섰다.

나는 내 손을 들여다보았다. 그리고 다시 여자를 보았다. 여자……하무라 메구미는 눈을 뜨더니 '준' 하고 중얼거렸다.

불쌍하다는 생각이 들었다. 죽이는 건 불쌍하다. 그녀는 나라는 재앙에 휘말린 피해자다.

왜 이런 식으로 생각하는 걸까. 조금 전까지 품었던 살의는 어디로 사라진 걸까. 영문을 모르겠다. 나는 고개를 저었다. 그 바람에 베란다 쪽 유리창이 눈에 들어왔다. 거기에 내 모습이 비치고 있었다.

유리창에 비친 나는 가만히 이쪽을 보고 있었다.

저 눈은 아니다. 죽은 생선 같은 눈이 아니다. 저건 틀림없이 나루세 준이치의 눈이다.

죽지는 않는다. 사라지지도 않는다. 설사 교고쿠 슌스케에게 지배당하는 것처럼 보여도 나루세 준이치는 의식 아래 숨어 늘 나를 지켜보고 있다. 나루세 준이치는 바로 거기 있다.

빨간 피아노가 눈에 들어왔다. 더는 저런 것에 무릎 꿇지 않겠다. 나는 장난감 피아노를 집어 들어 힘껏 바닥에 내동댕이치고 짓밟았다. 건반 몇 개가 튀어나왔다.

나는 메구미를 보았다. 그녀는 겁먹은 표정이었지만 내 변화를 알아차린 듯했다. 나는 오른손을 내밀었다. 메구미는 잠깐 머뭇거리더니 내 손을 잡았다.

"준……" 메구미가 잠긴 목소리로 말했다. "준이지? 내가 잘 아는 그 준 맞지?"

"널 사랑했다는 걸 잊지 않을게."

메구미의 눈에서 굵은 눈물이 흘러내렸다. 다이아몬드처럼 빛나며 바닥에 떨어졌다.

나는 손을 놓고 메구미에게 등을 돌렸다. "어디 가려고?" 메구미가 물었다.

"되찾으러 갈 거야." 내가 말했다. "나 자신을."

나는 아파트에서 나와 캄캄한 어둠 속을 달렸다.

모월 모일

그날 밤 일을 기록해두어야만 한다. 확실하게 해두지 않으면 마음이 정리되지 않는다.

나루세 준이치에게서 전화가 온 것은 새벽 3시가 지난 시각이었다. 급히 만나고 싶으니 학교 연구실로 나와달라고 했다.

연구실에 도착하니 나루세 준이치가 문 앞에서 기다리고 있었다. 나는 깜짝 놀랐다. 거기 있는 것은 교고쿠에게 뇌를 지배당한 그가 아니라 수술을 끝낸 직후의 그, 나루세 준이치가 틀림없었기 때문이다. "원래 상태를 되찾은 건가?" 나는 놀란 마음을 억누르며 물었다. 그러자 그는 슬쩍 웃으며 천천히 고개를 저었다. "되찾은 게 아닙니다. 아주 잠깐 준이치가 내게 돌아와준 겁니다."

"아주 잠깐?"

"어쨌든 안으로 들어가시죠. 이야기할 게 산더미 같습니다. 하지만 내겐 정말 시간이 얼마 남지 않았습니다."

나는 고개를 끄덕이고 문을 열었다. 그리고 전에 그를 치료하고 검사할 때처럼 작은 책상을 사이에 두고 마주 앉았다.

"오이디푸스 이야기부터 시작하죠." 이렇게 말을 꺼내더니 그는 나를 불러내기까지 며칠 동안 일어난 일을 이야기했다. 어린 시절 추억을 이야기 하듯 냉정했지만 그 내용은 내 상상을 훌쩍 넘어선 세계였다. 나는 압도 되어 아무 말도 하지 못했다.

"그래서 나는 가능성을 발견한 겁니다." 나루세 준이치가 말했다.

"가능성?"

"교고쿠의 망령을 제거하는 방법 말입니다."

"뭐라고?" 나는 관심이 생겨 몸을 앞으로 내밀었다. 하지만 그가 한 이야 기는 도저히 실현 불가능한 것이었다. 그가 말했다. 이식한 부분을 모두 제거해주면 좋겠다고.

그건 불가능하다고 대답했다. 그러면 자네는 폐인이 되고 말 것이다. 자칫 하면 목숨을 잃을지도 모른다. 하지만 그는 강력하게 재수술을 희망했다. 폐인이 되더라도 상관없다고.

"폐인이라고 해도 그건 이 세상의 문제일 뿐입니다. 이 세계에서 살아갈 수 없게 된다고 해도 나루세 준이치는 무의식의 세계에서 살 수 있는 거 죠. 나루세 준이치가 사라지지 않고 이렇게 날 부르러 왔다는 게 그 증거 입니다."

"무의식의 세계……라고?"

"그 세계는 결코 작지 않고, 다른 세계가 열려 다른 인생을 살 수 있을 거 라고 믿습니다. 또 설사 수술이 잘 되지 않아 죽는다고 해노 상관없습니 다. 진심으로 사랑해주는 여성을 죽이려는 인간으로 살아가기보다는 차라 리 죽는 편이 낫죠."

나루세 준이치의 말을 부정할 수 있는 근거가 없었다. 그리고 그의 눈은 나를 통해 어딘가 먼 곳을 보고 있었다. 그가 상상하는 무의식의 세계를 바라보고 있었는지도 모른다.

하지만 나는 거절했다. 의사인 이상 살아 있는 사람의 의식을 빼앗는 짓은 할 수 없다. 또 죽음의 위기에 몰아넣을 수도 없다. 그러자 그는 살인청부업자에게 목숨을 잃게 하는 것은 아무렇지 않아도 수술하다가 죽는 것은 안 된다는 거냐며 따졌다. 그때는 나루세 준이치의 눈매가 날카로워졌다.

어쨌든 나는 할 수 없다고 말했다. 그는 눈을 감고 꽤 오랫동안 말없이 움직이지 않았다.

"할 수 없군요." 이윽고 그가 입을 열었다. "당신이 거절한다면 다른 방법이 없죠."

"그런 무모한 짓은 할 수 없네. 하지만 자네를 치료하는 데 온 힘을 다하고 싶어."

"온 힘을?"

나루세 준이치가 또 웃은 듯했다. 그럼 실례하겠습니다, 하며 자리에서 일어났다. 하지만 문가에서 뒤를 돌아보며 말했다.

"여분의 뇌는 이제 없겠죠?"

"여분?"

"이식 가능한 뇌 말입니다. 십만분의 일 확률로 내 뇌에 적합한 뇌."

"아아. 안타깝게도 없네." 나는 고개를 끄덕이며 대답했다.

"마음이 놓이는군요. 이젠 지긋지긋하니까."

나루세는 방을 나갔다. 그가 남긴 말의 뜻을 깨달은 것은 그 직후였다. 내가 벌떡 일어나자마자 총성이 울렸다. 이럴 수가. 나는 방을 뛰쳐나갔다. 나루세 준이치는 복도에 쓰러져 있었다. 머리 오른쪽이 파열된 상태였다.

왼손에는 권총이 쥐어져 있었다. 그 총은 나와 만나기 전에 경찰관에게 빼앗은 것이라는 사실이 나중에 밝혀졌다.

그 뒤의 일들을 자세하게 설명할 필요는 없다. 나는 어떻게든 나루세 준이치를 살려보기로 마음먹었다. 물론 그게 보상이라고 생각했기 때문이다. 그리고 다양한 폐해—인위적인 것뿐이다—를 극복하고 수술은 대성공이었다. 물론 이번에는 이식을 할 수 없었지만 목숨은 구해냈다.

나루세 준이치는 본인이 희망한 대로 무의식의 세계에서 살아가는 사람이 되었다. 그리고 오늘 아침 짧은 생애를 마감하기까지 분명히 그의 얼굴에는 행복한 표정이 깃들어 있는 것 같았다. 무의식의 세계에서 그가 어떠한 인생을 보냈는지 우리는 모른다. 그 세계가 나루세 준이치가 기대한 것처럼 존재했는지 어떤지도 알 수 없다.

뇌이식 수술을 한 뒤부터 나루세 준이치가 이식을 통해 얻은 뇌를 포기하기까지 일어난 일들에 대해서는 우리 자료에 거의 완벽에 가까운 형태로 기록되어 있다. 이 기록은 향후 연구에 유용하게 쓰일 게 틀림없다. 하지만 아마 발표될 일은 없을 것이다. 나루세 준이치의 자살미수 사건은 영원히 수수께끼로 남게 된다.

그리고 우리에게는 큰 숙제가 새로 주어졌다. 그것은 사람에게 죽음이란 무엇인가 하는 문제다. 나루세 준이치의 경우를 극비로 처리해야 하는 이유는 도너가 교고쿠라는 범죄사였다는 사실이나 결과적으로 준이치가 불행해졌다는 점 때문만은 아니다. 오히려 이런 것들은 사소한 문제에 지나지 않는다.

가장 큰 문제는 뇌의 조각이라는 작은 덩어리에 지나지 않는데도 교고쿠가 계속 살아 있었다는 점이다. 심장사 판정이 나와 뇌파는 정지했지만 그는 살아 있었던 것이다. 분명히 뇌세포 하나하나가 모두 죽은 것은 아니었고 바로 그렇기 때문에 이식도 가능했다.

그러면 인간에게 죽음을 판정할 수는 없지 않은가. 우리가 아는 모든 생명 반응이 사라졌다 해도 인간은 상상 못 한 형태로 살아 있는 것인지도 모른다.

이것이 우리의 숙제, 아마 영원히 해결되지 않을 숙제이리라.

사건 뒤, 아이러니하게도 나루세 준이치가 남긴 그림을 구하려는 사람들이 나타났다. 애인인 하무라 메구미가 나루세 준이치 명의로 출품한 몇 작품이 아주 높은 평가를 얻었기 때문이기도 하지만 화제성이 더 큰 영향을 미쳤으리라. 하무라 메구미는 그림 판 돈을 준이치의 연명 비용으로 쓴 모양이다.

하무라 메구미는 조금 전 돌아갔다. 오랫동안 신세 졌다며 인사하러 왔다. 나야말로 하무라 메구미의 헌신적인 노력에 감동했다.

그때 그녀는 그림 한 장을 보여주었다. 딱 한 장만 팔지 않고 남겨두었다고 했다. 나루세 준이치가 그린 마지막 그림이었다.

그가 단 한 장 그렸다는 누드화는 미완성인데 하무라 메구미의 주근깨까지 꼼꼼하게 그려져 있었다.

비채X
히가시노 게이고 컬렉션

사소한 변화 블랙&화이트 083

1판 1쇄 발행 2019년 6월 11일 **1판 3쇄 발행** 2019년 7월 26일
지은이 히가시노 게이고 **옮긴이** 권일영
펴낸이 고세규
편집 박정선 **디자인** 윤석진

발행처 김영사
주소 경기도 파주시 문발로 197(문발동) 우편번호10881
등록 1979년 5월 17일(제406-2003-036호)
주문 및 문의 전화 031)955-3200 **팩스** 031)955 3111
편집부 전화 02)3668-3291 **팩스** 02)745-4827 **전자우편** literature@gimmyoung.com
비채 카페 cafe.naver.com/vichebooks **인스타그램** @drviche **카카오톡** @비채책
트위터 @vichebook **페이스북** www.facebook.com/vichebook
ISBN 978-89-349-8456-6 03830 책값은 뒤표지에 있습니다.

비채는 김영사의 문학 브랜드입니다.
이 도서의 국립중앙도서관 출판시도서목록(CIP)은 서지정보유통지원시스템 홈페이지(http://seoji.
nl.go.kr)와 국가자료공동목록시스템(http://www.nl.go.kr/kolisnet)에서 이용하실 수 있습니다.
(CIP제어번호: CIP2019020171)